六庵文库

晋宋宗教文学
辨思录

李小荣 著

人民出版社

责任编辑:詹素娟
封面设计:周涛勇

图书在版编目(CIP)数据

晋宋宗教文学辨思录/李小荣 著. -北京:人民出版社,2014.10
ISBN 978 - 7 - 01 - 013967 - 8

Ⅰ.①晋…　Ⅱ.①李…　Ⅲ.①宗教文学-古典文学研究-中国
　-东晋时代~宋代　Ⅳ.①I207.99

中国版本图书馆 CIP 数据核字(2014)第 219400 号

晋宋宗教文学辨思录
JINSONG ZONGJIAO WENXUE BIANSILU

李小荣　著

人民出版社 出版发行
(100706　北京市东城区隆福寺街 99 号)

北京中科印刷有限公司印刷　新华书店经销

2014 年 10 月第 1 版　2014 年 10 月北京第 1 次印刷
开本:710 毫米×1000 毫米 1/16　印张:19.5
字数:320 千字

ISBN 978 - 7 - 01 - 013967 - 8　定价:50.00 元

邮购地址 100706　北京市东城区隆福寺街 99 号
人民东方图书销售中心　电话 (010)65250042　65289539

序

陆游诗曰："呜呼大厦倾，孰可任梁栋？愿公力起之，千载传正统。"(《喜杨廷秀秘监再入馆》)这四句吟论，反映了诗人对传统学术正脉的孜孜追求，也俨然是中国古代正直知识分子学术情操的典型写照。清儒方东树所谓"表人物，正学脉，综名实，究终始"(《刘悌堂诗集序》)，方宗成云："标名家以为的，所以正文统也"(《桐城文录序》)，皆合斯旨。因此，我常想，对先辈优秀学者的最好纪念，莫过于承传其学术，弘扬其文绪。

一所百年高校，必有深厚的学术蕴蓄。福建师范大学创校于清光绪三十三年（1907），百余载间，英贤辈出，晖光日新。若如国学宗师六庵先生者，其宏敷艺文的纯风休范，允属我校文学院在特定时期中国古代文学学科建设的学术标帜。记得他在二十世纪五十年代所撰诗有"及门子弟追洙泗，开国文章迈汉唐"之句，多年来为学界识者所激赏，盖缘诗句抒发了一位敦厚学者对所从事的教学和著述事业的豪迈情怀。

先师六庵教授，姓黄氏，讳寿祺，字之六，自号六庵，学者称六庵先生。民国元年（1912）生于福建霞浦，公元1990年卒于福州。早岁游学北平中国大学国学系，师事曾国藩的再传弟子尚节之（秉和）及章太炎的高足吴检斋（承仕）等著名学者。曾执教于北平·中国大学、华北国医大学、国立海疆学校、福建省立师范专科学校等高校，1949年以后，长期担任福建师范大学（初名福建师范学院）中文系教授、系主任、副校长等职，兼任福建省政协常委、福建文学学会会长、福建诗词学会会长、中国周易学会顾问等。先生毕生以教书育人为己任，敦于培才，勤于著述；精研群经子史，尤深于《易》；通贯诗律，博赡文词。有《群经要略》、《易学群书平议》、《汉易举要》、《周易译注》、《楚辞全译》、《六庵诗选》等行世。

学科建设,固需旗帜,更需队伍,尤其是组建能承前启后的优质学术团队。我校文学院各学科的建设多年来卓有成效,蜚声海内外,端赖于有这样的体认和措施。如现代文学学科以桂堂先生为旗帜,形成了坚壮的学术群体;古代文学学科以六庵先生为旗帜,聚合着谨实的科研力量。今文学院以六庵、桂堂的名义编为文库,分别捃采古代与现代文学两大学科群中诸多学者的学术成果,汇集出版,其用意宜颇深厚:既可缵绍前修,又堪率勉后学,于我院将来学科建设的进一步发展,及与学术界的多方交流共谋进步,应当均有重要意义。

《六庵文库》初辑,汇合了我院古代文学学科文学专业与语言专业十二位教授的学术著作,人各一集。其中治古文学专业者六,有陈庆元《文学文献:地域的观照》,述八闽文学之史迹;郭丹《经典透视与批评》,探索先秦两汉文学经典之源头与精华;李小荣《晋宋宗教文学辨思录》,寓佛道文学之潭思;欧明俊《古代文体学思辨录》,作各类文体之谛辨;涂秀虹《叙事艺术研究论稿》,论古代小说戏剧叙事之精义;拙稿《学约斋文录》乃滥厕其间,略抒关乎旧学的些微浅见,未足道也。治语言专业者亦六,有马重奇《汉语音韵与方言史论稿》,判析音韵而兼及方言;谭学纯《问题驱动的广义修辞论》,宏拓修辞而绎寻新义;朱玲《中国古代小说修辞诗学论稿》,推扬修辞而衍及诗学;陈泽平《福州方言的结构与演变》,专注一域而精研其语;祝敏青《文学言语的修辞审美建构》,立足文学而考鉴修辞;林志强《字学缀言》,辨字考文而泛涉金石。凡诸家所论撰,皆不离本学科范畴,其学术造诣之浅深若何,固有待于学界确评,但其中所呈现的克承前辈学风,商兑旧学、推求新知的精神,则是颇为鲜明的。

我曾忝列六庵先生门墙,1982 年研究生毕业后即留校任先生的学术助手,直至先生辞归道山。回思数十年的为学历程,每前行一步,都凝聚着先师培育的心血。今承命为《六庵文库》制序,不胜厚幸之至,因就文库的编纂始末,略书数语,以赞明其意义。同时,也藉此企望与学界同道共勉互励,取长补短,为踵继先辈学者的优良学风,"传正统"、"正学脉",而共同奉献绵薄之力。

张善文谨述于福州

公元 2014 年 7 月岁在甲午大暑后三日

目 录
CONTENTS

第三辑

第四辑

第一辑

陶渊明与道教灵宝派关系之检讨

——以涉酒诗文为中心

一

众所周知,在陶渊明（365—427）[①]的文学创作中,涉酒作品比例极高,据逯钦立统计,其存世诗文一百四十二篇,说到饮酒的共五十六篇,约占全部作品的40%。[②]对这种突出现象,时人与后人都有大量的评论,如其好友颜延之（384—456）所撰《陶征士诔》说他是"心好异书,性乐酒德,简充烦促,就成省旷"[③],梁萧统（501—531）《陶渊明文集序》则说"有疑陶渊明诗,篇篇有酒,吾观其意不在酒,亦寄酒为迹"[④]。无论"乐酒德"或"寄酒"之评价,皆表明酒既是陶渊明物质生活中不可或缺的东西,更是其精神生活的一种特殊载体。虽然在陶氏不同的人生阶段,酒的来源不一,饮酒的频率不等,饮酒的场合、心境有别,但古今中外的研究者都想弄清楚一个根本性的问题,即其饮酒的思想基础何在?

对此问题,不同的研究者给出的答案不尽相同。比如鲁迅1927年的著

[①]　关于陶渊明的生年,学界有多种说法,本文暂取365年之说。

[②]　逯钦立校注:《陶渊明集》,中华书局1979年版,第238页。

[③]　（梁）萧统编,（唐）李善注:《文选》,上海古籍出版社1986年版,第2471页。

[④]　（梁）萧统著,俞绍初校注:《昭明太子集校注》,中州古籍出版社2001年版,第200页。

名演讲《魏晋风度及文章与药及酒之关系》,是从晋末社会思想的角度,说陶渊明是"乱也看惯了,篡也看惯了,文章便更和平"的代表,其态度是"随便饮酒"[1];陈寅恪《陶渊明之思想与清谈之关系》认为陶氏创立新自然说,诗中《饮酒》、《止酒》、《述酒》及其关涉酒之文字"乃远承阮、刘之遗风,实一种与当时政权不合作态度之表示,其是自然非名教之意显然可知"[2];王瑶《文人与酒》则深受鲁迅影响,指出陶渊明饮酒的心境主要有二:一是"和竹林名士一样,是用酒来追求和享受一个'真'的境界的,所谓形神相亲的境地"。二是"借酒来韬晦免祸的"。但"他的悲痛只是内心的,受到实际政治迫害的机会比较少,所以陶诗中写后一种心境的诗不如写前一种的多"[3]。鲁、陈、王三人的观点,是 20 世纪上半叶这一研究领域的典型代表,至今依然具有示范意义。尤其是陈寅恪提倡的"研究当时士大夫之言行出处者,必以详知其家世之姻族连系及宗教信仰二事为先决条件"[4],予以后来者的史学研究良多启迪。就前者而言,陶渊明所撰《晋故征西大将军长史孟府君传》载其外祖父孟嘉是"好酣饮,逾多不乱。至于任怀得意,融然远寄,傍若无人",桓温尝问嘉:"酒有何好,而卿嗜之?"嘉笑而答曰:"明公但不得酒中趣尔。"[5]《饮酒二十首》(十四)则夫子自道云"酒中有深味"(第 268 页),《五柳先生传》又说自己是"性嗜酒"(第 502 页),可见他对于酒的感情、认识,与孟嘉何其相似,显然有孟嘉遗风。就宗教信仰言,陈寅恪说"渊明之为人实外儒而内道,舍释迦而宗天师者也"[6]。此说一出,几成定论,不少治陶名家都深以为然,并有所申论。[7]

[1]　鲁迅:《鲁迅全集》第三卷,人民文学出版社 2005 年版,第 537 页。

[2]　陈寅恪:《金明馆丛稿初编》,生活·读书·新知三联书店 2001 年版,第 227 页。

[3]　王瑶:《中古文学史论》,北京大学出版社 1998 年版,第 184—185 页。

[4]　同②,第 227—228 页。

[5]　袁行霈撰:《〈陶渊明集〉笺注》,中华书局 2003 年版,第 492 页。又,本篇所引陶公作品,皆出于此,此后不复一一出注,只随文标明页码,以便读者检索。

[6]　同②,第 229 页。

[7]　如逯钦立 1946 年所撰《〈形影神〉诗与东晋之佛道思想》(《汉魏六朝文学论集》,陕西人民出版社 1984 年版,第 218—246 页),根据《形影神》诗产生的时代背景,进而论证陶渊明反对的是慧远的神不灭论和因果报应论。不过,当时也有反对陈氏观点者,如朱光潜指出《形影神》所反映的思想未必不是大乘精义,而且"渊明不但在诗里,而且在生活里,处处表现出这个胜境,所以我认为他达到最高的禅境,慧远特别敬重他,不是没有缘由的"(《诗论》,安徽教育出版社 1997 年版,第 237—243 页)。

不过，到了陶渊明生活的晋末宋初，天师道在教义、教规上都发生了不少变化。刘宋新天师道经典《三天内解经》卷上所讲"三天正法"即要求："治病疗疾，不得饮酒食肉。"① 从严格的道教戒律意义上讲，即便生病之际，也不能饮酒。事实却恰恰相反，陶渊明非但一生多次得病，而且生病时往往也照喝不休。《答庞参军一首》序中即云"吾抱疾多年"，诗则谓"或有数斗酒，闲饮自然欢"（第 115 页）。有论者指出，陶渊明《答庞参军》中所说"旨酒"，是一种好酒，且用于服散治病。② 另外，志磐《佛祖统纪》卷二六记载了后世流传甚广的陶渊明不愿入莲社的故事，说他：

> 尝往来庐山，使一门生二儿舁篮舆以行，时远法师与诸贤结莲社，以书招渊明。渊明曰："若许饮，则往。"许之，遂造焉；忽攒眉而去。③

此处所说"结莲社"，当指东晋元兴元年（402）慧远集缁素慧永、慧持、刘遗民、雷次宗等 123 人在般若台精舍阿弥陀佛像前建斋立誓，以期往生西方之法事。慧远法师乃持律精严之人，《高僧传》卷六载其义熙十二年（416）八月初动散："至六日困笃，大德耆年，皆稽颡请饮豉酒，不许。"④ 最后竟由此撒手人间，圆寂而去。虽然他对陶渊明网开一面，许其破戒饮酒而入会，陶氏却中途变卦。有人指出根本原因在于，陶渊明对佛教五戒中的其他戒律及修行方式深有顾忌，故而最终放弃了加入僧团的尝试，但他并不反对佛教思想。⑤

陶渊明既然不愿受各种宗教戒律的束缚，所以笔者怀疑他至少不是纯正的天师道信徒，只是在思想层面接受了道家及当时道教各派别所共同遵循的自然之道而已。

---

① 《道藏》第 28 册，文物出版社、上海书店、天津古籍出版社 1988 年版，第 414 页下。
② 参吴国富：《陶渊明与道家文化》，江西人民出版社 2009 年版，第 153—154 页。
③ 大藏经刊行会：《大正新修大藏经》（又，为省篇幅，后文简称《大正藏》）卷四十九，新文丰出版有限公司 1983 年版，第 269 页下—270 页上。
④ （梁）慧皎撰，汤用彤校注：《高僧传》，中华书局 1992 年版，第 221 页。
⑤ 参丁永忠：《陶诗佛音辩》，四川大学出版社 1997 年版，第 16—18 页。

改革开放以来,学术界对陈寅恪的陶渊明未受佛教影响之论断的质疑声渐多,大多数学人认为陶氏受过佛教的影响。[①] 就所受影响的层面而言,大致可分成两类:一是思想层面,或谓其思想与心无宗有关,或谓渊明赞同佛教的因缘观、生死观,或谓其深受大乘般若思想的影响;二是文学层面,如有人指出《游斜川并序》、《桃花源记并诗》的文体与汉译佛经之"祇夜"有关,有人认为《止酒》诗的奇特形式与某些佛经的长行句式相似。诸如此类,说法虽异,中心思想却只有一个,即陶渊明是在自觉或不自觉之间接受了当时具有巨大社会感召力的庐山慧远教团的影响。[②] 其中,范子烨把二者关系概括为"拒斥与吸纳",这是比较到位的。

二

既然陶渊明对佛教的吸纳是有选择性的,这就促使我们思考如下问题:即在当时的新兴宗教派别中,何者才能做到兼容道教与大乘佛教?易言之,陶渊明所接触的这一宗教派别,其思想要素既要契合于其家族文化传统中的道教信仰,又已吸纳了某些佛教思想的因子。唯有这样,才能弥合诸家的歧义,而符合前述双重条件者,在当时只有道教灵宝派而已。

经过国内外不少学者的积极探究,发现在六朝产生的新兴道教派别中,

---

① 相关论著中比较重要的有陈洪:《陶渊明佛教观新探》,《徐州师范学院学报》(哲学社会科学版)1993年第4期;顾农:《陶渊明对佛教的态度》,《山东师大学报》(社会科学版)1997年第1期;丁永忠:《陶诗佛音辩》;何剑平:《陶渊明的诗歌创作与晋宋佛教之关系》,《普门学报》2003年第15期;邓小军:《陶渊明与庐山佛教之关系——兼论〈桃花源记并诗〉》,《诗史释证》,中华书局2004年版,第37—72页;李秀花:《陶渊明诗所受佛经影响》,《上饶师范学院学报》2005年第1期;范子烨:《拒斥与吸纳:论陶渊明与庐山佛教之关系》,载袁行霈主编《国学研究》第二十三卷,北京大学出版社2009年版,第199—296页;释慧莲:《东晋佛教思想与文学研究》,巴蜀书社2009年版。等等,不一而足。

② 按,有些研究者为了折衷调和陶渊明受、未受佛教影响的论点,一方面继承陈寅恪的论断,另一方面又主张陶渊明受过庐山佛教文学的影响,最突出的代表是邓小军和范子烨。

灵宝派最集中地反映了道教对大乘佛教的吸收借鉴。[①]更值得注意的是,当时古灵宝经对"酒戒"的特殊态度,完全契合于陶渊明的精神需求。

所谓古灵宝经,主要是指敦煌遗书 P.2861+P.2256 宋文明《通门论》中所见陆修静(406—477)《灵宝经目》著录的一批早期灵宝经典,它们多出于葛巢甫东晋隆安(397—401)末年造构灵宝之时,并构成了三洞经书之"洞玄部"的最初内容。代表性的经典有《太上洞玄灵宝五篇真文赤书》(S.5733,《道藏》本作《元始五老赤书玉篇真文天书经》)、《太上洞玄灵宝大道无极自然真一五称符上经》(P.2440,《道藏》本题作《太上无极大道自然真一五称符上经》)、《太上洞玄灵宝智慧定志通微经》(P.5563)、《太上洞玄灵宝无量度人上品妙经》(P.2606、P.2651、S.3109 等,《道藏》本作《灵宝无量度人上品妙经》)、《太极左仙公请问经·上》(S.1351,《道藏》本缺)等。

东晋后期在江南地区兴起的道教灵宝派,实际上和上清派一样,都把天师道与江南地区原有神仙道教特征整合为一体,核心信仰仍然是成仙。但是,相对于其他道教派别,灵宝派吸纳的佛教教义最多,重要者如因缘、果报、三世轮回与涅槃思想等,并由此建立了道教新型的报应观、度人观和无心说,对后世道教的发展影响深远。此外,灵宝派在发展过程中,也吸纳了其他新兴教派的思想,比如上清派最重视的存思法之类。总之,灵宝派是当时最具融摄性的道教派别。

逯钦立曾把陶渊明四十多首年代可考的饮酒之作进行了大致的划分,指出可分成三个阶段:第一阶段是从三十九岁到五十岁,这十一年是他纵情酣饮的主要阶段。第二阶段从五十一岁到五十七岁,这七年是他家贫缺酒、亲

---

① 相关研究的重要成果有:[日]福井康顺:《灵宝经の研究》,东京:书籍文物流通会 1960 年版;山田利明:《灵宝经と大乘思想——灵宝斋の思想基楚》,《东洋大学文学部纪要》(6),1998 年 3 月;神冢淑子:《灵宝经と初期江南佛教——因果报应思想を中心に》,《东方宗教》第 91 号,1998 年 5 月;小林正美:《六朝道教史研究》,李庆译,四川人民出版社 2001 年版;[荷]Erik. Zürcher(许里和),*Buddhist Influence on Early Taoism: A Survey of Scriptural Evidence*, T'oung Pao. vol. 66. 1980, pp.84-147;[美]Stephen R. Bokenkamp(柏夷), *Sources of the Ling-pao Scriptures*, *in Tantric and Taoist Studies in Honour of R. A. Stein*, vol.2, ed. Michel Strickmann, Bruxelles: Institut belge des hautes etudes chinoises, 1983;王承文:《敦煌古灵宝经与晋唐道教》,中华书局 2002 年版等。其中,本文参考王承文研究成果处颇多,恕不一一出注。

友招饮的阶段。第三阶段,60岁以后,这是他重新得过酣饮生活的阶段。[①]虽然学术界对某些饮酒诗具体创作时间的看法不一,但逯先生的划分总体说来是比较清楚地反映了陶渊明的饮酒历程和心态变化,从中亦知渊明集中饮酒是在东晋元兴二年(403)以后。

陶渊明作自传时说"性嗜酒",但其存世作品中有一首别有情趣的《止酒》诗,从中可知诗人曾经似乎下过决心要戒酒。诗曰:

> 平生不止酒,止酒情无喜。坐止高荫下,步止荜门里。好味止园葵,大欢止稚子。平生不止酒,止酒情无喜。暮止不安寝,晨止不能起。日日欲止之,营卫止不理。徒知止不乐,未信止利己。始觉止为善,今朝真止矣。从此一止去,将止扶桑涘。清颜止宿容,奚止千万祀。(第286—287页)

关于这首诗,历来受重视的程度远远比不上《饮酒》和《述酒》等作品,原因在于大家多视之为游戏之作[②],所以很少有人对它系年。目前笔者所见,仅有两家:一是台湾学者黄仲仑谓"当是临终之作"[③],二是龚斌从诗句"大欢止稚子"推断,"知其时渊明儿子尚小,而渊明死时,五个儿子均已成人,故此诗作年大概与《责子》诗相去不远,绝非临终之作,今暂系于义熙二年(四〇六)"[④]。显然,后者的说服力更强。

至于诗人的戒酒缘由,虽有论者认为是"陶渊明不愿看到酒在政治上带来麻烦,所以想戒酒"[⑤],但细绎诗意,诗人戒酒的态度很不坚决,且十分矛盾。若就其一生的生活方式看,渊明从未离开过诗情酒趣。

诗人对戒酒的矛盾心态,让我们想起古灵宝经对于酒戒的通融。如《太上洞玄灵宝智慧定志通微经》记载元始天尊在安乐山中对12年少说法之时,中有一人"素性好酒",对元始天尊说:"余者乃可,唯酒难断除,我本性

---

① 参逯钦立校注:《陶渊明集》,中华书局1979年版,第238—239页。
② 如朱自清《陶诗的深度》指出:"《止酒》诗每句藏一'止'字,当系俳谐体。"见《朱自清古典文学论文集》,上海古籍出版社1981年版,第573页。
③ 黄仲仑编著:《陶渊明作品研究》,台北:帕米尔书店1975年版,第318页。
④ (晋)陶潜著,龚斌校笺:《陶渊明集校笺》,上海古籍出版社1996年版,第253页。
⑤ 徐声扬:《陶诗谈片》,《九江师专学报》(哲学社会科学版)2002年第2期。

所好,作不敢计。所以者何? 我先服散,散发之日,非酒不解,是故敢耳。"天尊则答云:"散发所须,此乃是药。将养四大,药酒可通,但勿过量,至不如平耳。"①"散",即寒食散。也就是说古灵宝经并非像当时的天师道经典那样戒律严格,要求生病者也不能用药酒。前文已言,陶渊明的饮酒,即有用于散发者。而"日日欲止之,营卫止不理",是说如果停止饮酒,诗人则会感到营、卫二气不畅而生病体。另外,在道教的服气法中,酒是不可或缺的,如题为"旌阳许真君述"之《灵剑子》"服气第三"曰:

> 酒能助气,酒糟作羹,尽能引元气易成。酒后,气当易通,美酒不须多。及醉,吐则有损矣。时复一杯,止饥代食。酒能涛荡阴滓,得道之人,无不好于酒也。酒能炼真养气,不须服人参汤。②

其间所述饮酒的种种好处(引文中加着重号部分),与陶渊明的性格、日常生活行为相对照,确实多有相合之处。如《和刘柴桑一首》云"春醪解饥劬"(第135页),即和"止饥代食"同一意趣;而《连雨独饮一首》的"故老赠余酒,乃言饮得仙"(第125页),则和"得道之人……"一句相同,都突出了饮酒与成仙之间的联系。

"坐止高荫下,步止荜门里"两句,按照我们的理解,当指陶渊明饮酒时不拘场所之意。特别前一句,与《太极葛仙公传》所载灵宝派重要人物葛玄的饮酒情趣十分相似,传云:"仙公尝行,邀止道间树下,折草刺树,以杯器承之,汁流如泉,杯满即止,饮之皆如美酒也。"③虽说《太极葛仙公传》所述,重在张扬葛玄的神通变化,但仙公饮酒的旷达心情,则与陶渊明相近。

《止酒》最后六句,是说诗人知道止酒可致仙,但它们和前面十四句所表达的意思相反,显然是有矛盾的。其中,"止为善"云云,其实也是古灵宝经所提倡的。如《太极真人敷灵宝斋戒威仪诸经要诀》说:"酒不可都断,使之有数,随人多少,不必令尽限也。故世教言'唯酒无量,不及乱',斯之谓

---

① 《道藏》第5册,第894页下。
② 《道藏》第10册,第664页中。
③ 《道藏》第6册,第848页上。

也。"①《太上洞玄灵宝赤书玉诀妙经》卷上所载洞玄智慧十戒之第六戒是："减酒节行,调和气性,神不损伤,无犯众恶。"②《太上洞玄灵宝智慧定志通微经》则载"定志通微十戒"之第五戒是:"不醉,常思净行。"③ 总之,晋末所出古灵宝经对酒戒的要求实际上并不严格,它们只是讲"节酒"与"不醉",而非禁酒。值得注意的是,到了陆修静整理灵宝经时,戒条则变得和当时的天师道一样严格,其《洞玄灵宝斋说光烛戒罚灯祝愿仪》所说"十戒"之第六戒就改作:"断酒节行,调和气性,神不损伤,无犯众恶。"④ 对于这一点,后来流行的灵宝类道经不但完全予以继承,而且惩罚的力度相当恐怖。如《洞玄灵宝三洞奉道科始营戒》卷一《罪缘品》说:"生世嗜酒猖狂者,从鱼鳖鍜(虾)蟆中来。"⑤ 卷二《度人品》又说:"复有十种使不得出家者:一者背臣逆子……七者饮酒食肉。"⑥《洞玄灵宝太上六斋十直圣纪经》所载"道教五戒"则说:"一者不得杀生,二者不得嗜酒,三者不得口是心非,四者不得偷盗,五者不得淫色。"⑦ 于此,把酒戒列为第二位,仅次于杀生戒,可知其戒具有十分突出的重要性。

当然,某些后出的《灵宝经》虽然严持戒酒之立场,但对于治病而饮的情况仍会有所通融。比较有趣的是《洞玄灵宝千真科》,经云:

> 出家之人,不得饮酒。或妄托天寒,诈称腹痛,饮后色变;或斗乱尊卑,应供赴斋;……非唯自失礼义,抑亦秽辱道众,是灭道法。……有如此例,皆犯律论。其实是疾痛,众所通知分药,要须不在禁例。须令出外,不得入法席。

> 仙公曰:"道法之中,听许饮酒。《灵宝经》云'置酒浮云观,高饮玉清台',此何顿隔之?"真人曰:"何见之谬!《太清经》云:'化金玉为三十六水,以金为水则为金浆,赤玉为水则为琼浆,白玉为水则为玉浆,

① 《道藏》第 9 册,第 871 页中—下。
② 《道藏》第 6 册,第 184 页中。
③ 《道藏》第 5 册,第 890 页上。
④ 同①,第 823 页下。
⑤ 《道藏》第 24 册,第 742 页下。
⑥ 同上书,第 750 页上。
⑦ 《道藏》第 28 册,第 381 页中。

或玉液。'《定志经》云'玉液,五者不醉,常思净行',何有许法?"①

经文宗旨有二:一是强调出家之人应严持酒戒,除生病者外,如道士有病之时,则不可参与道教法会;二是驳斥了仙公(即葛玄)道法听许饮酒之说。其实,仙公所引《灵宝经》,正是古灵宝经,而两句五言诗叙及的饮酒之乐,恰恰表现的是古灵宝经对以酒致仙的推崇。

古灵宝经中,与酒有关者,尚有厨会(也叫饭贤、厨食)制度。《太极真人敷灵宝斋戒威仪诸经要诀》载太极真人曰:

> 饭贤福食,各有人数。外来之客,先亦同食。正一真人三天法师,临升天,以百姓贫弊,为复减损作福,或十人,馔忽过十人。他宾集无以供之。既不尽周,一人不遍,犹是不普。故制法,悉事毕,余厨施一切人及众生辈,为主人祈福矣。后世不知之,故以相示也。酒不可都断,使之有数,随人多少,不必令尽限也。②

经中所说"正一真人三天法师",是指早期天师道的创始人张道陵。他依据中国古代村社共同体中的敬老和乡饮酒习俗而建立厨会制度,该制度具有社会救助的功能,旨在帮助教团内部的贫苦信众。其中,酒在厨会中是常用食物之一。对此,六朝天师道早期经典《玄都律文》之《制度律》有详细的规定,曰:"男官女官主者,上厨人酒五升,钱三百;中厨人酒四升,钱二百五十文;下厨人酒三升,钱一百文。"③即使是寇谦之(365—448)改革三张旧法之后,其《老君音诵诫经》仍保留了相关律文,曰:"厨会之法,应下三盘。初小食,中酒,后饭。今世人多不能下三盘,但酒为前,五升为限。明慎奉行,如律令。"④

厨会之饮酒,具有两大鲜明的特点:

一是群体性。对此,道典与佛教方面的文献记载完全一致。前者如唐人朱法满编《要修科仪戒律钞》卷十二《饭贤缘》引《太真科》曰:

① 《道藏》第34册,第374页上。
② 《道藏》第9册,第871页中—下。
③ 《道藏》第3册,第460页上—中。
④ 《道藏》第18册,第213页上。

　　家有疾厄,公私设厨,名曰饭贤。可请清贤道士上中下十人、二十四人、三十人、五十人、百人。不可不满十人,不足为福。贤者廉洁,亦能不食,食亦不多;服饵浆药,不须厚馔。是世人所重,献之,崇有道耳。①

后者如南齐释玄光《辨惑论》云:"世传道士后会,举标以防斯难,兼制厨命,酒限三升。汉末已来,谓为制酒。"② 再如北周甄鸾《笑道论》谓:"道会饮酒者,无过也;佛会不饮。"③ 玄光的记载表明,南朝厨会用酒标准所取数量是下厨;甄鸾之语,则用对比的方法,揭示出道教信徒集会于厨食时则饮酒无过,佛教集会则相反。

　　二是厨会之时,常有音乐之设。虽然古灵宝经与新天师道经典一样,反对早期天师道厨会之乐杂用民间音乐或巫乐,比如敦煌本古灵宝经 P.2468《太上消魔宝真安志智慧本愿大戒上品》说"巫师歌舞而招祸",《太上洞玄灵宝三元品戒功德轻重经》则列有"学者及百姓子放荡世间妓乐之罪"④,意即无论出家道士还是普通信众,对世间妓乐都应回避。刘宋三天弟子徐氏所撰《三天内解经》卷上又说:"本道乖错,群愚纷纭,莫知祸之所由。或烹杀六畜,祷请虚无,谣歌鼓舞,酒肉是求,求生反死,邪道使然。"⑤ 其所谓"谣歌"、"酒肉"云云,批判的正是当时厨会中的乱象。但是,若符合古灵宝经及新天师道经典所提倡的仪式音乐,则完全许可。如《老君音诵戒经》的"八胤乐"⑥,它可能"是一种分节歌形式,即引唱八遍,曲同辞异,以配合'八拜'的形式",它是"寇谦之为宣扬新道法,吸取儒家礼法仪式有音乐伴奏的形式,仿效宫廷祭祀乐章的结构,创制了道教经韵乐章"⑦。古灵宝经不但把设斋时所用厨食的地位大加提升,比之为"天厨",而且规定了所用音乐的性质是"以道娱乐"。《太上洞玄灵宝智慧本愿大戒上品经》即说:"若

---

① 《道藏》第6册,第798页下。
② 《大正藏》卷五十二,第49页上。
③ 同上书,第146页下。
④ 同①,第881页中。
⑤ 《道藏》第28册,第413页上—中。
⑥ 《道藏》第18册,第210页下。
⑦ 见台湾《道教学术资讯网站》之"云中音诵新科之诫"条。http://www.ctcwri.idv.tw/IndexD2/D2-12/101-159/12151/55.htm

见弦歌,当愿一切玩经叹法,以道娱乐;若见福食,当愿一切无不饱满,世享天厨。"① 既然把"弦歌"与"天厨"相提并论,则知二者在灵宝斋法中是同时出现而互相配合的。《太上诸天灵书度命妙经》又说南陵朱宫之中及九灵福堂之真仙所以"天给宿福,魂神自然厨食",是因为"在世供养灵宝,行斋持戒,发自然之心,作诸功德,灭度而得升上福堂,受食天厨者也",并且他们还同时享受真人玉女的"恒所歌诵"。②《洞玄灵宝玉京山步虚经》则谓太上无极虚皇天尊之治有"诸天奏乐",且要求"勿辍弦止歌"。③ 此两处所说虽是天堂之事,但也是人间厨会及其音乐场景的一种投射。

十分有趣的是,陶渊明的饮酒诗作,大多也具有古灵宝经所载厨会饮酒的两个特点:

一是陶公与人共饮的场合多于独饮。兹据袁行霈《陶渊明集校笺》,把其中主旨较为明确者列表如下:

明显表示与人共饮场景之诗篇	明显表现独饮场景之诗篇
《酬丁柴桑一首》	《时运一首》
《答庞参军一首》	《连雨独饮一首》
《归园田居五首》(其五)	《和郭主簿二首》(其一)
《游斜川一首》	《己酉岁九月九日一首》
《诸人共游周家墓柏下一首》	《庚戌岁九月中于西田获早稻一首》
《答庞参军一首》	《饮酒二十首》(其一)④
《移居二首》(其二)	《饮酒二十首》(其三)
《癸卯岁始春怀古田舍二首》(其二)	《饮酒二十首》(其七)
《饮酒》(二十首)(其九)	《杂诗十二首》(其二)
《饮酒二十首》(其十三)	
《饮酒二十首》(其十四)	
《饮酒二十首》(其十八)	

① 《道藏》第 6 册,第 157 页中。
② 《道藏》第 1 册,第 804 页上—下。
③ 《道藏》第 34 册,第 625 页中。
④ 按,《饮酒二十首》总题下有序说:"偶有名酒,无夕不饮。顾影独尽,忽焉复醉。"据此,则似 20 首诗都是独饮之作,然而论之具体作品,则不尽然。

续表

明显表示与人共饮场景之诗篇	明显表现独饮场景之诗篇
《蜡日一首》	
《拟古九首》（其一）	
《拟古九首》（其七）	
《杂诗十二首》（其一）	
《杂诗十二首》（其四）	
《咏二疏一首》	

从上表粗略的统计可知,陶渊明与人共饮的次数是独饮的两倍。更为重要的是,诗人的共饮,其性质似多近于道教厨会的聚众欢饮,如《移居二首》（其二）之"春秋多佳日,登高赋新诗。过门更相呼,有酒斟酌之"（第 133 页）、《癸卯岁始春怀古田舍二首》（其二）之"日入相与归,壶浆劳近邻"（第 203 页）、《杂诗十二首》（其一）之"得欢当作乐,斗酒聚比邻"（第 338 页）等。

二是陶渊明的饮酒也常有音乐相伴。本来,史书记载说陶公不懂音乐[①],但经学人考证,此说并不可信,相反,他对音乐是有相当深入的理解,并深刻地影响了其诗歌创作。[②]若就其今存饮酒诗作看,也可证明这一点。如《蜡日一首》说:"我唱尔言得,酒中适何多。未能明多少,章山有奇歌。"（第 310 页）《拟古九首》（其七）说:"佳人美清夜,达曙酣且歌。"（第 332 页）《杂诗十二首》（其四）又说:"觞弦肆朝日。"（第 345 页）诸如此类,悉是酒、歌对等。此种写法,还被诗人运用于描写仙人生活,如《读山海经十三首》（其二）谓西王母是:"高酣发新谣,宁效俗中言。"（第 398 页）

三

陶渊明《五柳先生传》自称是"好读书"（第 502 页）,其好友颜延之

---

① 如（梁）沈约撰《宋书》卷九十三说陶渊明是"不解音声"（中华书局 1974 年版,第 2288 页）,（唐）房玄龄《晋书》卷九十四又说他是"性不解音"（同前,第 2463 页）。

② 按,相关的最新研究,可参范子烨:《田园诗人的别调:陶渊明与楚声音乐》,《文艺研究》2009 年第 11 期。

《陶征士诔》亦赞其"心好异书"。而葛巢甫于隆安（397—401）末所构造的古灵宝经，在当时自然属于异书之一，陶弘景《真诰》卷十九即载："复有王灵期者，才思绮拔，志规敷道。见葛巢甫造构《灵宝》，风教大行，深所忿嫉。"① 上清派道士王灵期之所以妒忌葛氏所造的灵宝经，原因在于古灵宝经教义标新立异，且又非常流行。

如果仔细辨别，今存陶公饮酒类诗作中，在语汇、主旨方面也可见出古灵宝经的影响。兹举三例如下：

第一例，《读山海经十三首》（其七）谓"灵凤抚云舞，神鸾调玉音"（第406页），颇疑其仿自陆修静撰《太上洞玄灵宝授度仪》所引的古灵宝经颂，曰："三炁徘徊，灵凤来飞。玉音八字，烂焕紫微。"② 尤其"玉音"一词，是古灵宝经最常用的词汇之一，它在《太上灵宝诸天内音自然玉字》里就出现多次，既用于韵文，比如"灵书八会字，五音合成文。天真解妙韵，琅琅大有通。玉音难为譬，普成天地功"③；又见于散文，比如天真皇人所说："诸天内音自然玉字，皆诸天之中大梵隐语……敕使解其义，通其玉音。"④

第二例，组诗《形影神》，逯钦立谓是陶渊明"取慧远法论字眼，有意合之者⑤"。实际上，"形"、"影"、"神"三者，在比慧远《万佛影铭》撰出时间——义熙八年（412）更早的古灵宝经《太上诸天灵书度命妙经》之《诸天灵书度命品章》中就一并使用过，其中《东方九气天中灵书度命品章》之颂曰：

> 上有度命童，拔夜朗长阴。万劫保形明，眇眇莫能寻。长录不死年，与运同浮沉。日月照灵魂，璇玑回东南。九星落形影，宝华生五心。自有不凋神，与我契丹金。⑥

《南方三气丹天灵书度命玉章》之颂则曰：

---

① ［日］吉川忠夫、麦谷邦夫编：《真诰校注》，朱越利译，中国社会科学出版社2006年版，第574页。

② 《道藏》第9册，第850页上。

③ 《道藏》第2册，第546页中。

④ 同上书，第547页上。

⑤ 逯钦立：《汉魏六朝文学论集》，陕西人民出版社1984年版，第227页。

⑥ 《道藏》第1册，第804页，中—下。

乘我日中影,振辔顺天回。朱童拔灵夜,洞阳炼落晖。玉章度促命,灵歌五神开。……朱陵定降籍,神备使形飞。……夜景披朝阳,飘飘乘运归。[①]

此外,北周所编道教类书《无上秘要》卷二〇则引有南齐顾欢所撰集的东晋上清派早期经典《道迹经》,经中亦曰:"洞观三丹田,寂寂生形影。凝神泥丸内,紫房何蔚炳!"[②] 由此可知,"形"、"影"、"神"并称,并非是当时佛教方面的专利。作为具有家族传统之道教信仰的陶渊明,自然对相关道典不会陌生。陶渊明《神释一首》之"促龄"、"委运"二词的运用,其语义与《南方三气丹天灵书度命玉章》之"促命"、"乘运",可说是如出一辙。更为重要的是,陶诗的主题与《南方三气丹天灵书度命玉章》宣扬的宗旨——"道得自然"[③],也是若合符契。

第三例,《乞食一首》云:"饥来驱我去,不知竟何之。行行至斯里,叩门拙言辞。主人谐余意,遗赠岂虚来。谈谐终日夕,觞至辄倾杯。……衔戢知相谢,冥报以相贻。"(第103页)考"乞食"之举,多出现在道教仙传故事中,如《真诰》卷九《协昌期第一》谓楚庄公时:

有一乞食公入市,经日乞,恒歌曰:"天庭发双华,山源彰阴邪。……真人无那隐,又以灭百魔。"恒歌此乞食,一市人无解歌者。独莱子忽悟,疑是仙人……乃遂师此乞食公,弃官追逐。积十三年,此公遂授以中仙之道。[④]

《太平广记》卷十"李意期"条引《神仙传》说李意期是"乞食得物,即度于贫人。于城都角中,作土窟居之,冬夏单衣。饮少酒,食脯及枣栗"[⑤]。更引起我们注意的是古灵宝经《太上洞玄灵宝智慧定志通微经》,曰:

时有十二年少,处世闲乐,日日相就,共作好食,酣饮嬉戏,或复论议为道之难易。天尊以道眼遥见此人,前生在世得为人师而秘惜经典,故

---

① 《道藏》第1册,第804页下。

② 《道藏》第25册,第51页下。

③ 同①,第805页上。

④ [日]吉川忠夫、麦谷邦夫编:《真诰校注》,朱越利译,中国社会科学出版社2006年版,第283页。

⑤ (宋)李昉等编:《太平广记》,中华书局1961年版,第70页。

弟子于道之心亦复犹豫,因此微缘,缘犹可度。

于是天尊即化作凡人,从会中过,过托乞食,因悉共遇诸年少辈,复论如故。……其中一人素性好酒,先曰:"余者乃可,唯酒难断除……所以者何? 我先服散,散发之日,非酒不解,是故敢耳。"化人曰:"散发所须,此乃是药。将养四大,药酒可通,但勿过量,至不如平耳。"①

若将陶诗与道经比较,不难发现至少有三点相同(或相似):一者都说到了乞食和饮酒之事。二者主人与乞食者之关系都相当融洽和自然,毫无矫揉造作之意。三者都涉及了因缘果报观。当然,其间也有一些重要的区别:一是《乞食》中好酒的是乞食者,而道经中好酒的是主人。二者《乞食》的报应时间是将来(其时间链是现在→将来),而道经则是现在(其时间链是过去→现在)。这种不同,我们不妨把它视作是陶渊明的改造和创新。另外,古灵宝经《洞玄灵宝长夜之府九幽玉匮明真科》又云:"受经法信,当十分折二送祖师,又折二散乞贫人、山栖道士,余信营己法用。"② 乞贫人,即乞食者,据此则知道教本有救助贫穷乞食者的戒律,因此受助者在心理上并不会有什么难堪的感受。陶渊明诗中的坦然态度,与此戒条在精神上也有共通之处。

综上所言,可知晋末宋初盛行的古灵宝经,因其酒戒上的通融及其厨会制度中酒、乐相合的艺术情趣,引发了陶渊明的共鸣。从某种意义上讲,陶渊明的饮酒之作,也是中古道教灵宝派思想在文学艺术方面的最直接反映。同时,陶渊明作品所表现的大乘佛教诸思想,亦似以古灵宝经为中介。虽然时贤的研究论著未点明这一点,不过,关于陶渊明其人其文所受佛教思想、佛经文学之影响的研究成果相当丰硕③,我们就不多置余喙了。易言之,古灵宝经是陶渊明接受当时最新佛、道思想影响的共同媒介。

原载《福建师范大学学报》2010 年第 5 期
《中国古代近代文学研究》2011 年第 2 期转载

---

① 《道藏》第 5 册,第 894 页中—下。
② 《道藏》第 34 册,第 392 页上。
③ 相关研究概况,可参谢淑芳:《20 世纪大陆研究陶渊明与佛教关系成果概述》,《九江学院学报》2007 年第 1 期。

陶渊明《游斜川》诗的道教解读

  《游斜川》(或题作《游斜川一首》)是陶渊明最重要的作品之一,历来颇受关注。究其原因,大致有二:一者它在后世的流传过程中产生了比较多的异文,而异文又牵涉到陶渊明的享年问题[①];二者它所表现的斜川之游在文学史上甚有影响,一方面前承西晋石崇(249—300)元康六年(296)的金谷诗会、东晋王羲之永和九年(353)的兰亭集会[②],另一方面则开启了后世诗人的"斜川"之思。[③]

  虽说中外学人对《游斜川》的笺释、解读之作层出不穷,但鲜有结合道教经典切入者,由此导致对某些重要问题的检讨见仁见智,无法取得一致的结论。本来,陈寅恪先生早在《陶渊明之思想与清谈之关系》的宏文中,就从思想史的角度,揭橥了天师道信仰对陶渊明产生的巨大影响,指出"渊明之为人,实外儒而内道,舍释迦而宗天师者也",进而把渊明定位为"吾国中

---

① 有关情况,请参袁行霈:《陶渊明研究》(增订本),北京大学出版社 2009 年版,第 211—218 页。

② 关于这一点,前贤时俊已有较详尽的分析,具体可参逯钦立校注《陶渊明集》(中华书局 1979 年版,第 210—213 页)、袁行霈撰《陶渊明集笺注》(中华书局 2003 年版,第 97 页)、[日]三枝秀子《陶渊明〈游斜川并序〉考》(《大东文化大学汉学会志》44,第 139—167 页,2005 年3 月)等。

③ 这方面的论文较多,较有系统性的是徐宝余:《陶渊明斜川之游释证》(《文学遗产》2007年第 2 期),可看。

古时代之大思想家"。① 后来,踵武陈先生之研究范式者,大有人在,成果亦多。其中,最为系统的当属范子烨先生,其《五斗米的故事:陶渊明的宗教信仰及相关问题》② 一文,就进一步证成了陈氏之说;而笔者则结合时代背景之变化,指出陶渊明的道教信仰体系,并非仅停留在天师道层面,他同时也融汇了灵宝派等当时新兴道派的思想要素。③ 兹以相关道典为指南,以当时社会政治生活为背景,以诗人创作心态为依据,重释《游斜川》如次。不当和疏漏之处,在所难免,还请海内外方家諟正。

《游斜川》包括两大部分:一是诗前小序,二是五言诗本身。胡不归有云:"读渊明诗,当注意其序,更需领会序与诗之关系,约略言之,序言之不足者,以诗足之,诗咏之不能至者,以序补之。"④ 其言良是。盖诗、序相互补充,从而建构出诗人完整的情感与思想体系。

《游斜川》全文云:

> 辛**丑**正月五日,天气澄和,风物闲美。与二三邻曲,同游斜川。临长流,望曾城,鲂鲤跃鳞于将夕,水鸥乘和以翻飞。彼南阜者,名实旧矣,不复乃为嗟叹。若夫层城,傍无依接,独秀中皋,遥想灵山,有爱嘉名。欣对不足,共尔赋诗,悲日月之遂往,悼吾年之不留。各疏年纪乡里,以记其时日。
>
> 开岁倏**五十**,吾生行归休。念之动中怀,及辰为兹游。气和天惟澄,班坐依远流。弱湍驰文鲂,闲谷矫鸣鸥。迥泽散游目,缅然睇曾丘。虽微九重秀,顾瞻无匹俦。提壶接宾侣,引满更献酬;未知从今去,当复如此不?中觞纵遥情,忘彼千载忧。且极今朝乐,明日非所求。⑤

作品中最重要的异文出现在序与诗的第一句(在上揭引文中,为醒目之故,已用黑体字标示),袁行霈先生曾择要列过一简表⑥,现在其基础上稍

---

① 陈寅恪:《金明馆丛稿初编》,生活·读书·新知三联书店2001年版,第229页。

② 按,该文收入氏著《悠然望南山——文化视域中的陶渊明》,东方出版中心2010年版,第52—135页。

③ 参拙撰《陶渊明与道教灵宝派关系之检讨——以涉酒诗文为中心》,《福建师范大学学报》(哲学社会科学版)2010年第5期。

④ 胡不归:《读陶渊明集札记》,华东师范大学出版社2007年版,第183—184页。

⑤ 袁行霈撰:《陶渊明集笺注》,中华书局2003年版,第97页。又,此处未迻录《游斜川》之异文。

⑥ 袁行霈:《陶渊明研究》(增订本),北京大学出版社2009年版,第215页。

作损益,如下:

序号	异 文		版本出处
1	"辛酉岁"	"五十"	《古今岁时杂咏》卷四三,题目作"《游斜川作》(并序)"①
2	"辛丑岁"		晏殊《晏元献公类要》卷三一②
3	"辛丑"	"五十"	《东坡先生和陶渊明诗》
4	"辛丑岁"	"五十"	苏过《斜川集》卷六《小斜川并引》③
5	"辛丑岁",或云"辛酉岁"	"五十",或"五日"	马永卿《嬾真子》卷一④

---

① (宋)蒲积中编,徐敏霞校点:《古今岁时杂咏》,辽宁教育出版社 1998 年版,第 484 页。又,蒲氏乃南宋绍兴初进士,其书以北宋著名学者宋绶(991—1040)所编 20 卷《岁时杂咏》为基础,续成于绍兴十七年(1147)。其中,蒲氏新增诗篇主要是本朝名家欧阳修、梅尧臣、王安石、苏轼、黄庭坚等人的作品。因此,其所录陶渊明诗作,当源于宋绶所见的宋初刊本。另,范子烨先生对《古今岁时杂咏》所引陶诗异文,已作梳理,参氏论《〈古今岁时杂咏〉中的陶诗异文》,《中国典籍与文化》2010 年第 3 期。

② 《四库全书存目丛书》"子部"第 167 册,齐鲁书社 1995 年影印本,第 251 页上栏。因晏殊只引了序文,故不知其所见诗句如何,是作"五十",还是作"五日"? 又,本条材料为金程宇博士首先检出,见氏论《高丽大学所藏〈精刊补注和陶诗话〉及其价值》(《文学遗产》2008 年第 5 期)。

③ (宋)苏过著,舒大纲等校注:《斜川集校注》,巴蜀书社 1996 年版,第 402 页。又,苏过诗作于北宋宣和三年(1121),是年为辛丑年。

④ 按,马永卿生卒年不详,但绍兴初尚在人世。其论《游斜川》之文曰:"世所传《五柳集》,数本不同。谨按,渊明乙丑生,至乙巳岁赋《归去来》,是时四十一矣。今《游斜川》诗,或云'辛丑岁',则方三十七岁。或云'辛酉岁',则已五十七;而诗云'开岁倏五十',皆非也。若云'开岁倏五日',则正序所谓'正月五日',言开岁倏忽五日耳。近得庐山东林旧本,作'五日',宜以为正。"(《文渊阁四库全书》第 863 册,台北:商务印书馆 1986 年影印本,第 406 页)据此,则知马氏所见陶集版本,序、诗即有异文多处。而其所谓"庐山东林寺旧本",苏轼《东坡题跋》卷二《书渊明"羲农去我久"诗》亦载:"余闻江州东林寺《陶渊明诗集》,方欲遣人求之,而李江州忽送一部遗余,字大纸厚,甚可喜也。每体中不佳,辄取读,不过一篇,唯恐读尽后无以自遣耳"(屠友祥校注:《东坡题跋校注》,上海远东出版社 2011 年版,第 71 页),则知东坡是见过东林寺本的。但是,苏轼和陶诗及其子苏过《小斜川并引》都未采信该版本。又,据北宋陈舜俞撰成于熙宁五年(1072)的《庐山记》卷一载:东林寺在香炉峰下,"峰下有藏经岩,即会昌以藏东林之经也"(《大正藏》卷五一,第 1030 页中),则知宋初庐山东林寺所藏陶渊明集,极可能是经过会昌法难后所保存的文人别集。众所周知,东林寺有收藏著名文人别集的传统,如白居易《东林寺白氏文集记》说他自己贬谪江州司马时"常与庐山长老于东林寺经藏中,披阅远大师与诸文士唱和集卷,时诸长老请余文集,亦置经藏",二十年后(835),他便把自编《文集》60 卷付诸东林寺收藏,并要求"依远公文集例,不借外客,不出寺门"(谢思炜校注:《白居易文集校注》,中华书局 2011 年版,第 1961 页)。陶渊明作为与庐山有着密切关系的大诗人,其文集自然不会被东林寺遗漏。所以,陶集"辛酉"、"五日"这一版本系统,颇疑出之于唐东林寺藏本。

续表

序号	异	文	版本出处
6	"辛丑"（一作酉）	"五十"（一作日）	汲古阁藏《陶渊明集》
7	"辛丑"	"五十"	绍兴本《陶渊明集》
8	"辛丑"（一作酉）	"五日"（一作十）	汤汉《陶靖节先生诗注》
9	"辛丑"	"五十"	南宋眉山续溪杨恪撰《陶渊明年谱》①
10	"辛丑"	"五日"	李公焕笺注《陶渊明集》

从表中所列元代以前的早期陶集版本可知，虽说序文有"辛丑"、"辛酉"的不同，但二者所纪乃是年份，当无疑义也。而且，诸本所载陶渊明等人出游斜川的时间悉在"正月五日"，可惜的是，过往的研究对这一特殊的日子未予注意，那我们的分析就从这里开始。

原来，正月五日是中古天师道重要的"三会日"之一，也叫上会日。《赤松子章历》卷二即云：

> 三会日：正月五日上会，七月七日中会，十月五日下会。右此日宜上章言功，不避疾风暴雨、日月昏晦、天地禁闭。其日，天帝一切大圣俱下，同会治堂，分形布影，万里之外，响应齐同。此日上章，受度法箓，男女行德施功，消灾散祸，悉不禁制。②

同书卷五《三月一时言功章》又云：

> 谨按文书，天师节度，一年三会吉庆。十月五日，都言功。谨条臣所领箓，上辞旨，散民育物，男女良贱，命籍、户口、年纪、显达、人名，右列如

---

① 按，杨氏所撰《陶渊明年谱》已佚，现有 20 条保存于高丽大学所藏南宋遗民诗人蔡正孙所撰《精刊补注东坡和陶诗话》中。其注《游斜川》时引杨谱之语云："此诗首言'开岁倏五十'，公自纪年也。从此纪年则公当是永和八年壬子生，至此年为五十，乃大差异。一本'五十'作'五日'，然《陶苏唱和集》及余家旧藏坡公真迹皆作'五十'字，今晋、宋书及萧统、李延寿《传》皆不取，莫详所谓。"前引金程宇论文，即据此指出：这是新发现的与张缜七十六岁相同的宋人意见，杨恪虽未引《游斜川·序》，但他推定陶渊明生于永和八年壬子，则其所据版本序中为"辛丑岁正月五日"无疑。其论可从。

② 《道藏》第 11 册，第 182 页上。

牒。……天师所布下二十四治、三十六靖庐……男官女官二十四官、男职女职二十四职,及男女户口所受箓上吏兵,请守宅三将军、二十四吏、兵士三十万人等、三曾五祖、五将五神,保护肉人等家皆得端正,劳君苦吏,愿一切悉为言功举迁。臣以闻塞,不明鬼炁,谨请汉南昌都集君、还功君、将吏一百二十人,主分别诸将吏,有功劳者,分别皆当迁达。……功曹显达受功者,与便曹稳职,无令失意。或有恚恨者,至来年正月五日,依法举迁。臣及所愿道民,口数端正,以为效信,千罪万过,乞垂原赦。①

综合言之,在正月五日上会日这一天,道民需按照严格的程式,把男女户口、年龄大小、显达之类的事项,一一条列于牒,以便向诸鬼神上章,请其考校功德罪过,其后或迁或赏,故该日之会又名举迁赏会,或迁赏会。

但是,道教对上会日(迁赏日)的记载又有不同的说法,存世道典尤其是灵宝经中,更常见的是在正月七日。如陆修静(406—477)撰《陆先生道门科略》云:

> 天师立治,置职犹阳官郡县城府治理民物。奉道者皆编户著籍,各有所属,令以正月七日、七月七日、十月五日,一年三会,民各投集本治,师当改治录籍,落死上生,隐实口数,正定名簿,三申五令,令民知之。其日天官地神咸会师治,对校文书。师民皆当清静肃然,不得饮酒食肉,喧哗言笑。会竟,民还家,当以闻科禁威仪,教敕大小,务共奉行。如此,道化宣流,家国太平。②

隋唐时期所出《太上洞玄灵宝福日妙经》则云:

> 天尊言:正月七日,天曹迁赏会;七月七日,地府度生会;十月五日,水府建生会。是三会吉日,能于此日长斋者,万劫家门不遭瘟气。③

唐朱法满(?—720)撰《要修科仪戒律钞》卷八引《圣纪经》又曰:

---

① 《道藏》第 11 册,第 213 页中—下。
② 《道藏》第 24 册,第 780 页上。
③ 《道藏》第 6 册,第 226 页下。

正月七日名举迁赏会,七月七日名庆生中会,十月五日名建生大会。右三会之日,三官考核功过。依日斋戒,呈章赏会,以祈景福。①

《圣纪经》所说的这一相同内容,又见于北宋贾善翔《犹龙传》卷五《度汉天师篇》所引《旨要妙经》②,仅是个别文字略有不同。

不过,初唐高僧释法琳(572—640)撰《辩正论》卷八"道家节日"条指出:

案:道家金录、玉录、黄录等斋仪,及洞神自然等八斋之法,唯有三元之节言功举迁,上言功章,三会男女,具序乡居户属以请保护。正月五日为上元节,七月五日为中元节,十月五日为下元节。恰到此日,道士奏章,上言天曹,冀得迁达,延年益算。七月十五日,非道家节。③

按,法琳虽少年出家,成名甚早,但他为了全面了解道教的真实情况,曾在隋恭帝义宁初(617)着黄巾道服与道家交往一年之久,因此,他对道教三会日、三元节及其性质的描述,并非是向壁虚构,应有相当的可靠性。④

其实,不管是正月五日也好,七日也罢,若按灵宝派的斋法,整个正月都是斋月,且是举迁赏会之月。两宋之际道士陈椿荣集注《太上洞玄灵宝无量度人上品经法》卷一注"三元章"即云:"玄师曰:正月者,上元天官会地、水二官于上元紫微宫,校诸功德,名举迁赏会之月,宜度上世祖考亡魂,断诸三徒之役。"⑤若其言不虚,则在正月的任何一天,都可上章于天、地、水三官,便于其考校信徒的功过罪福。

序文中尚值得注意的重要之处,还有四点:

一者序之结尾处的两句。在前列表格之诸本中,它们多作"各疏年纪乡里,以记其时日",即便按此来进行解释,亦可发现一个极其有趣的现象,即

① 《道藏》第6册,第955页上。
② 《道藏》第18册,第25页上—中。
③ 《大正藏》卷五二,第548页上。
④ 于此需要指出的是,道教三元节之上元节多在正月十五日,然据法琳的说法,似可推断:在隋末唐初,三元节与三会日的区分尚不够严格。
⑤ 《道藏》第2册,第475页下。

陶渊明把同游者的年纪、籍贯写入诗序的做法,实与天师道上会日的上章格式如出一辙!而在北宋晏殊撰《类要》卷三一,这两句则引作:"各疏年纪乡里,以记其详。"其中,"详"字颇具深义,它应包含了更多的内容。参照前揭《赤松子章历》卷五《三月一时言功章》,可知"详"字还可以包括性别、社会身份等事项。为了让读者有更直观的印象,兹再引相关道典所载上章格式之要求以及例文如下。前者如《赤松子章历》卷一"章辞"条明确指出:

> 凡欲奏章,先具辞疏,列乡贯、里号、官位、姓名,年几,并家口、见存眷属、男女大小等,令依道科,赍某法信于某处,诣某法师,请求章奏。伏乞慈悲,特为关启,辞中或说事意,须质而不文,拙而不工,朴而不华,真而不伪,直而不肆,辩而不烦,弱而不秽,清而不浊。简要输诚,则感天地,动鬼神,御上天曹,报应立至。如违,夺算一纪。①

于此,道教既规定了所上章疏的行文格式(即外在组织结构),又对语言运用、叙事风格和审美趣味等悉有严格要求。反观陶渊明之序文,从总体风格言,亦完全符合这些要求。后者则如同书卷四之《上清言功章》,曰:

> 具法位上言:谨按文书牒,得某州某县弟子某,年若干,某月日生。伏自惟省,素以胎荫微蔑,宿缘幸会得奉大道,归命正真!荷四时所养,皇老好生,太上恶杀,赐臣气命,逮及今日,仰受太阳之恩,谬蒙师道之泽,赐署治箓,进叨《老君道德五千文》尊经,洞神、洞玄、洞渊、洞真等法。……存灵念真,餐御吐纳,注心玄极,修行生道。②

其中的"某"字,在实际应用时可代入具体的地点、人物等东西。另外,陶渊明《游斜川》序中的这一特殊表达格式,除了与天师道上章程式相同之外,其实在文学史上也有先例,那就是石崇的《金谷诗序》,其结尾云:"感性命之不永,惧凋落之无期。故具列时人官号、姓名、年纪,又写诗著后。后之好事者,其览之哉!凡三十人,吴王师议郎、关中侯、始平武功苏绍,字世嗣,年

---

① 《道藏》第11册,第178页下—179页上。
② 同上书,第209页上。

五十,为首。"① 两相比较,最大的区别有三点:一是石崇的金谷之游人数多达三十人,而陶渊明斜川之游,顶多六七人(分析详后)。二是石氏序中特别突出了一个最重要人物,即官位最高的苏绍,而陶氏序中则未介绍同游者的官职情况。但唐人权德舆《韦宾客宅宴集诗序》云:"季伦金谷,实有歌诗;元亮斜川,亦疏爵里。"② 看来,权氏除了把斜川之游与金谷之会相提并论外,还认为陶渊明序中亦具列了同游者的任职情况。可惜的是,传世史料并不能支撑其观点,或许是他误用典故所致。三是石氏之游谈不上有多少道教含义,陶氏之游却深具道教寓意(详见下文)。

二者序中所述与陶渊明一道参与斜川之游的是"二三邻曲"③。一般说来,陶诗中的数字对其生平考证大都具有重要的参考价值。唯独此"二三"之说,稍有例外,因为其中可能有千载未发之覆的道教象征义。对此,大体可作两种理解:一是取"三人"之说,如苏过宣和三年作《小斜川并引》之"序"谓:"予近卜筑城西鸭陂之南,依层城,绕流水,结茅而居之,名曰'小斜川'。偶读渊明诗:辛丑岁正月五日,与二三邻曲同游斜川,各赋诗。渊明诗云'开岁倏五十'。今岁适在辛丑,而予年亦五十。盖渊明与予同生于壬子岁也。畸穷既略相似,而晚景所得又同,所乏者高世之名耳!感叹兹事,取其诗和之,以遗行甫、信中、巽夫三友。请同赋,庶几仿佛当时之游。"诗中则谓:"当时二三友,得如我友不?"显而易见,苏过的卜筑之举,完全是模仿陶渊明斜川之游而来,而与苏过和诗者是行甫等三人,则知苏过心目中陶氏之"二三邻曲",就是指陶渊明的三位同道好友。二是六人说,这是笔者的理解,因为陶氏作品中的数字运用,常常表现为乘法的形式,如《祭程氏妹文》"我年二六,尔才九龄"之"二六",是指诗人为十二岁;《责子》"阿舒已二八,懒惰故无匹"之"二八",则指其子阿舒时为十六岁。此外,苏轼可能也有过类似的理解,其作于绍圣二年(1095)《正月二十四日,与儿子过、赖仙芝、王原

① (清)严可均辑:《全晋文》卷三三,商务印书馆1999年版,第335页。

② (唐)权德舆撰,郭广伟校点:《权德舆诗文集》,上海古籍出版社2008年版,第530页。

③ 按,袁行霈先生指出:"二三,绍兴本作一二,于义稍逊。"(《陶渊明集笺注》第92页)考今存最早的相关文本,如《晏元献公类要》卷三一晏殊所见本、蒲积中《古今岁时杂咏》卷四三所据宋绶本,悉作"二三邻曲",故当以"二三"为是。

秀才、僧昙颖、行全、道士何宗一同游罗浮道院及栖禅精舍,过作诗,和其韵,寄迈、迨》云:"斜川二三子,悼叹吾年逝。"① 虽然诗题所示出游时间是正月二十四日,但诗中明确指出这次出游就像陶渊明的"斜川二三子"之游,则知东坡他是在自比陶渊明,而且又有把诗题所说苏过、赖仙芝、何宗一等六人比喻为陶序之"二三邻曲"的用意。当然,苏轼就斜川之游的"正月五日"这一特殊时日,本来就写过多首诗词,如元丰五年壬戌(1082)所作《江城子·梦中了了醉中醒》有自注曰:"陶渊明以正月五日游斜川,临流班坐,顾瞻南阜,爱曾城之独秀,乃作斜川诗,至今使人想见其处。元丰壬戌之春,余躬耕于东坡,筑雪堂居之。南挹四望亭之后丘,西控北山之微泉,慨然而叹,此亦斜川之游也。乃作长短句,以《江城子》歌之。"② 作于绍圣四年(1096)的《和陶游斜川·正月五日与儿子过出游作》则说:"虽过靖节年,未失斜川游。"③ 总之,陶渊明的斜川之游在苏轼身上引起了巨大回响。

不过,无论"二三邻曲"是指三人,或者六人,"三"和"六"这两个数字,其实都和道教传授经法、请师保法等方面的特殊规定有着极其密切的联系。如《传授经戒仪注诀》之《传授斋法第二》云:

> 当延请师之朋友、门徒、眷属、男女,多少随所能供,多乃至无数,法限三十八人,少不可减六人,六人为通。……若山居涧处,则对景断金,穷地单寡,二三随时,必是同志,不可异人,或生参差,破坏善事。师与弟子,精共详宜。斋法九日、七日、五日、三日,勿启一日。启一日者,会而非斋。散财、饭贤,谓之为会。文书启告,请监会官,凡一日。斋,拘涉三日也。④

① (宋)苏轼著,(清)冯应榴辑注:《苏轼诗集合注》,上海古籍出版社 2001 年版,第 1983 页。

② 邹同庆、王宗堂:《苏轼编年词校注》,中华书局 2002 年版,第 352—353 页。

③ 关于此诗的系年,历来有不同的说法,此依吴定球先生的考证,他认为南宋施宿所编《东坡先生年谱》中绍圣三年说是正确的,参氏论《苏轼〈和陶游斜川〉诗系年考辨》,载《惠州大学学报》(社会科学版)2000 年第 3 期。

④ 《道藏》第 32 册,第 171 页中。又,据此经文,上会日之所有正月七日的异说,可能是因为从正月五日算起,前后持续三天之故。确否,俟考。

同书《请师保法第三》又云：

> 受道营斋,用王相之日,本命、甲子、朔望皆佳。事办须速,亦得弗
> 择。然延请师保,其应充者,善会难谐,乖阇易致,弥须注心,祈贤降德,
> 指日投疏,依如常仪。所请之人,次第如左:第一曰三师,以三人为之,其
> 一人为正师,一人为监度师,一人为证盟师。①

据此可知:传授经法之斋官,最完整的组织结构是三十八人。但是,最低不能
少于六人,且大多是以六人为通则。尤其是《传授斋法》所说"山居洞处"、
"二三随时,必是同志"之场景、氛围与陶序是何其相似啊！另外,无论斋、
会,最重要的斋官是三师——正师、监度师和证盟师,他们在同书之《书三师
讳法第六》中,则称作度师、籍师和经师②,其实际功能则相同。

　　三者序中描绘游斜川望层城之方式,和道教之存思术颇显一致。具体表
现在诗人把眼前所见的"曾（层）城山",想象成为"灵山",并且是仙山昆
仑中的"增城山"。"有爱嘉名",是说"曾（层）城"与仙山"增城"同
名。而陶渊明所说的曾（层）城山,实指乌石山,清初顾祖禹撰《读史方舆
纪要》卷八四即指出:"有层城山,在府西五里,一名乌石山,亭然独秀。下有
蒲溪湾,流入彭蠡湖。"③ 此"亭然独秀",与陶渊明对层城山"独秀中皋"的
描述,完全相同。《宏智禅师广录》卷八载北宋曹洞宗高僧释正觉（1091—
1157）《斜川道上望庐山三绝》（其三）则云:"水从乌石山前转,人在斜川岸
上行。寂漠柴桑古祠下,我来无酒酹渊明。"④ 南宋词人张炎《壶中天·咏周
静镜园池》又说:"万尘自远,径松存、仿佛斜川深意。乌石冈边犹记得,竹里
吟安一字。"⑤ 二人皆把乌石和斜川对举,前者谓山（或冈）,则斜川当是水
名无疑。而且,笔者颇疑"乌石山"又名（或改名）"曾城山"之举,就是陶
渊明所为。所谓"有爱嘉名"之"嘉名",实与汉晋以来"取其嘉名"的地

---

① 《道藏》第32册,第171页中—下。
② 同上书,第172页中。
③ （清）顾祖禹撰,贺次君、施和金点校:《读史方舆纪要》卷八四,中华书局2005年版,第
3916页。
④ 《大正藏》卷四八,第89页中。
⑤ （南宋）张炎撰,吴则虞校辑:《山中白云词》,中华书局1983年版,第94页。

名命名原则[①] 含义相同。唐李吉甫撰成于元和八年（813）的《元和郡县图志》即云："增城县，本汉番禺县地，后汉于此置增城县。按昆仑山上有阆风、增城，盖取美名也。"[②] 可知"增城"这一地名正是"取其嘉名"之原则的具体运用。再如对陶渊明较为钦慕的唐代大诗人李白，则把青阳县南的九子山改名为九华山，其《改九子山为九华山联句》之序交待原因是："山高数千丈，上有九峰如莲华。按图征名，无所依据。太史公南游，略而不书。事绝古老之口，复阙名贤之纪，虽灵仙往复，而赋咏罕闻。予乃削其旧号，加以九华之目"[③]，由此才成就了名动天下的"九华山"。

若把陶渊明之序与诗句"迥泽散游目，缅然睇曾丘。虽微九重秀，顾瞻无匹俦"结合起来分析，则其存思的理路更加清晰可见。诗人的意思是，他远望曾城山，虽然它的秀丽稍弱于昆仑的九重增城，但就此时此刻而言，此曾城山就是他心目中最完美的仙山。类似的经历，在道典所载存思术中，比比皆是，如梁陶弘景（456—536）撰《真诰》卷五《甄命授第一》载汉庄伯微之事曰：

> 少时好长生道，常以日入时正西北向，闭目握固，想见昆仑，积二十一年。后服食，入中山学道，犹存此法。当复十许年后，闭目乃奄见昆仑，存之不止，遂见仙人授以金汋之方，遂以得道。[④]

庄伯微的存思昆仑，前后持续三十多年之久，最后竟然让他达到了人神交接（降神）的境界。易言之，存思是有通神之奇效的。

存思之地，既可以在专门的修行场所——靖室，也可在人迹罕至的山林。《云笈七签》卷四九引《守五斗真一经口诀》云："道士志学，山林隐静，久遁岫室，远迹人间，为之者益精，而神速至也。"[⑤] 而对存思的对象，无论是神仙、

---

① 按，这方面的具体分析与相关例证，请参华林甫：《中国地名学史考论》，社会科学文献出版社 2002 年版，第 17—20 页。

② （唐）李吉甫撰，贺次君点校：《元和郡县图志》卷三四，中华书局 1983 年版，第 889 页。

③ （唐）李白著，（清）王琦注：《李太白全集》，中华书局 1977 年版，第 1154—1155 页。

④ ［日］吉川忠夫、麦谷邦夫编，朱越利译：《真诰校注》，中国社会科学出版社 2006 年版，第 174 页。

⑤ （宋）张君房编，李永晟点校：《云笈七签》，中华书局 2003 年版，第 1099 页。

三官、洞府名山,还是身神、日月星辰、五方之气等,其最基本的要求是专注于所思对象的具体可感的形象,《云笈七签》卷四五《存思诀第十二》云:"《玄都入治律》曰:呈章朝真,存五方气,及功曹使者、吏兵,左右分位森然,如相临对,侍左右前后。《天师墨教篇》曰:入靖烧香,皆目想仿佛,若见形仪。"① 再如卷四四引《紫书存思元父玄母诀》说:"每至其日,沐浴清斋于隐寂之地,不关人事。正中时,向东北之上,仰天思九天元父姓名,身长九寸九分,着玄黄素灵之绶,头戴七称珠玉之帧,冠无极进贤之冠,居九天之上太极琼宫玉宝之府丹灵乡洞元里中。时乘碧云飞舆,从十二飞龙二十四仙人,白鹄侍轮,游于虚玄之上。存思分明,令如对颜。"而存思玄母时同样应做到:"存思分明,朗然对前。"② 其中,"森然"、"朗然"等所状,皆是描述存思中神人交接的场景。

修行者存思进入人神交接之后,可以达到飞仙的境界,进而身(此岸世界的修行个体)神(彼岸世界的神仙)合一。前引《紫书存思元父玄母诀》即谓:"凡行此道,当精心苦念,目瞻灵颜,仰希玄降,以要飞仙。……神无不感,道无不降,学无不成。道降神附,飞行太空也。"③ 也就是说,此时的修道者,自身即可紧随诸仙而进入仙界(包括身内之神和身外之神),并与他们平等交流。对此,《太上黄庭内景玉经》则云:"治生之道了不烦,但修洞玄与玉篇;兼行形中八景神,二十四真出自然。高拱无为魂魄安,清净神见与我言。"④ 陶诗中提壶所接的"宾侣",可理解为是隐喻降临之诸仙,而"未知从今去,当复如此不"则在隐喻诗人的"飞仙"之乐。

四者序与诗一样,重点突出的是山水意象。袁行霈先生敏锐地发现:"渊明多有田园诗,而山水诗仅此一首。"⑤ 有趣的是,有道典明确指出存思学仙离不开山山水水,尤其又和其中的投龙进简仪式(亦称投龙简,简称投龙)关系密切。唐初王悬河编《三洞珠囊》卷二《投山水龙简品》即引《洞神

① 《云笈七签》,第1016页。
② 同上书,第1001—1002页。
③ 同上书,第1002页。
④ 《道藏》第5册,第911页上。
⑤ 袁行霈撰:《陶渊明集笺注》,第97页。

经第十四》云:

> 凡学长生存神明者,山仁水智,动静所依。依仁者,静而寿也;依智者,动而乐也。乐近水,寿如山。山居玩水,长生之方也。当投简送名,拜见山水之灵。灵皇帝君,佑护善人,使弘仁智,长生神仙也。八节日寅午时,朱书白槿简一枚,曰:曾孙某州郡县乡里位姓名,志求长生,移籍太清,改死录,着生符。……诣水泛舟,中流再拜讫,向王发炉心拜,读简毕又拜,裹缠如法,以净石系之,令沈。立春为始,三年二十四过,必能降真。①

《太平御览》则引《大洞真经》曰:

> 长生存神者,好山水之人。仁知,动静所依也。依仁者静而寿,依智者动而乐。当投简送名,俾崇仁智。朱书白简,移籍太清,发炉拜,手用青纸,青丝裹络岩石上,诣水泛舟,中流读简,以名系之,必能降真也。②

两相比较,二经内容虽详略有别,但关键点则基本一致,如谓投简过程中所存思的对象,多是山水之灵,投简的目的在于求长生。

投简仪式,本源自五斗米道(天师道)的"三官手书"。刘仲宇先生指出:"三官手书原来只以文书置于山、埋于土及投于水,分别到达天、地、水三官。……其意仍在告盟天地水三官。投龙简时举行隆重的仪式,在所投的场所前以酒果、肴馔、汤茶等醮献。正式投前须发愿、念投简颂咒、读简文。"③从前述王悬河所引《洞神经》经文可知,简的行文结构与《赤松子章历》所载的"上章",其实没有什么不同。更值得注意的是,《洞神经》、《大洞真经》都要求所投之简在泛舟中流时才诵读,这一程式体现的是"智者动而乐"的人文情怀。而《游斜川》序中的"临长流"(按,晏殊《晏元献公类要》卷三一引作"临长江",亦可通)及诗之"班坐依远流"、"迥泽散游目",当是描写陶渊明与二三邻曲泛舟斜川的情形,我们之所以这样推断,一

---

① 《道藏》第25册,第306页下。

② (宋)李昉等撰:《太平御览》卷六六〇,中华书局1960年版,第2947页。

③ 胡孚琛主编:《中华道教大辞典》,中国社会科学出版社1995年版,第654页。

方面是前代大诗人曹植（192—232）在《朔风》中有"临川慕思，何为泛舟！岂非和乐？游非我邻。谁忘泛舟？愧无榜人！"①的慨叹，而陶渊明"且极今朝乐"的态度，正好和曹植形成了鲜明的对比，因为曹植是找不到知心人；另一方面后人如宋释正觉《斜川道上望庐山三绝》（其二）又谓："青山放足溪转腰，蓑翁理网儿摇舠。先生畴日骑鱼去，岸上人家谁姓陶？"②"先生骑鱼"，作者虽用了《列仙传》琴高骑鲤鱼的典故，但结合全诗尤其是"摇舠"这一关键词来看，似也可说明陶渊明生前有斜川泛舟之举。

至于五言诗本身，则在两个方面对序文进行了重要的补充。

首先是开篇的两句"开岁倏五十，吾生行归休"。

对于"五十"、"五日"与序中"辛丑"、"辛酉"之争论，笔者也赞同袁行霈先生的观点，即《游斜川》序"于年、月、日交待十分清楚，次序井然，不容有其他解释"，"'辛丑'二字乃纪年无疑。然则此诗作于晋安帝隆安五年辛丑（四〇一）。诗曰'开岁倏五十'，是年渊明五十岁"。③其实，细绎诗与序，则知"辛丑"、"五十"在道典中还有特殊的宗教意义。

原来，道典有"辛丑定数"之说。宋末元初的著名诗人方回（1227—1307）《秋风歌》有云："我忆淳熙前辛丑，赤地□□飞蝗虫。江南人才殊未少，南康救荒赖文公。我忆嘉熙□辛丑，西湖涸底舟不通。人肉馒头市肆卖，艮山门潮尧水洪。水旱厄运古来有，皇天得不怜民穷。辛丑定数不可免，愿言少杀神怨恫。七十有五衰病翁，未即就木犹转蓬，侥幸米价不长年岁丰。"④该诗作于元大德五年（1301），抒发了方回追忆两宋杭州灾荒史时的沉重心情。"淳熙"本为宋孝宗年号，共十六年（1174—1189），但其前的"辛丑"则是北宋宣和三年（1121）；而"嘉熙□辛丑"（按，"□"当是"后"字之脱），则指宋理宗淳祐元年（1241，"淳祐"前的年号是"嘉熙"，共四年，即1237—1240）。方回七十五岁这一年，亦是辛丑年，他本以为又要遭遇"辛丑定数不可免"的厄运，却偏偏逃了过去，所以，他的最大感受是

① 赵幼文校注：《曹植集校注》，人民文学出版社1984年版，第175页。
② 《大正藏》卷四八，第89页中。
③ 袁行霈撰：《陶渊明集笺注》，第93—94页。
④ 北京大学古文献研究所编：《全宋诗》第66册，北京大学出版社1998年版，第41845页。

"侥幸"。考"辛丑定数"之说,出于两晋时所出的《太上洞渊神咒经》,该经卷十八曰:"辛丑于,灾临定不虚。吴越炎千里,当之是夏初。但看入秋首,虫蝗处处有。饥殍死他乡,畜类多灾咎。"[1] 另外,该经卷一《誓魔品》一开头就描绘了一幅幅"大晋之世,世欲末时"的悲惨图像:"但闻有哭尸之音,不闻有仙歌之响,人民垢浊,三洞壅塞,百六之灾,刀兵疫疾,魔王纵毒,杀害良善,门门凶衰,哀声相寻。众生相残,自作苦恼,相牵而死,怀愚受苦,了不知出。"[2] 故而希望道教在大晋能"盛在江左,天人合集,道炁兴焉。天运劫近,其中往往有得值三宝、无量上清、黄庭、记仙、太素、灵宝三昧者,此人等皆先世大福,福流后身。闻见此经,得度三河洪灾之厄。"[3] 唐末杜光庭(850—933)《序》中则描述了该经的流播盛况:"行于江表,生民康乂,疫毒消弭。自晋及今,蒙其福者不可胜计。"[4] 无论经文中的"江左",还是杜《序》中的"江表",其实广义上都包括了陶渊明长期生活的庐山地区。况且,《游斜川》的写作时间,正是在司马道子(364—402)最为专权的隆安年间(397—402)。当时社会政治生活之黑暗,人民生活之痛苦,与《太上洞渊神咒经》卷一所描述的场景几乎一模一样。《晋书》卷六四即说那时情况是:"谷贱人饥,流殣不绝。"[5] 并评论司马道子"奸邪制国命","实晋朝之宰嚭者也"。[6] 因此,陶渊明对这一特定辛丑年的到来,自然会生起更多的感慨,甚至是某种忧虑。

而"五十"对于中国人而言,是一个有特殊标志与含义的年龄,孔子有语曰:"五十而知天命。"(《论语·为政》)有意思的是,道教也赋予"五十"以特殊的宗教寓意,如《传授经戒仪注诀》之《办信物法第七》中要求"具法信纹缯五十尺",原因是:"所以用纹,崇象玄迹,五十其尺,理数依分,

---

① 《道藏》第 6 册,第 66 页上。又,今《正统道藏》本《太上洞渊神咒经》为 20 卷,学术界一般认为前 10 卷是原始部分,出于西晋末至南北朝的宋齐时期,后 10 卷则成书于中唐乃至唐末。不过,最近著名道教学者卿希泰先生撰有《试论〈太上洞渊神咒经〉的乌托邦思想及其年代问题》(《四川师范大学学报》社会科学版 2008 年第 5 期),指出该经的成书上限在西晋末,下限则在东晋末。笔者对此新说,深表赞同。

② 同上书,第 2 页中。

③ 同上书,第 3 页上。

④ 同上书,第 1 页下。又,本段经文实际上表明上清派、灵宝派与洞渊派一样,是东晋最重要的道教派,而且各派之间并非壁垒森严,相关经典可互相流通。

⑤ (唐)房玄龄等撰:《晋书》,中华书局 1974 年版,第 1734 页。

⑥ 同上书,第 1741 页。

分明正理,穷数尽玄,有无既畅,胜境斯登,逍遥长存,道俗成济矣。"① 可知"五十"是一个相当玄妙的数字,能贯通有无,甚至使道、俗两界都达成逍遥之境。陶渊明既然出身于一个具有传统天师道信仰的家族,他对这些特殊的数字应当葆有特别的敏感度,因此,五十岁这一年的上会日,他定然会参加一些传统的道教活动,或上章,或诵经,或投简,或存思,总之,是充满浓重道教氛围的。

第二句之"归休"一词,也具有多层含义。前辈学者的笺注,观点有二:一是占主流的"死"义说,如古直先生《陶靖节诗笺定本》、王瑶先生注《陶渊明集》、王叔珉先生《陶渊明诗笺证稿》、龚斌先生《陶渊明集校笺》、袁行霈先生《陶渊明集笺注》等,且多谓其用典源出《庄子·田子方》。虽然表面看来,在新年之际,中国人至今都有一个传统,即忌讳不吉利的话语。但是,就天师道传统而言,对此并不以为怪。王育成先生在分析考古所见道教简牍时,指出相关除罪用语的祖源是五斗米道的"三官手书",它们的出现"与道教的原罪意识有关",因为"道教认为人的疾病、灾厄以至于死亡,皆是其罪孽导致,所以为除去疾厄及死亡,必须解除这些罪恶"。② 前引《赤松子章历》卷五《三月一时言功章》"千罪万过,乞垂原赦",正是这种思想的具体体现。至于原罪的方法,可有多种,如天师道的上章、投简,上清派的诵经、存思,等等,不一而足。据渊明生前好友颜延之(384—456)作《陶征士诔》,知陶公对待疾病与死亡的态度是:"视死如归,临凶若吉。药剂弗尝,祷祀非恤。傃幽告终,怀和长毕。"③ 其遇疾不药、仅行祷祀之举,即天师道信徒一以贯之的做法。④ "临凶若吉",对照前引《赤松子章历》卷二、卷五及《陆先生道门科略》等经文,则知它其实是在说明一个道教所信奉的理论:只要依法举行相关法事,不但可以使个人消灾散祸,逢凶化吉,而且可"家国太

① 《道藏》第 32 册,第 172 页下。
② 王育成:《考古所见道教简牍考述》,《考古学报》2003 年第 4 期。
③ (梁)萧统编,(唐)李善注:《文选》,上海古籍出版社 1986 年版,第 2474 页。
④ 《晋书》卷八〇《王献之传》载:"献之遇疾,家人为上章,道家法应首过,问其何得失。"(第 2106 页)按,王氏的家族传统信仰为天师道,其家人的上章之举,与颜延之所说陶渊明的情况,性质完全相同。

平"。二是逯钦立先生的意见,他认为"行归休,谓从此就要不再出仕"①,笔者把这种说法称做归隐说。如唐代著名诗人贺知章(659—744),因病请玄宗皇帝允其度为道士而归越,天宝三载(744)正月五日庚子,玄宗命百官饯送于长乐坡,并赋诗赠之。其《送贺知章归四明》序曰:"太子宾客贺知章鉴止足之分,抗归老之疏,解组辞荣,志期入道。朕以其年在迟暮,因循挂冠之事,俾遂赤松之游。正月五日,将归会稽,遂饯东路,乃命六卿庶尹大夫供帐青门,宠行迈也。"② 崇道皇帝李隆基选择正月五日来送别即将成为道士的辞官归隐之人贺知章,其举自有道教寓意在焉,而贺氏归隐的目的,毫无疑问是要修仙。此外,"归休"还有另一种释义,那就是指官员假期间回家休息。一般说来,汉至唐初,官员是五日一休;唐高宗永徽三年(652),则变为旬休(官员十日一休)。另外,在一些特定的节日,如元日、腊日、夏至、冬至等,官员亦可休假。凡此,可称"休沐"。北魏杨衒之《洛阳伽蓝记》卷四《宝光寺》条即云:"京邑士子,至于良辰美日,休沐告归,征友命朋,来游此寺。"③《初学记》卷二〇则说:"休假亦曰休沐。《汉律》:'吏五日得一下沐。'言休息以洗沐也。"④ 官员归休时,有道教信仰者多有修道之举,如初唐四杰之一的杨炯之《李舍人山亭诗序》曰:"三冬事隙,五日归休。……心焉而醉,德焉而饱。大隐朝市,本无车马之喧;不出户庭,坐得云霄之致。……既因良会,咸请赋诗,虽向之所欢,已为陈迹;俾千载之下,感于斯文。"⑤ 此序显然深受陶渊明《饮酒》(其五)及《游斜川》的影响。盛唐诗人徐晶所作《蔡起居山亭》曰:"文史归休日,栖闲卧草亭。蔷薇一架紫,石竹数重青。垂露和仙药,烧香诵道经。莫将山水弄,持与世人听。"⑥ 蔡起居,指开元八年(720)还在起居舍人任上的蔡孚。徐诗中重点描绘的是蔡孚归休中的修道生活,具体包括诵经、炼丹和存思等。

---

① 逯钦立校注:《陶渊明集》,中华书局 1979 年版,第 45 页。

② (清)彭定求等编:《全唐诗》,上海古籍出版社 1986 年版,第 27 页。

③ (魏)杨衒之撰,周祖谟校释:《洛阳伽蓝记校释》,中华书局 2010 年第 2 版,第 137 页。

④ (唐)徐坚等撰:《初学记》,中华书局 2004 年版,第 482 页。

⑤ (唐)卢照邻、杨炯著,徐明霞点校:《卢照邻集杨炯集》之《杨炯集》,中华书局 1980 年版,第 43 页。

⑥ 同②,第 195 页。

据袁行霈先生《陶渊明年谱汇考》，知陶在隆安四年（400）春或夏初曾奉使入都，五月下旬回到家中，不久即至荆州桓玄处述职，同年冬，则在寻阳家中迎接新年。五年（401）正月五日，才有斜川之游。不久，返回荆州江陵桓玄幕，七月初，复回寻阳休假。秋末再返江陵，途中作有《辛丑岁七月赴假还江陵夜行涂口》。冬，因母孟氏卒，还寻阳居丧。[①] 虽然我们尚不清楚陶渊明在隆安四年冬至五年春究竟休了多少天的假，但大概的范围还是清楚的，当在六十至一百天之内。[②] 易言之，隆安四年冬十二月及五年春正月这两个月，都在陶渊明合法的沐休假期之内。因此，诗中所言"吾生行归休"，极可能是说诗人的"百日归休"之事。既然时间较长，他思考各种人生问题、社会问题时也会比较充分。其所说"忘彼千载忧"之"忧"，"且极今朝乐"之"乐"的具体内涵，都有待深入发掘。

王叔珉先生曾经据"开岁倏五十，吾生行归休"之句意推断："陶公生日盖在正月初。"[③] 范子烨先生对此深表赞同，进而指出："自宋代以来并于'开岁倏五十'与'开岁倏五日'的异文之争也就可以止息了。"[④] 若王先生之说不误，则陶渊明生日与"正月五日"之关系，要么重合，要么是接近。而生日，属道教的本命日之一，《无上黄箓大斋立成仪》卷二《日辰第十》即把它和"庚申日"、"甲子日"一起统称为"小三会日"，它也是具有特殊意义的日期之一，因该日有"百神朝身"。[⑤] 所以，道典对此日的修行特别重视，如《上清太上帝君九真中经》卷上曰："欲行九真之法者，长斋清室，常以三月三日、五月五日、九月九日及本命日，用东流水沐浴五香气。"[⑥]《云笈七签》卷四五"本命日第十九"条则引《真诰》卷三云：

夫本命日，可转《度人经》一两过，即魂神澄正，万气长存，不经苦恼，身有光明，三界侍卫，五帝司迎。功满德就，名书上清。本命日早

① 参袁行霈：《陶渊明研究》（增订本），第286—289页。
② 按，沈约撰《宋书》卷六十《王韶之传》载东晋休假制度曰："伏寻旧制，群臣家有情事，听并急六十日。太元中改制，年赐假百日。"（中华书局1974年版，第1626页）
③ 王叔珉撰：《陶渊明诗笺证稿》，中华书局2007年版，第125页。
④ 范子烨：《晋人三游记》，《文汇读书周报》2011年4月29日第5版。
⑤ 《道藏》第9册，第384页上。
⑥ 《道藏》第34册，第33页中。

朝焚香,向本命位,叩齿三通,心存再拜,而微祝曰:"太一镇生,三气合真。……令我神仙,役灵使神。常保利贞,飞行十天。"①

《太上洞玄灵宝福日妙经》则说:"每月一日、十五日、甲子、本命、庚申日,有人能于此日长斋,诵咏经文,无愿不会。"②据后二经可知,在本命日长斋、诵经及存思之类,皆可以达到神、我合一的境界。

不过,就隆安五年辛丑正月五日这一上会日而言,则有点另类和奇异,因为它同时又属于道教所说的凶日之一,即"受死日"。《赤松子章历》卷二有云:"受死日章醮,诸天书罪,主人受殃,大凶。"其在十二月对应的分别是"戌、辰、亥、巳、子、午、丑、未、寅、申、卯、酉"③之日。而这一年的正月五日,属"庚戌"日,正是"受死日"之一。因此,诗人的心境是可想而知的,作为有家族传统的道教信仰者而言,这一天他的原罪意识会更加强烈。

其次是诗人以酒解忧的方式,竟然也有道典依据。本来,按《陆先生道门科略》的要求,信徒在天师道的上会日是"不得饮酒食肉"的。但在厨会饮贤时,又可另当别论,如六朝天师道早期经典《玄都律文》之《制度律》曰:"男官女官主者,上厨人酒五升,钱三百;中厨人酒四升,钱二百五十文;下厨人酒三升,钱一百文。"④寇谦之(365—448)改革三张旧法之后所出的《老君音诵诫经》则说:"厨会之法,应下三盘。初小食,中酒,后饭。今世人多不能下三盘,但酒为前,五升为限。明慎奉行如律令。"⑤因此,无论旧天师道,还是新天师道,对厨会饮酒都不反对。更令人惊奇的是上清派,其存思术中竟然有存思美酒的方法,东晋所出《洞真太一帝君大丹隐书洞真玄经》即云:"存三真人毕,又存我魂一人如我之状,上入太极宫中,二老因授青芝金液浆,见与以次,存食青芝而饮浆,青芝似莲花,浆似美酒耳。"⑥而《真诰》卷三所载紫微夫人之歌曰:"列坐九灵房,叩璈吟太无。玉箫和我神,金醴释我

① 《云笈七签》,中华书局 2003 年版,第 1018—1019 页。
② 《道藏》第 6 册,第 227 页上。
③ 参《道藏》第 11 册,第 189 页下—190 页上。又,同样的说法,后世道典亦承之,如《无上黄箓大斋立成仪》卷二之"受死日"条同,参《道藏》第 9 册,第 384 页上。
④ 《道藏》第 3 册,第 460 页上—中。
⑤ 《道藏》第 18 册,第 213 页上。
⑥ 《道藏》第 33 册,第 533 页下。

忧。"①其中,陶渊明所用"班坐"与这里的"列坐"、"中觞纵遥情,忘彼千载忧"与"金醴释我忧"的行文方式、思想情感,可说区别不大。

据陈培基、范子烨二位先生研究,现在基本上可以断定陶渊明在晋末风云变幻的政治斗争中属于桓玄一党,而其后来的归隐是因为桓玄的失败,是诗人为了逃避刘裕政治清洗的缘故。②但在隆安四、五年间,正是诗人深受桓玄重用之时,他为什么会感慨良多呢?这还得要回到道教这一关键因素上面。

归纳起来,有这么重要的两点:一者"辛丑年正月五日"是一个具有多重道教意蕴的日子,一方面有所谓的"辛丑定数"说,虽然他对桓玄寄予厚望,但现实的残酷③,又使他充满了某种忧虑;另一方面,隆安五年的正月五日,对已到知天命之年的诗人个体而言,既是"上会日",又是"受死日",潜意识的宗教情怀自然会加重他的原罪意识。这社会与个体的双重原因,故而使诗人萌生出千载之忧。二者,诗人为了消解这千载之忧,则采用道教上章(各疏年纪乡里)、投简(泛舟斜川)、存思(遥想灵山)等仪式要素,仿照传授道经的组织形式,与二三邻曲结为伍,进行斜川之游,从而实现了以游解忧④,达到了精神上的某种解脱。凡此,诗人用的是诗化的表现手法,若不对照相关道典,一般的读者根本就看不出诗歌中所蕴含的丰富的道教情愫,这正是陶渊明的高明之处,也是我们研读诗人其他类似作品时应该特别注意的地方。

① [日]吉川忠夫、麦谷邦夫编:《真诰校注》,朱越利译,中国社会科学出版社2006年版,第91页。

② 参陈培基:《陶潜归隐真相新解——从陶潜与桓玄的关系说起》,《福建论坛》(人文社会科学版)1986年第1期;范子烨:《陶渊明归隐的真相》,《中华读书报》2011年10月12日第15版。

③ 按,隆安四年东晋朝廷与孙恩激战正酣,五年春孙恩逼进京师。王瑶先生据此史实,在注《庚子岁五月中从都还阻风于规林二首》时指出:"桓玄屡次上表必在庚子。渊明当于庚子春奉桓玄命使都,五月乃从都还。"(参王瑶编注:《陶渊明集》,人民文学出版社1956年版,第7页)

④ 按,台湾著名学者李丰楙先生把六朝隋唐仙道文学的主题归纳为"忧与游"(参氏著《忧与游:六朝隋唐仙道文学》,中华书局2010年版),诚有见地。笔者认为,陶渊明《游斜川》的特点即在于以游解忧,只是诗人的"游"包含了太多的道教仪式性要素而已。

取象与存思:李白诗歌与上清派关系略探

有关李白诗歌深受道教的影响,早已成为古今学人的共识。但是,在盛唐众多的道教派别中,究竟是哪一派给诗人的创作沾溉最多,却鲜有人加以深入研讨。对此,我们不揣浅陋,拟在前贤时哲的研究基础上[①],就诗人取象与上清派存思术之关系略作梳理。不当之处,敬祈方家教正。

一、上清派发展至唐时,茅山宗成了主流道派

上清派是我国较早出现的道教派别之一,因尊奉《上清经》系而得

---

① 在中国现代学术史上,较早而有系统地研究李白和道教关系的专著是李长之的《道教徒的诗人李白及其痛苦》(重庆商务印书馆1941年版)。嗣后,相关的论著渐多,恕不一一列举。总的说来,它们大多都没有细分各道派对诗人的影响究竟如何,论述较笼统。不过,自20世纪80年代以来,这种状况有所改变,相继发表了一些考证扎实的论文,如罗宗强《李白的神仙道教信仰》(周勋初主编:《李白研究》,湖北教育出版社2003年版,第320—333页)、李刚《李白与道士之交往》(《宗教学研究》1988年第2、3期合刊本)、王友胜《李白道教活动述评》(《中国道教》2000年第4期),孙昌武《李白——神仙追求及其困惑》(《道教与唐代文学》,人民文学出版社2001年版,第205—217页)、袁清湘《道士李白所属道派探析》(《中国道教》2005年第1期)等。尤其袁氏之文,通过考察李白一生所结识和交往的道士、诗文中所涉及的神仙故事、道经典故和术语,然后得出结论说:李白属于道教上清派。此为本文的研究奠定了坚实的文献基础。张崇富《上清派修道思想研究》(巴蜀书社2004年版)对上清派修道思想的分析,则为本文的论述提供了理论依据;而赵益《六朝南方神仙道教与文学》(上海古籍出版社2006年版)对《真诰》诗歌的阐述,则启发了我们对李白道教类诗歌的解读。

名。其创始人是东晋道士杨羲（330—386）、许谧（305—376）和许翙（约341—370）。据云兴宁二年（364）杨羲扶乩降笔，称南岳夫人魏华存（252—334）降授《上清经》31卷。杨氏用隶书写出后，传句容人氏许谧、许翙父子，翙再传其子许黄民（361—429）。到了东晋末年，王灵期向许黄民求取《上清经》后，加以润色增删，又造出相关经法五十余篇。江东地区争相传习，故而形成了一个以传授修习《上清经》法的上清派。该派以魏华存、杨羲为第一、二代宗师，以下许谧、许翙、马朗、马罕、陆修静（406—477）、孙游岳（399—489）、陶弘景（456—536）则分别为第三至第九代宗师。特别是齐梁时期的陶弘景，他居茅山而传上清道法，撰出《真诰》、《登真隐诀》、《真灵位业图》等系列道书，完善了道教的神仙谱系与修道理论，开创了著名的茅山宗。

入唐之后，茅山宗的第一位大道士是王远知（510—635），他是个"涉陈越隋暨我唐皆宗之"[①]的三朝高道，史称上清派第十代宗师。其人政治上十分敏感，受到陈、隋、唐三朝皇帝的优待，并且使茅山宗得到了新兴的唐王朝的大力支持，故于敬之誉之曰："践三清之隩隅，游六学之津要。……清规素伦，一代伟人。"[②]其弟子潘师正（584—682），在中岳嵩山居住传道五十余年，对茅山宗在北方的传播与发展贡献甚巨，并多次受到唐高宗的召见，被尊为上清派第十一代宗师。司马承祯（647—735）则是潘师正的嫡传，被列为上清派第十二代宗师。他有弟子七十余人，在当时影响极为巨大，曾先后被武则天、唐睿宗召至京师。特别是开元九年（721），玄宗皇帝还从其亲受法箓。开元十五年，则令其用三体书写《老子经》，并派御妹玉真公主至其所居王屋山阳台观修金箓斋。更为重要的是，他还广交当世的文人雅士，与陈子昂、卢藏用、宋之问、王适、毕构、李白、孟浩然、王维、贺知章等人合称为"仙宗十友"，扩大了上清派在士大夫中间的影响。第十三代宗师李含光（683—769），则整理经法，亲为帝师，如天宝七载（748）玄宗即从其受上清派的符箓经文于大同殿，并尊之为度师，赐其号曰"玄靖先生"。按照颜真卿《有唐

---

① 《道藏》第5册，第642页上。
② 同上书，第642页下。

茅山玄靖先生广陵李君碑铭序》中的说法,上清派至李含光时,"茅山为天下道学之所宗"[①],显然已成为当时的主流道派。[②]事实也正如此,到了开、天时期,茅山宗的信徒已遍布大江南北,并形成了茅山、天台山、王屋山、嵩山、京畿与蜀中等几个传道中心,势力之盛,在当时诸道派中没有能出其右者。

二、李白所修道法主要是上清派

李白既然生活在一个以茅山宗(上清道)为主流道派的时代,加上诸多上清派道友的影响,其修道方式必然会染上鲜明的上清派特色。其中,对其影响最大的茅山派道士是司马承祯、吴筠(?—778)、元丹丘、胡紫阳和贺知章(659—744)。

青年诗人李白刚出蜀中不久,便在江陵结识了道教大师司马承祯,后者称赞他"有仙风道骨,可与神游八极之表"[③],这无疑为诗人提高了声誉,增强了他日后进一步修道的信心。吴筠,与司马承祯一样,同为潘师正的弟子,同时也是位较出色的诗人。《旧唐书·隐逸传》即说他"尝于天台、剡中往来,与诗人李白、孔巢父诗篇酬和,逍遥泉石,人多从之"[④]。同书《文苑列传》则谓李白"天宝初,客游会稽,与道士吴筠隐于剡中。既而玄宗召筠赴京师,筠荐之于朝,遣使召之,与筠俱待诏翰林"[⑤]。可知李白能得到崇道皇帝李隆基的赏识,吴筠举荐之力大焉。[⑥]元丹丘是和李白交往最为密切的一名上清道士,诗人早在蜀中时期即已相识。魏颢《李翰林集序》即曰:"白久居峨嵋,与丹丘因持盈法师达,白亦因之入翰林。"[⑦]持盈法师,即唐玄宗的妹妹玉

---

① (清)董诰等编:《全唐文》,上海古籍出版社 1990 年版,第 1524 页。

② 关于茅山宗为唐代主流道派的论述与分析,详见卿希泰主编:《中国道教史》第二卷,四川人民出版社 1996 年版,第 119—139 页。

③ (唐)李白著,(清)王琦注:《李太白全集》,中华书局 1977 年版,第 2 页。

④ (后晋)刘昫撰:《旧唐书》,中华书局 1975 年版,第 5129 页。

⑤ 同上书,第 5053 页。

⑥ 关于吴筠是否荐举过李白的问题,学术界有不同的看法。如郁贤皓《吴筠荐李白说辨疑》(《南京师范学院学报》1981 年第 1 期)力主《旧唐书》记载有误,此据王辉斌《李白交游二考》"李白与吴筠交游补说"(《李白求是录》,江西人民出版社 2000 年版,第 83—90 页)之论点。

⑦ 《李太白全集》,中华书局 1977 年版,第 1419 页。

真公主。元丹丘通过她向玄宗举荐诗人，作用自然不小。而且，在今存李白作品中，表现李、元交往的作品竟然有十多篇，它们充分地记录了两人的修道生活：如《与元丹丘方城寺谈玄作》之"灭除昏疑尽，领略人精要。澄虑观此身，因得通寂照。朗悟前后际，始知金仙妙"①，说的是两人在一起谈玄悟道，《冬夜于随州紫阳飡霞楼送烟子元演隐仙城山序》之"吾与霞子元丹、烟子元演，气激道合，结交神仙，殊同身心，誓老云海，不可夺也。历行天下，周求名山，入神农之故乡，得胡公之精术"②，则表明他们曾一起去访师学道。而且因了元丹丘的这层特殊关系，李白进而又从其师胡紫阳学道。诗人所撰《汉东紫阳先生碑铭》有云："闻金陵之墟道始盛于三茅，波乎四许。……陶隐居传升元子，升元子传体元，体元传贞一先生，贞一先生传天师李含光，李含光合契乎紫阳。"③陶隐居即陶弘景，升元子是王远知，体元是潘师正，贞一即司马承祯。由此可知，胡紫阳所传乃是地地道道的上清派道法。在碑中，李白还十分自豪地说："予与紫阳神交，饱餐素论，十得其九。"可知他基本上掌握了胡氏所授上清道之精髓。贺知章不但是李白的知音，赐予其"谪仙人"之号，而且也是他的道友之一。贺氏天宝三载（744）正月辞官入道，诗人有《送贺监四明应制》曰："真诀自从茅氏得。"④此即说明贺氏所修也是上清道。李白还经常在诗中交待自己的学道经历。如《感兴八首》之五曰："十五学神仙，仙游未曾歇。"⑤其为送吴筠入京所作《凤笙篇》则说吴筠是："仙人十五爱吹笙，学得昆丘彩凤鸣。"⑥孙夷中《三洞修道仪》讲"初入道仪"曰："其童男女，秉持至十五岁，方与诣师请求出家（舍俗者不拘少长），禀承戒律，稍精，方求入道，誓戒三师，称智慧十戒弟子。"⑦罗宗强先生据此推断：李白在十五岁时，曾受戒于三师，举行过最初的入道仪式。⑧此论极有

① 《李太白全集》，中华书局1977年版，第1059页。
② 同上书，第1293页。
③ 同上书，第1430页。
④ 同上书，第798页。
⑤ 同上书，第1104页。
⑥ 同上书，第281页。
⑦ 《道藏》第32册，第166页下。
⑧ 罗宗强：《李白的神仙道教信仰》，周勋初主编《李白研究》，湖北教育出版社2003年版，第321页。

见地。《经经离乱后,天恩流夜郎,忆旧游书怀赠江夏韦太守良宰》又曰:"仙人抚我顶,结发受长生。"① "结发",常指二十岁的男性。而二十岁在受道时,也是相当重要的年龄。朱法满《要修科仪戒律钞》卷一二列举道士的"五种阶级"时说:"二十至六十,名弘护道士。"② 我们虽然不知道"弘护道士"的确切含义,但从字面推断,它似指可以独立弘扬道法者。虽没有材料说明李白二十岁时就成为正式的道士,但他此时受过相关的道箓则极有可能。据《三洞修道仪》,道士的最高级别是"大洞部道士",可称为"上清大洞三景弟子无上三洞法师东岳真人道德先生"。此法"传与世之学道者,一世传一人"③,可见它精深难学。诗人作于天宝三载(744)秋冬之时的《访道安陆遇盖寰,为予造真箓,临别留赠》即曰:

> 清水见白石,仙人识青童。安陆盖夫子,十岁与天通。悬河与微言,谈论安可穷? ……学道北海仙,传书蕊珠宫。丹田了玉阙,白日思云空。为我草真箓,天人惭妙工。七元洞豁落,八角辉星虹。三灾荡璿机,蛟龙翼微躬。举手谢天地,虚无齐始终。④

其中的"北海仙",是指盖寰的老师高如贵。据诗人同时所作《奉饯高尊师如贵道士传道箓毕归北海》,可知高尊师在齐州紫极宫也给李白传授过道箓,虽然诗中没有具体交待所授是哪种道箓。但从盖寰所书为上清派符箓推断,高尊师所授也当是最高级的上清道箓。而"十岁与天通"一句,赞扬的是盖寰得道之早。据《洞玄灵宝三洞奉道科戒营始》卷四,不同年龄的学道者,所受道法、道经、符箓皆不相同。如箓生是"十岁以上,受三将军符箓、十将军符箓、三归五戒,得加此号"⑤,可见盖寰少年时即正式入道。同书卷五又曰:"道士女冠参受经戒法箓,须依此次第名位,不得叨谬。受法之日,师依详审分明,示其品目。违,夺笇三千六百。"⑥

---

① 《李太白全集》,中华书局 1977 年版,第 567 页。
② 《道藏》第 6 册,第 983 页下。
③ 《道藏》第 32 册,第 168 页上。
④ 同①,第 521—522 页。
⑤ 《道藏》第 24 册,第 757 页中。
⑥ 同上书,第 760 页上。

　　之所以说盖寰为李白所造的是上清派真箓，主要是因为诗中的道教语汇给出了明确的答案。如蕊珠、玉阙皆见于上清派的重要经典《上清黄庭内景经》。其《上清章第一》曰："太上大道玉晨君，闲居蕊珠作七言。"梁丘子注曰："蕊珠，上清境宫阙名也。"①《肺部章第九》则曰："肺部之宫似华盖，下有童子坐玉阙。"梁丘子注曰："玉阙者，肾中白气，上与肺相连也。"②而"七元洞豁落"出于《上清金真玉光八景飞经》，经中载有一元豁落日精之符、二元豁落月精之符、三元豁落岁星之符、四元豁落太白星精符、五元豁落荧惑星精符、六元豁落辰星精符、七元豁落镇星精符。此"豁落七元之符，主致上真飞仙之官，通灵彻视，与神交言，制魔伏灵，威摄十方，……行之九年，得乘玄舆，飞行上清"③。此亦"举手谢天地，虚无齐始终"之所本。而且诗人受此图之后，时刻不忘佩戴在身。其于天宝十二载（753）所作《留别曹南群官之江南》即谓"身佩豁落图，腰垂虎盘囊"④。可知李白真的是按照要求，把豁落图戴了整整九年的时间。

　　上清派的修道思想有三大特征：即重视存思存神（关于其含义，详见后文）、隐书之道（此点因与本论文主旨无关，故不赘述）和诵经。⑤关于诵经之事，无论是时人对于李白的评价，还是在诗人的自述中都有所表现。其友独孤及《送李白之曹南序》说李白是："仙药满囊，道书盈箧。"⑥随身带着众多道书，自然是为了方便随时诵读之。李白《早秋单父南楼酬窦公衡》则曰："我闭南楼看道书，幽帘清寂若仙居。"⑦《游泰山六首》其四又曰："清斋三千日，裂素写道经。吟诵有所得，众神卫我形。"⑧举凡此类，皆是他修上清道时的生活实录。

　　当然，李白诵经不辍，目的在于迅疾成仙。陶弘景《真诰》卷五《甄命授第一》即谓："若得《大洞真经》者，复不须金丹之道也。读之万过毕，

---

① 《道藏》第 22 册，第 65 页下。
② 同上书，第 70 页中。
③ 《道藏》第 34 册，第 61 页上—中。
④ 《李太白全集》，中华书局 1977 年版，第 709 页。
⑤ 张崇福：《上清派修道思想研究》，巴蜀书社 2004 年版，第 1—35 页。
⑥ （清）董诰等编：《全唐文》，上海古籍出版社 1990 年版，第 1745 页。
⑦ 同④，第 874 页。
⑧ 同④，第 924 页。

便仙也。"① 《大洞真经》,指的是上清派的根本经典之一的《上清大洞真经三十九章》,对它若能持诵万遍,甚至可以不用炼丹服药就成仙。另一部根本经典《黄庭内景经》则说:"是曰玉书可精研,咏之万遍升三天。千灾以消百病痊,不惮虎狼之凶残,亦以却老年永延。"② 梁丘子的注释指出:"能读之万过,自见五藏肠胃,又见天下鬼神,役使在己。"③ 诵经既有如此神效,李白又何乐而不为呢?

三、李白诗歌的意象来源、
构思方法与上清派存思术之关系

李白生活在崇尚上清派道风的时代氛围中,自己又有真切的宗教修行。这种经历必然对其诗歌创作产生重大的影响,最主要的表现是:诗人的作品,特别是道教类作品的意象来源、构思方法都深深地烙上了上清派存思术的印迹。

所谓存思,也叫做"存想",简称为"存",它实际上是一种意念的修炼,通过想象忆念身内、身外诸神甚至宇宙万物,从而达到身、神合一及物、我为一的境界来成仙。存思虽是道教各种修行法门的基础,贯穿于道教生活的方方面面,但最擅长此法的要属上清派,它是该派第一重要的修道思想,梁丘子注《黄庭内景经》之《脾长章》即明言它是"学仙之道"④。今人赵益指出:"上清系的存思,是以灵动活跃的想象,使仙真世界的神圣形象充斥于心中,往复周转、出入升腾……最终使仙真来降",从而"使一己达到神圣的境界"。⑤ 此论良是。

我们读李白的诗作,此种存思通神、人神相接的现象随处可见。兹举二例以见其要:一是《庐山谣寄卢侍御虚舟》,诗中太白夫子自道曰:"五岳寻

---

① 《道藏》第 20 册,第 519 页中。
② 《道藏》第 5 册,第 908 页下。
③ 《道藏》第 22 册,第 64 页中。
④ 同上书,第 74 页中。
⑤ 赵益:《六朝南方神仙道教与文学》,上海古籍出版社 2006 年版,第 160 页。

仙不辞远，一生好入名山游。……早服还丹无世情，琴心三叠道初成。遥见仙人彩云里，手把芙蓉朝玉京。先期汗漫九垓上，愿接卢敖游太清。"①据《洞玄灵宝三洞奉道科戒营始》卷一《置观品》曰：

> 夫三清上境，及十洲五岳诸名山，或洞天，并太空中，皆有圣人治处。或结气为楼阁堂殿，或聚云成台榭宫房，或处星辰日月之门，或居烟云霞霄之内，或自然化出，或神力造成，或累劫营修，或一时建立。其或蓬莱方丈、圆峤瀛洲、平圃阆风、昆仑玄圃，或玉楼十二，金阙三千：万号千名，不可得数，皆天尊太上化迹、圣真仙品都治。②

其中的瀛洲、昆仑、玉楼等语词，经常出现在李白的诗作中。原来它们和五岳等名山，甚至和三清上境一样，悉为神仙、圣真的治地，故李白曾不懈地加以寻访探游。"琴心三叠道初成"化用《黄庭内景经》中"琴心三叠儛胎仙"之句，梁丘子注之曰："琴，和也。三叠，三丹田，谓与诸宫重叠也。胎仙，即胎灵大神，亦曰胎真，居明堂中。所谓三老，君为黄庭之主，以其心和则神悦，故儛胎仙也。"③正因为诗人存思身神，初见成效，才会出现仙人来迎、同登太清的幻境。这就是诗人的真实的宗教体验，形之于诗，飘逸之感便油然而生。

二是《古风》（其十九）前半部分曰：

> 西上莲华山，迢迢见明星。素手把芙蓉，虚步蹑太清。霓裳曳广带，飘拂升天行。邀我登云台，高揖卫叔卿。恍恍与之去，驾鸿凌紫冥。④

据《太平广记》卷五九"明星玉女"条引《集仙录》曰："明星玉女者，居华山，服玉浆，白日升天。"⑤太白诗开头两句，典出于此。"明星"，指的就是华山之玉女（仙女）。是诗很容易让人想起《上清大洞真经》卷一《诵经玉诀》，经曰："先于室外秉简，当心临目，扣齿三通，存室内有紫云之炁遍满，又

---

① 《李太白全集》，中华书局1977年版，第677—678页。
② 《道藏》第24册，第744页下—745页上。
③ 《道藏》第22册，第65页下。
④ 同①，第113页。
⑤ （宋）李昉等编：《太平广记》，中华书局1961年版，第362页。

郁郁来冠。兆身存玉童玉女,侍经左右,三光宝芝,洞焕室内。存思毕,扣齿三通,念《入户咒》曰:天朗炁清,三光洞明。金房玉室,五芝宝生。玄云紫盖,来映我身。仙童玉女,为我致灵。九炁齐景,三光同輧。上乘紫盖,升入帝庭。"① 由此可知,玉女与仙童乃是诗人进入仙境的导引者。但李白更偏爱的是玉女形象,故其诗中每每提及,此例极多,恕不详举。

李白又喜欢用"想象"、"想见"等词来表述人神相接,比如《游泰山》(其一)之"登高望蓬、瀛,想象金银台"②,其六之"想象鸾凤舞,飘摇龙虎衣"③,《上清宝鼎诗》之"咽服十二环,想见仙人房"④,诸如此类,悉体现了上清派的存思特点。

根据存思对象的不同,可把存思术分成存思日月法、存星术、存身神法、存炁法等。大体言之,主要包括身内神、身外神、日月星辰之类。兹择其要,各举数例如下,以见李白诗歌取象之源。

一曰存思日月,尤其是"明月",乃李白诗中最为常见的意象之一。对此,杨义先生在《李白的明月意象思维》⑤之宏文中进行过较为详细的探讨,并重点指出了其历史、文学方面的渊源,也点到了诗人的宗教体验,但于后者未能加以深究。若结合诗人的修道生活看,上清派的存思日月法,对其创作也当有滋乳、启示之用。

李白对明月的喜爱之情,诗中随处可见。他会在明月的清辉之中静心地读诵道教经典,《北山独酌寄韦六》即说"坐月观宝书"⑥;也会与月共舞,寻求人、月之间的精神契合,如《独酌》所言"手舞石上月"⑦;更会泛月江上、望月寄怀、把酒问月……总之,月亮意象诉说着诗人的喜怒哀乐、悲欢离合,是诗人生活中不可或缺的精神伴侣之一。《别韦少府》云:"水国远行迈,仙经深讨论。洗心句溪月,清耳敬亭猿。筑室在人境,闭关无世喧。"⑧诗

---

① 《道藏》第1册,第513页中。
② 《李太白全集》,中华书局1977年版,第922页。
③ 同上书,第926页。
④ 同上书,第1439页。
⑤ 参杨义:《李杜诗学》,北京出版社2001年版,第338—394页。
⑥ 同②,第671页。
⑦ 同②,第1068页。
⑧ 同②,第743页。

为自叙之词，说的是将在道典（仙经）的指导下进行修炼，而修炼的内容之一，就有存思明月之法。所谓"洗心句溪月"，当与存服月华法有关。考陶弘景《登真隐诀》卷中有云："夜服月华，如服日法。存月十芒白色，从脑中下入喉，芒亦不出齿而回入胃。"[1]《雨后望月》则曰："四郊阴霭散，开户半蟾生。万里舒霜合，一条江练横。出时山眼白，高后海心明。为惜如团扇，长吟到五更。"[2]诗人面对明月为什么会整夜无眠？《云笈七签》卷一一引《九中真经》曰："夜半生气，或鸡鸣时，正坐闭气，存左目出日，右目出月，两耳之上，为六合高窗，令日月照耀一身，内彻泥丸，下照五藏肠胃之中，了了洞见，内彻外合，一身与日月光共合。"[3]原来它和诗人于夜半的存思日月不无关联。在吸食月华、存思明月之象的过程中，还可以施行奔月法。出于东晋南朝时的《太上玉晨仪结璘奔日月图》专门传授的是奔日、奔月两种法术，并配有相关的存思图像。其中，结璘是奔月之仙。奔月之术为："当伺视月初出之时，无月当于静室中，乃对月西向，叩齿十通，临目闭气九息。又咽水月光九过，当存月光，即而吞之。"[4]吞毕，则可使月中青帝、赤帝、白帝、黑帝、黄帝等五夫人降临，从而实现人、神之间的对话和交流。《登太白峰》之"举手可近月，前行若无山"[5]、《把酒问月》中的问月之语以及《宣州谢朓楼饯别校书叔云》的"俱怀逸兴壮思飞，欲上青天览明月"[6]，悉是诗人修道生活中奔月之思的真实反映。《送杨山人归嵩山》中有句曰："长留一片月，挂在东溪松。"[7]"明月"意象于此，当有特定的宗教含义。前文已言，嵩山为唐代上清派的传道中心之一。杨山人去那儿，肯定也是修习上清道法。挂在东溪松树上的明月，对于两个道友而言，自然是他们生活中再也熟悉不过的存思对象，因此它成了两人心心相印的媒介物。于此，顺便说一句，诗人天宝八载（749）所作《闻王昌龄左迁龙标，遥有此寄》中的名句"我寄愁心与明

---

① 《道藏》第 6 册，第 615 页中—下。
② 《李太白全集》，中华书局 1977 年版，第 1405 页。
③ 《道藏》第 22 册，第 66 页中。
④ 同①，第 702 页上一中。
⑤ 同②，第 974 页。
⑥ 同②，第 861 页。
⑦ 同②，第 829 页。

月,随君直到夜郎西"①,其"明月"也当有类似的含义。考王昌龄于天宝七载贬为龙标尉,次年春李白在金陵听闻之后,便作诗寄之。王氏有《谒焦炼师》诗曰:"中峰青苔壁,一点云生时。岂意石堂里,得逢焦炼师。"②诗中的焦炼师是盛唐时期颇有声名的上清派女冠,李颀《寄焦炼师》即曰:"得道凡百岁,烧丹惟一身。悠悠孤峰顶,日见三花春。"③李白《赠嵩山焦炼师》则说:"萝月挂朝镜,松风鸣夜弦。潜光隐嵩岳,炼魄栖云幄。"④三诗所说对象,实为同一人。由此可知,王昌龄对上清派的存思日月法,当不陌生,他也深知明月是沟通他和李白情感的津梁。

二曰存星术。其存思对象是各类星辰(如五星、七星、九星、二十四星、北斗等),并把它们和日、月、天地的圣洁之气一样,当成吞吐服纳的对象。如属于上清系仙传的《清灵真人裴君传》就详载了思存五星法,其文曰:

> 第一思存五星,以体象五灵。存之法,常于密室于夜半后生气之时,服挹五方之气。于寝床上平向坐,向月建所在,先叩齿九通,咽液三十过。毕,存想五星,使北方辰星在头上,东方岁星在左,西方太白星在右,南方荧惑星在膝中间,中央镇星在心中。久久行之,出入远行,常思不忘,无所不却,万惑所不能干也。后当奄见五老人,则是五星精神也。若见者,当问以飞仙之道,五神共扶人身形,白日升天。⑤

而《上清大洞真经》卷一则有思存二十四星法,曰:

> 心存二十四星,大一寸(此法每日行住坐卧皆可行之),如连结之状。又存一星中各有一人,合二十四星皆如婴儿之状,并裸体无衣缨也。于是,二十四星从虚空中降,回绕一身之外,三匝毕,祝曰:二十四真,回入黄庭!口吐黄炁,二十四星!灌我命门,百神受灵!体充骨强,魂魄安宁!五藏受符,天地无倾!⑥

---

① 《李太白全集》,中华书局1977年版,第661页。
② (清)彭定求等编:《全唐诗》,上海古籍出版社1986年版,第329页。
③ 同上书,第307页。
④ 同①,第508—509页。
⑤ 《道藏》第22册,第711页中。
⑥ 《道藏》第1册,第519页上。

总之，无论是存思哪一类星辰，目的皆在于融列宿灵气于一体，进而实现人神合一、长生久视的飞仙之梦。于此，太白诗中亦有充分的表现。《古风》（其五）即说："太白何苍苍，星辰上森列。去天三百里，邈尔与世绝。中有绿发翁，披云卧松云。不笑亦不语，冥栖在岩穴。我来逢真人，长跪问宝诀。"① 此诗表达的正是通过存思星辰而向仙翁求道的宗教体验。其他像《元丹丘歌》之"长周旋，蹑星虹，身骑飞龙耳生"②、《赠卢征君昆弟》之"与君弄倒影，携手凌星虹"③、《避地司空原言怀》之"弄景奔日驭，攀星戏河津"④、《至陵阳山登天柱石，酬韩侍御见招隐黄山》之"步纲绕碧落，倚树招青童"⑤ 等句中的"星虹"、"攀星"、"步纲"、"碧落"诸词，所说悉与存星术息息相关。特别是"步纲"，尤其值得考索，它表述的其实就是存星术中的奔北斗法。南北朝时所出《洞真上清太微帝君步天纲飞地纪金简玉字上经》谓行其法能"一年辟非，二年辟兵，三年辟死，四年地仙。千害万邪，众莫敢犯。自此以往，福庆无端。致神使灵，骖驾飞龙。太极赐芝，玉帝给童。行之二七年，为上清真人"⑥。"倚树招青童"即是从经文"玉帝给童"而来。

三曰存思身神。李白诗中与之有关的意象，相对前两类而言要少一些。前文已经揭出《访道安陆遇盖寰，为予造真箓，临别留赠》之"丹田了玉阙"、《庐山谣寄卢侍御虚舟》之"琴心三叠道初成"等句，故不赘举。

四曰存炁。与之相关的意象也较少出现，但据诗人《冬夜于随州紫阳先生飡霞楼送烟子元演隐仙城山序》之"胡公身揭日月，心飞蓬莱。起飡霞之孤楼，炼吸景之清气。延我数子，高谈混元。金书玉诀，尽在此矣"⑦，则知李白确实随上清派高道胡紫阳修习过存炁之法。于此，《古风》（其十一）之"人生非寒松，年貌岂长在？吾当乘云螭，吸景驻光彩"⑧、《秋日炼药院镊白

---

① 《李太白全集》，中华书局 1977 年版，第 95 页。
② 同上书，第 384 页。
③ 同上书，第 503 页。
④ 同上书，第 1117 页。
⑤ 同上书，第 908 页。
⑥ 《道藏》第 33 册，第 440 页下。
⑦ 同①，第 1293 页。
⑧ 同①，第 102 页。

发,赠元六兄林宗》之"长吁望青云,锩白坐相看"① 诸句,皆表现了存炁的场景和目的。特别是前一首,当是化用《上清大洞真经》卷一之"吸西方金魂之精白炁"后所诵之咒"骖龙驾浮,超然升飞。吐纳神芝,历劫不衰"② 而来。云螭者,飞龙也。驻光彩,求长生也。

以上所举多为摘句,故而在意象群方面显得不够完整。现以世人所熟知的作于天宝五载(746)的《梦游天姥吟留别》做一次整体分析,以便读者更全面地了解太白诗歌的意象来源。诗曰:

> 海客谈瀛洲,烟涛微茫信难求。越人语天姥,云霞明灭或可睹。天姥连天向天横,势拔五岳掩赤城。天台四万八千丈,对此欲倒东南倾。我欲因之梦吴越,一夜飞度镜湖月。湖月照我影,送我至剡溪。谢公宿处今尚在,渌水荡漾清猿啼。……千岩万转路不定,迷花倚石忽已暝。熊咆龙吟殷岩泉,栗深林兮惊层巅。云青青兮欲雨,水澹澹兮生烟。列缺霹雳,丘峦崩摧。洞天石扇訇然中开。青冥浩荡不见底,日月照耀金银台。霓为衣兮风为马,云之君兮纷纷而来下。虎鼓瑟兮鸾回车,仙之人兮列如麻……③

据司马承祯《天地宫府图》载,"赤城"乃是"十大洞天"之第六位,它"周回三百里,名曰上清玉平之洞天,在台州唐兴县,属玄洲仙伯治之"④,"天姥峰"则为"七十二福地"的第十六位,"在剡县南,属真人魏显仁治之"⑤。赤城、天姥等洞天福地皆位于上清派传道中心之一的天台山周围,诗人对此一向心驰神往,诗中多次说到它们。如作于二入长安之前的《天台晓望》即说:"门标赤城霞,楼栖沧岛月。"⑥ "湖月照我影"一句,显然与前揭奔月之存思法有关。后面一大段对天姥山神奇场景的描写,则与《上清大洞真经》卷一所说诵读《大洞灭魔神慧玉清隐书》之后的存思内容十分相

① 《李太白全集》,中华书局 1977 年版,第 515 页。
② 《道藏》第 1 册,第 517 页下。
③ 同①,第 705—707 页。
④ 《道藏》第 22 册,第 199 页中。
⑤ 同上书,第 202 页上。
⑥ 同①,第 971 页。

似，经曰：

> 于是七星停曜，重关洞开，百阳激电，五星奔移，握节命灵，是炁悉追，铁黑罗遮，猛虎变威，六师斫妖……万精灭种，六天崩颓，三道正行，何炁不回？山河为之倾倒，日月为之掩晖，灵兽为之堕岭，金翅为之落飞，五帝束带于神宇，万灵受封于太微。[①]

另外，有些诗句，如"身登青云梯"、"仙之人兮列如麻"，则和《大洞灭魔神慧玉清隐书》之"飞步绝岭梯"、"真人互参差"[②]含义相似。

说到存思的特点，今人刘仲宇先生归纳出两大特点，即形象性和流动性。前者是说存思对象是形象鲜明的神灵世界，后者则指在存思者的体验中，那些鲜明的形象都是活的，变化莫测的。[③]至于第一点，可以解释李白道教类诗作意象与上清派存思对象的关系，而第二点则有助于我们了解李白诗歌构思方法与存思术的内在联系。试论之如次：

首先，存思的本质是修道个体的精神活动，它是以个体之我为主体来统驭所有的存思对象，用前引《上清大洞真经》卷一的话就是众神"为我致灵"。这表现诗歌构思方法上，李白多用第一人称。这种例子在太白诗集中俯拾皆是，故不赘列。

其次，李白的道教类诗歌，存在着一种最基本的组织形式，可图示为：**登山（凌海）→遇仙（真）→从仙而游**。特别是登山类的作品，最为常见，如《古风》（其二十）曰：

> 昔我游齐都，登华不注峰。兹山何峻秀，绿翠如芙蓉。萧飒古仙人，了知是赤松。借予一白鹿，自挟两青龙。含笑凌倒景，欣然愿相从。[④]

华不注峰，位于济南历城。诗人登山遇到的是仙人赤松子，经过人、神交接之后，李白便想欣然从之而游。再如《登敬亭山南望怀古，赠窦主簿》则曰：

---

① 《道藏》第1册，第516页中。
② 同上书，第516页上。
③ 刘仲宇：《道教法术》，上海文化出版社2002年版，第241—243页。
④ 《李太白全集》，中华书局1977年版，第114页。

> 敬亭一回首,目尽南天端。仙者五六人,常闻此盘游。溪流琴高水,
> 石耸麻姑坛。白龙降陵阳,黄鹤呼子安。羽化骑日月,云行翼鸳鸾。下
> 视宇宙间,四溟皆波澜。汰绝目下事,从之复何难。百岁落半途,前期浩
> 漫漫。强食不成味,清晨起长叹。愿随子明去,炼火烧金丹。[①]

是诗作于天宝十二载（753）秋,时为诗人初次登临敬亭山。此山是李白最
景仰的南朝大诗人谢朓的赋诗之处。诗人在山顶遥望南天,所看到的仙人竟
然有五六位之多,如乘鲤而游是琴高、飘举飞升的是女仙麻姑、钓得白龙的是
阳子明。当时年过半百的诗人,有感于前途渺茫,故而生发了隐逸之思,愿和
阳子明一道炼丹山中。

即便是写别的修道者,李白也参用了这种模式。《玉真仙人词》即曰:

> 玉真之仙人,时往太华峰。清晨鸣天鼓,飙欻腾双龙。弄电不辍手,
> 行云本无踪。几时人少至,王母应相逢。[②]

玉真仙人,就是曾向玄宗皇帝举荐过李白的唐睿宗之女玉真公主,她于太极
元年（712）出家为道士。此当是李白给公主的献诗,说的是公主在太华山
上修道,定然能与西王母相遇。但它与前面两首诗稍有区别,即省略了遇仙
之后的内容,由此反给读者留下了想象的空间。

由凌海起头的作品,如《怀仙歌》,曰:"一鹤东飞过沧海,放心散慢知何
在。仙人浩歌望我来,应攀玉树长相待。尧舜之事不足惊,自余嚣嚣直可轻。
巨鳌莫载三山去,我欲蓬莱顶上行。"[③]诗中表达了作者遇仙之后想和仙人一
起在蓬莱山修道的渴望。

诗人对于众仙的描写,多取仰视的角度。如《古风》（其四）之"时登
大楼山,举首望天真"[④]、其五之"仰望不可及,苍然五情热"[⑤]、其七之"举

---

① 《李太白全集》,中华书局 1977 年版,第 635 页。
② 同上书,第 449 页。
③ 同上书,第 448 页。
④ 同上书,第 94 页。
⑤ 同上书,第 95 页。

首远望之,飘然若流星"① 等。这种视角,实与存思对象中的身外神多为天仙有关,因为她（他）们往往是从空中降临。不过,李白的作品,大多略去了存思前的诸多内容而常常是直接描写存思的对象和感受,如前面所列的诗篇大都如此。但《游泰山六首》其四则云:"清斋三千日,裂素写道经。吟诵有所得,众神卫我形。"其中的"清斋",表述的即是修道者诵经存思之前整洁身心的准备工作。梁丘子注《上清黄庭内景经》曰:"师及弟子俱应结斋,斋日多少,随其身事。若履涉世尘,宜须积日自洁;其山居清整者,三日便足也。"② "三千日"乃夸张之说,但李白显然是"履涉世尘"者,自应多日结斋才是。由此诗可知,李白的存思之行,还是按相关要求来的。

李白还有些诗作,甚至于整体结构都是借鉴模仿上清类道经而来,《古风》（其四十一）曰:

> 朝弄紫泥海,夕披丹霞裳。挥手折若木,拂此西日光。云卧游八极,玉颜已千霜。飘飘入无倪,稽首祈上皇。呼我游太素,玉杯赐琼浆。一餐历万岁,何用还故乡。永随长风去,天外恣飘扬。③

《真诰》卷三则载有清灵真人之歌曰:

> 朝游郁绝山,夕偃高晖堂。振辔步灵峰,无近于沧浪。玄井三仞际,为我舞津梁。倏欻九万间,八维已相望。有待非至无,灵音有所丧。④

两相比较,无论游踪的时间安排,还是空间安排,可以说皆十分相似。

但李白毕竟没有完全游离于社会现实之外,即便在游仙之时,也常常不忘现实生活中的痛苦,并多用俯视的方法来描写。如《古风》（其十九）结尾曰:"俯视洛阳川,茫茫走胡兵。流血涂野草,豺狼尽冠缨。"其二十则曰:"世路多艰险,白日欺红颜。"⑤ 特别是《梦游天姥吟留别》的结尾之句"安

---

① 《李太白全集》,中华书局 1977 年版,第 98 页。
② 《道藏》第 22 册,第 63 页下。
③ 同①,第 139 页。
④ 《道藏》第 20 册,第 505 页上。
⑤ 同①,第 115 页。

能摧眉折腰事权贵,使我不得开心颜",千古传诵,人们悉以为典出陶渊明不为五斗米折腰之事。然考史崇等人于先天元年(712)奉敕撰出的《一切道经音义妙门由起》有曰:"所以称之为道士者,以其无为世事,务营常道故也。并受道威仪,心行异俗,演兹玄化,畅彼皇风,是以不拜王侯,长揖天子。今之道士,即出家道士也。当于国主,当尽忠尽礼;至于宰辅大臣、公侯牧伯,皆须敬揖。勿得妄趣势力,违者减筭三百六十。"[①] 由此看来,李白平交王侯将相的精神,与道士的最高标准是相符的。

最后要说的是,李白的上述诗歌,也继承了上古神话、楚辞及魏晋游仙诗的某些特点,但我们认为,那些毕竟是远源,而上清派(茅山宗)的影响才是最直接而具体的近源。

原载《福建师范大学学报》2007年第2期
是与研究生王镇宝合撰而成

---

① 《道藏》第24册,第729页上。

第二辑

政治、宗教与文学

——阎朝隐《鹦鹉猫儿篇》发覆

在武周革命和中宗复位的政治进程中，佛教无疑扮演过重要的角色。对此，学术界的研究成果颇丰。[①] 而以文学角度，特别是结合政治、宗教进行的专题研究，就笔者浅陋所见，目前尚未发现。[②] 事实上，当时不少名家如李峤、宋之问、沈佺期、阎朝隐等都有反映政、教（以佛教为主）关系的作品，故该

[①] 关于武周革命与佛教的关系，讨论最多的是《大云经疏》的问题，重要者有王国维《唐写本〈大云经疏〉跋》（《观堂集林》第4册，中华书局1959年版，第1016—1018页），陈寅恪《武曌与佛教》（《金明馆丛稿二编》，生活·读书·新知三联书店2001年版，第153—174页），アントニーノ·フォルテ《〈大云经疏〉なめぐつて》（牧田谛亮、福井文雅主编《讲座敦煌7·敦煌と中国佛教》，东京：大东出版社1984年版，第173—203页），林世田《〈大云经疏〉初步研究》（《文献》2002年第4期）、《〈大云经疏〉结构分析》（郑炳林、花平宁主编《麦积山石窟艺术论文集》下册，兰州大学出版社2004年版，第175—196页）、《武则天称帝与图谶祥瑞——以S.6502〈大云经疏〉为中心》（《敦煌学辑刊》2002年第2期）、《敦煌所出〈普贤菩萨说证明经〉及〈大云经疏〉考略——附〈普贤菩萨说证明经〉校录》（国家图书馆善本特藏部编《文津学志》第一辑，北京图书馆出版社2003年版，第165—190页），金滢坤、刘永海《敦煌本〈大云经疏〉新论——以武则天称帝为中心》（《文史》2009年第4期），张筱懿《武则天女性政权与佛教之关系》（新竹：玄奘大学宗教学系2010年在职进修专班硕士论文）。对中宗与佛教关系的梳理，主要有［美］斯坦利·威斯坦因著，张煜译《唐代佛教》（上海古籍出版社2010年版，第50—52页）、孙英刚《长安与荆州之间：唐中宗与佛教》（荣新江主编：《唐代宗教信仰与社会》，上海辞书出版社2003年版，第125—150页）。

[②] 对武则天形象的分析，有从史传角度进行者，如陈美专《武则天的女性形象——以史传记载为中心的考察》（彰化：彰化师范大学国文学系2002年在职进修专班硕士论文）；有从诗歌角度进行者，如靳欣《唐诗中的武则天形象》（《株洲师范高等专科学校学报》2007年第4期）。

类题材值得深入检讨。兹以阎朝隐最难索解的《鹦鹉猫儿篇》为例略作探析,不当之处,敬盼方家是正。

为便于读者理解,先迻录序及原诗如下:

鹦鹉,慧鸟也;猫,不仁兽也。飞翔其背焉,啮啄其颐焉。攀之缘之,蹈之履之,弄之藉之,跄跄然此为自得。彼亦以为自得,畏者无所起其畏,忍者无所行其忍,抑血属旧故之不若。臣叨践太子舍人,朝暮侍从,预见其事。圣上方以礼乐文章为功业,朝野欢娱。强梁充斥之辈,愿为臣妾,稽颡阙下者日万计。寻而天下一统,实以为惠可以伏不惠,仁可以伏不仁,亦太平非常之明证。事恐久远,风雅所缺,再拜稽首为之篇。

霹雳引,丰隆鸣,猛兽噫气蛇吼声。鹦鹉鸟,同资造化兮殊粹精。鹔鹴毛,翡翠翼。鹓雏延颈,鹍鸡弄色。鹦鹉鸟,同禀阴阳兮异埏埴。彼何为兮,隐隐振振;此何为兮,绿衣翠襟。彼何为兮,窘窘蠢蠢;此何为兮,好貌好音。彷彷兮徉徉,似妖姬躧步兮动罗裳;趋趋兮跄跄,若处子回眸兮登玉堂。爰有兽也,安其忍,觜其胁,距其胸,与之放旷浪浪兮,从从容容。钩爪锯牙也,宵行昼伏无以当。遇之兮忘味,抟击腾掷也,朝飞暮噪无以拒,逢之兮屏气。由是言之,贪残薄则智慧作,贪残临之兮不复攫;由是言之,智慧周则贪残囚,智慧犯之兮不复忧。菲形陋质虽贱微,皇王顾遇长光辉。离宫别馆临朝市,妙舞繁弦杂宫徵。嘉喜堂前景福内,合欢殿上明光里。云母屏风文彩合,流苏斗帐香烟起,承恩宴盼接宴喜。高视七头金骆驼,平怀五尺铜狮子。国有君兮国有臣,君为主兮臣为宾。朝有贤兮朝有德,贤为君兮德为饰,千年万岁兮心转忆。①

显而易见,这是一首动物类的寓言诗。对阎氏文学之评价,开元中集贤大学士张说谓其文:"如丽服靓妆,燕歌赵舞,观者忘疲,若类之《风》、《雅》,则罪人矣!"②《旧唐书》阎朝隐本传说其文章:"虽无《风》、《雅》之体,善构

① (清)彭定求等编:《全唐诗》,上海古籍出版社 1986 年版,第 185 页。

② (后晋)刘昫等撰:《旧唐书》,中华书局 1975 年版,第 5004 页。又,陶敏、傅璇琮把此事系在开元十六年(728),参《唐五代文学编年史·初盛唐卷》,辽海出版社 1998 年版,第 636 页。

奇,甚为时人所赏。"①《新唐书》本传则谓:"中宗为太子,朝隐以舍人幸。性滑稽,属辞奇伟,为武后所赏。"②虽然《新唐书·艺文志四》载有"《阎朝隐集》五卷",然其传世作品仅存诗15首、文4篇,而称得上奇而滑稽者,自然莫过于这首《鹦鹉猫儿篇》了。

该诗的写作时间,陶敏、傅璇琮二先生推断在圣历元年(698)左右,目的则在"媚武后"。③其说基本可从,但日期可更精确些。因为《新唐书》卷四《则天皇后》指出圣历元年九月壬申(公元698年8月25日)"立庐陵王显为皇太子"④,所以,阎朝隐任太子舍人必在此日之后。《通鉴》卷二〇六又载圣历二年:

> 二月己丑,太后幸嵩山。过缑氏,谒升仙太子庙。壬辰,太后不豫,遣给事中栾城阎朝隐祷少室山。朝隐自为牺牲,沐浴伏俎上,请代太后命。太后疾小愈,厚赏之。丁酉,自缑氏还。⑤

据此,至少在己丑(公元699年1月9日)前,阎朝隐已由太子舍人(正六品上)升任给事中(正五品上)。其随从武则天出巡嵩山途中所作《侍从途中口号应制》即云:"因敷河朔藻,得奉洛阳宫。一顾侍御史,再顾给事中。常愿粉肌骨,特答造化功。"⑥无论所述官职升迁还是谄媚献忠之情,悉与史书所记十分吻合。《新唐书》又载圣历二年腊月辛亥(公元698年12月2日)"赐太子姓武氏"⑦(即将李显之姓改成当时的国姓——武),则笔者更倾向于《鹦鹉猫儿篇》作于此日至二月己丑之间(总之,是在圣历二年初),是阎氏迎合武后之意而作,甚至代表了武则天对李显的某种训示,具有较深

① 《旧唐书》,中华书局1975年版,第5026页。
② (宋)欧阳修、宋祁等撰:《新唐书》,中华书局1975年版,第5751页。
③ 参陶敏、傅璇琮主编:《唐五代文学编年史·初盛唐卷》,辽海出版社1998年版,第369—370页。
④ 同②,第99页。
⑤ (宋)司马光编著,(元)胡三省音注:《资治通鉴》,上海古籍出版社1987年版,第1392页—1393页。
⑥ 《全唐诗》,上海古籍出版社1986年版,第185页。又,"侍御史"(从六品下)当是阎朝隐任"太子舍人"之前的官职。结合全诗及相关史料,则知阎朝隐半年之内连升三级,难怪乎他要对武则天表达出无比的忠心。
⑦ 同②,第99页。又,武则天正式称帝后,从天授元年(690)至久视元年(700)行周正,即以建子月(十一月)为岁首(春正月)、十二月为腊月,原正月为一月。

的政治含意（分析详后）。

序一开头就对鹦鹉与猫进行截然相反的褒贬价值评判，说前者是慧鸟，后者为不仁兽，而且，对后者的批判语气十分严厉，这应是有感而发。《朝野佥载》卷五说："则天时，调猫儿与鹦鹉同器食，命御史彭先觉监，遍示百官及天下考使。传看未遍，猫儿饥，遂咬杀鹦鹉以餐之，则天甚愧。武者，国姓，殆不祥之征也。"①《通鉴》卷二○五把是事系于长寿元年（692）七月，曰："太后习猫，使与鹦鹉共处，出示百官。传观未遍，猫饥，搏鹦鹉食之，太后甚惭。"②本来，武则天想藉此显示自己称帝以来，仁慈所化，无物不及③，哪知畜生就是畜性，猫儿根本不理会其良苦用心，竟然使之当众出丑。

不过，就猫食鹦鹉故事原型而言，很可能出于北魏慧觉等译《贤愚经》卷一二《鹦鹉闻四谛品》：

> 须达家内有二鹦鹉，一名律提，二名赊律提，禀性黠慧，能知人语。诸比丘往来，每先告语家内闻知，拂整敷具，欢喜迎逆。是时阿难往到其家，见鸟聪黠，爱之在心，而语之言："欲教汝法。"二鸟欢喜，授四谛法。……其暮宿树，野狸所食。缘此善心，即生四天。……

> 佛告阿难：当下阎浮提，生于人中，出家学道。缘前鸟时诵持四谛，心自开解，成辟支佛，一名昙摩，二名修昙摩。④

本则故事从佛典文体性质言，是为授记，鹦鹉听授四谛（苦、集、灭、道）种下了善根，虽被狸所食，然经历多次轮回后依然可以成辟支佛。而武则天称帝时的理论依据，恰恰就是她被视作释迦牟尼所授记的未来佛——弥勒，薛怀义等人载初元年（689）所上《大云经疏》⑤陈符命时宣称："则天是弥勒

---

① （唐）张鷟撰，赵守俨点校：《朝野佥载》，中华书局1979年版，第117页。

② 《资治通鉴》，上海古籍出版社1986年版，第1381页。又，是年武则天两次改元，一是四月改天授三年为如意元年，二是九月改如意元年为长寿元年。另，《朝野佥载》（中华书局1979年版，第163页）称如意年中彭先觉任周御史，则知司马光把武则天调猫、鹦鹉同器系于长寿元年，似可从。

③ 按，薛怀义等所撰《大云经疏》（S.6502写卷）释《大云》经题云："大云者，广覆十方，周遍一切，布慈荫于有识，洒慧泽于无边。既布大云，必澍甘雨。窃惟云者，即是武姓。此明如来说《大云经》，本属神皇母临万国，子育兆人，犹如大云，以一味口泽及中外，无远不沾，故曰大云者也。"

④ 《大正藏》卷四，第436页下。

⑤ 按，是疏敦煌写本存有两件，即S.2658和S.6502。

下生,作阎浮提主,唐氏合微。"① 汤用彤先生推断,日本永超集《东域传灯目录》中的《大云经神皇授记义疏》一卷,它就是《大云经疏》的原名。②《一切经音义》卷七六"猫狸"条指出"狸":"音离,伏兽也,猫类野兽也。"③ 野狸者野猫也。其食鹦鹉之举,性质恶劣,自然可归入阎朝隐所说的"不仁兽"之列。而张鷟所谓"不祥之征",其实是对武后结局的事后评判。

说到称帝后武则天对猫的态度,与她当皇后时相比,前后判若两人。永徽六年(655)十月,在宫闱斗争失败的萧良娣被囚后大骂道"愿阿武为老鼠,吾作猫儿,生生扼其喉",故"武后怒,自是宫中不畜猫"。④ 但此一时,彼一时,到了载初元年薛怀义等人为其登基做女皇而撰的舆论之作——《大云经疏》里,猫却成了有用的谶纬之一(这说明武则天是地地道道的实用主义者,懂得随机应变)。S.6502 引《广武铭》曰:"离猫为你守四方",并疏云:"《易》曰:离者,明也。位在南方,又是中女,属神皇南面而临天下,又是文明之应也。猫者,武之象,武属圣氏也。"其中,"中女"恰好对应武则天在娘家女儿中的排行,因为她是武士彟与妻杨氏所生三女中的老二。"离猫"之"离",则一语双关:"离"字除了据《周易》指代"中女"及"文明"年号⑤外,还与"狸"字谐音。而"狸猫"又隐含"武"的避讳字"虎",所以,《大云经疏》故意用"猫"有"虎之象"来突出"武之象",用避讳知识来附会武后的"天意"。易言之,"狸猫"同样是在暗示武则天的身份。其间"离猫"与"武后"的联系,可分为两个层面:一是"狸"谐音为《易经》卦名"离",然后通过卦象"中女"、"日"分别象征武氏第二女及"文明"年号;二是"猫"貌似"虎",由此联想到李唐的避讳字"虎",进而又与武则天姓"武"相联系。⑥

---

① 《旧唐书》,中华书局 1975 年版,第 4742 页。

② 汤用彤:《隋唐佛教史稿》,凤凰出版社 2007 年版,第 159 页。

③ 《大正藏》卷五四,第 803 页中。

④ 同①,第 2170 页。

⑤ 按,"文明"本睿宗李旦第一次登基时使用的年号,前后仅七个月(从 2 月至 9 月)。当时掌握实权的是武则天,睿宗实为傀儡。故薛怀义等人在《大云经疏》里以"文明"释"离",暗示武则天做神皇是出于天意。

⑥ 关于"离(狸)猫"含义的分析,此据金滢坤、刘永海:《敦煌本〈大云经疏〉新论——以武则天称帝为中心》,《文史》2009 年第 4 期。

S.6502 又多次引用鹦鹉之谶:

> 又谶云:东海跃六传书鱼,西山飞一能言鸟,鱼鸟相依同一家,鼓鳞奋翼
> 膺天号。"东海跃六传书鱼"者,鲤鱼也。鲤属皇家姓也。"西山飞一能言
> 鸟"者,鹦鹉也。鹦鹉应圣氏也。"鱼鸟相依同一家"者,即明大帝、神皇同
> 理天下也。"鼓鳞奋翼膺天号"者,即"上元年中改为天皇、天后是也"。

> 又谶云:戴冠鹦鹉子,真成不得欺。鹦鹉者,属神皇之姓也。不得欺
> 者,言天下之人皆须竭诚,不得欺负之义也。"二九一百八十年,天下太平
> 高枕眠"者,此明运祚长远,天下太平。高枕眠者,此明八表无事之应也。

> 又谶云:陇头一丛李,枝叶欲凋疏,风吹几欲倒,赖逢鹦鹉扶。陇头
> 李者,此言皇家李氏,本出陇西也。"枝叶欲凋疏,风吹几欲倒,赖逢鹦鹉
> 扶"。鹦鹉者,应圣氏也。言诸虺作逆,几倾宗社,神皇重安三圣基业,
> 故言赖逢鹦鹉扶也。

在这三首谶诗中,第一、三两首有一共同点,都在强调李、武联合的重要性及
其历史由来,而且疏中特别颂扬了作为天后、神皇的武则天与称作大帝、天皇
的唐高宗同舟共济、共治天下的丰功伟绩。"三圣",指高祖、太宗和高宗,结
合第二首,则知薛怀义等人的意思是:只有武则天才配接续大唐国脉,因此由
她来做神皇方能使天下长治久安。换言之,武则天做皇帝既是天意,又是历
史的必然选择。此外,从"鱼鸟一家"(鲤鱼之"鲤"、鹦鹉之"鹉"分别谐
音"李"、"武")的思路推断,"狸猫"之"狸",同样可谐音"李",而"猫"
喻"武",则知"狸猫"合一,也有李、武不分的寓意。

不过,《鹦鹉猫儿篇》及武后"调猫儿与鹦鹉同器食"之"猫",同于
"狸"[1],仅暗喻(谐音法)李姓子孙,如李显、李旦兄弟[2],与武后本人无关。
这里,比喻武后的是鹦鹉。而鹦鹉与猫儿之关系,阎朝隐诗序"血属"[3]一词

---

[1] 按,"狸"即"猫",是猫之异名,参[日]笕文生《中国文学所描写的猫》([日]笕文生、
笕久美子:《唐宋诗文的艺术世界》,卢盛江译,中华书局 2007 年版,第 309—309 页))。

[2] 按,从天授元年(690)武则天称帝至圣历元年九月壬申(公元 698 年 8 月 25 日)李显被
立为太子的八年内,李旦是皇嗣的身份,故"鹦鹉猫儿同器食"故事中的"猫",是暗指李旦。

[3] 血属,指有共同血缘关系的直系亲属,如父母与子女。《资治通鉴》卷二四七曰:"今刘稹不
诣尚书面缚,又不遣血属祈哀。"胡三省注曰:"血属,谓父子兄弟至亲同出于一气者。"(上海古籍出
版社 1986 年版,第 1704 页。)

即交待得一清二楚,显然指武则天与当时被重新立为太子的李显是母子关系。阎氏序中又谓"猫,不仁兽也",当为有的放矢:近者指长寿元年(692)七月武则天"调猫儿与鹦鹉同器食"时猫儿咬杀鹦鹉之事;远者指李显嗣圣元年(684)二月被废皇位之事,武后指出其罪在于"欲以天下与韦玄贞"①,其未经临朝称制的皇太后同意,就想任命岳父为侍中,这在武氏看来,自然是大逆不道之举。经历过十四年贬逐流放生涯的李显,读到阎氏这首寓言诗时,想必会警醒起来,谨慎行事。阎氏诗中又明确告诫太子要恪守臣子本位,做好自己该做的事情。

阎朝隐说鹦鹉是慧鸟,这固然有中国传统文化的因子,如东汉祢衡《鹦鹉赋》云:"性辩慧而能言兮,才聪明以识机。"②但就武则天及其臣属而言,佛教方面的影响则大得多。

在汉译佛典中,生动刻画鹦鹉形象者多为佛本生故事。东晋佛陀跋陀罗、法显共译《摩诃僧祇律》卷四即载佛夫子自道云:"我于昔时畜生道中作鹦鹉鸟,能为余鸟说世八法。"③事实上,作为佛前世形象之一的鹦鹉,除了充满智慧外,还具有其他许多优秀的品格,如勇敢、果断,北魏吉迦夜、昙曜译《杂宝藏经》卷二《佛以智水灭三火缘》即云:

> 佛言:"过去之世,雪山一面,有大竹林,多诸鸟兽,依彼林住。有一鹦鹉,名欢喜首。彼时林中,风吹两竹,共相揩磨,其间火出,烧彼竹林,鸟兽恐怖,无归依处。尔时鹦鹉,深生悲心,怜彼鸟兽,捉翅到水,以洒火上。悲心精勤,故感帝释宫,令大震动。释提桓因,以天眼观,有何因缘,我宫殿动?乃见世间,有一鹦鹉,心怀大悲,欲救济火,尽其身力,不能灭火。释提桓因,即向鹦鹉所,而语之言:"此林广大,数千万里,汝之翅羽所取之水,不过数滴,何以能灭如此大火?"鹦鹉答言:"我心弘旷,精勤不懈,必当灭火;若尽此身,不能灭者,更受来身,誓必灭之。"释提桓因,感其志意,为降大雨,火即得灭。

① 《资治通鉴》,上海古籍出版社1986年版,第1367页。
② (梁)萧统编,(唐)李善注:《文选》,上海古籍出版社1986年版,第612页。
③ 《大正藏》卷二二,第258页中。

"尔时鹦鹉,今我身是也。尔时林中诸鸟兽者,今大聚落人民是也。我于尔时,为灭彼火,使其得安,今亦灭火,令彼得安。"①

这里鹦鹉表现出来的勇往直前之大无畏英雄气概以及不达目的誓不罢休的执著精神,都易使我们想起武则天在久视元年(700)正月的自述:"太宗有马名师子骢,肥逸无能调驭者。朕为宫女侍侧,言于太宗曰:'妾能制之,然须三物,一铁鞭、二铁挝、三匕首。铁鞭击之不服,则以挝挝其首,又不服,则以匕首断其喉。'太宗壮朕之志。"② 如果武后所说不虚,至少表明她少年时就有远大志向和不畏强手的勇气。更有趣的是,葛兆光先生发现表现其性格的驯马理论之故事出处,竟然与佛典有关③,因为西晋法炬、法立译《法句譬喻经》卷三《象品》载有驯象之法:

佛问居士:"调象之法有几事乎?"答曰:"常以三事,用调大象。""何谓为三?""一者刚钩钩口,着其羁绊;二者减食,常令饥瘦;三者捶杖,加其楚痛。以此三事,乃得调良。"④

武后的驯马之法与此经相比,确是大同小异。

《杂宝藏经》卷一《鹦鹉子供养盲父母缘》又载:

于过去世,雪山之中,有一鹦鹉,父母都盲,常取好花果,先奉父母。尔时有一田主,初种谷时,而作愿言:"所种之谷,要与众生而共噉食。"时鹦鹉子,以彼田主先有施心,即常于田,采取稻谷,以供父母。

是时田主按行苗稼,见诸虫鸟揃谷穗处,瞋恚懊恼,便设罗网,捕得鹦鹉。鹦鹉子言:"田主先有好心,施物无吝,由是之故,故我敢来,采取稻谷。如何今者而见网捕?且田者如母,种子如父,实语如子,田主如王,拥护由己。"作是语已,田主欢喜,问鹦鹉言:"汝取此谷,竟复为谁?"鹦鹉答言:"有盲父母,愿以奉之。"田主答言:"自今已后,常于此

---

① 《大正藏》卷四,第455页上—中。
② 《资治通鉴》,上海古籍出版社1986年版,第1394页。
③ 参葛兆光:《中国宗教文学论集》,清华大学出版社1998年版,第13页。
④ 《大正藏》卷四,第600页中。

取,勿复疑难。"

> 佛言:"鹦鹉乐多果种,田者亦然。尔时鹦鹉,我身是也。尔时田主,
> 舍利弗是。尔时盲父,净饭王是。尔时盲母,摩耶是也。"①

此佛本生故事则赞颂了鹦鹉的孝道精神。而现实生活中,武后也确有孝行之举,如敦煌文献中就保留了她为亡父母写《妙法莲华经》、《金刚般若波罗蜜经》各三千部的两篇发愿文及为太子李弘去世而写的《一切道经序》。从咸亨至仪凤(670—679)中的抄经(包括佛经、道经)活动,时间之长,影响之大,都创造了唐朝建立后的第一。所抄虽是宗教经典,却体现了儒家子孝、母慈之思想传统,为她赢得了足够的政治印象分。②而阎朝隐诗谓鹦鹉以惠伏不惠、以仁伏不仁的说教,很大程度上就是为武后歌功颂德吧。

隋阇那崛多译《佛本行集经》卷三一亦有一则佛本生,说鹦鹉二兄弟在树上:"忽然有鹰,迅疾而来,撮一小者,将飞空行。"尔时彼兄即向其弟说偈言:

> 独自一人亦得乐,汝啄彼鹰要害处。其若苦困即放汝,汝今身小我
> 薄力,唯汝精勤莫懒惰。其弟既闻兄语已,欲出勇猛威力事。尽身极力
> 思量竟,即便要处啄鹰身。鹰患身体苦痛缠,速疾即放鹦鹉鸟。……尔
> 时啄鹰鹦鹉者,今即我身释迦是,彼鹰即是魔波旬。于时我唯独自身,已
> 能降伏彼令得,况复于今功德备,那得不伏彼魔王!③

此处鹦鹉勇斗老鹰的故事,与当年武则天、王皇后宫闱争斗的场景何其相似。二者都是凭智慧、毅力,特别是抓住敌手致命弱点以小胜大的经典之作。④也可以说,武则天就是宫闱中的小鹦鹉啊!当然,在她取得胜利后,尤其在登

---

① 《大正藏》卷四,第449页上。

② 关于这三篇文章的录文及分析,参赵和平:《武则天为已逝父母写经发愿文及相关敦煌写卷综合研究》,《敦煌学辑刊》2006年第3期。

③ 《大正藏》卷三,第797页下。

④ 按,王皇后是唐太宗选定的太子妃,后来名正言顺地成了高宗之后。在废立之争中,支持她的是贞观老臣,如宰相长孙无忌、褚遂良、于志宁等;而支持武则天的主要是庶族官僚和寒门士子,如许敬宗、李义府、崔义玄等。具体分析,请参赵文润、王双怀:《武则天评传》,三秦出版社2000年版,第34—47页。

上权力巅峰时,她也可以像佛那样自豪地说:"况复于今功德备,那得不伏彼魔王!"

与中土视鹦鹉为吉祥鸟的传统一样,汉译佛典也有类似的说法。鸠摩罗什译《佛说阿弥陀经》曰:

> 彼国常有种种奇妙杂色之鸟:白鹤、孔雀、鹦鹉、舍利、迦陵频伽、共命之鸟,是诸众鸟,昼夜六时出和雅音,其音演畅五根、五力、七菩提分、八圣道分如是等法。其土众生闻是音已,皆悉念佛、念法、念僧。……是诸众鸟皆是阿弥陀佛欲令法音宣流变化所作。舍利弗!彼佛国土,微风吹动,诸宝行树及宝罗网出微妙音,譬如百千种乐同时俱作,闻是音者皆自然生念佛、念法、念僧之心。①

可见鹦鹉与孔雀、共命等瑞鸟一样,都是阿弥陀佛宣说法音之化身。对此,窥基《阿弥陀经通赞疏》卷二解释道:

> 问:弥陀神力广变佛身,睹相好以发心,听梵音而悟道。何故作诸禽类显发教门?
> 答:化身为佛,未是希奇,乃现灵禽令生牢遇发难遭之胜想,生殊特之信心。化现多途,何足为难?况随类化身,处处皆说。琼林宝网,皆演法音。流水清风,尽谈真教。有斯,所以乃现灵禽也。②

针对世人的疑问,窥基法师指出正是鹦鹉等瑞鸟的相好与梵音,才使它们能生发信众的归依之情。而阎诗称颂鹦鹉时,也特别突出了其"好貌好音"。

对于鹦鹉在当时政坛的特殊寓意,武则天与重臣狄仁杰都予以认同。《朝野佥载》卷三云:

> 则天后梦一鹦鹉,羽毛甚伟,两翅俱折。以问宰臣,群公默然,内史狄仁杰曰:"鹉者,陛下姓也;两翅折,陛下二子庐陵、相王也。陛下起此二子,两翅全也。"武承嗣、武三思连项皆赤。后契丹围幽州,檄朝廷曰"还

---

① 《大正藏》卷一二,第347页上。
② 《大正藏》卷三七,第341页中。

我庐陵、相王来",则天乃忆狄公之言,曰:"卿曾为我占梦,今乃应矣。"①

此事司马光系在圣历元年二月②,则知它对同年三月武则天秘密迎回李显之事起到了促进作用。③此外,武则天还有"双陆不胜"之梦,同样是狄仁杰为她作解。④而两次解梦,狄公目的都在挽救李显、李旦二兄弟,特别是为重立李显做太子张本。

　　陈寅恪先生指出,武则天母亲杨氏一族作为杨隋皇室成员之一,具有深厚的佛教信仰传统,而且,武后十四岁未入宫之前,就一度正式或非正式为沙弥尼。⑤更何况贞观二十三年(649)五月唐太宗病逝后,武媚娘到了专为太宗追福而建的皇家寺庙——感业寺作了比丘尼,至永徽四年(653)五月才重新入宫,四五年的时间,足够她读遍寺院的藏书了。⑥因此,前面列举的各种有关鹦鹉的佛典,她多半不会陌生甚至还较为熟悉呢。所以,当薛怀义《大云经疏》多次引用鹦鹉谶来解释女主当立时,她深表赞同,既"颁于天下,寺各藏一本,令升高座讲说"⑦,又"令诸州各置大云寺,总度僧千人"⑧,使相关教义家喻户晓。⑨由此,佛典与谶纬中的多种鹦鹉故事便广为流播,阎朝隐对此,当然是了然于胸的。

---

①　《朝野佥载》,中华书局1979年版,第60页。
②　《资治通鉴》,上海古籍出版社1986年版,第1390页。
③　按,《通鉴》卷二〇六曰"三月己巳,托言庐陵王有疾,遣职方员外郎琅丘徐彦伯召庐陵王其妃诸子诣行在疗疾。戊子,庐陵王至神都"(第1390页),既言"托疾",表明武后行事谨慎,颇有心机,这当然也是"慧"(政治智慧)的体现。
④　《新唐书》,中华书局1975年版,第4212页。又,关于二梦传说的来源,杜朝晖指出悉出自佛教传说(《"双陆不胜""鹦鹉折翅"来源考》,《湖北大学学报·哲学社会科学版》2006年第4期),其中对前者的分析较为可信,对后者的分析则较为薄弱。本文所列各种佛典,更能说明鹦鹉象征武则天的理论来源。
⑤　陈寅恪:《金明馆丛稿二编》,生活·读书·新知三联书店2001年版,第154—164页。
⑥　按,《续高僧传》卷二十《法融传》载丹阳南牛头山佛窟寺有"有七藏经画:一佛经,二道书,三佛经史,四俗经史,五医方图符"(《大正藏》卷五十,第604页中),而作为皇家功德寺的感业寺,其藏书数量想必更加丰富。
⑦　《旧唐书》,中华书局1975年版,第4742页。
⑧　同上书,第121页。
⑨　揆诸史实,唐代重视《大云经》并非始自武则天,初唐法琳撰《辩正论》卷四即说贞观三年(629)孟春降敕:"京城僧尼于当寺每月二七日行道转《仁王》、《大云》等经,以为恒式。"(《大正藏》卷五二,第512页中)《大云》,即《大云经》。

武则天称帝之后,除了崇奉《大云经》外,也依据其他佛典进一步圣化自己。如长寿二年(693)达摩流支奉敕译出的《佛说宝雨经》卷一载有佛对月净光天子的授记:"我涅槃后最后时分,第四五百年中法欲灭时,汝于此赡部洲东北方摩诃支那国,位居阿鞞跋致,实是菩萨,故现女身,为自在主。……汝于彼时住寿无量,后当往诣睹史多天宫,供养、承事慈氏菩萨,乃至慈氏成佛之时,复当与汝授阿耨多罗三藐三菩提记。"① 此则明确指出女主中国(摩诃支那)的事实。"阿鞞跋致",指不退转的成佛进路;"无量寿"一词,则暗示出当时的年号"长寿";"慈氏",就是《大云经疏》之"弥勒"。慈氏成佛时又授记,则表明武则天来世永远都是佛了。圣历二年,称帝已十年的武则天(此时尊号为"天册金轮圣神皇帝")所制《大周新译大方广佛华严经序》中公开宣称:"朕曩劫植因,叨承佛记。金仙降旨,《大云》之偈先彰;玉扆披祥,《宝雨》之文后及。加以积善余庆,俯集微躬,遂得地平天成,河清海晏。"② 可见《大云经》、《宝雨经》是她得佛授记而君临天下的两大根本佛典,一前一后,相映成辉。

至于阎朝隐,他对佛典也较为熟悉。如圣历二年左右,他就和李峤、沈佺期、宋之问、崔湜等著名诗人一起奉敕修撰《三教珠英》③;在景龙四年(710)义净法师《根本说一切有部尼陀那目得伽》译场中,他又以著作佐郎修文馆直学士的身份担任翻经学士④,虽说翻经学士的具体职责为何,史书阙载,但赞宁指出义净译场中有李峤、韦嗣立、卢藏用等二十余人次文润色(润文),并谓"令通内外学者充之"⑤,则知阎氏的内学修养定然不差。所以,他用佛典及《大云经疏》中广为人知的鹦鹉、猫(狸)故事(或谶纬意象)来写寓言诗,亦在情理之中。

阎氏诗、序中还有不少与史实相契合者,如"离宫别馆临朝市……承恩宴盼接宴喜"诸句,描绘的是皇家欢乐重逢的场景,而《新唐书》卷一一五

---

① 《大正藏》卷一六,第 284 页中—下。
② 《大正藏》卷一〇,第 1 页上。
③ 陶敏、傅璇琮:《唐五代文学编年史》,辽海出版社 1998 年版,第 374 页。
④ 《大正藏》卷二四,第 419 页中。
⑤ (宋)赞宁撰,范祥雍点校:《宋高僧传》,中华书局 1987 年版,第 57 页。

说李显被武则天秘密迎回洛阳之后,狄仁杰进言:"太子归,未有知者,人言纷纷,何所信?""后然之。更令太子舍龙门。具礼迎还,中外大悦。"① 可见在迎归时,确实在别馆举行过重大的欢迎仪式。序云"圣上方以礼乐文章为功业",则指武则天称帝后礼乐制度之改革。② 尤其:"平怀五尺铜狮子"一句,实指长寿三年(694)至证圣元年(695)武则天建大周万国述德天枢一事。此天枢:"纪革命之功,贬皇家之德。天枢下置天山,铜龙负载,狮子、麒麟围绕。……金彩莹煌,光侔日月。"③ "其制若柱,度高一百五尺,八面,面别五尺,冶铁象山为之趾,负以铜龙,石镌怪兽环之。……及悉镂群臣、蕃酋名氏其上。"④ 总之,革命成功给世人带来了新气息,故阎诗序中情不自禁地赞叹"稽颡阙下者日万计"、"天下一统"云云。毫无疑问,这都是对慧鸟鹦鹉(喻武则天)的极端颂扬。

阎诗除了对太子有所警示外,还有告诫奉劝之意。如谓猫要安忍,其实也就是佛教所说的"忍辱"。⑤ 而这一点恰恰是武则天能掌权的智慧之一,司马光即说:"初,武后能屈身忍辱,奉顺上意。"⑥ 玄奘译《瑜伽师地论》卷五七即云:

> 云何忍辱?谓由三种行相应知:一不忿怒,二不报怨,三不怀恶。若别分别乃有十种:一已受怨害忍,二现前怨害忍,三虑恐怨害忍,四饶益怨憎忍,五损害亲友忍,六一切怨害忍,七一切因怨害忍,八受教怨害忍,九择力怨害忍,十自性怨害忍。⑦

众所周知,李显显庆元年(656)十一月五日出生时,武则天难产,故誓愿归依三宝,请求护佑。李显出生后,高宗便赐号他为佛光王,并寄褐于玄奘门

---

① 《新唐书》,中华书局1975年版,第4212页。

② 关于武则天称帝后礼乐制度建设的具体措施、内容,可参赵文润、王双怀:《武则天评传》,三秦出版社2000年版,第224—231页。

③ (唐)刘肃撰,许德楠、李鼎霞点校:《大唐新语》,中华书局1984年版,第126页。

④ 同①,第3483页。

⑤ 《一切经音义》卷一三"孱底"(即梵文kṣānti的音译)条有云:"唐云忍辱,或云安忍。"(《大正藏》卷五四,第384页中)

⑥ 《资治通鉴》,上海古籍出版社1986年版,第1352页。

⑦ 《大正藏》卷三〇,第617页下。

下，至少到麟德元年（664）玄奘圆寂时的七八年时光中，他是受玄奘的教育与影响的。因此，历经千辛万苦才重新获得太子之位的佛光王，又有什么不可以忍呢？阎朝隐的奉劝，其实是多余了。因为李显重回京城后，十分注意搞好与母亲武姓家人的关系，主动和武氏联姻，如七女李仙蕙（后来追封永泰公主）嫁给了魏王武承嗣的儿子武延基；幼女安乐公主则嫁给了梁王武三思的儿子武崇训。此举旨在贯彻武则天武、李一体的政治思想。

　　总之，阎朝隐这首《鹦鹉猫儿篇》，表现了武周革命后李显重做太子时的政治态势，它用奇特的文学形式（寓言诗），再现了当时政治与宗教（佛教）之间的密切联系。阎氏虽有谄媚武后之意，但作为太子舍人，他对李显亦有所奉劝、忠告，应该说也尽到了自己的职责。

原载《福建师范大学学报》2013 年第 5 期

李白释家题材作品略论

在中国佛教史上,唐代是一个全面繁荣的朝代,不唯创立了中国化的佛教宗派,如华严宗、禅宗、律宗等,而且教义和行仪都深入人心,影响到社会的各个阶层。就文学创作而言,既有僧诗的大量涌现,文人创作的佛教类题材的诗作也不少。[①] 即便被认为是道教徒的盛唐诗人李白,在其存世的作品中,也有不少是属于佛教题材的。对于李氏的这一类作品,前贤时哲虽有所讨论,却不太深入,而且未能指出它们的特色和成因。[②] 故本人不揣谫陋,愿就此问题略加探析,以请益于大方之家。

---

① 如清编《全唐诗》所收僧人诗作者 113 人,诗 2783 首,文人所写佛教类诗作 2273 首,两者相加,占《全唐诗》总数的 10.3%(参袁行霈主编:《中国文学史》第二卷,高等教育出版社 1999 年版,第 207 页)。

② 前贤如宋代之葛立方的《韵语阳秋》卷一二早就概要地指出了李白诗中的佛教思想,而清代的大注家王琦,他对李诗中的佛教典故用力甚勤,注释甚详,极大地方便了李诗的研究者。今人论李白思想时,讨论最多的是道家与道教思想,如著名学者李长之的《道教徒的诗人李白及其痛苦》(重庆商务印书馆 1948 年版)即为这方面的代表作。而关于李白所受佛教思想之浸染的研究,最早的论文是浩乘的《李白的佛教思想》(《佛学月刊》第二卷第五期,1942 年 10 月),80 年代后的主要论文则有葛景春的《李白与佛教思想》(《唐代文学论丛》第九辑,陕西人民出版社 1987 年版)、章继光的《李白与佛教思想》(《中国李白研究·1990 年集·下》,江苏古籍出版社 1991 年版)、安旗的《李白与佛教》(《李白研究》,台北:水牛出版社 1992 年版。按,安先生是文中《李白有关佛教诗文系年选笺》一节补正了其主编的《李白全集编年注释》中相关篇目的系年和笺注)、张海沙的《李白杜甫对佛教禅学思想的接受及其诗歌》(《初盛唐佛教禅学与诗歌研究》第二章,中国社会科学出版社 2001 年版)等。最近陈引驰先生在《隋唐佛学与中国文学》(百花洲文艺出版社 2002 年版)之大著中对李白所受佛教思想之影响的表现有较为全面的论述(参是书第二章之第一节"李白:道宗佛影之诗人")。

一、佛教题材仙化的两种表现

"五岳寻仙不辞远,一生好入名山游"(《庐山谣寄卢侍御虚舟》),李白的漫游生活在盛唐诗人中可说是独一无二的,祖国的名山大川几乎被他游了个遍,而且每到一处,兴之所至,差不多都留有吟咏之作。在李白存世的作品中,山水诗作占有极大的比例。而天下名山僧占多,李白在处理山水题材时自然要触及到寺院与僧侣,据安旗先生主编的《李白全集编年注释》可知,李白存世的一千来篇作品中,有关释家题材的诗文有五十余篇(当然,某些作品的归属是有争议的,如《南山寺》就是别人的作品而误题为李氏之作)。这虽然不能和同时代的诗人王维相比,数量却也不少。它们主要涉及到寺院风景、与僧侣的交往(包括对相关佛理的探讨)以及赞佛诗序三大方面。在处理这三个方面的内容时,作者大都采取了相同的方法,即用道家与道教的眼光来观照审视佛教的诸种表现,进而把它们彻底地神仙化。这种仙化有两方面的表现:一是寺院景物描写的仙境化;二是佛教思理的道家化和道教化。兹先论第一点。

寺院景物在盛唐其他诗人的笔下,给人的印象多是清幽,甚至于有些枯寂,且不论诗佛王维的相关诗作,就是其他诗人的作品也常常呈现出这种风貌。常建《题破山寺后禅院》即云:"清晨入古寺,初日照高林。竹径通幽处,禅房花木深。山光悦鸟性,潭影空人心。万籁此都寂,但余钟磬音。"诗把深山古寺的清幽和景物的空灵明秀写得极为真切感人,心无纤尘的幽远情思与禅定的境界确实冥合无间,但读后却使人油然而生一种飘然世外之想。李白在描写寺院景物时,虽说有几首也是通于禅境的,但它们多写于诗人的晚年,如作于乾元元年(758)的《题江夏修静寺》有云:"我家北海宅,作寺南江滨。空庭无玉树,高殿坐幽人。书带留青草,琴堂幂素尘。平生种桃李,寂灭不成春。"修静寺本是大名鼎鼎的北海太守李邕的旧宅,然而时过境迁,物是人非,它早已变成了枯寂的幽寺,诗人所表达的是在流放途中寂寥的心境和情怀。不过,诗人在描写寺院风景时,更多的是选取活泼的甚至是喧闹热烈的场景,如《登瓦官阁》之"漫漫雨花落,嘈嘈天乐鸣。两廊振法鼓,四角吟风筝";《秋日登扬州西灵塔》之"万象分空界,三天接画梁。水摇金刹影,日动火珠光。鸟拂琼檐度,霞连绣栱张";《安州般若寺水阁纳凉喜遇薛员外义》之"倏然金园赏,远近含晴光。楼台成海气,草木皆天香。忽逢青云士,共解丹霞裳";《秋夜宿龙门香山寺,奉寄王方城十七丈,奉国莹上人,从弟幼成、令问》之"望极九霄迥,赏幽万壑通。目皓沙上月,心清松下风。玉斗横网户,银河耿花宫";《与从侄杭州刺史良游天竺寺》之"览云测变化,弄水穷清幽。叠嶂隔遥海,当轩写归流。诗成傲云月,佳趣满吴洲";《陪族叔当涂宰游化城寺升公清风亭》之"化城若化出,金牓天宫开。疑是海上云,飞空结楼台";《化城寺大钟铭》之"金精转浊以融熠,铜液星荧而璀璨。光喷日道,气歃天维。红云点于太清,紫烟亹于遥海"。诸如此类的描写,皆是以壮丽和热烈取胜,读来如入仙境。诗人不单是用了一些道教语汇,如天乐、琼檐、青云、丹霞、九霄、玉斗、金精、太清来描述佛寺的奇丽壮伟,更重要的是注入了诗人心中强烈的道教仙境意识,因为在诗人看来,佛寺景观的主要特点不是清幽,而是涂上了浓郁奔放的理想色彩,寺院作为一种社会存在,不再是教人远离尘世生活,而是更加地热爱现世生活,到寺院去寻佳趣,就如同进了琼楼玉宇,得到的是仙界的享受。诗人的这种感受,在《答长安崔少府叔封游终南翠微寺太宗皇帝金沙泉见寄》一诗里表现得更加明显,诗曰:"河伯见海若,傲然夸秋水。小物昧远图,宁知通方士。多君紫霄意,独往苍山里……鼎湖梦渌水,龙驾空茫然。"诗写的虽是翠微寺的一泓泉水,却大量运用道教典故,如《庄子》之《秋水》篇。还有鼎湖,指的是黄帝铸鼎升天处,完全把佛寺之景仙化了。再如《莹禅师房观山海图》:

真僧闭精宇,灭迹含达观。列障图云山,攒峰入霄汉。丹崖森在目,清昼疑卷幔。蓬壶来轩窗,瀛海入几案。烟涛争喷薄,岛屿相凌乱。征帆飘空中,瀑水洒天半。峥嵘若可涉,想象徒盈叹。杳与真心冥,遂谐静者玩。如登赤城里,揭涉沧洲畔。即事能娱人,从兹得消散。

莹禅师的禅房里悬挂的山海图给诗人的印象纯然是道教之仙境,这种感受与他对寺院的一贯印象是一致的。《赠僧崖公》一诗写的本是李白的学禅悟道之经历,但他的宗旨却是"何日更携手,乘杯向蓬瀛",即最后的归宿在于达到神仙的境界。诗人又常常在佛教题材里插入神仙话语,表面看来是扞格不入。如《崇明寺佛顶尊胜陀罗尼幢颂·序》本是写尊胜幢的神奇功用的,行文快结束时却突然插入了"郡人都水使者宣道先生孙太仲,得真人紫蕊玉笈之书,能令太一神自成还丹,以献于帝。帝服享万岁,与天同休"数句。孙太仲是玄宗时期嵩山的一位隐士,以炼丹出名,可说是位典型的求仙之道士。而尊胜陀罗尼幢的功用在于超度亡灵,使之生于忉利天上,延年脱难,快乐无穷。这种快乐之境与道教的飞升仙境,在李白看来,本质上是一致的。像他在《与从侄杭州刺史良游天竺寺》一诗里就把游天竺寺所得的佳趣等同于"挂席凌蓬丘",即如同身入蓬莱仙境。

诗人还常常把高僧和神仙家等而视之,《江夏送林公上人游衡岳序》开篇即说:"江南之仙山,黄鹤之爽气,偶得英粹,后生俊人。林公世为豪家,此土之秀。落发归道,专精律仪。白月在天,朗然独出。"而《峨嵋山月歌送蜀僧晏入京》则说僧晏之形象是"黄金师子乘高座,白玉麈尾谈重玄",全然是融高僧和高道为一体了。

当然,视高僧和高道形象为一体,并不自李白始。因为诗人所崇拜的前辈及同乡诗人陈子昂早就这样做了。其《秋园卧病呈晖上人》诗云"缅想赤松游,高寻白云逸",就是把晖上人比作神仙赤松子。而李白这样做,更多的是受其潜意识里神仙情结的影响。这点容后再详细申述。

次说佛教思想的道家化和道教化。在李白的释家题材的作品中,既有写景之作,也有说理之作(当然,两者有时又融合为一)。而所说佛理,又多是当时士大夫的常识。兹从三个方面简述之。

一是佛教的空无观。"空"当然是与"有"相对,是指一切存在之物,皆无自性、实体,这种思想即称为空,它是大乘佛教,特别是大乘空宗的根本思想。空,简而别之可为两类:人空与法空。人空,是指人类自己无其实体或自我之存在;法空,则指一切事物的存在皆由因缘而产生,故亦无实体存在。早在魏晋时代,随着《道行般若经》、《放光般若经》等经典的译出,加上当时玄谈之风的影响,故当时多有附会老庄思想以阐释《般若经》所说之毕竟空者,如本无宗、本无异宗、即色宗、心无宗、识含宗、幻化宗、缘会宗等,皆系以"格义"之方式宣说般若性空的学派。它们的立论实皆有失"空"之本义,是玄学化了的般若空观。但这种空观,因了中国化的思维方式,却较容易为深受老庄思想之影响的士大夫所接受。李白的主导思想即在道家和道教方面,因此,他所说的空无,实打上了深刻的玄学烙印。如《赠宣州灵源寺仲濬公》诗云:"观心同水月,解悟得明珠。今日逢支遁,高谈出有无。"诗中用了不少佛典,像水月,语出《大智度论》卷六之"解了诸法:如幻,如焰,如水中月……"①,乃大乘佛教十喻之一。水中之月,是月之影现,并无月之实体,故以此比喻诸法无自性,凡夫妄执心水中所现我、我所之相,而执著于诸法,实则诸法了无实体。明珠,语出《大般涅槃经》卷三之"譬如国王髻中明珠,付典藏臣。藏臣得已,顶戴恭敬,增加守护。我亦如是顶戴恭敬,增加守护如来所说方等深义"②。佛教用以比喻众生本有的佛性。尤其可注意的是支遁,即支道林(314—366),他是东晋著名的学僧,精研《道行般若经》等般若系经典,又与当世名士如王濛、孙绰、许洵、殷浩、谢安、王羲之等畅谈《庄子》,特别是以注《逍遥游》而折服僧俗二界。所创般若学即色义,主张"即色本空"的思想,为般若学六家七宗之一。有无,指存在和非存在。有,即指一切存在之物,也包括其存在方式与形态。无,与有相对。佛教认为一切存在之物皆为一时之假相,称为假有,因其随因缘而生灭,故无固定不变之常住自性,即倡无我、无自性之说;反之,若谓一切为不变之常住(实有),而永久存在,则为有见、我见。但无论是有见还是无见,都必须破之,执大乘中观才能透彻了解空之真谛。有无问题也是玄学家讨论的最重要的话题之一。诗人把仲濬公比作支遁,实暗示了两者的交往是有共同的思想基础,即都对佛学与老庄中相通的东西感兴趣。《将游衡岳过汉阳双松亭留别族弟浮屠谈皓》一诗说"卓绝道门秀,谈玄乃支公",把释谈皓比成支道林,当是表达了同样的旨趣。而这点在《与元丹丘方城寺谈玄作》中表现得更加明显。诗曰:

> 茫茫大梦中,惟我独先觉。腾转风火来,假合作容貌。灭除昏疑尽,领略入精要。澄虑观此身,因得通寂照。朗悟前后际,始知金仙妙。幸

---

① 《大正藏》卷二五,第 101 页下。
② 《大正藏》卷一二,第 380 页中。

逢禅居人,酌玉坐相召。彼我俱若丧,云山岂殊调。清风生虚空,明月见
谈笑。怡然青莲宫,永愿恣游眺。

元丹丘是诗人最敬重且交往又深的道友之一。作为道士的元丹丘,在寺庙里
与人谈玄论道,这本身就是一件有趣的事情,它说明当时道、释思想之间的界
限并非是判然可分。"茫茫"两句出自《庄子》之《齐物论篇》"觉而后知
其梦也,且有大觉而后知此其大梦也,而愚者自以为觉,窃窃然知之"。庄子
视人生如梦的思想与大乘佛教中的说法是相通的。佛典中,常以"梦"与
"幻"比喻一切法之非实有,如《金刚经》之"一切有为法,如梦幻泡影"①、
《入楞伽经》卷四之"诸凡夫痴心执着,堕于邪见,以不能知但是自心虚妄
见故。……是故我说一切诸法如幻如梦,无有实体"②。下文所说"腾转风火
来,假合作容貌",说的是佛教人生观,佛教认为人身是由地、水、火、风等四
大假合而成,并没有实体,此与庄子所说的人生如梦实际上都是在否定客观
世界的存在。而诗人也一再表示要领略金仙(佛)之真义,用定、慧的方式
来贯通禅家顿悟之学,似乎是要投到佛祖的怀抱。但全诗的要义却在于混
同庄子的齐物论与佛教的空无观、禅定说,是彻底把佛教理论道家化了。

二是自性清净的佛性观。佛教认为自性,即众生自己的心性,也叫如来
藏——指于一切众生之烦恼身中,所隐藏的如来法身本是清净的。自性或如
来藏虽覆藏于烦恼中,却不为烦恼所污,具足本来绝对清净而永远不变的本
性。唐代禅宗兴起以后,更注重明心见性,指出要识本心,即识自己本来的真
如心性是清净的。《六祖坛经》有云:"不识本心,学法无益。"③ 李白对此种
新兴之佛教思想,表示了相当程度的认同。《地藏菩萨赞》云:"本心若虚空,
清静无一物。焚荡淫怒痴,圆寂了见佛。"这几句使我们很自然地想起六祖
那首著名的偈颂:"菩提本无树,明镜亦非台。本来无一物,何处惹尘埃?"④
《赠僧朝美》则说:

---

① 《大正藏》卷八,第 752 页中。
② 《大正藏》卷一六,第 536 页上。
③ 《大正藏》卷四八,第 338 页上。
④ 同上书,第 349 页上。

水客凌洪波，长鲸涌溟海。百川随龙舟，嘘吸竟安在？中有不死者，探得明月珠。高价倾宇宙，余辉照江湖。苞卷金缕褐，萧然若空无。谁人识此宝，窃笑有狂夫。了心何言说，各勉黄金躯。

诗中所拟设的在大海之中寻得无价珠宝的情境，在佛典中有相似的例子。如《维摩诘经·佛道品》之"当知一切烦恼为如来种，譬如不下巨海，不能得无价宝珠；如是不入烦恼大海，则不能得一切智宝"，僧肇的注说得非常明白："二乘既见无为，安住正位，虚心静漠，宴寂恬怡。既无生死之畏，而有无为之乐，澹泊自足，无希无求，孰肯蔽蔽以大乘为心乎？"① 而王琦的注文亦是寻此思致而得，云："诗言水客泛舟大海，舟为长鲸所嘘吸，遂遭溺没。其中乃有不死者，反于海中寻得明月之珠，卷而藏之，不自炫耀，人亦不识。以喻人在烦恼海中，为一切嗜欲所汩没，醉生梦死，飘流无极。乃其中有不昧本来者，反于烦恼海中悟得如来法宝，其价则倾乎宇宙，其光则照乎江湖，卷而怀之，不自以为有，而若空无者。然人皆不能识此宝，而唯我能识之。夫心既明了，更无言说可以酬对。唯有勉励珍重此躯而已。盖人身难得，六道之中，以人道为最。是此躯之重，等于黄金，未可轻忽，故曰'各勉黄金躯'也。"② 而"了心何言说"，则与禅宗不立文字的旨趣也颇显一致。其他如《同族侄评事游昌禅师山池二首》之"花将色不染，水与心俱闲"，亦具有同样的禅之境界。禅之所以为士大夫所接受，主要原因是它的一套理论体系与老庄思想有相通之处，李白诗中常说的"真心"（如《庐山东林寺夜怀》之"湛然冥真心"、《化城寺钟铭》之"夫扬音大千，所以清真心"）、"天真"（如《金陵名僧頵公粉图慈亲赞》之"笔写天真"）诸语词，实皆为道释两家所通用，如天真出于《庄子》之《渔父》篇的"礼者，世俗之所为也。真者，所以受于天地，自然不可易也。故圣人法天贵真，不拘于俗"。道家用它来表示未受世俗礼仪影响的自然本性。佛教则用它来表达天然而不假造作的真理。《止观辅行传弘决》卷一即云："理非造作，故曰天真。"③ 正是由于两家思想体系上的相

---

① 《大正藏》卷三八，第392页中。

② （清）王琦注：《李太白全集》，中华书局1977年版，第632页。又，本文所引李白诗文，悉出此版本，特此说明。

③ 《大正藏》卷四六，第143页下。

通①,才使李白对于佛禅不感到陌生,反而生出天然的好感,乐于亲近。

三是看似厌世情调中的乐观旷达。原始佛教提倡人生是苦,认为对于凡夫而言,现实生活的一切现象可以说都是苦的。这种道理,谓之苦谛。苦谛,作为佛教四谛之第一谛,它是建立佛教学说的基石,因为佛教的终极目标就是要教人如何从人生是苦中解脱出来。佛教中所说的苦,有很多种,如生、老、病、死谓之四苦,若加上怨憎会、爱别离、求不得、五取蕴苦则谓之八苦。这些苦是现实生活中的每个个体都会遭遇到的。而人在社会生活中,常常不是一帆风顺,总会有这样或那样的挫折。李白也不例外,《悲歌行》即云:"主人有酒且莫斟,听我一曲悲来吟。悲来不吟还不笑,天下无人知我心。……富贵百年能几何,死生一度人皆有。孤猿坐啼坟上月,且须一尽杯中酒。"当一个人失意的时候,总想找到一条出路。而中国的老庄思想里,隐逸厌世的成分也不少。李白从小受道家思想之熏染,当他落拓之时,这种思想就自然而然地冒了出来,与佛教思想一拍即合。如《僧伽歌》云:"嗟予落泊江淮久,罕遇真僧说空有。"②从李白的人生经历看,他不如意的时候实在不算太少,因此有这种感喟也是可以理解的。《鲁郡叶和尚赞》又云:"海岳英灵,诞彼开士。了身皆空,观月在水。……寂灭为乐,江海为闲。逆旅形内,虚舟世间。邈彼昆阆,谁云可攀?"昙无谶译《大般涅槃经》卷一四谓:"诸行无常,是生灭法。""生灭灭已,寂灭为乐。"③寂灭就是指涅槃,即摆脱了生死不休的轮回,结束了人生之种种烦恼的最高境界,这是典型的寻求解脱人生是苦的佛教思想。而"江海为闲"、"逆旅"、"虚舟"分别出自《庄子》《刻意篇》之"若夫不刻意而高,无仁义而修,无江海而闲,不导引而寿"、《山木篇》之"阳

---

① 按,关于心性问题,隋唐时期所出的一些道典也有所涉及,且吸收了佛教的观点。如《大乘妙林经》即云:"无上大悲尊,善巧说真相。世间烦恼本,即无上慧因。"(《道藏》第34册,第259页中)这是借用了大乘佛教"烦恼即菩提"的思想(具体论述详见鸠摩罗什译《大智度论》卷六、《维摩诘所说经》卷二、梁译《摄大乘论释》卷十四等)。敦煌道经P.2254《太上一乘海空智藏经》则曰:"若有人言是我身者,即是道种,即是道性,有道性,故身中即有七十二相八十一好。"其所谓"道种"与"道性"则是吸收了佛典《大般涅槃经》中的"佛性"(指众生本具的成佛的可能性,即成佛之正因,又名如来性、觉性、佛种等)说。

② 《僧伽歌》一诗,王琦《李太白全集》卷七谓是伪作,刘友竹先生《〈僧伽歌〉非伪作辨》(载李白研究学会编:《李白研究论丛》第二辑,巴蜀书社1990年版,第207—210页)则力证其真。本人倾向于刘氏之说。

③ 《大正藏》卷一二,第450页上、第451页上。

子之宋,宿于逆旅"、《列御寇篇》之"巧者劳而智者忧,无能者无所求,饱食而遨游,泛若不系之舟,虚而遨游者也"。昆阆指昆仑山巅的阆凤山,相传是仙人所居的地方。所有这些说的都是道家追求精神自由的表现。两种不同的思想天然地结合在一起,表现了诗人看似悲凉厌世实则乐观旷达的情怀。《安州般若寺水阁纳凉喜遇薛员外乂》则说:"而我遗有漏,与君用无方。心垢都已灭,永言题禅房。"有漏,即烦恼。佛教认为众生由于烦恼所产生的过失,结出的苦果,使人在迷妄的世界中流转不停,难以脱离生死苦海,故称为有漏;若达到了断灭烦恼的境界,则叫无漏。而"遗有漏"的方法,就是修禅。用它可以除灭心垢,即人生的种种痛苦和烦恼。"用无方",典出《庄子·在宥》之"处乎无响,行乎无方"。郭象注曰:"随物转化。"意即随遇而安。这里亦是把佛道两种不同的生活态度糅合到一块,抒发的同样是乐观向上的情感。

二、佛貌仙心的理论依据

众所周知,李白平生最为人津津乐道的故事就是贺知章称他为"谪仙人"。《对酒忆贺监二首序》曰:"太子宾客贺公,于长安紫极宫一见余,呼余为'谪仙人',因解金龟换酒为乐。"魏万则有《金陵酬翰林谪仙子》一诗,亦以"谪仙"来指称李白。谪仙人与谪仙子,意思相同,毫无疑问都含有鲜明的道教意味。李白自己对此是十分认同的。在《答湖州迦叶司马问白是何人》一诗中,诗人颇为自得地说:

> 青莲居士谪仙人,酒肆藏名三十春。湖州司马何须问?金粟如来是后身。

有趣的是他把自己的居士身份和"谪仙人"相提并论。看来他并不忌讳自己对佛教的尊崇,而且还相信三世之说,认定自己的后世必定能修成"金粟如来"之身。金粟如来,佛教中的过去佛之一,据李善注《文选》卷五九《头陀寺碑文》之"金粟来仪"所引《发迹经》(按,该经早佚)曰:"净名大士是往古金粟如来。"净名大士,即大名鼎鼎的维摩诘居士。敦煌遗书 S.4571《维摩诘经讲经文》明确指出:"毗耶城里,有一居士,名号维摩,

他原是东方无垢世界金粟如来,意欲助佛化人,暂住娑婆秽境。"与李白同
时代的大诗人王维,其字为摩诘,显示了佛教的含义。而李白自称是"金粟
如来",亦是对佛教信仰的一种自我界定吧。还有其号"青莲居士"(按,在
《答族侄僧中孚赠玉泉仙人掌茶·序》中作者再一次用了这一称号),其中的
"居士",毫无疑问是佛教术语,它常与内典中的"长者"一词混同,慧远《维
摩义记》卷一末云:"居士有二:一广积资产,居财之士名为居士;二在家修
道,居家道士名为居士。"① 后者即为佛教中之居士。维摩居士既是长者(有
钱者),又是在家修行的菩萨。李白自夸"千金散尽还复来"(《将进酒》),
可见他亦属有产者,也未见他正式受戒,可算是在家的信徒。这两方面都和
维摩诘相似,故是他自称"金粟如来"的因缘吧。特别是"青莲"一词,实
亦有佛教的含蕴。最直接的解释是把它与诗人的故乡"青莲乡"相联系,如
明代大学者杨慎就是这么说的。然而当它和"居士"合用时,我们却不能忽
视其本有的佛教意蕴。清人王琦早就敏锐地指出了这一点,说:"青莲花出
西竺,梵语谓之优钵罗花,清净香洁,不染纤尘。太白自号,疑取此义。"② 莲
花,虽生于污泥之中,却开洁净之花,故佛典中常以它来象征清净的理念和
本性。三国吴之康僧会译《六度集经》卷七曰:"心犹莲花,根茎在水,华合
未发,为水所覆。三禅之行,其净犹华,去离众恶,身意俱安。"③ 鸠摩罗什译
《维摩诘所说经》卷七《佛道品》第八则说:"譬如高原陆地不生莲华,卑湿
淤泥乃生此华。如是见无为法入正位者终不复能生于佛法,烦恼泥中乃有
众生起佛法耳。"④ 梁译《摄大乘论释》卷一五则载莲花有香、净、柔软、可
爱等四德,用以比喻法界真如之常、乐、我、净四德。另外《华严经》、《梵网
经》等有莲华藏世界之说,密教中则以八叶莲华为胎藏界曼荼罗之中台,并
表示众生本有之心莲。李白《陪族叔当涂宰游化城寺升公亭》有句谓"子
见水中月,青莲出尘埃",正是化用了前揭有关莲花之佛典。又,在佛教中,
青莲是莲花中的最上品,《大智度论》卷二七即云:"一切莲花中,青莲华为

① 《大正藏》卷三八,第441页中。
② 参王琦:《李白年谱》"长安元年"条引《眉山秘笈》,见《李太白全集》,中华书局1977年
版,第1574页。
③ 《大正藏》卷三,第39页中。
④ 《大正藏》卷一四,第549页中。

第一。"① 故白《僧伽歌》称赞僧伽大师是"戒得长天秋月明,心如世上青莲色"。考虑到这些佛教的背景因素,李白之号"青莲居士"定是与佛教有缘了。

从前揭李白作品的分析看来,诗人在出入佛道之间时,他自己并不觉得两者有什么大的不同。② 如他眼中的寺院景物,常常是仙境般的美妙;他所理解的佛理,与道家思想也无甚区别。为什么会出现的情况,究其原因,可以简单地归结到两个理论前提:一是佛教净土思想和神仙境界的相通,二是大乘济世思想和道教度人思想的契合。对于这两个方面,李白都有自己独特的理解。兹先论第一点。

希求长生、望达仙境,是李白一以贯之的思想。诗人生长的地方——蜀中,是一个道教气氛浓郁的地方,青城、峨嵋的好些个道士都是开元年间受到朝廷重视的人物。他家乡附近的紫云山也是道教圣地,而青城山更是道教十大洞天之一。"家本紫云山,道风未沦落"(《题嵩山逸人元丹丘山居》)、"十五好游仙,仙游未曾歇"(《感兴八首》其五),在充满仙道之风的环境里,少年诗人早就对神仙境界心驰神往了。成年以后,更是与当时的许多高道,如司马承祯、元丹丘密切交往,因而名声大振,由此得到玉真公主(唐玄宗妹妹,女冠,司马承祯之女弟子)的举荐,得以供奉翰林。③ 特别是天宝三载(744)秋,诗人离开长安到了齐州,于紫极宫受道箓于北海高天师,成了在籍的道士。实际上,对于炼丹、服药、行气之类的修道行为,诗人早就轻车熟路,做起来也十分认真。如《避地司空原言怀》说"倾家事金鼎,年貌可长新。所愿得此道,终然保清真",《游泰山》其五则说"安得不死药,高飞向蓬瀛"。有趣的是在《答族侄僧中孚赠玉泉仙人掌茶》一诗并序中,他与僧中孚所关

---

① 《大正藏》卷二五,第 260 页上。

② 按,安旗先生在《李白与佛教》一文中不但比较详细地划分出了李白与佛教关系的几个阶段,而且归纳李白奉佛的实质是:道教也罢,佛教也罢,在李白只是一种忘忧解愁的方法,如同其他世俗的方法一样。当世俗的方法无济于事,他才乞灵于宗教;当道教无济于事时,他乞灵于佛教;当佛教无济于事时,他又转向道教;最后则是:一生无限伤心事,不知究向何处消? 李白便只有"佯狂"了(参《李白研究》,台北:水牛出版社 1992 年版,第 160—167 页)。这种观点其实已经涉及李白宗教行为上的一些特点,开启了我的研究思路。但是安先生没有看到佛、道思想在李白身上的内在一致性。

③ 关于李白与玉真公主之关系,可参袁行霈、丁放:《盛唐诗坛研究》北京大学出版社 2012 年版,第 57—58 页。

心的不是深如渊海的佛教义理,而是对玉泉山石乳、白蝙蝠、仙人掌茶的长生功能津津乐道,且引《仙经》之语曰:"蝙蝠一名仙鼠,千岁之后体如白雪。栖则倒悬,盖饮乳水而长生也。"真是言之凿凿,信之如如也。诗人还自鸣得意地说什么:"后之高僧大隐,知仙人掌茶发乎中孚禅子及青莲居士李也。"

在李白存世的近千首诗作中,有一百多首是与神仙道教有关的。其诗想象的瑰丽,境界的神奇,皆与其神仙信仰的浸染有关。其最为人称道的、最感动人的也是他在诗中所创造的想落天外的仙境。如《古风》(其四十一)云:

> 朝弄紫泥海,夕披丹霞裳。挥手折若木,拂此西日光。云卧游八极,玉颜已千霜。飘飘入无倪,稽首祈上皇。呼我游太素,玉杯赐琼浆。一餐历万岁,何用还故乡?永随长风去,天外恣飘扬。

此诗之意境,在道典中是十分常见的,如《灵宝无量度人上品妙经》卷一五之《第三月华阴景真王歌》曰:"神风驾明月,世界随云行。不知万楼阁,玉栋虹霓生。……逍遥乘飞车,奔造广寒庭。浩劫留芳颜,千载无愁声。故知上真道,妙化生群灵。我歌太清下,俯轮骖玉马。金波涨天来,秀色若可把。月浆滋百神,再歌调再陈。"[1] 再如《梦游天姥吟留别》所描写的群仙纷至的场景是:

> 洞天石扉,訇然中开。青冥浩荡不见底,日月照耀金银台。霓为衣兮风为马,云之君兮纷纷而来下。虎鼓瑟兮鸾回车,仙之人兮列如麻。

但是,同样的境界在诗人佛教题材的作品中也能看到,如《舍利弗》诗云:"金绳界宝地,珍木隐瑶池。云间奏妙乐,天际法蠡吹。"诗给人的刺激亦是梦幻般的强烈。

在佛教中,对于长生思想及神仙境界有所认同的主要是净土类的经典。如《弥勒下生成佛经》、《佛说观弥勒菩萨上生兜率天经》等所说的弥勒净土就是一种理想的生活境界,其中人寿可达八万四千岁,真是长生至极,难怪敦煌遗书 P.3093《佛说观弥勒菩萨上生兜率天经讲经文》要说:"若说天男天女,寿量大难算数。全胜往日麻仙,也越当时彭祖……天上个个寿难思,长

---

① 《道藏》第 1 册,第 102 页中—下。

镇花台莫竭时。王母全成小女子,老君全是阿孩儿。"弥勒净土的生活环境是"雨泽随时,谷稼滋茂,不生草秽,一种七获,用功甚少,所收甚多。食之香美,气力充实"①。其与道教的神仙境界是何其相似,葛洪《抱朴子》即说仙人乃"内疾不生,外患不入","久视不死"。敦煌文书 S.5511《降魔变文》对祇洹精舍的描写是:"千种池亭,万般果药,香芬芬而扑鼻,鸟噪聒而和鸣,树动扬三宝之名,神钟震息苦之响。祥鸟瑞凤,争呈锦羽之辉;玉女仙童,竞奏长生之乐。"它与道教仙境又有多少区别呢!另外,弥陀净土里也有相同的说法,如曹魏天竺三藏康僧铠译《佛说无量寿经》卷上说"是故其国名曰极乐……若欲食时,七宝应器自然在前。……如是众钵随意而至,百味饮食自然盈满。虽有此食,实无食者。但见色闻香,意以为食,自然饱足。身心柔软,无所味著。事已化去,时至复现。彼佛国土,清净安隐,微妙快乐。"②鸠摩罗什译《佛说阿弥陀经》亦云:"彼土何故名为极乐?其国众生无有众苦,但受诸乐,故名极乐。"③特别是西方净土思想,在唐代朝野都是非常盛行的。其中,净土二祖道绰(562—645),一生讲说《观无量寿经》两百多遍,主张不论出家在家,均以念佛为要。三祖善导(613—681)则以所受之嚫施书写《阿弥陀经》十万卷,《净土变相》三百幅,散施诸地。两人均是唐代净土思想最重要的大师,深受僧俗二界的尊崇。尤其是后者的《往生礼赞偈》,以诗颂的形式宣扬西方净土思想,可谓是当时家喻户晓的作品。而李白对于净土思想亦是相当熟稔的,其《金银泥画西方净土变相赞(并序)》即谓:"我闻金天之西,日没之所,去中华十万亿刹,有极乐世界焉。佛国之佛,身长六十亿恒沙由旬……端坐说法,湛然常存。沼明金沙,岸列珍树。栏楯弥覆,罗网周张。"对于人身后能往生极乐世界的说教,诗人也是十分相信的:"勤念必往生,是故称极乐。珠网珍宝树,天花散香阁。图画了在眼,愿托彼道场。"

次说大乘济世思想与道教度人思想的相契。众所周知,汉传佛教是大乘佛教,其主要的经典如《般若经》、《法华经》、《华严经》、《阿弥陀经》、《宝积经》、《维摩经》、《胜鬘经》等,宣扬的皆是诸佛以救度众生为其本愿,建

---

① 《大正藏》卷一四,第 424 页上。
② 《大正藏》卷一二,第 271 页中一下。
③ 同上书,第 346 页下。

立佛土以摄众生的思想,中国所传十三宗之中,三论、涅槃、地论、净土、禅、摄论、天台、华严、法相、真言等诸宗,皆属大乘。大乘佛教虽倡自利利他之说,但更注重的是利他思想,尤其是它所倡导的菩萨行,更是以救苦济世为宗旨,如观音、地藏诸菩萨之所以深受广大民众的崇拜,原因也就在这里。李白的佛教类作品,对这种思想亦予以褒扬,如《地藏菩萨赞》之序云:"能救无边苦,独出旷劫,导开横流,则地藏菩萨当仁矣。"《陪族叔当涂宰游化城寺升公亭》赞释清升是"济人不利己,立俗无嫌猜"。突出的皆是大乘佛教中的济世精神。《流夜郎至江夏陪长史叔及薛明府宴兴德寺南阁》诗云:"天乐流香阁,莲舟飏晚风。"莲舟,佛教用以比喻渡脱苦难众生的法船,宣扬的也是大乘的慈悲济世之思想。李白自己也有慈悲为怀的义举,如其《上安州裴长史书》即说:"曩昔东游淮扬,不逾一年,散金三十余万。有落魄公子,悉皆济之。"

有趣的是道典中也有表现济世救苦思想的道经,特别是灵宝类道经,如《灵宝无量度人上品妙经》卷一即云:

> 道言:夫天地运终,亦当修斋行香诵经;星宿错度,日月失昏,亦当修斋行香诵经;四时失度,阴阳不调,亦当修斋行香诵经;国主有灾,兵革四兴,亦当修斋行香诵经;疫毒流行,兆民死伤,亦当修斋行香诵经;师友命过,亦当行斋行香诵经。夫斋戒诵经功德甚重:上消天灾,保镇帝王;下禳毒害,以度兆民。生死受赖,其福难胜,故曰无量普度天人。[1]

救度所有芸芸众生,这就是该经得名的由来及修灵宝斋的最高目标。作为一个正式受过道箓的文士,李白对此应该是相当熟悉的。《访道安陵遇盖寰为予造真箓临别留赠》、《奉饯高尊师如贵道士传道箓毕归北海》二诗即披露了这方面的实情。据《隋书·经籍志》可知,受道箓之法为:

> 受者必先洁斋,然后赍金环一,并诸赟币,以见于师。师受其赟,以箓授之,仍剖金环,各持其半,云以为约。弟子得箓,缄而佩之。其洁斋之法,有黄箓、玉箓、金箓、涂炭等斋。[2]

---

① 《道藏》第 1 册,第 6 页上。
② (唐)魏徵等撰:《隋书》,中华书局 1973 年版,第 1092 页。

而所有斋法,据《金箓大斋启盟仪》,其源皆出于灵宝。① 另据《唐六典》卷四记载,金箓斋、黄箓斋、涂炭斋等道教斋醮科仪到了唐玄宗时期都被列为国家祀典。其中金箓、黄箓诸斋都有济世救苦之功用,《太上黄箓斋仪》卷一"发念"条即云:

> 一念天地交泰,二念日月贞明,三念阴阳顺序,四念国土安宁,五念帝王景祚,六念宰辅忠贞,七念万姓安乐,八念百谷丰盈,九念幽途离苦,十念大道兴行。②

李白是个很有政治抱负的诗人,早在开元十五年(727)27岁时所写的《代寿山答孟少府移文书》③中即自称是:"不屈己,不干人,巢由以来,一人而已。……申管、晏之谈,谋帝王之术。奋其智能,愿为辅弼,使寰区大定,海县清一。"作于天宝二年(743)的《玉壶吟》则说:"揄扬九重万乘主,谑浪赤墀青琐贤。"以往的研究者大都认为这些主要都是受儒家思想的影响,但考虑到诗人对儒家圣人孔丘并不太尊重,如《庐山谣寄卢侍御虚舟》说:"我本楚狂人,风歌笑孔丘。"对儒生亦不屑一顾,《嘲鲁儒》即谓:"鲁叟谈《五经》,白发死章句。问以经济策,茫如坠烟雾。"因此,李白的济世观念,可能更多的是源于道教度人济苦思想的熏染。

综上所述,李白对于佛教思想的接受,只是取了那些和道家思想、道教思想相通的东西。他对佛教题材的处理即表明:其思想主流是道家和道教,而不是佛教,所以,从本质上说他只是个道教徒的诗人。

原载《文学遗产》2005年第2期
《中国古代近代文学研究》2005年第6期转载
获2004—2005年度"《文学遗产》优秀论文"提名奖
收入本稿时注释略有改动

---

① 《金箓大斋启盟仪》云:"斋法见于道家者,凡二十有七品,其源出于灵宝。"(《道藏》第9册,第73页上)
② 《道藏》第9册,第185页中。
③ 该文系年,依安旗等先生《李白全集编年注释》(巴蜀书社1990年版,第2331页)中的说法。

佛教与《黔之驴》

——柳宗元《黔之驴》故事来源补说

柳宗元（773—819）是唐代最著名的寓言作家，《三戒》即为其代表作。其中《黔之驴》一文，读过中学的人大都耳熟能详。它虽然篇幅短小，却寓意深刻，是佛教东传后受佛经文学之影响而开出的一朵奇葩，历经千余年仍芳香四溢，读来发人深省。有关其故事素材的来源问题，是由梵学大师季羡林先生最早提出并加以研究的。1947年10月他撰写了《柳宗元〈黔之驴〉取材来源考》[①]，季先生从印度古代的民间故事集《五卷书》、《益世嘉言集》、《故事海》及巴利文的《佛本生经》中找出了柳氏寓言故事的原型。但问题在于：季先生所说的这些故事集在柳宗元的时代都没有传译到中土，柳河东是如何借鉴并创造出一个中国化的寓言故事的呢？故季先生自己最后也只好推断说："柳宗元或者在什么书里看到这故事，或者采自民间传说，无论如何，这故事不是他自己创造的。"虽说季先生的这个推断还留有疑问，问题不能说已经得到了彻底的解决，其首创之功却具有深远的学术史意义。他的研究，当然，还有梁启超、陈寅恪、胡适等人的佛教文学研究实绩皆告诉我们：研究古典文学，特别是魏晋以降的古代文学，如果不懂得一点印度

---

① 该文原载1948年《文艺春秋》（上册），后来收入作者论文集《比较文学与民间文学》，北京大学出版社1991年版，第48—54页。

文学和佛教文学方面的知识,有些疑难问题是不会得到正确的答案的。众所周知,自后汉安世高起,大量的佛经被传译到中国,它们对中国文化的许多层面都产生了巨大的影响。职是之故,对佛经翻译文学的研究,应该也是古代文学研究的一个重大课题,或曰是题中应有之义。1990 年——时隔四十多年之后,复旦大学中文系的陈允吉先生,受季先生论文的启发,撰出《柳宗元寓言的佛经影响及〈黔之驴〉故事的渊源和由来》①,他从汉译佛典中找到了更为直接的证据,如西晋沙门法炬译《佛说群牛譬喻经》、鸠摩罗什译《众经撰集譬喻经》、唐玄奘译《大乘大集地藏十轮经》等佛经中,皆有出于同一原型的佛经故事,并结合柳宗元的人生阅历和思想状况,基本上证实了季先生的推断,即《黔之驴》的创作素材是源自域外文学。近年来,笔者研习敦煌文献,时有所获,从中检出一条材料,更能证实两位先生的观点,故不揣浅陋,续貂于此,还望两位先生多加诲正。

敦煌遗书 P.3021+P.3876 中有一段话说:

1. 如太行山南是泽州,山北是路(潞)州,两界内山中有一家驱驴驮[□](物),每日兴生。②后时打

2. 驴脊破,放驴在于山中而养。有智惠人语道:"山中有大虫,及无数,则何计

3. 挍(较),免于虫咬?"取麻假作师子皮,在驴成(?)着。后时,此驴乃作声,被他大虫

4. 惊丧咬。如道士道人,虽着黄衣黑服,不依经法,心乃不持戒,行合不(不合)

5. 语,由始(犹如)假驴开口语,废他门坐(座)。

项楚先生最早发现本写卷之内容乃是"道教法师讲经稿本"③。后来,王卡先

① 该文载《中华文史论丛》第 46 辑(上海古籍出版社 1990 年版),后收入《佛教与中国文学论稿》(上海古籍出版社,2010 年版,第 419—446 页)。
② 按,"兴生",同于"兴易",指做生意求利益的意思,为敦煌文书中的常用词,如《大目乾连冥间救母变文》说:"昔佛在时,弟子厥号目连……于一时间,欲往他国兴易。"
③ 参项楚:《王梵志诗校注》,上海古籍出版社 1991 年版,第 728 页。

生则拟题为《道教中元金箓斋讲经文》。① 笔者经过仔细爬梳,发现该卷的突出特色是使用了大量譬喻文学作品,其中还有不少出自佛经譬喻者。②

由于 P.3021+P.3876 抄卷书写较为潦草,有不少文字难以辨认,故笔者录文或许还有差错,但基本上可以释读全文。而且,故事梗概是相当清楚的,讲的是驴子被主人穿上麻,假装成狮子以利放养,最终被老虎识破真相而遭灭顶之灾。该故事口语色彩极浓,用了不少中古时期的俗语词,如大虫,就是指老虎。晋干宝《搜神记》卷二《扶南王》条就说:"扶南王范寻养虎于山,有犯罪者,投于虎,不噬,乃宥之。故虎名大虫,亦名大灵。"③ 唐李肇《国史补》卷上亦谓:"大虫,老鼠,俱为十二相属。"④

为了便于说明 P.3021+P.3876 抄卷所引之故事与柳氏寓言之同异的问题,兹先引柳氏原文如下:

> 黔无驴,有好事者船载以入。至则无可用,放之山下。虎见之,庞然大物也,以为神,蔽林间窥之。稍出近之,慭慭然莫相知。他日,驴一鸣,虎大骇,远遁。以为且噬已也,甚恐。然往来视之,觉无异能者。益习其声,又近出前后,终不敢搏。稍近益狎,荡倚冲冒,驴不胜怒,蹄之。虎因喜,计之曰:"技止此耳!"因跳踉大嘲,断其喉,尽其肉,乃去。噫!形之庞也类有德;声之宏也类有能。向不出其技,虎虽猛,疑畏卒不敢取。今若是焉,悲夫!⑤

明眼人一看便知,柳氏寓言与敦煌写卷中所讲的驴虎争斗之故事真是如出一辙。所不同的是:一者写卷所引故事发生的地点是在太行山的泽州(按,唐贞观元年后州治在今山西省晋城县)与潞州(唐以后州治在今山西长治县)之间的两界山,按现在的地理方位而言是华北,而柳氏寓言则改成了黔,即今贵州,按今之地理方位而言是在西南。柳氏是唐之河东(今山西

---

① 王卡:《敦煌道教文献研究:综述·目录·索引》,中国社会科学出版社 2004 年版,第 233 页。
② 参拙撰《敦煌道教文学研究》,巴蜀书社 2009 年版,第 364—375 页。
③ (晋)干宝撰,汪绍楹校注:《搜神记》,中华书局 1979 年版,第 24 页。
④ 《唐国史补·因话录》之《唐国史补》,上海古籍出版社 1979 年版,第 31 页。
⑤ (清)董诰等编:《全唐文》,上海古籍出版社 1990 年版,第 2616 页。又,后文所引柳氏作品,皆出于这一版本,不再一一标注。

永济县）人，考虑到他的《三戒》是作于被贬永州（今湖南零陵）时的事实，因此把地点改为与之相近的贵州，倒也合情合理，更何况黔地乃是当时文化落后的地区，而写卷所及的泽州、潞州与柳氏的家乡河东，从地理方位言同属今天的晋南地区，是当时的文化发达之地，从感情上说作者不太可能把它作为讥讽与批判的对象。二者写卷的驴虎争斗故事是被用来嘲讽佛道两教中那些不读经论不守戒律的人。其中，黄衣指代道士，黑服指代道人（僧人）。而柳氏寓言讽刺的则是那些"形之庞也类有德，声之宏也类有能"的徒有其表的外强中干者，讽刺的对象似乎特指当时的某些政治性人物，与写卷专门讽刺不守戒律之出家人有所不同。三者写卷中的驴是被主人披上麻衣而伪装成狮子的，这个细节在柳氏寓言里则被弃置未用。

　　P.3021+P.3876写卷的抄出时间，目前尚不能遽定。但据其中所涉的地理知识，似可看出一些端倪。如其所说泽州，本为春秋时之晋地，秦属上党郡，隋改为泽州，唐时迭有废置。《新唐书·地理志》三曰："泽州高平郡，上。本长平郡，治濩泽，武德八年徙治端氏，贞观元年徙治晋城，天宝元年更郡名。"[1]《旧唐书·地理志》二则有"乾元元年复为泽州"之记载。[2]潞州，北周建德七年置，当时州治在襄垣，唐以后州治在今山西长治县。《旧唐书·地理志》二载："潞州大都督府：隋上党郡。武德元年，改为潞州，领上党、长子、屯留、潞城四县。二年。置总管府，管潞、泽、沁、韩、盖五州。……贞观十七年，废韩州，以所管襄垣等五县属潞州。……天宝元年，改为上党郡。乾元元年，依旧为潞州大都督府。"[3]从地名变更看，写卷所引故事可能生成于乾元元年（758）之后。所谓泽州在南，潞州在北，征诸唐时地理之实况，亦符焉。可知故事编撰者的态度是认真的，目的自然是为了增加故事的可信性。但其所引驴虎争斗之事，毫无疑问是出于佛经。其间有两点尤可注意：一者驴是被伪装成狮子的，这一点可溯源到季羡林先生所说的印度古代的民间故事，如《五卷书》卷四之第七个故事、《益世嘉言集》卷三之第三个故事。不过，这两个故事中驴所穿的是老虎皮（陈允吉先生把它们归为"老虎皮

---

① （宋）欧阳修、宋祁等撰：《新唐书》，中华书局1975年版，第1008页。
② （后晋）刘昫等撰：《旧唐书》，中华书局1975年版，第1478页。
③ 同上书，第1476页。

系")。我个人认为,写卷中的这个细节,与季先生所揭出的巴利文《本生经》之第189个故事《狮子皮本生经》更为接近,如两者都说到驴是用来为主人驮物做生意的。① 在汉译佛典中,前述陈允吉先生之论文中已经揭示出有和巴利文《狮子皮本生经》相类的经文,如《众经撰集譬喻经》之"师子皮被驴,虽形似师子,而心是驴"及《大乘大集地藏十轮经》之"有驴被师子皮,而便自谓,以为师子,有人遥见,谓其师子。及至鸣已,皆识是驴"(陈先生把它列为"狮子皮系")。二者假装成狮子的驴被虎识破真相的原因是它的叫声。这一点,在汉译佛经中,有类似说法的除了陈允吉先生提到的东晋法炬所译的《佛说群牛譬喻经》及玄奘译的《大集地藏十轮经》外,尚可补充一例,那就是唐代义净大师所译之《根本说一切有部毗奈耶破僧事》卷十中的一则故事,该故事也有与《群牛譬喻经》相同的地方,为便于说明问题,兹详引经文如下:

> 世尊告曰:汝诸苾刍! ……汝等应听! 我曾于昔在不定聚行菩提萨埵行时,中在牛趣,为大特牛,每于夜中,遂便于彼王家豆地随意餐食。既其旭上,还入城中,自在眠卧。时有一驴,来就牛所,而作斯说:"大舅,何故皮肤血肉悉并肥充? 我曾不睹暂出游放。"牛告之曰:"外甥,我每于夜,出餐王豆,朝曦未启,返迹故居。"驴便告曰:"我当随舅同往食耶?"牛遂告曰:"外甥,汝口多鸣,声便远及,勿因斯响反受缨拘。"驴便答曰:"大舅,我若逐去终不出声。"遂乃相随至其田处,破篱同入,食彼王苗。其驴未饱,寂尔无声,既其腹充,即便告曰:"阿舅,我且唱歌。"特牛报曰:"片时忍响,待我出已,后任外甥作其歌唱。"作斯语已,急走出园。其驴于后遂便鸣唤。于时王家守田之辈,即便收掩,驱告众人:"王家豆田,并此驴食。宜须苦辱,方可弃之。"时守田人,截驴双耳,并以木白,悬在其咽。痛杖鞭骸,趁之而出。其驴被辱,展转游行。特牛既见遂于驴所,说伽他曰:

---

① 关于巴利文《狮皮本生经》的中译本,见季羡林先生《比较文学与民间文学》(第51—52页),但P.3876写卷中的"狮子皮"不是真皮,是用麻来替代的,而《狮子皮本生经》中驴穿的是真狮子皮。

善歌大好歌,由歌果获此。见汝能歌唱,截却于双耳。若不能防口,不用善友言。非但截却耳,春白项边悬。

驴复伽他而答之曰:

缺齿应小语,老特勿多言。汝但行夜食,不久被绳缠。

世尊告曰:汝诸苾刍! 勿生余念,往时特牛者,即我身是。昔日驴者,即提婆达多是。往昔不用我言,已遭其苦;今日不听吾说,现受如斯大殃。①

义净大师所译的这则故事,从佛经文体而言,是为佛本生故事。其中的驴,亦是被嘲笑的对象,其愚蠢之处在于本性难改,即因鸣叫被人识破而遭痛打。不过,它的结局还算不错,因为毕竟没有像其他故事中的驴一样而命丧黄泉。

由以上分析可以看出,P.3021+P.3876 所引的这个寓言故事,是综合了多个汉译佛经故事而重新结撰的。它的创新之处在于:把故事原有的印度文化背景完全中国化了,如地点的更换、手法的更换(指用麻来代替佛经中的真狮子皮)、俗语词的运用(像"大虫"一类的说法)等。那么佛经故事是如何进入释家讲唱的呢? 考诸《高僧传》卷一三之论"唱导"时有云:"唱导者,盖以宣唱法理,开导众心也。……至中宵疲极,事资启悟,乃别请宿德,升座说法。或杂序因缘,或傍引譬喻。"② 可见在唱导时,可以杂取佛经中的因缘、譬喻一类富于文学性的故事来吸引听众。而在唐五代的释家俗讲说法中,亦有相同的措施。如 P.3849、S.4417 皆说到了这一点。兹引后者如下:

夫为俗讲,先作梵了。次念菩萨两声,说押坐座了。素唱《温室经》。法师唱释经题了。……讲《维摩》,先作梵,次念观世音菩萨三两声,便说押坐了。便索唱经文了。唱曰:"法师自说经题了。"便说开赞了。便庄严了。便念佛一两声了。法师科三分经文了。念佛一两声。便一一说其经题名字了。便入经说缘喻了。便说念佛赞。

① 《大正藏》卷二四,第 151 页上一中。
② (梁)慧皎撰,汤用彤校注:《高僧传》,中华书局 1992 年版,第 521 页。

其间"入经说缘喻",和慧皎所讲"杂序因缘,傍引譬喻",其意无别。征诸敦煌变文,这类讲唱作品留存至今的也有不少,如《目连缘起》、《金刚丑女缘起》等等,我就不赘举了。

复次,道教也有讲经(俗讲)、唱导一类的通俗宣唱[①],其间来自佛教经典者极多,尤其是在 P.3021+P.3876 写卷。所以,笔者颇为怀疑,P.3021+P.3876 中这则驴虎相斗的寓言故事,可能是先形成于佛教宣讲,然后又被道士所袭用。

柳宗元《黔之驴》寓言,与 P.3021+P.3876 写卷所引驴虎相斗故事有许多相同之处,特别是:两者都以驴和虎为主人公,驴的失败之因都在于它的鸣叫,寓意皆十分深刻。有这么多的相同点,无非是表明柳氏的创作定然受过 P.3021+P.3876 所引故事的影响。那么,柳氏又是从何处得知这个故事的原型呢?这有三种可能:一是柳子厚是从民间听来的,因为 P.3021+P.3876 既言故事发生在泽州和潞州之间的两界内山中,则该故事极可能最早流行于该地,柳子厚的故乡离泽州、潞州都不远,他是完全有可能听得这个有趣的故事的。二是柳氏从释、道两家的俗讲中听来的,而最早出于释家俗讲的可能性似更大一些。柳子厚幼年在长安度过,他当有机会去听释道两家的俗讲。三是柳氏是从亲读汉文佛经中得来的。后来他被窜南荒,心情郁愤,才撰出《三戒》以泄其懑,以寄其怀。据《送巽上人赴中丞叔父召序》之自叙说:"自幼好佛,求其道,积三十年。"这位巽上人,即永州龙兴寺的重巽和尚。柳宗元初到永州时,没有容身之所,便在永兴寺借宿了好几年。这篇序作于重巽应召湖南观察使柳公绰之时,考柳公绰任该职时在元和六年至八年(811—813)间,当时子厚年近四十,则他亲近佛法始于十岁左右。柳氏一生和多位僧人交往,如浩初、文约、元嵩、文郁、澭上人、琛上人等。又曾借居寺院,应该说,他是有机会去亲阅藏经的。这点从柳氏所存相关诗文中常用佛典的事实即可得到明证,时贤于此论述多矣,我就不再置余喙了。所以,这种可能性也很大。当然,柳氏也可以通过多种渠道而得知相关的素材。总之,是与佛教最有缘。

---

① 这方面的详细分析,请参拙撰《敦煌道教文学研究》,巴蜀书社 2009 年版,第 101—130 页。

　　前文已经讲到，P.3021+P.3876 所引驴虎相斗故事的目的是在批判和讽刺"虽着黄衣黑服，不依经法，心（身）乃不持戒，行不合语"的佛、道两教之出家人。若在佛教方面，中唐开始出现狂禅，因为洪州宗倡"即心即佛"，从而把此前较为严肃的禅风引向狂荡，此后诸僧习禅，往往不执法相而轻视读经持戒，任情放纵。而且，洪州禅势力特别大，《传法正宗记》卷七即说马祖道一是："以其法归天下之学佛者，然当时之王侯大人慕其道者，北面而趋于下风，不可胜数。"① 柳子厚其人，他对佛教的态度与当时一味崇禅贬律的风气恰恰相反，他是尊律贬禅。如元和三年（808）于永州时所作《龙安海禅师碑》即谓："佛之生也，远中国仅二万里；其没也，距今兹仅二千岁。故传道益微，而言禅最病。拘则泥乎物，诞则离乎真，真离而诞益胜。故今之空愚失惑纵傲自我者，皆诬禅以乱其教。"显而易见，其批判的重点在于"诞"，也就是习禅中的无拘无束、诞妄纵恣，这毫无疑问是针对洪州新禅风而言的。《送琛上人南游序》则旗帜鲜明地表达了对当时禅风不满的琛上人的推崇："今之言禅者，有流荡舛误，迭相师用，妄取空语，而脱略方便，颠倒真实，以陷乎己。……吾琛则不然，观经得《般若》之义，读论悦三观之理。昼夜服习而身行之。有来求者，则为讲说。"准此可知，柳氏对于琛和尚的推崇，是因为他观经谈论，深悟般若空观且服膺"三观"之理。三观，即天台宗的假、空、中之"一心三观"。在此，子厚表明了自己的宗门认同。他对法华宗确属情有独钟，前面所说龙兴寺的巽上人，就是天台九祖湛然的再传弟子，故南宋志磐《佛祖统纪》把柳宗元列入天台法嗣，并不是无稽之谈。而被洪州宗抛弃的读经、持律，在柳氏的佛教理念中却占有极其重要的地位。前者如《送巽上人赴中丞叔父召序》所讲的"且佛之言，吾不可得而闻之矣。其存于世者，独遗其书。不于其书而求之，则无以得其言。言且不可得，况其意乎？"《送琛上人南游序》讲得则更为直接，所谓"佛之迹，去乎世久矣！其留而存者，佛之言也。言之著者为经，翼而成者为论。其流而来者，百不能一焉。……世之上士，将欲由是以入者，非取乎经论，则悖矣！"后者如元和九年（814）所作的《南岳大明寺律和尚碑》，序中说道："儒以礼立仁义，无之

① 《大正藏》卷五一，第 750 页上。

则坏;佛以律持定慧,去之则丧。是故离礼于仁义者,不可言儒;异律于定慧者,不可与言佛。"子厚把释家持戒类比成儒家的守仁义,与他厉于行的人生态度相吻合。因此,柳氏《黔之驴》寓言创作的批判精神与写卷故事所表达的理念也有相通之处。

综上所述,我们可以肯定地说,柳宗元《黔之驴》确确实实是在佛经文学的滋乳下创作出来的一个具有中国特色的寓言。

原载《普门学报》2006 年第 2 期
收入本稿时有较大的删改

庐山诗社与江西宗派关系略说

吕本中所作《江西宗派图》①中，庐山诗社、豫章诗社的成员占有比较重要的地位，两者相加，竟占江西宗派总数的 1/3 强（名单见后文）。目前，学术界对豫章诗社的研究成果，相对说来较为丰富②；而对庐山诗社的研究，尚不深入，仅有少数论文涉及，且大多只谈其中的部分诗人。③有鉴于此，笔者依据阅藏所得材料，在前贤时彦已有成果的基础上，重点对庐山诗社的人员构成、禅学渊源及其与豫章诗社、江西宗派（江西诗社、江西诗派）之关系，拟做初步梳理。不当之处，谨请海内外方家是正。

众所周知，在两宋诗史上江西诗派永远都是绕不开的话题，而且，世人多把江西诗派与江西宗派、江西诗社等同视之。甚至佛教文献里也有类似

① 吕本中此图，简称《宗派图》，但南宋中后期有人称之为《江西诗社宗派图》者（如陈岩肖《庚溪诗话》卷下、赵彦卫《云麓漫钞》卷一四等）。姚大勇指出，此图本名当作《江西宗派图》（参《〈江西宗派图〉本名考》，《江海学刊》2001 年第 1 期）。

② 比较重要者有欧阳光《徐俯豫章诗社》（《宋元诗社研究丛稿》，广东高等教育出版社 1996 年版，第 189—194 页），吴肖丹《豫章诗社成员新考》（《九江学院学报》2010 年第 3 期），吴肖丹、戴伟华《江西诗派主脉——豫章诗社考述》（《南昌大学学报》2011 年第 1 期）等。

③ 如张明华《"流风回雪"与"风雷为舌"——试论庐山僧人祖可与善权的诗》（《五台山研究》2006 年第 3 期）、李军炜《江西诗派"三僧研究"》（鲁东大学 2008 年硕士学位论文），都仅讨论了庐山诗社中的诗僧祖可、善权，而非对庐山诗社的整体研究。目前所见综合性研究的重要论文是罗宁《北宋大观年间庐山诗社考——兼论其与江西诗社之关系》（《九江学院学报》2012 年第 1 期）、《北宋庐山诗社小考》（《文学遗产》2012 年第 2 期）。又，二者大同小异，笔者参考的是前者。后同，不赘）。

记载,如述派中诗僧之一的祖可时,南宋临济宗僧人释晓莹绍兴二十五年（1155）撰出之《云卧纪谭》卷上说:"江西宗派中,有僧可正平者,乃果之徒弟也。"[1] 天台宗僧人释守伦《法华经科注》卷十则谓庐山僧祖可:"幼瞻家学,预江西诗社,与当时贤士为莫逆交,其声藉甚,有《瀑泉集》版行。"[2] 同为天台宗的释宗晓（1151—1214）《法华经显应录》卷下"庐山可禅师"条引《注法华经》又说祖可:"崇宁中,止庐山。幼瞻家学,预江西诗派,雅思渊才,非古之下。"[3]

一、庐山诗社的成员构成及其禅学渊源

祖可确实结过诗社,王铚《顷在庐山与故友可师为诗社,尝次韵和予诗云:"空中千尺堕柳絮,溪上一旗开茗芽。绝爱晴泥翻燕子,未须风雨落梨花。重江碧树远连雁,刺水绿蒲深映沙。想见方舟端取醉,酒酣风帽任欹斜。"后三十年,避地剡溪山中,时可师委蜕,亦二纪矣。灵隐明上人追和此为赠,感念存没,泪落衣巾,因用韵谢之》（后文简称《顷在庐山》）:"昔访庐山惠远家,寻春草木未萌芽。自从柳折烟中色,不寄梅开雪后花。事往泪多添海水,诗来恨满算河沙。惊回三十年前梦,放鹤峰头日未斜。"[4] 可为证。

这首诗非常重要,因为只要确定了王铚避地剡溪的时间,便可推算出结社时间及祖可卒年。但对此等问题,学人看法不一:如周裕锴依据《宋会要辑稿·方域》十九之二三所载,认为铚避地剡溪山中当在建炎四年（1130）十一月"前去浙东"之时。周先生还结合诗题,进而推断该诗作于初到浙东之绍兴元年（1131）春;上推二纪,则祖可卒于大观二年（1108）;上推三十

---

① 《大藏新纂卍续藏经》第 86 册,第 668 页下。又,此处"可正平",就是指祖可。其人俗姓苏,名序,字正平,在传世文献中,又称作病可、癫可、可公、可师、可正平、何正平等。其中,"何正平"之"何"为"可"之误,相关论述,请参张福清《释祖可、何正平其人及诗辨正》（《韩山师范学院学报》2011 年第 1 期）。

② 《大藏新纂卍续藏经》第 30 册,第 852 页上。又,守伦其人,生平事迹不详,俟考。

③ 《大藏新纂卍续藏经》第 78 册,第 47 页下。又,宗晓所谓《注法华经》即守伦《法华经科注》,但他在引用时文字上略有删改。另据楼钥（1137—1213）《法华经显应录序》（参《大藏新纂卍续藏经》第 78 册,第 21 页中）,可知宗晓此书至迟撰成于庆元四年（1198）中秋日之前。

④ 《全宋诗》第 34 册,北京大学出版社 1998 年版,第 21304 页。

年,则庐山结诗社当在崇宁元年(1102)。① 张剑则据王铚作品,尤其《游东山记》"仆以绍兴七年六月往剡中"句,从而推定铚避地剡溪时在绍兴七年(1137),由此推出祖可卒于政和四年(1114),而结诗社在大观二年(1108)。② 罗宁前揭论文指出张剑之说较近实际,并结合王铚随父初至江州及惠洪与铚交往的时间悉在大观元年秋天这一事实,从而推定王铚、祖可结社时间当在大观元年(1107)至四年(1110)间。其说较圆通,兹从之。不过,需要说明的是,若依王铚诗题,该诗社应命名为"庐山诗社"。而且,据"昔访庐山惠远家"之句,其结社因缘当是仿东晋慧远莲社而来。宗晓所编《乐邦文类》卷五即引有祖可《庐山十八贤赞》一首,曰:"不能晋室抚倾覆,尽作西方社里人。岂意一时希有事,翻令元亮两眉颦。"③ 可能是结社期间所作。

说到诗社的成员,除了《顷在庐山》的作者王铚及诗题之可师(祖可)外,至少还有:

(一)善权和李彭④

北宋著名画家李公麟(1049—1106,字伯时,号龙眠居士)绘有《陶潜归去来分图》,与王铚、祖可皆有唱和的诗人李彭,撰有题跋云:

> 往在山谷处见伯时所作《归去来》小屏,意趣玄远,与此画气象略相似。……汝阴胜士王性之以此本示余,得以想见归田园之乐,颇觉此老去人未远也。大观四年三月五日山南李彭商老书。⑤

对此图,祖可、善权皆亲眼所见,且分别作有《李伯时作〈渊明归去来

---

① 参周裕锴:《宋僧惠洪行履著述编年总案》,高等教育出版社 2010 年版,第 71 页。

② 张剑:《王铚及其家族事迹考辨》,《中国社会科学院文学研究所学刊》(2008 年),中国社会科学出版社 2008 年版,第 298—322 页,特别是 304 页。

③ 《大正藏》卷四七,第 223 页中。

④ 前引罗宁论文把李彭、向子諲、张元幹算作是庐山诗社的外围成员,可备一说。但笔者更倾向于李彭是社中成员。

⑤ 该跋《全宋文》失收,此转引自袁行霈:《陶渊明影像——文学史与绘画史之交叉研究》,中华书局 2009 年版,第 13—14 页。又,李彭、王铚交往之作,除本篇外,还有《和何思举韵举元亮,兼简性之》等。

图〉,王性之刻于琢玉坊,病僧祖可见而赋诗》、《王性之得李伯时所作〈归去来图〉,并自书渊明词,刻石于琢玉坊,为赋长句》。王性之,即王铚,而琢玉坊在九江①,则知祖可、善权之诗亦作于结社庐山时。晁公武《郡斋读书志》著录王铚《侍女小名录》并引其序云:"大观中居汝阴,与洪炎玉父游,读陆鲁望《小名录》,戏征古今女侍名字。因尽发所藏书纂集,逾月而成焉。"②可见王铚大观年间曾回家乡汝阴小住月余。韦海英指出,洪炎出任颍州(汝阴)知县时在大观二年至三年,且李彭大观二年至四年一直在江西活动③,故李彭欣赏王铚所藏李龙眠《陶潜归去来图》的地点,应在九江,而非汝阴。以理揆之,祖可、善权的题咏之作,当不会晚于李彭作跋的"大观四年三月五日",要么同时,要么稍前,而以同时的可能性更大。

而现存李彭诗作中,据诗题推测,属于诗社唱和者有《次正平上座韵赠子充》、《奉赠正平上座》、《次韵正平见赠道予游山北胜处》等。正平,即祖可。

(二)机上人

王铚《忆庐阜寄机上人》云:"忆在东林学夜禅,月中清响听风泉。不须更作庐山梦,鱼鸟相忘二十年。"④机上人,即善机,乃善权三兄。从诗中可以看出,庐山诗社的建立与诸人的禅修活动也有极为密切的联系。

(三)惠洪(1071—1128)

《赠巽中》云:"道人少小来庐山,水光山色供盘餐。坐令山水秀杰气,缭绕胸中成块抟。……作诗问君觅奇字,留待老年偎日看。"⑤巽中,即善权,本诗既赞颂了善权诗歌杰出的艺术成就,又表明了惠洪向对方学习诗法的真诚

---

① 王铚之子王明清《挥麈三录》卷二曰:"九江有碑工李仲宁,刻字甚工,黄太史题其居曰琢玉坊。"
② 孙猛校证:《郡斋读书志校证》,上海古籍出版社1990年版,第671页。
③ 韦海英:《江西诗派诸家考论》,北京大学出版社2005年版,第82、186页。
④ 《全宋诗》第34册,北京大学出版社1998年版,第21322页。
⑤ 《全宋诗》第23册,北京大学出版社1998年版,第15079页。

态度。《赠癫可》则对祖可大加称扬,同样表达出惠洪学诗的强烈愿望:"可师有奇骨,吐语愕众口。……抱痾亦同粲,视身一尘垢。卧看东溪云,悬瀑激窗牖。庐山久无僧,殿阁空华构。谁知千岩胜,竟入此郎手。我痴世不要,冷落如弊箒。但意君可夺,独能容我不?"① 所谓"抱痾"、"尘垢"云云,当指祖可患癫病之事。"东溪",即祖可结庵之所。释道璨(1213—1271)《仙东溪诗集序》即载:"癫可结庵鹤鸣峰下山谷,扁曰'东溪',打头老屋犹在,松声竹色间,断崖流水,至今尚有诗家气象。"② 可见祖可的修行场所,清净幽雅,连后世都认为它易使人生起诗意,难怪乎诗友李彭评其诗曰:"可师句句是庐山景物。"③ 而惠洪与王铚大观元年秋相识于庐山时的诗作,据罗宁所考,有《赠王性之》、《会性之山中二首》、《与性之》、《次韵性之》等四题五首。罗宁又依《次韵性之》"古人亦何远,安用社中名"句,推测王铚曾邀惠洪入社,但惠洪可能因为无法在当地久住而未入社。不过笔者以为,惠洪也许有过婉拒王铚的行为,然其既有向祖可、善权学诗的强烈愿望(特别是对社中第一人祖可所说"独能容我不",显然传达出入社之意),又有与王铚等人同游庐山赏山玩水的经历,故入社也在情理之中(即便时间不长,仅大观元年秋至次年之间)。后来,惠洪《次韵性之送其伯氏西上》回忆云:"鬓须尚带庐山绿"、"锦绣谁同赏云谷",周裕锴指出,它反映的是惠洪、王铚庐山唱和的情形。④

(四)徐俯(1075—1141)

其与祖可唱和之诗主要有《次韵可师题于逢辰画山水二首》、《再次韵题于生画豹二首》、《次可师韵》等。而据《画虎行为吉州假守苏公作》之"忆昔余顽少小时,先生教诵荆公诗。只今耆旧无新语,赖有庐山病可师"⑤,可知俯对可喜爱至极。曾季狸《艇斋诗话》亦说:"东湖于近世诗人,专喜癫

---

① 《全宋诗》第23册,北京大学出版社1998年版,第15093页。
② 《全宋文》第349册,上海辞书出版社、安徽教育出版社2006年版,第303页。
③ (清)张泰来《江西诗社宗派图录》"祖可"条引,《丛书集成初编》本。
④ 参周裕锴:《宋僧惠洪行履著述编年总案》,高等教育出版社2010年版,第163页。但周先生把庐山诗社系于崇宁元年,本文不取。
⑤ 《全宋诗》第24册,北京大学出版社1998年版,第15834页。

可。"① 东湖者,徐俯之号也。

从以上诗社成员之介绍看来,庐山诗社的形成,实是僧俗合作的结果。他们酬唱的题材,除了前举诸诗所及参禅、游山、品画外,又有文物把玩之类。如善权《同王性之游西林,有老衲畜一碧壶,制作甚古,把玩久之。性之求得,欲以相寄,复为瞻明所夺,戏作此》。而在诗社中起主导作用的,是祖可、善权这两位长期居住于庐山的诗僧,尤其是前者。他们除了与社中成员唱和外,同时也教僧人写诗。李彭《紫霄道中》自注有云:"世未甚知可,而美庆上人者学诗于可。"谢逸《次韵董彦速送珍上座还漳江》"文字宁追权、可游"句中自注又曰:"珍云:曾从权、可二诗僧也。"② 朱熹之父朱松(1097—1143)《求道人示诗,粲然有江湖间道人风味,盖尝得句法于东溪可。今以其韵,作诗送之。时将如瑞峰,期朝夕还吉祥云》则说:"癫可溢江滨,觅句负光价。君为东溪客,伏鹄资妙化。……伽陀入三昧,汤史欲凌跨。"③ 求道人诗(伽陀,诗偈也)禅(三昧,定也)一如的观念,显然出于祖可真传,朱松对此赞誉有加。难怪李彭《奉赠正平上座》云:"禅余觅佳句,鼎甋笔能扛。"其评价祖可的视角,与朱松完全一样。

庐山诗社之祖可,深得豫章诗社领袖人物徐俯的推崇。但从张元幹、向子諲之记载④ 看,豫章诗社是纯文人的结社,故庐山诗社之诸僧,无论祖可、善权、机上人、惠洪,悉未加入(祖可父苏坚、兄苏庠,则是活跃成员之一);世俗文士中,加入者仅有在创作上亲炙过黄庭坚教诲的徐俯、李彭,而王铚因离开江西,故无缘加入。

就庐山诗社诸诗僧而言,其弘法之地,多在庐山。释晓莹《云卧纪谭》卷上载:"庐山栖贤真教果禅师……尝注《辅教编》,洪驹父为后序。又题其像曰:'鹤鸣峰前,声闻于天。瀑布之下,思如涌泉。望之毅然,即之温然。

---

① 丁福保辑:《历代诗话续编》上册,中华书局1983年版,第297页。
② 《全宋诗》第24册,北京大学出版社1998年版,第15789页。
③ 《全宋诗》第33册,北京大学出版社1998年版,第20720页。
④ 按,关于豫章诗社的成员构成,参张元幹《苏养直诗帖跋尾》(《芦川归来集》,上海古籍出版社1978年版,第173页)及其舅父向子諲《水调歌头》题注(唐圭璋编:《全宋词》,中华书局1965年版,第954页)。

双剑屹立,香炉生烟。之人也,之德也,与兹山而俱传。'江西宗派中有僧可正平者,乃果之徒弟也。"① 洪驹父,即洪刍。结合前引释道璨《仙东溪诗集序》,则知祖可禅修之地,与其师一样都在庐山鹤鸣峰。果禅师法系,史书阙载,若依其所注《辅教篇》之作者契嵩(1007—1072)为云门高僧推断,则其禅学宗旨似倾向于云门宗。不过,周紫芝(1082—1155)《林老借可正平诗编,以诗还之》谓:"谁知癫可东溪句,参得涪翁双井禅。"② 涪翁者,黄庭坚也,其以居士而嗣晦堂祖心(1025—1100)之法③,则知至少时人认为癫可禅法,不是出自云门,而是源自黄龙慧南(1002—1069,祖心之师)一系。④善机、善权兄弟,据惠洪《冯氏墓铭·序》云"初,幼子善权俊发,夫人曰:'此儿非仕林可致也。'施以从石门道人应乾游,以文学之美,致高名于世。第三子善机,亦授笔,与之俱,丛林期以起东林之道"⑤,则二人同时出家于石门应乾(1061—1133)门下,应乾虽驻锡洪州泐潭山宝峰禅院,却是庐山东林寺常总(1025—1091)的法嗣。常总,亦嗣黄龙慧南,元丰三年(1080),他奉敕革庐山东林律寺为禅寺,并应命于该寺弘法。惠洪《题庐山》又云:"余年十五六时,游北山,谒准禅师。……后二十五年,余还自海外,过此,而山川增胜,楼阁如幻出,大钟横撞,净侣戢戢,而真隐方开石门道法于此,余乃服其老且衰矣!"⑥ 惠洪一生,多次出入庐山。准禅师,即其师伯洪准。而惠洪师从真净克文(1025—1102。又,克文、洪准,俱出慧南门下),于禅宗派系言,善权是惠洪的法侄。惠洪所谓"还自海外",是指政和三年(1113)他在崖州"得旨自便"⑦ 而北归之事,其过庐山在政和四年秋。此时,真隐(即善权)正把石门(应乾禅师)之法弘于庐山。综此可见,庐山诗社诸僧之禅法,皆源自黄龙慧南。

---

① 《大藏新纂卍续藏经》第86册,第668页,中—下。
② 《全宋诗》第26册,北京大学出版社1998年版,第17234页。
③ 参《五灯会元》卷二,见《大藏新纂续藏经》第80册,第362页中—下。
④ 南宋净善编《禅林宝训》卷二引有癫可《赘疣集》(按,此集世俗文献阙载),其中记有黄鲁直与师兄惟清之事(参《大正藏》卷四八,第1023页上),可见癫可对黄庭坚所承黄龙一系的禅法并不陌生。
⑤ 《全宋文》第141册,上海辞书出版社、安徽教育出版社2006年版,第10页。
⑥ 《全宋文》第140册,上海辞书出版社、安徽教育出版社2006年版,第276页。
⑦ 《佛祖统纪》卷四六,参《大正藏》卷四九,第420页中。

庐山诗社之世俗文士,既然交往的庐山僧人多出于黄龙派,则其所习禅法,亦多与诸僧同。前引王铚《忆庐阜寄机上人》大子自道,说所学是"东林禅",此即慧南弟子常总所传也。李彭情况稍微复杂些,但他结社前后接触最多的也是黄龙系禅师①,如真净克文及其徒弟惠洪②、文准。彭《日涉记》载有"真净住归宗"③事,据《云庵真净和尚行状》,克文绍圣初(1095年左右)至崇宁元年(1102)十月圆寂之前一直驻锡于庐山④,彭与之交往,当在此际。南宋释昙秀辑《人天宝鉴》卷一又曰:"大慧禅师谒湛堂准和尚,指以入道捷径,慧横机无让。准诃之曰:'汝不悟者,病在意识领会,是为所知障矣。'时逸士李商老参道于准,适有言曰:'道须神悟,妙在心空,体之不假于聪明,得之顿超于闻见。'李击节曰:'何必读四库书,然后为学哉。'以故结为方外友。"⑤大慧禅师,即后来以倡导看话禅而出名的宗杲(1089—1163)。文准圆寂于政和五年(1115)七月二十二日,据祖咏编、宗演校订之《大慧普觉禅师年谱》卷一,杲参准禅师时在政和二年(1112)至五年,该书还明确把杲、彭二称为同志。⑥明代圆极居顶编《续传灯录》卷二六之目录,则把李彭商老居士列为文准五法嗣之一。至于徐俯,情况最为复杂,虽说普济《五灯会元》卷一九把他列为临济宗杨岐派高僧克勤(1063—1135)的法嗣,然其前期所参,主要还是黄龙派弟子灵源惟清(?—1117,山谷同门)。如释晓莹《罗湖野录》卷下载有灵源清禅师、徐俯夜话东坡谈禅之掌故并赠俯二偈事⑦,元人觉岸编《释氏稽古略》卷四"政和七年"条又谓:"隆兴府黄龙山佛寿灵源禅师,名惟清,得法晦堂室中,至是秋九月十八日入寂。……时伊川居士、徐师川、朱世英、洪驹父皆从之问道。"⑧当然,徐俯与惟清相交,

---

① 李彭《戏次居仁见寄韵》题下有注曰:"居仁见督参雪窦下禅。"(《全宋诗》第24册,第15931页),"雪窦下"指重显(980—1052)法嗣(具体何人,俟考),据此,彭还参过云门禅法。

② 按,惠洪与李彭有多首唱和之作,如《次韵李商老匡山道中望天池》、《至丰家市读商老诗次韵》等。

③ 《禅林宝训》卷一,参《大正藏》卷四八,第1022页上。

④ 参(宋)释惠洪著,[日]释廓门贯彻注:《注石门文字禅》,中华书局2012年版,第1688页。

⑤ 《大藏新纂卍续经》第87册,第16页上。

⑥ 参《嘉兴大藏经》第1册,台北:新文丰出版公司1987年版,第794页中—下。

⑦ 参《大藏新纂卍续藏经》第83册,第390页下。

⑧ 《大正藏》卷四九,第883页下。

与舅父黄山谷对惟清的推介、赞誉也有一定的关系。而山谷与惟清的直接相识,在诗人丁忧回乡时[①],即元祐六年(1091)六月至八年(1093)九月间。其约作于绍圣五年(1098)至元符三年(1100)谪居戎州时期的《答徐甥师川》云:"太平清老,老夫之师友也。平生所见士大夫,人品未有出此公之右者。方吾甥宴居,不婴于王事,可数至太平研极此事。精于一而万事毕矣。"[②]太平,即舒州太平寺,惟清住持该寺在元符二年(1099)[③],则俯参之当在此时或稍后。

二、"江西宗派"中"江西"之本义及相关问题辨析

王铚《顷在庐山》自言与祖可在庐山结诗社,按理应命名为"庐山诗社",然守伦《法华经科注》却称之为"江西诗社",一词之易,有无深义?

为彻底解开此谜底,先引两宋之际且与江西诗派后学交往较多的王庭珪(1080—1172)《跋刘伯山诗》如下:

> 刘伯山诗调清美,不减其父升卿,其源流皆出于江西。近时学诗者悉弃去唐五代以来诗人绳尺,谓之江西社,往往失故步者有之。鲁直之诗虽间出险绝句,而法度森严,卒造平淡,学者罕能到。传法者必于心地法门有见,乃可参焉。伯山方少年,如骏马驹,日欲度骅骝前,异时于江西社中横出一枝,为鲁直拈一瓣香,可乎?[④]

此跋写作时间虽不可考,但文中所说刘伯山之父刘升卿和王庭珪的关系十分密切,如王氏集中即有酬唱之作《次韵刘升卿惠焦坑寺茶用东坡韵(焦坑,因东坡始见重于时)》。刘伯山,生平事迹不详,然据其与欧阳伯威(1126—

---

① 参龙延:《黄庭坚与禅宗》,群言出版社 2005 年版,第 57 页。

② (宋)黄庭坚著,郑永晓整理:《黄庭坚全集辑校编年》,江西人民出版社 2011 年版,第 1038 页。

③ 参周裕锴:《宋僧惠洪行履著述编年总案》,高等教育出版社 2010 年版,第 46 页。

④ 《全宋文》第 158 册,上海辞书出版社、安徽教育出版社 2006 年版,第 224 页。

1202）、杨万里（1127—1206）交往密切且深得赵蕃（1143—1219）推崇之事实推断，其人大约出生在 12 世纪二三十年代左右。王跋谓其年少，则跋约作于绍兴前期，即绍兴十六年（1146，按，绍兴共 32 年）或之前。更为重要的是，该跋三次使用"江西"一词，从上下文判断，它实为借代辞格，以地名代人名，指黄庭坚。[①] 易言之，王氏本义是说，刘升卿父子善诗，且诗学渊源悉出于黄山谷。

守伦说祖可"预江西诗社"的情形是"与当时贤士为莫逆交"，但他未具列名单，若据前面分析，它至少应包括庐山诗社的徐俯、李彭和王铚。就庐山诗社的整体特征而言，笔者以为最突出的表现有两点，即禅出黄龙系（这点前文已有分析，不赘），诗崇黄山谷。[②] 而能融诗、禅为一体者，在庐山诗社崇拜的前辈诗人中，自然莫过于山谷道人了。如社中之人，山谷表侄之一的李彭《上黄太史鲁直诗》曰："扈圣当元祐，雄名独擅长。……亲交标鬼录，卜筑近僧坊。……勤我十年梦，持公一瓣香。"[③] 孙觌（1081—1169）《西山老文集序》曰："元祐中，豫章黄鲁直独以诗鸣，当是时，江右人学诗者皆自黄氏。"[④] 李洪作于绍兴十六年（1146）的《橛株集序》说："释子之诗，代不乏人。豫章流派，学者竞宗，祖可、善权蔚为领袖，其后异才辈出矣。"[⑤] 可见无论僧俗，元祐及其后的学诗者多师法黄氏。释晓莹在《罗湖野录》卷上又对山谷禅法倍加推崇："若黄太史虽为江西宗派之鼻祖，然见道而知天下无二道，故勤勤恳恳。"[⑥] 山谷之甥洪朋《怀黄太史》则说："诗家今独步，舅氏大名稀。……禅心元绝诣，世事更忘机。"[⑦]"诗家"、"禅心"之赞，可谓一语中的。

而王庭珪对江西宗派的论述，是承吕本中而来。王氏《雷秀才尝学诗于

---

① 按，姚大勇《江西诗派称谓辨》（《江海学刊》2000 年第 5 期）、王开春《江西诗派释名——以宋人的观察为中心》（《兰州学刊》2008 年第 1 期），皆指出"江西诗派"、"江西社"等称谓之"江西"，是指代黄庭坚。另，南宋文献中又有以"豫章"代称黄庭坚者，例见后文李洪《橛株集序》等。

② 关于这一点，前揭罗宁论文已列出不少具体的事例，故不重复。

③ 《全宋诗》第 24 册，北京大学出版社 1998 年版，第 15926—15927 页。

④ 《全宋文》第 160 册，上海辞书出版社、安徽教育出版社 2006 年版，第 318 页。

⑤ 《全宋文》第 241 册，上海辞书出版社、安徽教育出版社 2006 年版，第 117 页。

⑥ 《大藏新纂卍续藏经》第 83 册，第 385 页中。

⑦ 《全宋诗》第 22 册，北京大学出版社 1998 年版，第 14464 页。

吕居仁,能谈江西宗派中事,辄次居仁韵二绝,赠行》(其一,后文简称《雷秀才》)谓:"逐客归寻溪上居,钓竿犹挂洞庭湖。忽逢雷子谈诗派,传法传衣共一途。"①衣也罢,法也罢,其渊源皆在黄山谷。对此,李光(1078—1159)也表达了相同的看法,其《与善借示鲁直集,雕刻虽精,而非老眼所便,戏成小诗还之》曰:"知君欲嗣江西派,净几明窗付后生。"其自注还旗帜鲜明地指出:"近日吕居仁舍人作《江西宗派序》,以鲁直为宗主也。"②

关于吕本中《江西宗派图》的写作时间,学术界迄今尚未取得一致的看法,笔者更倾向于韦海英依据孙觌《与曾伯端书》等材料而得出的作于建炎一、二年间(1127—1128)的论断③。吕氏建构"江西宗派图"时,从前引王庭珪《雷秀才》可以看出,他有一个重要标准——"传法传衣共一途"。其实,"传衣"就代表"传法",二者本是同一关系。胡仔《苕溪渔隐丛话》前集卷四八即说:

> 吕居仁近时以诗得名,自言传衣江西,尝作《宗派图》,自豫章以降,列陈师道、潘大临、谢逸、洪刍、饶节、僧祖可、徐俯、洪朋、林敏修、洪炎、汪革、李錞、韩驹、李彭、晁冲之、江端本、杨符、谢薖、夏傀、林敏功、潘大观、何觊、王直方、僧善权、高荷,合二十五人以为法嗣,谓其源流皆出豫章也。④

吕本中"自言传衣江西"的表白,旨在声明诗歌创作是继承山谷传统而来。事实上,他根本就没有亲聆过山谷教诲。但他这样说,又有什么依据呢?原来,崇宁元年(1102)八月,十九岁的吕本中因祖父吕希哲被贬符离(今安

---

① 《全宋诗》第 25 册,北京大学出版社 1998 年版,第 16858 页。又,若对读该诗与《跋刘伯山诗》,知王氏虽然把"江西宗派"、"江西社"、"江西诗派"等同视之,却最看重"江西(诗)社",因为在他看来,后者最具诗史意义。

② 《全宋诗》第 25 册,北京大学出版社 1998 年版,第 16454 页。又,据李光《琼士黄与善会友堂课诸生作移竹诗,为赋一首》,则诗题中的"与善",即黄与善。而光贬于琼州时在绍兴十五年(1145)三月至二十年(1150)三月(参吕厚艳:《李光年谱》,上海大学 2007 年硕士学位论文),则二诗皆可能作于此际。

③ 参韦海英:《江西诗派诸家考论》,北京大学出版社 2005 年版,第 261—263 页。

④ 胡仔纂集,廖德明校点:《苕溪渔隐丛话》,人民文学出版社 1962 年版,第 327 页。又,"夏傀"当作"夏倪","何觊",它书或作"何颉",有人认为应作"何顗"(参伍晓蔓:《江西宗派研究》,巴蜀书社 2005 年版,第 330 页)。

徽宿州），故随之而至。其时，后来被列入《宗派图》的汪革（时任宿州教授）、饶节拜于其祖门下，这两位江西诗人便和本中兄弟等结社唱和。更为重要的是吕本中诗名早著，二十岁左右便得到了徐俯的赞赏，《师友杂志》即云："徐俯师川，少豪逸出众，江西诸人皆服焉。崇宁初，见予所作诗，大相称赏，以为出江西诸人右也。"① 当大观末政和初徐俯组织豫章诗社时，吕本中亦预焉。既然能得到黄山谷嫡传徐俯的肯定 ②，所以，吕氏就自认"传衣江西"，有资格来编《宗派图》了。

吕氏"传衣传法共一途"的思想内涵，无论就《宗派图》的内在理路而言，还是别人对他的个体评价而言，都落实在"诗"、"禅"两大层面。如宗晓编《乐邦遗稿》卷二《吕本中书病知前路资粮少》云：

> 《百家诗选》曰：吕本中，字居仁。靖康年擢第，历官及中书舍人，落职奉祠。公平生缘诗以穷，耽禅而病，清癯之甚，若不胜衣者。③

《百家诗选》，即曾慥（？—1155）所编《皇宋百家诗选》（也叫《皇宋诗选》、《宋百家诗选》）。曾、吕是同时代之人，故记载的可信度高。值得注意的是，明初释心泰（1327—1415）《佛法金汤编》卷一四《吕本中》则谓：

> 本中，字居仁。绍兴初赐进士第，除中书舍人。平生因诗以穷，耽禅而病，清癯如不胜衣。作《江西传衣诗派图》，推黄山谷为诗祖，列陈无己等凡二十五人为法嗣。④

显而易见，心泰的叙述，既有同于《百家诗选》（或《乐邦遗稿》）者，更有相异处——那就是《宗派图》的名称加了"传衣"二字，此有强化山谷作为诗派宗祖的用义。易言之，心泰作为禅门中人，一眼就看出了吕氏所归纳的江西宗派之传承体系，正是参照禅宗构建宗统的做法而来。此点，大诗人杨万

---

① 吕本中：《东莱吕紫薇师友杂志》，《丛书集成初编》第 629 册，商务印书馆 1939 年版，第 1 页。
② 徐俯为山谷嫡传之说，是江西宗派中人比较认可的看法，如李彭《读山谷文》曰："绛帐老生悲湿籍，传灯嫡子有徐洪。"（《全宋诗》第 24 册，第 15968 页）"徐"，即指徐俯。
③ 《大正藏》卷四七，第 248 页上。
④ 《大藏新纂卍续藏经》第 87 册，第 433 页下。

里也看得很透,《送分宁主簿罗宏材秩满入京》曰:"要知诗客参江西,政似禅客参曹溪。不到南华与修水,于何传法更传衣?"①其意是说,诗与禅一样,皆由"参"而来。换句话说,诗有诗统,正如禅有禅(法)统一样,且诗统、禅统是可合而为一的。

无论庐山诗社还是豫章诗社,吕本中在《宗派图》都排除了其中的某些成员。庐山诗社七成员中是惠洪、机上人和王铚,豫章诗社中则为张元幹、向子諲、汪藻、苏坚苏庠父子、顾子美、蒲庭鉴、李彭二弟李彤及堂兄李元亮。原因何在,史无明文,我们只能做些大致的推断。如庐山诗社之善机,据前揭惠洪《冯氏墓铭·序》,他是"赐紫沙门",社会政治地位高,故与《宗派图》之三僧——祖可、善权、饶节形成鲜明对比,自然被排除在外;至于惠洪,有人主张是因其诗歌理念与吕氏不同。②豫章诗社之向子諲、张元幹,向来以词名世,诗名相对不彰,潘谆、顾子美、蒲庭鉴、李彤、李元亮,诗名则更低,不入图自在情理中;而汪藻被剔除的原因,可能是他在《宗派图》撰出之前尚未与禅宗建立密切的派别联系,直到绍兴初守湖州时,他才结识慧林、居慧二禅老③,最后因绍兴十年(1140)冬参大慧宗杲而被列为士大夫得其道者之一④;至若苏坚、苏庠父子,与苏轼关系更密切,故被排除。

庐山诗社被列入《宗派图》的成员是祖可、徐俯、李彭和善权,豫章诗社则为徐俯、李彭(此二人同时参加了庐山诗社和豫章诗社)、洪刍、洪炎、洪朋、谢逸和谢迈。⑤二者相加(去其重复,为九人),竟占《宗派图》二十五法嗣的1/3强,可见二诗社在吕氏所构建的宗派体系中,作用还是十

---

① 《全宋诗》第42册,北京大学出版社1998年版,第26599页。

② 参林湘华:《江西诗派研究》,台湾:成功大学中国文学系2006年博士学位论文。

③ 方星移《汪藻年谱》系此事于绍兴二年(1132),参《宋四家词人年谱》,黑龙江人民出版社2008年版,第268页。笔者按,据《嘉泰普灯录》卷一三,"慧林"当作"慧琳",且二人皆为黄龙慧南四世法孙,同嗣东京天宁长灵守卓禅师(参《大藏新纂卍续藏经》第79册,第373页下—374页上)。

④ 按,此综合《嘉泰普灯录》卷二三(《大藏新纂卍续藏经》第79册,第430页上一中)、《释氏稽古略》卷四(《大正藏》卷四九,第894页下)而言。

⑤ 洪朋、谢逸和谢迈参加豫章诗社事,此依欧阳光先生之说,参《宋元诗社研究丛稿》,广东高等教育出版社2006年版,第191—192页。

分突出的。^①

此外,就吕氏所用"江西宗派"一词而言,据今存文献,其最早出于惠洪宣和六年(1125)春撰出的《重修龙王寺记》。文曰:"今祖堂王英诸禅师,书江西宗派,亦著隐山之号。"^② 当时,惠洪游湖南道林云禅师所住持之龙山龙王寺。结合上下文,可知该寺开山祖师是马祖道一(709—788)的法嗣龙山和尚(隐山),惠洪所谓"江西宗派",是指道一开创的洪州宗^③及其衍生派系,在唐五代,有沩仰、临济二宗,至宋,临济又滋生出黄龙、杨岐二派。故笔者颇疑吕本中建构《宗派图》时,可能受此思路影响,推山谷为宗主,意在表明山谷在诗史上的作用恰如马祖在禅史上的作用,是诸家之正源。更何况,山谷本为江西人,禅出黄龙系,许多方面,都有可比与契合之处。

守伦作为教内之人,自然清楚"江西"一词所具有的禅学意义,他把"庐山诗社"改称"江西诗社",旨在揭示"庐山诗社"在诗、禅渊源上与黄山谷(即用"江西"代称黄庭坚)的密切联系。不过,同时或其后的文献,使用"江西诗社"、"江西诗"、"江西派"等概念时,则多突出诗歌渊源,常忽略了"江西"一词所代表的禅学渊源。此例甚多,除了前引王庭珪《跋刘伯山诗》外,著名的还有倪朴(1105—1195)《筠州投雷教授书》之"至其他能以诗名,如谢无逸、潘邠老、汪信民诸公,号江西诗社者,又不可以一二数"^④,王十朋(1112—1171)《读东坡诗》之自注:"学江西诗者,谓苏不如黄"^⑤,王义山(1214—1287)《跋杨中斋诗词集》之"江西派已远,后来无闻人。许大能诗声,来自浙之滨。……来派江西诗,风月浩无垠"^⑥等。而吕

---

① 至于其他 16 人列入《宗派图》的原因,限于篇幅,此不一一详述。总体说来,吕氏把 25 人列为山谷法嗣,既有诸人交游与诗学观方面的因素,也有政治学术分化演进之考虑。对此,沈松勤《两宋党争与"江西诗派"》(载《宋代政治与文学研究》,商务印书馆 2010 年版,第 229—254 页)有详析,可参。

② (宋)释惠洪著,[日]释廓门贯彻注:《注石门文字禅》,第 1294 页。

③ 按,释智愚(1185—1269)《虚堂和尚语录》卷五对"让和尚云:'道一江西说法,不见寄个消息来'"之话头有颂古曰:"消息得来胡乱后,江西宗派好流通。"(《大正藏》卷四七,第 1020 页中)与惠洪所说"江西宗派",其义一也。

④ 《倪石陵书》,《民国续金华丛书》本,第 11 页。

⑤ 《全宋诗》第 36 册,北京大学出版社 1998 年版,第 22856 页。

⑥ 《全宋诗》第 64 册,北京大学出版社 1998 年版,第 40091 页。

本中构建《宗派图》时,就使用"江西"之双重含义而言,与守伦是完全相同的。后来陈岩肖《庚溪诗话》卷下、赵彦卫《云麓漫钞》卷十四、王应麟《小学绀珠》卷四等之所以用"江西诗社宗派图"这一看似画蛇添足的概念,可能原因是想弥补"江西诗社"等概念流行后所带来的意义缺失,意在恢复"江西宗派"所固有的诗、禅之双重含义。方岳(1199—1262)《黄宰致江西诗双井茶》云"黄侯授我以江西诗、禅之宗派"①,其诗、禅并称之举,意同此也。

至若吕本中《宗派图》之后才出现的"江西诗派"一语,情况较复杂,在不同的历史阶段,用法也不尽一致。南宋初期,大体与"江西宗派"相似,如贺允中(1090—1168)作于绍兴十九年(1149)仲秋之《江东天籁序》曰:

> 闻有豫章先生乎?此老句法为江西第一祖宗,而和者始于陈后山。派而为十二家,皆铮铮有名,自号江西诗派。②

据韩元吉(1118—1187)撰《资政殿大学士左通议大夫致仕贺公墓志铭》,贺氏绍兴八年(1138)为江西安抚制置大使司参议官,次年,入为仓部郎,并请外除福建路转运副使③,结合序中"及予为福建漕回"后而对《江东天籁集》之作者道士刘与机说前引之语的叙述,则知贺允中应在绍兴八年(1138)就比较深入了解江西诗派的性质了。贺氏所说,有两点与吕本中相同:一者都尊山谷为宗主,二者都把陈后山列为派中第一弟子。但也有显著区别,即所列弟子(法嗣)人数不一,吕为二十五,贺为十二,原因或在吕氏《宗派图》流播以后,有人对其"选择弗精,议论不公"④而精减了一半左右的人数吧。当然"自号江西诗派"者,肯定不是山谷本人(其时黄氏已辞世三十多年),而是其后学。到南宋中后期,"江西诗派"则和倪朴等人所用

---

① 《全宋诗》第61册,北京大学出版社1998年版,第38468页。
② 《全宋文》第182册,上海辞书出版社、安徽教育出版社2006年版,第44页。又,此条材料最先由刘文刚先生揭出并作出解释,参《一则关于江西诗派的新材料》(《文学遗产》1998年第3期)。
③ 参《全宋文》第216册,上海辞书出版社、安徽教育出版社2006年版,第277页。
④ 胡仔:《苕溪渔隐丛话》,人民文学出版社1962年版,第328页。

"江西诗社"基本一致,都在强调诗学的渊源与规范,如陈藻《寄黄景咏》之"柳下和风今有惠,江西诗派又传黄"①,岳珂(1183—1243)《宝真斋法书赞》卷一五曰:"右《山谷先生诗稿真迹》,凡九幅。论江西诗派,先生为称首。"卷二五曰:"右江西诗派日涉居士李公彭,字商老,《酬答诗帖真迹》一卷。"② 尤其陆九渊(1139—1192)《与程帅》云:"伏蒙宠贶《江西诗派》一部二十家,异时所欲寻绎一时不能致者,一旦充室盈几,应接不暇,名章杰句,煜耀心目。……一时如陈徐韩吕,三洪二谢之流,翕然宗之,由是江西遂以诗社名天下。"③ 于此,"江西诗派"、"江西诗社"简直就是同义替换了。

综上所述,庐山诗社存在时间虽然不长,但由于诸成员在诗、禅关系的认识上有两大特点:即禅出黄龙系,诗崇黄山谷,而后来吕本中在整合山谷后学(如豫章诗社等)构建《江西宗派图》时,对此认识又有所深化,并且特别突出了"江西"一词所具有的诗、禅之双重含义。④ 正是从这个角度看,庐山诗社在两宋诗史上的作用还是值得深入研究的。⑤

---

① 《全宋诗》第50册,北京大学出版社1998年版,第31336页。
② 《文渊阁四库全书》第813册,第739页下、871页上。
③ (宋)陆九渊著,钟哲点校:《陆九渊集》,中华书局1980年版,第103—104页。又,"吕"指吕本中,把他列入江西诗派,是南宋中后期大多数人的共识,如赵彦卫《云麓漫钞》、王应麟《小学绀珠》等。
④ 关于黄庭坚江西诗派之诗、禅关系的梳理,参[韩]朴永焕:《黄庭坚及江西诗派之禅诗研究》,《佛学研究》2000年卷,第310—334页。
⑤ 其实,庐山是两宋最值得重视的佛教名山之一,单就苏、黄两大诗人在该地的文学创作与禅事活动而言,就已具有十分典型的示范意义。

论两宋端午诗之公共写作与个体写作

——以"续命缕"意象为中心

端午节是我国重要的民俗节日之一,其民俗事象多姿多彩,诸如赛龙舟、吃粽子、采艾草、饮蒲酒、佩灵符之类,无不充满生活情趣,同时它们也是一些历史悠久之民间信仰的载体,颇具人文价值。

众所周知,古典诗歌至中唐后,题材的日常生活化已成为一种不可逆转的发展态势。不少诗人的生花妙笔,开始重点关注各种民俗活动。近这些年来,学术界相关的研究成果,据笔者浅陋所见,也可算是五彩缤纷了,无论唐诗宋词,都有学人检讨它们和民俗之间的关系。[①] 不过,总体看来,研究者还是宏观观照较多,而微观的个案分析相对较少。有鉴于此,笔者拟择取两宋端午诗中的一个小小的意象——"续命缕"来做些解析,谨请诸位方家批评赐正。

一、两宋端午诗"续命缕"之表现诸相

"续命缕",也称"续命丝"、"长命丝"、"五色丝"、"长生缕"、"五

---

① 这方面较具代表性的成果,近年问世的有刘航《中唐诗歌嬗变的民俗观照》(学苑出版社2007年版)、赵睿才《唐诗与民俗关系研究》(上海古籍出版社2008年版)、吴邦江《宋代民俗诗研究》(南京大学出版社2010年版)、黄杰《宋词与民俗》(商务印书馆2005年版)等。

色缕"等,说法虽异,所指实一,皆主要是五月端午节上所系之织物,多缠在臂上或佩之于身。^①有趣的是:此种意象在唐五代端午诗中出现的次数,可谓屈指可数,比较重要的有李隆基《端午三殿宴群臣探得神字》之"穴枕通灵气,长丝续命人"^②、张说《端午三殿侍宴应制探得鱼字》之"愿赍长命缕,来续大恩余"^③、窦叔向《端午日恩赐百索》之"仙宫长命缕,端午降殊私"^④、和凝《宫词百首》(九五)之"平明朝下夸宣赐,五色香丝系臂新"^⑤等数例。

但两宋时期端午诗的写作,有两个新的变化:一者从形式看,出现了大量的组诗,特别是端午帖子词;二者无论是单篇诗作或端午帖子词之类的组诗,与"续命缕"含义相等的同型意象都十分常见,简直到了俯拾皆是的地步。

所谓帖子词("帖"又作"贴"),它是北宋前期出现的一种新式实用性文体^⑥,多由翰林学士以五七言绝句的形式撰出,主要目的在于庆贺立春与端午,一般用布帛书写,在宫廷诸阁张挂。其中,用于立春者有春端帖子、立春帖子、宜春帖子、春帖子、春帖、宫中春词等称呼,用于端午者则叫做端午帖子或五日帖子。所帖之阁,依据身份的不同,有帝(御)阁、后阁、太上皇阁、太皇太后阁、皇太后阁、皇太妃阁、淑妃阁、贵妃阁、夫人阁、太子阁、郡王阁等等,作者多为名家高手,如夏竦、晏殊、胡宿、宋庠、宋祁、苏颂、欧阳修、苏轼、苏辙、司马光、周必大等人,无一不是当时的大手笔。另外,帖子词的数量也不小,动辄十几首甚至几十首,可知需求旺盛。北宋张公庠《宫词》(其一〇)云:"北斗回杓欲建寅,宫嫔排备立春时。镂花贴子留题处,只待金銮

---

① 按,盛唐诗人褚朝阳《五丝》曰:"越人传楚俗,截竹竞萦丝。……但夸端午节,谁荐屈原祠。"(清彭定求等编《全唐诗》卷二五四,上海古籍出版社 1986 年版,第 642 页)据此,则知早期尚有缠之于竞渡所用竹枝之上者。

② 《全唐诗》卷三,第 26 页。

③ 《全唐诗》卷八八,第 227 页。

④ 《全唐诗》卷二七一,第 677 页。

⑤ 《全唐诗》卷七三六,第 1840 页。

⑥ 按,最早对这种文体进行系统研究的是明人徐师曾的《文体明辩序说》,近来则有多篇专题论文问世,如任竞泽《简论帖子词》(《文学评论》2008 年第 2 期)、张晓虹《宋代"帖子词"始作及作者身份考》(《重庆师范大学学报》2010 年第 1 期)、贾先奎《论北宋前期的帖子词》(《常州大学学报》2010 年第 3 期)等,悉足资参考。

学士诗。"① 此诗反映出立春贴子词深受宫中嫔妃喜爱的情形;岳珂《宫词一百首》(其八)又谓:"端辰帖子缕黄金,词苑题来禁籞深。共道万方欣解愠,南风已奏舜鸣琴。"② 此乃端午帖子流行宫中之写照。

为清眉目,兹先择要列举两宋著名文人之端午帖子词中含有"续命缕"之同型意象者如次(大致以作者生年先后为序):

表一

作 者	题 名	"续命缕"等同型意象之诗句	《全宋诗》之出处
夏竦 (985— 1051)	1.《御阁端午帖子》 (其一)	续命彩丝登茧馆, 长生金篆献琳宫。	第 3 册, 第 1812 页
	2. 同上(其二)	金缕开辰分五色, 长丝献寿祝千年。	同上, 第 1813 页
	3. 同上(其四)	彩丝祝寿芳辰启, 紫禁凝旒瑞日长。	同上
	4. 同上(其九)	赐羹佳事传青简, 续寿长丝献紫宸。	同上
	5. 同上(其十)	五色彩丝初献寿, 九重嘉气颂长生。	同上
	6. 同上(其十二)	八龙焜耀长生篆, 五采葳蕤续命丝。	同上
	7.《皇后阁端午帖子》 (其一)	迎祥竞献双条达, 续寿初缠五色丝。	同上
	8. 同上(其二)	璧沼水嬉飞隼渡, 瑶箱命缕彩丝新。	同上
	9. 同上(其三)	千门朱索迎嘉祉。	同上
	10. 同上(其四)	千门袭吉萦朱索。	同上
	11.《郡王阁端午帖子》 (其一)	沐兰嘉节庆长丝。	同上, 第 1814 页
	12. 同上(其三)	五色彩丝颁禁殿, 千龄嘉庆集藩房。	同上
	13.《淑妃阁端午帖子》(其四)	良辰袭庆表长丝。	同上

---

① 《全宋诗》第 9 册,北京大学出版社 1998 年版,第 6257 页。
② 《全宋诗》第 56 册,北京大学出版社 1998 年版,第 35403 页。

续表

作　者	题　名	"续命缕"等同型意象之诗句	《全宋诗》之出处
晏殊 （991—1055）	1.《端午词·御阁》（其一）	轻丝五彩缠金缕，共祝尧年寿万春。	第 3 册，第 1955 页
	2. 同上（其三）	献寿竞为长命缕，迎祥还佩赤灵符。	同上
	3.《端午词·内廷》（其一）	百草斗余欣令月，五丝萦后祝遐年。	同上
	4.《端午词·升王阁》（其一）	两宫荣养多延庆，百福潜随命缕新。	同上，第 1956 页
	5.《端午词·御阁》（其一）	五彩丝长系臂初，万年芳树影扶疏。	同上
	6. 同上（其三）	乍结香茅祈福寿，更缠金缕贡芳新。	同上
胡宿 （995—1067）	1.《皇帝阁端午帖子》（其九）	命缕彩花传故事，风光天上更相宜。	第 4 册，第 2128 页
	2. 同上（其十一）	九霄嘉节重端辰，命缕灵符粲宝文。	同上
	3.《皇后阁端午帖子》（其一）	香缯争点画，彩缕竞垂舒。	同上
	4. 同上（其四）	星火朱光炽，缯丝采物华。	同上
	5. 同上（其七）	香炉角黍传三楚，丹篆灵符辟五兵。	同上
	6. 同上（其十）	彩丝朱索更迎祥。	同上，第 2129 页
	7.《夫人阁端午帖子》（其一）	五丝通遗问，百草斗输赢。神印能祛恶，灵符解辟兵。	同上
	8. 同上（其八）	续命由来宜彩缕，辟邪相向佩灵符。	同上
宋庠 （996—1066）	1.《皇帝阁端午帖子词》（其三）	冰纨能辟暑，丝缕解延年。	同上，第 2303 页
	2. 同上（其四）	宫中命缕千丝合，阶下祥蓂五荚芳。	同上
	3.《皇后阁端午帖子词》（其二）	朱索连荤种，仙缯篆秘符。	同上
	4.《天人阁端午帖子词》（其四）	借问人间传彩缕，何如石上拂仙衣。	同上

续表

作　者	题　名	"续命缕"等同型意象之诗句	《全宋诗》之出处
欧阳修（1007—1072）	1.《端午帖子词·皇后阁五首》（其二）	更以亲蚕茧，纫为续命丝。	第6册，第3808页
	2. 同上（其三）	六宫彩缕争新巧，共续千龄奉至尊。	同上
	3. 同上（其五）	五色双丝献女功，多因荆楚记遗风。	同上
	4.《端午帖子词·温成皇后阁五首》（其三）	彩缕谁云能续命，玉衾空自锁遗香。	同上
	5.《端午帖子词·夫人阁五首》（其三）	深宫亦行乐，彩索续长年。	同上
	6.《端午帖子·皇帝阁六首》（其二）	彩索盘中结，杨梅糭里红。	同上，第3909页
	7. 同上（其六）	自然四海归文德，何用灵符号辟兵。	同上
	8.《端午帖子·皇后阁五首》（其一）	纫为五色缕，续寿献君王。	同上
	9.《端午帖子·夫人阁五首》（其一）	绣茧夸新巧，紫丝喜续年。	同上，第3810页
	10. 同上（其五）	巧女金盘丝五色，皇家玉历寿千春。	同上
王珪（1019—1085）	1.《端午内中帖子词·皇帝阁》（其二）	更传长命缕，宝历万年余。	第9册，第5994页
	2. 同上（其七）	采丝缠糭动嘉辰，浴殿风生画扇轮。	同上
	3.《端午内中帖子词·太上皇后阁》（其三）	仙艾垂门绿，灵丝绕户长。	同上，第5995页
	4. 同上（其五）	宝缕千祥集，灵符百疫祛。	同上
	5.《端午内中帖子词·夫人阁》（其二）	绕臂双条达，红纱昼梦惊。	同上，第5996页
	6. 同上（其五）	进罢采丝三殿晚，万年枝上乱莺飞。	同上

作　者	题　名	"续命缕"等同型意象 之诗句	《全宋诗》 之出处
苏轼 （1036— 1101）	1.《端午帖子词·皇太妃阁 五首》（其一）	谁知恭俭德，彩缕出亲蚕。	第 14 册， 第 9592 页
	2. 同上（其三）	辟兵已佩灵符小， 续命仍萦彩缕长。	同上
	3. 同上（其五）	良辰乐事古难同， 绣茧朱丝奉两宫。	同上
	4.《端午帖子词·夫人阁 四首》（其三）	五彩萦筒秫稻香， 千门结艾鬓髯张。	同上， 第 9593 页
苏辙 （1039— 1112）	1.《学士院端午帖子二十七首· 皇帝阁六首》（其四）	饮食祈君千万寿， 良辰更上辟兵缯。	第 15 册， 第 10054 页
	2. 同上，《太上太后阁六首》 （其四）	出磨玉尘除旧廪， 捧箱彩缕看新丝。	同上
	3. 同上，《皇太后阁六首》 （其三）	翕呷霜纨动，阑班彩缕长。	同上
	4. 同上（其五）	万寿仍萦长命缕， 虚心不着赤灵符。	同上
孙觌 （1081— 1169）	1.《端午帖子词·皇帝阁 六首》（其二）	汉家自有安边术， 不是灵符解辟兵。	第 26 册， 第 17024 页
	2.《端午帖子词·皇帝阁 五首》（其一）	窈窕汉宫三十六， 齐将彩缕祝坤闱。	同上
刘才邵 （生卒年 不详）	1.《端午内中帖子词》 （其一）	云篆摹仙印，香菰缠彩丝。 风回五明扇，日丽万年枝。	第 29 册， 第 18867 页
曹勋 （1098— 1174）	1.《端午帖子九首》 （其三）	辟兵龙印篆神经， 系臂香萦绣色轻。	第 33 册， 第 21165 页
	2. 同上（其七）	参差台殿照祥云， 迓雪含风彩缕新。	同上
周麟之 （生卒年 不详）	1.《端午帖子词·皇太后阁 六首》（其六）	一岁一添长命缕， 拟将万缕献慈宁。	第 38 册， 第 23570 页
	2. 同上，《皇后阁五首》 （其二）	绕臂长生缕，无非柘馆丝。	同上， 第 23571 页

作　者	题　名	"续命缕"等同型意象之诗句	《全宋诗》之出处
汪应辰（1118—1176）	1.《端午帖子词·皇帝阁》（其五）	盘中更进长生缕，却记亲蚕茧馆时。	第38册，第23581页
	2.《太上皇帝阁端午帖子词》（其四）	君王自进长生缕，细剪菖蒲泛玉卮。	同上
	3. 同上（其一〇）	此心自与天无间，岂待丹缯始辟兵。	同上
周必大（1126—1204）	1.《端午帖子·太上皇帝阁》（其三）	更缠长命缕，仍泛引年菖。	第43册，第26813页
	2.《端午帖子·太上皇后阁》（其六）	清晓宫中献彩丝，盘龙结凤斗新奇。	同上，第26814页
	3.《端午帖子·皇帝阁》（其四）	缕缯采药谩区区，谁似君王用意殊。	同上
	4.《端午帖子·太上皇后阁》（其一）	命缕五丝长，菖醑九节香。	同上，第26816页
	5.《端午帖子·皇后阁》（其三）	筒黍尝思时献稏，彩丝系处忆亲蚕。	同上，第26817页
	6.《端午帖子·太上皇后阁》（其三）	丹篆钗符小，朱丝臂缕鲜。	同上，第26818页
崔敦诗（1139—1182）	1.《淳熙六年端午帖子词·皇后阁五首》（其一）	剪玉菰筒翠，盘金彩缕长。	第48册，第29829页
	2. 同上（其五）	随时但献长生缕，当午犹闲竞渡舟。	同上
	3.《淳熙七年端午帖子词·皇帝阁六首》（其二）	采缕盘金丽，香蒲镂玉匀。	同上，第29830页
	4. 同上，《皇后阁六首》（其二）	更将长命缕，侵晓奉慈庭。	同上
	5.《淳熙八年端午帖子词·太上皇帝阁六首》（其四）	采索谩萦长命缕，紫芽安用引年菖？	同上，第29832页
许及之（？—1209）	1.《圣寿阁端午帖子》（其三）	绕臂长生缕，当门五色丝。	第46册，第28400页

作　者	题　名	"续命缕"等同型意象 之诗句	《全宋诗》 之出处
卫泾 （1159— 1226）	1.《皇帝阁端午帖子》 （其五）	远人新有约和书， 并塞狼烟指日无。 圣主忧民轸宵旰， 宫中犹绾辟兵縄。	第52册， 第32807页
	2.《寿成惠圣慈佑太皇太后 合端午帖子》（其三）	彩缕新缠臂，灵符稳插钗。 承平多旧事，闲教小宫娃。	同上， 第32808页
许应龙 （约1174— 1264在世）	1.《皇后阁端午帖子》（其四）	辟邪不用符为佩， 续命何须彩结丝。	第54册， 第33771页
	2.《贵妃阁端午帖子》 （其三）	丹篆钗符彩缕鲜， 承恩侍宴玉皇前。	同上
真德秀 （1178— 1235）	1.《皇后阁端午帖子词五首》 （其一）	何须缠彩缕， 金母自千春。	第56册， 第34855页
	2. 同上（其三）	三盆茧已缲冰缕， 五色丝新织海䌷。	同上

按，表中的"长丝"、"五丝"、"采丝"、"采缕"、"采索"、"缕缯"，所指其实相同，都是"长命丝"、"五色丝（缕/缯/索）"、"五彩缕（丝）"的省称；"宝缕"、"灵丝"、"辟兵缯"[1]则从功能与效果着眼，故称"宝"、"灵"云云；"绕臂"乃借代之修辞，是用动作来替代名词"长命缕"；至于"朱索"、"朱丝"，表面看与"五色缕"、"五色丝"不合，实际上含义是一样的，《初学记》卷四《岁时部》下《五月五日第七》条即引周处《风土记》曰："造百索系臂，一名长命缕，一名续命缕，一名臂兵缯，一名五色缕，一名五色丝，一名朱索。"[2]

除了端午帖子词外，两宋文人的个体写作中也时有用组诗者，如梅尧臣《午日三首》、范成大（1126—1193）《代儿童作端午贴门诗三首》、赵蕃（1143—1229）《端午三首》、刘克庄（1187—1269）《乙卯端午十绝》、文天

---

[1] 按，（唐）欧阳询撰、汪绍楹校《艺文类聚》卷四《岁时中》"五月五日"条引《风俗通》曰："五月五日，以五彩丝系臂者，辟兵及鬼，令人不病温。""五月五日，续命缕，俗说以益人命。"（上海古籍出版社1999年版，第75页）

[2] （唐）徐坚等：《初学记》，中华书局2004年版，第73—74页。

祥（1236—1283）《端午感兴》（二首）、董嗣杲《江州重午二首》等,其中"长命缕"一类的意象也时有所用,亦择要列表如下:

表二

作 者	题 名	"续命缕"等同型意象之诗句	《全宋诗》之出处
梅尧臣 （1002—1060）	《午日三首》 （其二）	佳人五色缕, 道士张囊符。	第5册, 第3188页
李之仪 （1038—1117）	《端午》 （其一）	彩丝百缕纫为佩, 艾叶千窠结作人。	第17册, 第11257页
谢逸 （1068—1113）	《端午绝句二首》 （其二）	病臂懒缠长命缕, 破衣羞带赤灵符。	同上,第22页, 第14852页
曾丰 （1142—1224）	《端午家集》 （其二）	戏缠朱彩索, 争带赤灵符。	第48册, 第30261页

"续命缕"之同型意象在单篇端午诗中则十分频繁。于此,随机择取两宋作品列表如下:

表三

作 者	题 名	"续命缕"等同型意象之诗句	《全宋诗》之出处
徐铉 （916—991）	《和李秀才端午日 见寄》	报之长命缕,祝庆在图南。	第1册, 第139页
余靖 （1000—1064）	《端午日事》	江上何人吊屈平,但闻风俗彩舟轻。 空斋无事同儿戏,学系朱丝辟五兵。	第4册, 第2681页
苏轼 （1036—1101）	《端午游真如, 迟、适、远从子 由在酒局》	身随彩丝系,心与昌歜苦。	第14册, 第9340页
张耒 （1054—1114）	《早起观雨》	彩丝结缕催端午,又见黄头鼓楫郎。	第20册, 第13397页
滕茂实 （？—1128）	《五日》	空寻好句书纨扇,无复佳人系彩丝。 …… 明年此日当何处,风里孤蓬自不知。	第22册, 第14927页
谢过 （1074—1116）	《端午即事》	懒检三闾传,争缠五彩丝。	第24册, 第15795页

续表

作　者	题　名	"续命缕"等同型意象之诗句	《全宋诗》之出处
李纲 （1083—1140）	《重午》	角黍但能娱幼稚，彩丝那得制蛟龙。 …… 逐客有家归未得，满怀离恨寄南风。	第 27 册， 第 17573 页
朱淑真 （生卒年不详）	《端午》	纵有灵符共彩丝，心情不似旧家时。	第 28 册， 第 17961 页
朱翌 （1097—1167）	《端午观竞渡曲江》	楝花角黍五色缕，一吊湘累作端午。	第 33 册， 第 20824 页
姜特立 （？—1192？）	《重午和巩教授韵》	屈子沈渊日，年年旧俗忙。 佳人夸彩缕，稚子竞新裳。	第 38 册， 第 24093 页
李洪 （生卒年不详）	《午日寓圆果院 苦河鱼以诗纪节》	浪求医国三年艾，空吊沉湘五色丝。	第 43 册， 第 27177 页
项安世 （1129—1208）	《重午记俗八韵》	辟邪钗篆蹙，解厄腕丝纤。 ……更闻因屈子，采动楚人吁。	第 44 册， 第 27252 页
周承勋 （生卒年不详）	《端午》	安得彩丝十万丈，东南西北系飘零。	第 45 册， 第 28273 页
任希夷 （1156—？）	《重午日出都门诗》	颜羞彩缕红，鬓与香蒲白。 功名来何时，岁月等虚掷。	第 51 册， 第 32098 页
韩淲 （1159—1224）	《五日》	宣和曾带御书符，荆楚谁言长命缕？	第 52 册， 第 32502 页
赵汝回 （生卒年不详）	《西湖重午作》	像虎空悬青艾束，辟兵难望彩丝灵。 凭君一激沉湘水，净洗中原血铠腥。	第 57 册， 第 35876 页
白玉蟾 （1194—1229）	《端午述怀》	桐花入鬓彩系臂，家家御疫折桃枝。	第 60 册， 第 37567 页
李龏 （1194—？）	《端午日》	高门高挂艾天师，玉臂还缠五彩丝。 我只一杯昌歜酒，羲皇窗下读骚辞。	第 59 册， 第 37416 页
胡仲弓 （生卒年不详）	《端午》	画舸纵横湖水滨，彩丝角黍斗时新。 年年此日人皆醉，能吊醒魂有几人？	第 63 册， 第 39802 页
马廷鸾 （1222—1289）	《次韵洁堂五日》	愁心菖歜苦，悲绪彩丝牵。	第 66 册， 第 41423 页

统观上文所列诸诗句，我们可以发现这么一种规律：由于端午帖子词是公共写作（受众是特定的公众人物——皇帝及其他皇室成员），所以，诗人

的眼光是向上的,他们使用"续命缕"等意象时,颂上(或曰歌功颂德)便成为最突出的主题,无论北宋或南宋,大体如此,仅有极个别的诗作,如欧阳修《端午帖子词·温成皇后阁五首》(其三)、许应龙《皇后阁端午帖子》(其四)、孙觌《端午帖子词·皇帝阁六首》(其二)、真德秀《皇后阁端午帖子词五首》(其一)等极少数作品,含有一定的讽谏之意,对"续命缕"所谓的"续命"功能表示了怀疑[①],进而强调修德才是维护封建统治的根本方法。但个体写作(以单篇诗作为主,组诗相对说来数量要少很多),因诗人的眼光是向下的,故而更加突出的是个体生命的悲凉体验,甚至含有某种深刻的人性反思,尤其在南宋时期,忠臣迁客的意识特别强烈,比如李纲、朱翌、姜特立、李洪、项安世、周承勋、赵汝回、胡仲弓、马廷鸾等,虽然也用了有关"续命缕"的典故,却重在借屈原之事来抒发家国情怀,痛思历史兴亡之因。不过,诗人们究竟总结出什么,则人言人殊,且总的基调是越发悲凉。对此,宋末元初赵友直《端午》语言最为简洁,心态最为复杂,诗曰:"节遇端阳日,蒲觞满自斟。兴怀多感旧,吊古漫成吟。"[②]

二、"续命缕"等意象频现之原因

我们在前一节列举了宋代端午诗的两大类型:一是以端午帖子词为代表的公共写作,二是抒发个人情怀为主的个体写作。前者运用"续命缕"等意象时,多符合端午民俗之喜庆、辟邪、纳祥、祈愿等主题,故从用典角度言,多属正用。而后者更关注个体的生命感受,即便用到"续命缕"等意象,也多为反用。究其成因,笔者以为与创作场合的不同密切相关。

众所周知,我国现代民俗学建立伊始,就确立了眼光向下的研究视角,主要关注的是下层社会和民间生活,但实际上,重要的政治人物对某些民俗的发展与传播更具有决定性的影响。张勃女史就以政治领袖李隆基与民俗事象节日的关系为例,指出今后的民俗学研究在眼光向下的同时,应该眼光适

---

① 按,这种怀疑,盛唐诗人也偶有表示,如万楚《五日观妓》即谓:"谁道五丝能续命,却令今日死君家。"(《全唐诗》卷一四五,第335页)

② 《全宋诗》第70册,北京大学出版社1998年版,第43959页。

度向上,即在关注民俗于民间运作逻辑的同时,也要看到社会上层、国家政策在民俗传承和变迁中的重要作用。① 其观点颇有启示意义,就本文所讨论的端午帖子词而言,至少上层社会或曰中央政府所起的作用是至关重要的。有趣的是,宋代端午帖子词的主题范式,可以说在一定程度上和唐玄宗重视端午民俗有关。其《端午三殿宴群臣探得神字》之序有云:

> 律中蕤宾,献酬之象著;火在盛德,文明之义煇。故以式宴陈诗,上和下畅者也。朕宵衣旰食,辑声教于万方;卜战行师,总兵钤于四海。勤贪日给,忧忘心劳;闻蝉声而悟物变,见槿花而惊候改。……新筒裹练,香芦角黍;恭俭之仪有序,慈惠之意溥洽。讽味黄、老,致息心于真妙;抑扬游、夏,涤烦想于诗书。超然玄览,自足为乐,何止柏枕桃门,验方术于经记;彩花命缕,观问遗于风俗。感婆娑于孝女,悯枯槁之忠臣而已哉?叹节气之循环,美君臣之相乐,凡百在会,咸可赋诗。②

细绎此序,可知玄宗皇帝重视端午的目的主要有三点:一是发扬光大端午民俗的两大传统,即个人方面的祈福(如长生)避邪功能与社会伦理方面的忠(以屈原为代表)、孝(以曹娥为代表③)观念;二是确立了节庆宴会诗的创作主题是歌功颂德。这点,玄宗皇帝"穴枕通灵气,长丝续命人。……股肱良足咏,风化可还淳"以及当时参与宴会的大臣张说的"愿赍长命缕,来续大恩余"等诗句,便有充分的表现。而前举(参表一)诸两宋端午帖子词,与此"颂上"传统,应该说是一脉相承。三是融合了某些道教因素,虽说具体措施如何,史书阙载,但序中所说"黄、老"、"方术"云云,无疑和道教有莫大的关联,何况道教还是唐王朝的国教呢!

唐玄宗还是我国节日放假制度化的关键人物,其开元七年(719)令首次以比较完整的法律形式规定了相关制度的实施,其后的开元二十五年令又进一步强化了有关条例,赵宋于此,则在继承的基础上有所创新。日

---

① 参张勃:《中国民俗学研究应该"眼光适度向上"——从李隆基与节日的关系谈起》,《民族艺术》2009 年第 2 期。

② 《全唐诗》卷三,第 26 页。

③ 按,宋代以后,关于端午起源的传说,占主流者是屈原说。

本学者丸山裕美子已做了比较详细的比较①，据她的研究，无论是唐代的开元七年令、开元二十五年令，还是宋代的天圣令、天丰令，端午节官员都可以休假一天。易言之，自唐玄宗开元七年以后，端午就是国家法定的重要节日之一。

据前揭张说、窦叔向有关长命缕的诗句，知自玄宗始便有朝廷在端午日御赐大臣续命缕的做法②，此种措施，在宋代更上升为礼的层面，成了一种制度，所赐物事，内容更加丰富，《宋史》对此多有记载，如卷一一九的"端午粽子"，卷一五三的端午"时服"，诸如此类，不一而足。吴自牧《梦粱录》卷三所记虽为南宋都城临安的端午盛况，却也足资参考，曰：

> 五日重午节，又曰"浴兰令节"，内司意思局以红纱彩金盝子，以菖蒲或通草雕刻天师驭虎像于中，四围以五色染，菖蒲悬围于左右。……内更以百索彩线、细巧镂金花朵，及银样鼓儿、糖蜜韵果、巧粽、五色珠儿结成经筒符袋，御书葵榴画扇，艾虎，纱匹段，分赐诸阁分、宰执、亲王。兼之诸宫观亦以经筒、符袋、灵符、卷轴、巧粽、夏橘等送馈贵宦之家。如市井看经道流，亦以分遗施主家。所谓经筒、符袋者，盖因《抱朴子》问辟五兵之道，以五月午日佩赤灵符挂心前，今以钗符佩带，即此意也。……其日正是葵榴斗艳，栀艾争香，角黍包金，菖蒲切玉，以酬佳景。不特富家巨室为然，虽贫乏之人，亦且对时行乐也。③

据此，我们特别要注意者有三点：一者端午是普天同乐的节日，此即欧阳修《端午帖子词·皇帝阁六首》（其二）"宫闱九重乐，风俗万方同"④、苏辙《学士院端午帖子二十七首·皇太后阁六首》（其五）"民间风俗疑当共，天上清

---

① 参氏论《唐宋节假制度的变迁——兼论"令"和"格敕"》，载张国刚主编《中国社会历史评论》第三卷，中华书局2001年版，第365—373页。

② 按，后来也有赐衣之举，如杜甫《端午日赐衣》曰："宫衣亦有名，端午被恩荣。……自天题处湿，当暑着来清。意内称长短，终身荷圣情。"权德舆《端午日礼部宿斋有衣服采结之贶以诗还答》则谓："良辰当五日，偕老祝千年。彩缕同心丽，轻裾映体鲜。"

③ （宋）孟元老等：《东京梦华录·都城纪胜·西湖老人繁胜录·梦粱录·武林旧事》之《梦粱录》，古典文学出版社1956年版，第156—157页。

④ 《全宋诗》第6册，北京大学出版社1998年版，第3809页。

高定尔无"①所显示的公共狂欢吧。二者皇帝常常赐予重要官员以端午礼物,如百索彩线（即续命缕）、艾虎之类。三者道教也积极参与了相关的民俗活动。关于这一点,似有多说几句的必要。

宋真宗与唐玄宗一样也是个狂热的道教徒,大中祥符元年间他将道教天书及圣祖降世的日子定成法定节日,如正月三日为天庆节,六月六日为天贶节,七月一日为先天节,十月二十四日为降圣节……节日期间官员放假,诸州建醮断屠,中书、亲王、节度、枢密、三司以下至驸马都尉,则要求他们:"诣长春殿进金缕延寿带、金丝续命缕,上保生寿酒。"并"改御崇德殿,赐百官饮,如圣节仪。前一日,以金缕延寿带、金涂银结续命缕、绯彩罗延寿带、彩丝续命缕分赐百官,节日戴以入。"②结合胡宿《夫人阁端午帖子》（其八）之"续命由来宜彩缕,辟邪相向佩灵符。夏钧调乐长生酒,岁岁宫中祝圣图"③,则知真宗赐续命缕与保生酒的举措,其后成了宫中端午节之常态。

关于端午民俗的道教渊源,除了前文所及葛洪之《抱朴子》外④,清人又找出了《西京杂记》,《释名疏证补》卷四释"长命缕"时引其文曰:"取彩丝就北斗星求长命。"⑤如果其说不误,则知《正统道藏》所收宋初蜀中道士所作《太上玄灵北斗本命延生真经》、《太上玄灵北斗本命长生妙经》⑥展示的北斗保生延命信仰,其源甚古。更值得关注的是,这两部道典的授经主尊是太上老君,而受经对象恰恰是天师张道陵;既然《梦粱录》卷三谓端午节皇宫所赐道教画像是天师像⑦,笔者不妨大胆推断,它们极可能就是宫观

---

① 《全宋诗》第15册,北京大学出版社1998年版,第10054页。
② （元）脱脱等撰:《宋史》,中华书局1985年版,第2680页。
③ 《全宋诗》第4册,北京大学出版社1998年版,第2129页。
④ 按,前揭诸端午帖子词,"灵符"意象经常与"续命缕"等意象同时出现。此不复赘举。
⑤ （汉）刘熙撰,（清）王先谦证补:《释名疏证补》卷四,光绪二十一年（1895）刻本,第30页。
⑥ 按,二经见《道藏》第11册,第346页上—349页下。二经篇幅悉短小,尤其是后一部,仅三百来字,无论抄写讲诵,都很适用。
⑦ 按,项安世《重午饷菜楚俗也,邓抚幹以诗来谢,次韵答之三首》（其一）"大家朱书亭午时,小家艾人张天师"（《全宋诗》第44册,第27322页）、刘克庄《乙卯端午十绝》（其七）"门有艾天师"（同前,第58册,第36427页）中的"天师",正是《梦粱录》卷三所云用菖蒲草之类所雕刻的天师像。

在端午节中宣讲或赠与信众的道典。事实上,两部道典所宣扬的东西与诸端午帖子词确有不少相同之处,比如经中"子孙保荣盛"、"长保亨利贞"、"保家保国"之类,与许及之《圣寿阁端午帖子》(其一)之"有德天同寿,无为日更长。每逢端午节,双上万年觞"、其三之"绕臂长生缕,当门五色丝。榴花看结子,叶叶在孙枝"① 的寓意,不正相合么? 此外,北宋真宗时著名道士张君房编《云笈七签》卷三十七引《三洞奉道科》曰:"五月五日,为续命斋。"② 则知道教自唐以来在端午节便行斋法,既然名"续命",那定会有"续命缕"、"长命丝"等物事之用了。

王钦若奉宋真宗之命撰集的道典《翊圣保德传》卷上,则载有真君所传九种结坛之法,曰:

> 上三坛则为国家设之:其上曰顺天兴国坛,凡星位三千六百,为普天大醮……其中曰延祚保生坛,凡星位二千四百,为周天大醮,法物仪范降上坛一等;其下曰祈谷福时坛,凡星位一千二百,为罗天大醮。……中三坛则为臣寮设之:其上曰黄箓延寿坛,凡星位六百四十;其中曰黄箓臻庆坛,凡星位四百九十;其下曰黄箓去邪坛,凡星位三百六十……下三坛则为士庶设之:其上曰续命坛,凡星位二百四十;其中曰集福坛,凡星位一百二十;其下曰却灾坛,星位八十一。所用仪范,量有等差。③

此处坛法虽分三等九品,但每一等中至少有一品的主旨是长生思想,只是称名有别而已,或曰"保生",或曰"延寿",或曰"续命",究其本质,则毫无区别。难怪真宗皇帝对诸王公大臣参加斋醮时要赐予金丝续命缕、保生寿酒之类,是想取得名实相符的奇效吧。

此外,南宋释志磐《佛祖统纪》卷四三指出王钦若奉诏撰《翊圣真君传》:"其间论佛,最为失义,如《翊圣》云'诸天万灵,仙众梵佛,悉来朝上帝'。夫佛为三界师,为天中尊。……明知天帝所以奉佛也。今传言佛来朝

---

① 《全宋诗》第 46 册,北京大学出版社 1998 年版,第 28400 页。
② (宋)张君房编,李永晟点校:《云笈七签》,中华书局 2003 年版,第 815 页。
③ 《道藏》第 32 册,第 651 页上。

帝,甚为无状。……虽欲尊天而卑佛,适所以诬天而慢佛也。戒之哉!"① 志磐法师护教之情固可理解,但这其实说明了另一更有意义的历史问题,即宋真宋与其大臣们也有融合二教的努力,只是其中心点在于以道统佛罢了。对此,佛教方面并非全是反对的声音,如北宋法演禅师(?—1104)端午上堂时有语录曰:

> 师云:"急急如律令!"进云:"也待小鬼做个伎俩。"师云:"钟馗吓你。"乃云:"今日端午节,白云有一道神符也,有些小灵验,不敢隐藏,举似诸人。一要今上皇帝太皇太后圣躬万岁,二要合朝卿相文武百官州县宰寮常居禄位,三要万民乐业雨顺风调。"②

此处端午祝愿对象之三等分类,不正表明佛教对前述道教坛法是有所认同的吗? 若从字面推断,祝语的主旨可分别对应上坛之"延祚保生"、中坛之"黄箓臻庆"及下坛之"集福"、"却灾"。而且,"急急如律令"与"钟馗",同样是道教语词,对此,法演弟子佛果克勤(1063—1135)端午说法时,亦有承用,《圆悟佛果禅师语录》卷七曰:

> 上堂云:五月五日天中节,万祟千妖俱殄灭。眼里拈却须弥山,耳中拔出钉根楔。钟馗小妹舞三台,八臂那咤嚼生铁。敕摄截,急急如律令!③

克勤把道教的"钟馗"、佛教的"那咤"等同视之,盖二者皆降妖伏魔、驱邪灭鬼之神也。

若追溯佛教重视端午说法的缘由,我们认为最重要有原因有二:一者佛教尤其是密教(密宗)与道教一样,都十分重视信众现实利益的诉求,诸如延命长生、福禄富贵之类,且多以仪式坛法为宣教工具④;二者密教经典中也

---

① 《大正藏》卷四九,第 397 页中。
② 《大正藏》卷四七,第 661 页上。
③ 同上书,第 774 页上。
④ 按,这方面有代表性的研究成果是萧登福先生的系列专著,如《道教与密宗》(台北:新文丰出版公司 1993 年版)、《道教术仪与密教典籍》(同前,1994 年版)等,可参看。另,上文所说对端午等节日放假实行制度化的玄宗皇帝,则对道教、密宗都极为崇信。

有"续命法"①、《续命经》②,特别是"五色缕(丝/綖)"的功用,与"续命缕"完全相同。兹举数例密教经文如下:

1. 题为东晋帛尸梨蜜多罗译《佛说灌顶经》卷一二曰:

> 救脱菩萨语阿难言:此诸鬼神别有七千以为眷属,皆悉叉手低头,听佛世尊说是药师瑠璃光如来本愿功德,莫不一时舍鬼神形,得受人身,长得度脱,无众恼患。若人疾急厄难之日,当以五色缕结其名字,得如愿已,然后解结,令人得福。③

《灌顶经》卷一二,实即《药师经》之异本。此处经文,强调的是五色缕的除厄与福功能。所谓五色缕之五色,据《陀罗尼杂集》卷七,是"青黄赤白黑"④。其所系部位,最常见者是"臂"与"项",唐阿地瞿多译《佛说陀罗尼集经》卷四即云:"若罪障重者,用五色缕一咒一结,如是结成一百八结,系病者项,或系臂上,罪障消灭,病即除差。"⑤疑端午"续命缕"系手臂的做法,即源出于此。

2. 隋阇那崛多译《如来方便善巧咒经》曰:

> 若有善男子善女人欲断一切病,当取五色缕结其咒索。……若护自身令安隐者,咒水一百八遍,散于四方,结其界场,取五色缕结咒索带行。⑥

---

① 按,续命法的核心是续命神幡。其法出自药师类经典,用于祈祷药师如来,有延命增寿之效,故称。玄奘法师译《药师琉璃光如来本愿功德经》即说:"时彼病人亲属知识,若能为彼归依世尊药师琉璃光如来,请诸众僧转读此经,然七层之灯,悬五色续命神幡,或有是处,彼识得还,如在梦中,明了自见。"(《大正藏》卷一四,第407页中)而续命神幡的性质其实和续命缕相当,同样有延生、解厄、禳灾等功用。

② 关于佛教方面的《续命经》,今存多为敦煌写本,其思想来源之分析,可参拙撰《〈佛说续命经〉研究》,载《敦煌研究》2010年第5期。另,道教之续命类经典,篇幅短小者除了上文所说《太上玄灵北斗本命延生真经》、《太上玄灵北斗本命长生妙经》外,尚有《太上元始天尊说续命妙经》(《道藏》第1册,第874页中),而其本身就是佛、道思想混合的产物。

③ 《大正藏》卷二一,第538页上。

④ 同上书,第619页下。

⑤ 《大正藏》卷一八,第818页中。

⑥ 同③,第565页下。

此所言"界场",也就是坛场(道教同之),五色缕之类,则是其中不可或缺的法物(器物)之一。

3. 唐一行大师记《大毗卢遮那成佛经疏》卷五则曰:

> 次当作金刚线法。凡作綖,当择上好细具缕,香水洗之极令清净,令洁净童女右合之,合五色缕。当用五如来真言各持一色,然后以成办诸事,真言总加持之。造漫荼罗綖亦尔。五如来色者,谓大日佛加持白色,宝幢持赤色,花开敷持黄色,无量寿持绿色,鼓音佛持黑色。阿阇梨先自取綖三结,作金刚结,用系左臂护持自身。次一一为诸弟子系臂,如是摄受弟子,则入漫荼罗,是离诸障难也。……五色綖者,即是如来五智,亦是信进念定慧五法。以此五法贯摄一切教门,是故名为修多罗。①

此则把五色缕在坛场中的重要性提升到无以复加的地步,因为五色代表的是五如来,是如来五智,是佛法之根本,因此,它可以成办任何事情。

此外,五月五日又是密教炼制药品和驱邪灭蛊最有效的时日之一,《龙树五明论》载:"凡人得之化作大仙药者,五月五日,取牛黄大如雀子,干姜四两,麻八两,黄芩一两,大黄五两,甘草二两。""若人欲作此法时,于五月五日、七月七日,取五色綖,诸咒一返作一结,如是十返作十结。"② "五色綖"者,即五色缕也。综言之,端午时节,若把药、咒及五色缕结合在一起,则密法最有成效。释集成等编宋代曹洞宗高僧释正觉(1091—1157)说《宏智禅师广录》卷四谓:

> 上堂云:五月五日天中节,百草头上看生杀。甘草黄连自苦甜,人参附子分寒热。熏莸难昧双垂爪,滋味那瞒初偃月。圆明了知心念间,摩诃迦叶能分别。③

此则说明诸师善知药性。

两宋时期的佛教丛林,一直十分重视端午节。朝廷方面也常利用这一天

---

① 《大正藏》卷三九,第627页上。
② 《大正藏》卷二一,第957页中、960页中。
③ 《大正藏》卷四八,第36页下。

举行相关法事,《翻译名义集》卷五载:"徽宗皇帝,崇宁三年重午日尝迎请释迦佛牙入内,祈求舍利感应。隔水晶匣,出如雨点,神力如斯。嘉叹何已,因以偈赞。"[①] 真德秀《皇后阁端午贴子词五首》(其四)则谓:"贝叶新传宝藏经,圣心端为福群生。从今物自无疵疠,安用桐君纪药名。"[②] 无论迎请佛牙,还是新译佛经,因了端午这一特定的节日气氛,被赋予的政治意义就显得更加重要了。另外,寺院端午之情状,在时人诗作中也有所体现,如苏轼《端午游真如,迟、适、远从子由在酒局》曰:"一与子由别,却数七端午。……独携三子出,古刹访禅祖。"喻良能《端午至太平寺》说:"客里逢端午,僧廊雨气凉。……糁蒲倾美酒,笑入醉中乡。"[③] 章谦亨《祖教寺》(其二)则谓:"客过端阳欣采艾,僧嫌破衲懒缝针。杯中蒲酒休辞醉,目断青山有远心。"[④] 从诗意可知,在寺院同样要饮菖蒲酒[⑤],真是应了曾丰《端午家集》(其一)那句"未能全免俗"的诗啊!而佛教的某些习俗,也可和端午相结合,比如放生。[⑥]

现在回过头来审视两宋王室所用的端午帖子词,则不难发现它们的写作方式其实与佛道两教的续命法、续命斋(坛)一样,都有相同的特点,那就是表现形态的仪式化。

所谓仪式化,其最基本的特征有二:一曰等级制,二曰意象使用的程序化。

兹先说第一点,其突出表现是帖子词的数量一般是与所奉对象的地位成正比,即先上地位高者,数量也多,反之则后上,数量亦逐次减少,此与前引《翊圣保德传》卷上"所用仪范,量有等差"的精神完全一致。比如夏竦端午帖子词,具体分为御阁(皇帝)十二首、皇后阁七首、郡王阁、淑妃阁各四

---

① 《大正藏》卷五四,第1138页下。

② 《全宋诗》第56册,第34856页。

③ 《全宋诗》第43册,第26953页。

④ 《全宋诗》第62册,第38798页。

⑤ 按,酒多是招待俗客之用,僧人自己多用茶,有时也可僧俗共话茶禅之道,如苏轼《端午遍游诸寺得禅字》谓:"焚香引幽步,酌茗开净筵……道人亦未寝,孤灯同夜禅。"(《全宋诗》第14册,第9282页)

⑥ 苏辙《学士院端午帖子二十七首·太皇太后阁六》(其五)即说:"舟楫宣呼招屈处,禽鱼鼓舞放生中。"(《全宋诗》第15册,第10054页)

首；王珪《端午内中帖子》分为皇帝阁、太上皇后阁各十二首，皇后阁十首，夫人阁九首；苏辙《学士院端午帖子二十七首》的分布情况是皇帝阁、太皇太后阁、皇太后阁各六首，皇太妃五首，夫人阁四首；周麟之《端午帖子词》则为太皇后阁、皇帝阁各六首，皇后阁五首；崔敦诗《淳熙六年端午帖子词》则是皇帝阁六首、皇后阁五首。诸如此类，不复繁举。而某些帖子词表明：皇家过端午节时似有持斋之举，如夏竦《御阁端午帖子》（其六）说："太官角黍迎嘉节，上圣斋居袭美祥。金阙鉴观真绪远，永延鸿庆庇多方。"[①] 晏殊《端午词·升王阁》（其二）则曰："织组文缯载旧仪，晨朝丹扆奉天慈。六斋清素来多福，岁岁今辰侍宴私。"[②] 我们虽不清楚所持斋法是道教还是佛教，但无论哪种斋法，参加仪式的对象，都有等级之分。

次说第二点意象使用的程序化，这主要指端午帖子词使用的民俗意象比较固定和集中，而出现频率最高的，就是续命缕等同型意象。比如，夏竦《御阁端午帖子》十二首，其中六首用到了此类意象；《皇后阁端午帖子》七首则有四首用之；《郡王阁端午帖子》、《淑妃阁端午帖子》各四首，则分别有二首、一首用之（具体诗句见表一，共十三次）。再如欧阳修《端午帖子词·皇后阁五首》三首用之，《端午帖子·夫人阁五首》则二首用之。苏轼《端午帖子词·皇太妃阁五首》三首用之，真德秀《皇后阁端午帖子词五首》二首用之。夸张点说，诗人们创作端午帖子词时首先想到的民俗意象便是"续命缕"之类，因为它们既可祝愿皇家自然生命的绵长，也可祝福社稷的绵长。

与"续命缕"之类同时出现在端午帖子词而比较集中的是"灵符"类意象（包括金箓、长生箓、灵箓、珍符、瑞符等同型意象）。比如，夏竦二十七首端午帖子中有七首使用了此类意象，胡宿三十二首中六首用之（八首用"续命缕"类意象），苏轼二十七首中二首用之（四首用"续命缕"类意象）。有的则把"续命缕"、"灵符"二类意象等而视之，如晏殊十六首帖子词同有六首用了两类意象，汪应辰三十首中则各有三首用之。更多的情况，则是二类意象对举出现，如表一所列诸诗人，大率如此。但在个体写作中，虽说两

---

① 《全宋诗》第3册，北京大学出版社1998年版，第1813页。
② 同上书，第1956页。

类意象各自出现的频率也较高,对举的次数则少得多(参表三)。

个体写作所体现的情感色彩,则要复杂得多,"颂上"主题比较少见。为了更好地说明相关问题,笔者拟先对同一作家相同题材的诗作进行对比,兹举二家为例:

一者晏殊共有十六首端午帖子,全是"颂上"之作,无非歌功颂德,庆幸自己生逢太平盛世之类。有趣的是,在同一题材的作品中,他也有一首个体创作《端午作》,曰:"汨渚沉沉不可追,楚人犹自吊湘累。灵均未免争琼糈,却道蛟龙畏色丝。"① 若把它和前引《端午词·升王阁》(其二)比较一下,则知作者的情感发生了巨大转向。其间"色丝"指"五色丝",乃用典,据梁吴均撰《续齐谐记》曰:

> 屈原五月五日投汨罗水,楚人哀之,至此日,以竹筒子贮米投水以祭之。汉建武中,长沙区曲忽见一人,自云"三闾大夫",谓曲曰:"闻君当见祭,甚善。常年为蛟龙所窃,今若有惠,当以楝叶塞其上,以彩丝缠之。此二物,蛟龙所惮。"曲依其言。今五月五日作粽,并带楝叶、五花丝,遗风也。②

显而易见,晏殊诗的立意全据此而来,但对屈原的态度,则有所不恭,语含调侃之意。当然,这在两宋有关屈子的评论中,是较另类和少见的,意虽新而不正也。

二者苏轼共有《端午帖子词》二十七首,它们悉作于元祐三年(1088),所贴之阁分别是皇帝(哲宗)阁、太皇太后阁、皇太后阁、皇太妃阁以及夫人阁,其中绝大部分属于"颂上"之作,仅极少数作品微有讽谏之意,如《皇帝阁六首》(其五)之"扬子江心空百炼,只将无逸鉴兴亡"、《太皇太后阁六首》(其四)之"愿储医国三年艾,不作沉湘《九辩》文"。③ 其个体写作之《端午游真如,迟、适、远从子由在酒局》则曰:

---

① 《全宋诗》第 3 册,北京大学出版社 1998 年版,第 1956 页。
② 《汉魏六朝笔记小说大观》,上海古籍出版社 1999 年版,第 1008 页。
③ 《全宋诗》第 14 册,北京大学出版社 1998 年版,第 9591 页。

一与子由别，却数七端午。身随彩丝系，心与昌歜苦。今年匹马来，佳节日夜数。儿童喜我至，典衣具鸡黍。水饼既怀乡，饭筒仍愍楚。谓言必一醉，快作西川语。宁知是官身，糟曲困熏煮。独携三子出，古刹访禅祖。高谈付梁、罗，诗力到阿虎。归来一调笑，慰此长龃龉。

本诗作于元丰七年（1084）五月①，东坡与苏辙兄弟情深，但自熙宁十年（1077）中秋分别之后，期间却有七个端午未能共庆了，故此次筠州（今江西高安）相见，感慨良多。既有相见前急切的期盼之情，也有相见后与家人团圆的至极喜悦，特别是看到三个侄儿迟（字伯充，小字梁）、适（字仲南，小字罗）、远（字叔宽，小字阿虎）都活泼可爱，顿觉此前所受的种种不公、各种不快都烟消云散了。诗中同样用到了"续命缕"、"菖蒲"等端午民俗之意象，这说明作为士大夫的苏氏兄弟也未能免俗，但一"苦"字、一"愍"字，无疑点明了两人的贬谪者身份，由此自然而然地想到历史上最伟大的贬谪诗人屈原，进而要解开心中的疑团，为什么自己的满腔爱国情怀得不到应有的尊重和理解？诗人此行，除了兄弟相见外，还有访古刹拜见大愚禅师的目的，想必二人见面之后所讨论的话题，定然涉及了诗人所遇到的种种人生困惑，而且诗人也得到了相当满意的答案（这从"高谈"一词可得到某种推断，而迟、适二人年纪较大，故可把人生哲理相付）。通读全诗，完全体现了苏轼乐观旷达的人生境界。即使有万般苦，也能苦中作乐。

只有个体端午写作的诗人，其相关诗作，则以个性化的情感抒发为特色。如谢逸《端午绝句二首》（其二）云："病臂懒缠长命缕，破衣羞带赤灵符。樽中有酒不得醉，忆着三闾屈大夫。"虽然也用了"续命缕"、"赤灵符"等民俗意象，但诗人内心感受，绝对不是什么公共狂欢，反而欲醉不能的极度冷漠和孤独。再如马廷鸾《次韵洁堂五日》曰：

故国天中节，吾侪日暮年。愁心菖歜苦，悲绪彩丝牵。迭雪虚唐赐，熏风绝舜弦。穷山钉越果，醉摘尚凄然。

---

① 孔凡礼撰：《苏轼年谱》，中华书局 1998 年版，第 621 页。

马廷鸾是宋末著名的忠臣,为人秉性正直,一生勤政爱民,曾从地方官起家而升到宰相的高位。可惜当时大奸臣贾似道当道,把持朝政,把马视为异见,处处压制他,使之饮恨而退。南宋灭亡之后,马廷鸾拒绝与元合作,体现了遗民诗人崇高的民族气节。本诗在今昔对比中反思历史,诗人触物(菖蒲、续命彩丝)生情,运用双关(彩丝之"丝"谐音"故国之思"的"思"、菖蒲之"苦"谐义"心苦"之"苦")等修辞手法,表现出深沉的爱国情怀和复国无望的极度无奈和悲凉。

最后,笔者还要补充一点,即两宋民俗诗创作中和端午情形相同者,尚有立春、元日诗等,其公共写作、个体写作所表现出的民俗风貌、思想感情及创作模式都迥然有别,因此,对于民俗诗创作的这种分野而言,两种端午诗是很有代表的,有进一步关注的必要。

原载《社会科学研究》2013 年第 4 期

禅宗语录与唐传奇

——以《离魂记》、《柳毅传》为中心

在唐传奇与佛教关系之研究,学术界最为关注的是唐传奇故事题材、故事类型与汉译佛典之间的渊源关系①及其主题、叙事艺术、叙事观念所受佛教文化的影响。②事实上,唐传奇对佛教思想的流播也有促进作用,此在禅宗语录的表现尤其突出,由此还形成了不少著名的公案和颂古之作。对此问题,就笔者浅陋所见,目前仅有周以量先生稍有论及,但他重在讨论唐传奇名篇《离魂记》在日本禅林的流播情况。③兹在其基础上,同时检讨《离魂记》、《柳毅传》在中土禅宗语录中的表现及其典型意义之所在。而且,禅师们讨论的话题都是故事的关键情节,前者是"倩女离魂",后者为柳毅传书。

---

① 这方面代表性成果有霍世休:《唐代传奇文与印度故事》(原载《文学》第二卷第六号,1934年。后收入北京大学比较文学研究所编《中国比较文学研究资料:一九一九—一九四九》,北京大学出版社1989年版,第325—354页)、阎云翔:《论印度那伽故事对中国龙王龙女故事的影响》,载郁龙余编《中印文学关系源流》,湖南文艺出版社1987年版,第373—415页等。

② 这方面较新成果有陈引驰《隋唐佛学与中国文学》(百花洲文艺出版社2002年版)、夏广兴《佛教与隋唐五代小说》(陕西人民出版社2004年版)、孙鸿亮《佛经叙事文学与唐代小说研究》(人民出版社2008年版)等。

③ 参周以量:《唐传奇〈离魂记〉在日本禅林中的接受》,《北京大学学报》(哲学社会科学版)2006年第1期。

一、"倩女离魂"

《离魂记》作者陈玄祐,唐大历中人,李剑国先生推断作于建中(780—783)初年。① 最早把"倩女离魂"引入佛教者,可能不是禅宗僧人,而是宋初天台宗义学僧四明知礼(960—1028),宗晓(1151—1214)编《四明尊者教行录》卷四云:"只于业报之身,亦能少分变现,如上古舜帝分身而应二妃,倩女离魂而合为一质。"② 可见知礼是从业报、分身说来解释倩女故事的。而较早把它作为禅宗话头公案者是云门宗洞山守初禅师(910—990)的法嗣福严良雅,雷庵正受(1146—1208)嘉泰四年(1204)编成的《嘉泰普灯录》卷二二载殿院李琛居士:

> 尝谒福严雅禅师,与论倩女离魂,话未终。雅曰:"随他去也。"公曰:"师意如何?"雅曰:"切忌向倩女处著到。"公领悟曰:"元来却在这里。"雅哂之。翌日,同入藏院,时雪窦显禅师为藏主,公曰:"便是藏主那?"显曰:"是。"③

雪窦显,即云门宗高僧重显(980—1052)。重显是云门宗创立者文偃禅师(864—949)的四世法孙(具体法脉传承是:云门文偃→香林澄远→智门光祚→雪窦重显)。福严良雅在云门法系中要高重显一辈,他是文偃的三世法孙(传承关系是:云门文偃→洞山守初→福严良雅),但生卒年不详。而据吕夏卿治平二年(1065)撰《明州雪窦山资圣寺第六祖明觉大师塔铭》,重显是咸平(998—1003)因父母见背后才依益州普安院仁铣师出家④,则知重显任福严寺藏主当在1003年以后。⑤ 即使以1003年计,当时四明知礼已

---

① 参李剑国《唐五代志怪传奇叙录》,南开大学出版社1993年版,第263—264页。
② 《大正藏》卷四六,第293页中。
③ 《大藏新纂卍续藏经》第79册,河北省佛教协会,2006年,第423页上。
④ 参《大正藏》卷四七,第712页中。
⑤ 按,吕夏卿所撰塔铭中没有记载重显任福严寺藏主一事,然铭中谓显是从益州"东出襄阳,至石门聪禅师之席","居三岁,机缘不谐",而《普慧宗杲禅师语录》卷一云:"慈照聪禅师,首山之嗣,咸平中,住襄州石门。"(《大藏新纂卍续藏经》第69册,第626页中),则知重显离开石门寺投福严寺时在咸平六年以后。

44岁,正是年富力强时,故其引"倩女离魂"之事,早于良雅的可能性很大。当然,说得宽泛些,僧人用《离魂记》来接引学人的时间在北宋初。而从李琛居士、良雅禅师讨论"倩女离魂"的佛学内涵分析,良雅旨在截断李琛对自心本性为真为妄,是善是恶的分别心,进而达到真妄不二的境界。

真正使"倩女离魂"变成著名公案者是后来临济宗杨岐派的高僧五祖法演(?—1104)。《嘉泰普灯录》卷一一谓普融知藏:

> 闽之古田人,游方至五祖,随众入室。祖举倩女离魂话问之,有契,呈偈曰:"二女合为一媳妇,机轮截断难回互。从来往返绝踪由,行人莫问来时路。"①

所谓"倩女离魂话",是说以"倩女离魂"故事作为话头来引导普融知藏。南宋法应集、元普会续集《禅宗颂古联珠通集》卷三九"增收"部分,指出五祖话头实质性问题是:"倩女离魂,那个是真底?"普会并注云:"王宙欲娶倩娘为妻,倩父母不许。倩遂卧病在家,王宙将欲远行,月下见倩来,同舟而去,三年后遂生一子。倩遂归父母家,才到门,家中有一倩娘,出来相见,两人遂合成一身。"②此故事情节与《太平广记》卷三五八所引《离魂记》大同小异,只在文字上略有不同,如"三年"、"一子",《太平广记》作"五年"、"两子"③,或普会误记,或别有所本,尚不能遽定。总之,普会注引之故事,出于《离魂记》当无疑义。

自法演之后,倩女离魂作为公案话头,禅宗各家各派都有运用,甚至有以此而开悟者,如《五灯会元》卷一六载慈受怀深(1077—1132)因蒋山佛鉴慧勤禅师(1059—1117):"举倩女离魂话,反复穷之,大豁疑碍,呈偈曰:只是旧时行李处,等闲举着便诮讹,夜来一阵狂风起,吹落桃华知几多。"④有趣的是,怀深为云门宗,慧勤是临济宗杨岐派法演门下的三佛之一(另两位是佛果克勤,1063—1135;佛眼清远,1067—1120),此说明当时各派之间

---

① 《大藏新纂卍续藏经》第79册,第363页下。
② 《大藏新纂卍续藏经》第65册,第724页上。
③ 参(宋)李昉等编:《太平广记》,中华书局1961年版,第2832页。
④ 《大藏新纂卍续藏经》第80册,第348页上。

的传法并非壁垒分明。

有时,参禅弟子也用"倩女离魂"话头来问老师,却常被老师断然否定。如明末清初曹洞宗僧人净柱(1601—1654)所辑《五灯会元续略》卷四"赣州宝华朝宗通忍禅师"条载当时临济宗高僧通忍(1604—1648)事云:"僧问:'倩女离魂,那个是真底?'师便打,僧无语。师曰:'会么。'僧拟议,师又打曰:'切忌私奔。'"① 通忍之"打",其方式显然源自唐代著名禅师宣鉴(780—865)的"德山棒";而"私奔"一词语带双关,一者切合《离魂记》中倩女之魂紧紧私随王宙之场景,二者告诫禅者应摒弃自以为是的一己之见,因为自性是不可言说的。当时曹洞宗僧人道独(1600—1661)所说《宗宝道独禅师语录》卷三则载:"僧问:'倩女离魂,那个是真底?'师云:'大众,看者僧也解怎么问。'"② 此旨在提醒学禅者不要掉入真妄之别的陷阱,应直指本心而见自性之净。

当然,对弟子所问,老师偶有环环相扣而予以回答者。如明末清初临济宗僧超永编《五灯全书》卷三四载曹洞宗僧雪关智訚之事:

> 问:"倩女离魂事若何?"师曰:"月淡花移影。"曰:"未审他是业识是意生?"师曰:"风摇水作波。"曰:"毕竟是一个,是两个?"师曰:"形影不须彰,便脱狐窠白。"曰:"脱却后如何?"师曰:"急急如律令。"③

于此,雪关和尚主要用比喻来回答弟子之问,月光与花影、风吹与水波,实分喻形体之一异殊同之关系及业识(生于无明)与意生身④之相互相成关系。这与前述四明尊者知礼的说法颇多相同之处。不过,智訚所答最后一句"急急如律令",则以道教咒语作喻,意在揭示自性之不可说。

"倩女离魂"作为公案话头流行后,随之而来的颂古之作也层出不穷,如《禅宗颂古联珠通集》卷三九收有9首宋人之作,除了前文所述普融、怀深二

① 《大藏新纂卍续藏经》第80册,第534页下。
② 《大藏新纂卍续藏经》第72册,第748页中。
③ 《大藏新纂卍续藏经》第82册,第281页上。
④ 按,意生身指不假父母精血,唯由心意业力所化生者,他旨在济度众生,经中多指初地以上之菩萨身,其特点是如意受生,随处可得。唐实叉难陀译《大乘入楞严经》卷二即说:"意生身者,譬如意去速疾无碍,名意生身。大慧!譬如心意于无量百千由旬之外,忆先所见种种诸物,念念相续疾诣于彼,非是其身及山河石壁所能为碍,意生身者,亦复如是。"(《大正藏》卷一六,第599页下)《离魂记》之倩女,其随侍王宙之身,亦具有如意而生的特点。

禅师的七言四句颂外,另7首为:

> 两女合为一媳妇,古寺基前幢子竖。仿佛上有陀罗尼,多少行人尽
> 惊怖。(正堂辩)
>
> 纵使百千劫,所作业不忘。因缘会遇时,果报还自受。(或庵体)
>
> 凉宵爱月上危楼,几处笙歌几处愁。歌管未阑愁未歇,忽然天晓一
> 时休。(且庵仁)
>
> 忆昔春风上苑行,烂窥红紫厌平生。如今再到曾行处,寂寂无人草
> 自生。(万庵柔)
>
> 南枝向暖北枝寒,何事春风作两般。凭仗高楼莫吹笛,大家留取倚
> 阑看。(雪庵瑾)
>
> 雪月是同,溪山各异。万福万福,是一是二。(无门开)
>
> 行吊先桃茢,丧车后纸钱。老胡门下客,宁可入黄泉。(虚堂愚)①

按,括号内所标是七位颂古之作者,他们其实分别指正堂明辩(生卒年不
详)、或庵师体(1108—1179)、且庵守仁(生卒年不详)、万庵道颜(1094—
1164)、雪庵从瑾(1117—1200)、无门慧开(1183—1260)、虚堂智愚(1185—
1269)。其中,多为临济宗杨岐派僧人,如明辩、道颜、慧开、智愚等。

明清两代,对"倩女离魂"的颂古之作不胜枚举。兹择其要者10首列
表如下:

僧人名称	禅宗派别	颂古之作	出　处
惟庵德然 (？—1388)	临济宗	数声羌笛最关情,去路遥遥恨不胜。 仿佛暮云归未合,远山无限碧嶒嵘。②	《宗鉴法林》 卷三二
云峰道宁 (1598—1669)③	临济宗	只不只来双不双,微尘刹海亦能彰。 随缘不觉露些子,千古令人恨转长。④	《云峰体宗宁禅 师语录》

---

① 《大藏新纂卍续藏经》第65册,第724页上。

② 《大藏新纂卍续藏经》第66册,第477页上。

③ 道宁生年按《佛光大辞典》(佛光出版社1988年版,第5654页下),卒年据通醉辑《锦江
禅灯》卷九"世寿七十二"(《大藏新纂卍续藏经》第85册,第167页下)推算而得。

④ 《嘉兴大藏经》第38册,第979页上。

续表

僧人名称	禅宗派别	颂古之作	出　处
三宜明盂 （1599—1665）	曹洞宗	离魂倩女忽还家，堂上相逢不较些。 月下错惊梅蕊落，原来上下一枝华。①	《三宜盂禅师语录》卷八
大咸本咸 （？—1677）	临济宗	初三初四月朦胧，不似金钩不似弓。 谁把玉环敲两段，半沉沧海半悬空。②	《宗鉴法林》卷三二
燕居德申 （？—1678）	临济宗	不出户，有生涯，枯枝老干发新丫。 须知别有阳春力，几树婆娑几树华。③	《云山燕居申禅师语录》卷五
天然函罡 （1608—1685）	曹洞宗	倩女离魂事亦奇，娇娆盖代少人知。 拈来勘破山中衲，真假亏他一顿思。④	《庐山天然禅师语录》卷八
丹霞澹归 （1614—1680）	曹洞宗	木人方歌石人舞，一条红线相牵处。 晚风日日送斜阳，依旧不知来与去。⑤	《丹霞澹归禅师语录》卷三
善权达位 （1618—1684）	临济宗	澹烟浓粉作新装，卖尽风流犹是狂。 若遇知音亲道破，腥臊何得污诸方。⑥	《善权位禅师语录》卷下
梅溪福度 （1637—？）	临济宗	香闺寸步不曾离，卖弄风流也大奇。 春雨一帘过别院，无边花柳放新枝。⑦	《东山梅溪度禅师语录》卷七
曹水源禅师 （生卒年不详）	临济宗	佳人睡起懒梳头，秀抹红罗下玉楼。 醉把琵琶弹一曲，断肠春色在南州。⑧	《五灯全书》卷一〇一

从《禅宗颂古联珠通集》卷三九及上表所举可知，有关"倩女离魂"之颂古形式，主要用齐言体（如四言、五言、七言等，尤以七言为多），个别偶用杂言体（如德申之作）。

颂古的说法方式，圆悟克勤于政和年间（1111—1117）所撰《碧岩录》卷一"评唱"指出："大凡颂古，只是绕路说禅，拈古大纲，据款结案而已。"⑨

① 《嘉兴大藏经》第27册，第52页上。
② 《大藏新纂卍续藏经》第66册，第477页上。
③ 《嘉兴大藏经》第40册，第99页下。
④ 《嘉兴大藏经》第38册，第172页中。
⑤ 同上书，第311页上。
⑥ 《嘉兴大藏经》第39册，第925页中。
⑦ 同上书，第407页中。
⑧ 《大藏新纂卍续藏经》第82册，第591页上。
⑨ 《大正藏》卷四八，第141页上。

而"绕路说禅",其实是用"遮诠"（否定）法来阐释古德公案的宗旨所在,是避免正面解说禅旨,周裕锴先生甚至把它视作"宋代一切文字禅的基本特征"①。就前举"倩女离魂"之颂古而言,总体上是符合这一特点的。

不过,寻绎之下,有的颂古意象或多或少可以在《离魂记》中找出些因子。比如德然之作后两句"仿佛暮云归未合,远山无限碧巉嶒",与传奇所说王宙、倩女的离别场景"日暮,至山郭数里"逼似;福度之"香闺"、曹水源禅师之"佳人",显然指代倩女;明盂重在描绘父母对离魂倩女回归时的惊愕之情,它和传奇"异之"所说毫无二致;本咸则把传奇的"夜方半"化为"月朦胧"的诗歌意象。凡此作派,与《禅林宝训》卷四所载重显颂古"美意变弄,求新琢巧"②的风格颇为相似。

此外,有的颂古为了避免直说"倩女"本事而采用借喻修辞。如从瑾用"南枝"、"北枝"暗喻倩女的两种身份:向暖南枝是紧随王宙者,向寒的北枝指病在闺中者。同理,明盂所说上下两种梅,亦当如是观;而澹归颂中的"木人"、"石人",分别喻倩女、王宙,她（他）们的结合,正是出于真挚的爱情（"红线"）。值得注意的是,作为曹洞宗僧,澹归此颂的意象,似取自北宋同派高僧芙蓉道楷（1043—1118）所说:"木女携篮,清风月下;石人舞袖,共贺太平。野老讴歌,知音者和。"③

"倩女离魂"在禅宗语录具有特殊的含义,清初净挺所说《云溪俍亭挺禅师语录》卷一四《漆园指通自序》即把它作为典型公案话头之一,曰:"善言禅者,即倩女离魂、明皇斩阆州守,百家小说,无往不是,况漆园吏耶?"④此话揭示出像"倩女离魂"一类的小说,恰是善禅者喜爱谈论的题材。它从另一角度表明以唐传奇为代表的古典小说对禅宗颂古之作的影响。

---

① 周裕锴:《文字禅与宋代诗学》,高等教育出版社1998年版,第183页。
② 《大正藏》卷四八,第1036页中。
③ 《大藏新纂卍续藏经》第79册,第309页下。
④ 《嘉兴大藏经》第33册,第790页下。又,明如愚《法华经知音》卷五有句云:"如此方擅诸子百家、小说丛谈"（《大藏新纂卍续藏经》第31册,第431页下）,则知净挺所说的"百家",亦指"诸子百家"。

二、"柳毅传书"

　　唐贞元元和之际李朝威所作传奇《柳毅传》，又名《洞庭灵烟传》①，而故事的关键情节就是"柳毅传书"。不过，它进入禅宗语录纯属偶然，而非像倩女离魂那样是僧人们主动引入。据《嘉泰普灯录》卷一一记载，琅琊永起禅师有法嗣号俞道婆："金陵人也，市油餈为业，常随众参问琅琊，以临济无位真人话示之。一日，闻丐者唱《莲华乐》云：'不因柳毅传书信，何缘得到洞庭山。'忽大悟。"②永起禅师，生卒年不详，但他为北宋中叶临济宗杨岐派僧人守端（1025—1072）之法嗣，是方会（996—1049）再传弟子。俞道婆，则为方会第四代法孙，其时代当在北宋末年。作为下层妇女，文化水平自然不高，故永起以临济宗初祖义玄（？—866）"无位真人"③之话头相提撕时，她竟久久不悟。倒是一种特殊而又通俗的艺术形式——莲华乐（"乐"，又作"落"）中有关柳毅传书的唱词使她茅塞顿开而悟得自性本有，不悟，是因为机缘尚未成熟。

　　自俞道婆因缘悟道后，历代都有以"柳毅传书"作话头公案来开悟学人者。如南宋临济宗高僧道冲（1169—1250）所说《痴绝道冲禅师语录》卷一云：

> 上堂，举达磨大师颂云："吾本来兹土，传法救迷情。一华开五叶，结果自然成。"师云："以左道惑民，必杀无赦。然虽如是，不因柳毅传书信，争见龙王宫殿深。"④

道冲意思是说祖师之教（指语言文字）不可执著，但完全抛弃它也不现实，因为它毕竟可使人深入龙宫探取宝藏（比喻契入自性）。对此，元明清禅师多有申述，为清眉目，亦择其要者七种列表如次：

---

① 关于《柳毅传》题名的考证，参李剑国《唐五代传奇志怪叙录》第286—287页。

② 《大藏新纂卍续藏经》第79册，第364页上。

③ 无位真人，禅林指人本具的真如佛性。《临济录》曰："上堂云：'赤肉团上有一无位真人，常从汝等诸人面门出入，未证据者看看。'时有僧出问：'如何是无位真人？'师下禅床把住云：'道！道！'其僧拟议，师托开云：'无位真人是什么干屎橛？'"（《大正藏》第47册，第496页下）

④ 《大藏新纂卍续藏经》第70册，第40页下。又，"不因柳毅"两句七言诗，后来杨岐派高僧惟一（1202—1281）所说《环溪惟一禅师语录》卷一有引用（《大藏新纂卍续藏经》第70册，第375页中），表达的宗旨亦与道冲同。

僧人名称	禅宗派别	话头公案内容	出　处
梵琦 （1296—1370）	临济宗 大慧派	上堂：炉鞴之所多钝铁，良医之门足病夫。不因柳毅传书信，何缘得到洞庭湖。①	《楚石梵琦禅师语录》卷四
圆澄 （1561—1626）	曹洞宗	竖起拂子云："看看，这个是方便。"抚尺一下云："这个也是方便，何以故？不见古人道'向声色里透过，始是实际'？只如离却方便，作么通个消息。"良久云："不因柳毅通消息，怎得家音到洞庭。"②	《湛然圆澄禅师语录》卷三
明雪 （1584—1641）	曹洞宗	（僧）进云："等闲识得东风面，万紫千红总是春。"师云："不因柳毅传书信，怎得家音到洞庭？"③	《入就瑞白禅师语录》卷一
函可 （1611—1659）	曹洞宗	汝等要见佛么？但将平日是非好丑、净秽取舍、种种分别一齐放下，然后随缘安分，事上以敬，驭下以慈，束身以严，处人以和，则人人是佛，处处见佛，各人家里炕上、棹上、锅台上、扫帚头上，无不放大光明，转大法轮，又何须特地？虽然，不因柳毅传书信，何缘得到洞庭湖？④	《千山剩人禅师语录》卷二
灯来 （1614—1685）	临济宗	举外道问世尊……外道赞叹云："世尊大慈大悲（莫谤伊好）开我迷云（不因柳毅传乡信），令我得入（何缘得到洞庭湖）！"⑤	《三山来禅师语录》卷九
真在 （1621—1671）	临济宗	落堂，举沩山前后放仰山三顿棒话问众曰："沩仰父子，一个得体，一个得用，为甚吃棒分？"琪侍者曰："换骨洗肠重整顿，通身是眼，也须参宗。"悦众曰："不因柳毅传书信，云何得到洞庭湖？"师俱不肯。⑥	《山铎真在禅师语录》
如乾 （生卒年不详）	临济宗	柳毅传书，得到洞庭，为甚么泾河龙王日日脚跟不点地？⑦	《憨休禅师语录》卷十

---

① 《大藏新纂卍续藏经》第 71 册，第 566 页上。
② 《大藏新纂卍续藏经》第 72 册，第 785 页中—下。
③ 《嘉兴大藏经》第 26 册，第 754 页中。
④ 《嘉兴大藏经》第 38 册，第 223 页上。
⑤ 《嘉兴大藏经》第 29 册，第 727 页上。
⑥ 同④，第 429 页中。
⑦ 《嘉兴大藏经》第 37 册，第 233 页上。

表中七人所引"柳毅传书"话头，文字略有差异，但其禅学表达形式，主要有两种：一曰表诠法，即从正面对事理进行解释，如梵琦、圆澄、明雪、函可、灯来五人，他们突出了文字（经典载体）虽非般若，却能阐释般若、生起般若的思想进路，故文字般若是不可或缺的方便法门之一。二曰遮诠法，这点已有介绍，不复赘，使用者是真在和如乾。其中，真在对分别执著于体、用之一端者都予以否定，如乾则用反诘语气来检讨柳毅传书的成因，进而批判了泾河龙王的所作所为。

至于颂古之作，重要者有《禅宗颂古联珠通集》卷三九所收的两首：一是黄龙派僧人涂毒智策（1117—1192）之"蓦别相逢铁面皮，浑家丧尽唤孩儿。翻身师子施牙爪，犹落渠侬第二机。咦，且道渠是阿谁"，二是南宋临济宗杨岐派僧人笑翁妙堪（1177—1248）之"柳毅传书只自知，得便宜是落便宜。亲夫爱子都抛却，痛惜深怜乞养儿"。① 二人主要概述了俞道婆悟道后的怪异表现，《嘉泰普灯录》卷一一载其行为：

> 以瓷盘投地，夫傍睨云："你颠耶？"婆掌曰："非汝境界。"往见琅琊，琊望之，知其造诣。问："那个是无位真人？"婆应声曰："有一无位人，六臂三头努力嗔。一擘华山分两路，万年流水不知春。"由是声名蔼著。凡有僧至，则曰："儿，儿。"僧拟议，即掩门。②

智策禅师颂中的"浑家丧尽唤孩儿"隐括的就是俞道婆见僧至时的答语："儿，儿。"僧人如果想辩论，则落入了言诠的陷阱，所以俞道婆掩门以对，意在截断对方的思想流水，促其自我反省而觉悟。妙堪之作正话反说，旨在颂扬俞道婆坚定的出家信念，其中"乞养儿"，指前述唱《莲华乐》的乞丐。因为乞丐的歌唱本来是想乞讨物品，哪知竟使俞道婆彻底悟道且抛弃家庭而遁入空门了呢？

清迦陵性音编《宗鉴法林》卷三四在《禅宗颂古联珠通集》的基础上又辑有两首颂古之作：一是清初曹洞宗僧梅逢大忍（生卒年不详）的"歌

① 《大藏新纂卍续藏经》第65册，第726页上。
② 《大藏新纂卍续藏经》第79册，第364页上。

声传自洞庭春,愁人闻得暗消魂。啼又笑,喜还瞋,倒骑跛鳖趁麒麟",二是同派僧人童求传昱(1638—?)的"凌空明月绝疏亲,动地清风到骨贫。破袖自迷龙洞雨,江湖忍见刻舟人"①。前者重在描绘俞道婆(愁人)听乞丐唱《莲华乐》之后的心理表现和怪异行为;后者纯为绕路说禅,即不写俞道婆的感受,而是先描摹龙女被夫君泾河龙王次子抛弃的痛苦情状(头两句),进而用刻舟人比喻其夫、舅姑为冥顽不化者(后两句),旨在警示证禅者应抛弃迷妄之心,才能自由自在地应对师家机法。当然,俞道婆未悟前也属刻舟人之列。

此外,需要指出的是,有的禅者对俞道婆偶听柳毅传书之莲华乐而悟之事持否定意见。如明末临济宗僧圆信(1571—1647)较定,清人郭凝之汇编《优婆夷志》卷一引憨山德清(1546—1623)评语云:

阿耶谁知这赤条条肉团公,却在十字街头乞儿口里聱。然虽婆从此悟去,合下被人唤做见小利,通身不值半文。为什么后来之者,牵枝带叶,觅子寻爷,干净一场话杷?若还遇明眼觑破,只消道:"闻你会临济白拈禅也,便是哩哩《莲华乐》么?"好教婆穷遮不得连叫"儿儿",莫压良为贱。唱云:"梵位凡庸尽可封,渠无阶级不论功。天然有片惺惺地,叫破沿门一曲中。"②

德清的意思是:俞道婆悟道后竟然对其夫说"非汝境界",这违背了《大般涅槃经》所说的一切众生悉有佛性③,她其实仅是自悟,而没有使他人觉悟,故属"见小利",是小乘自了汉。因此,她根本不能和临济初祖义玄(?—867)的白拈禅④相提并论,她只是执著于语言名相(如哩哩《莲华乐》)而已。

---

① 《大藏新纂卍续藏经》第66册,第485页中。
② 《大藏新纂卍续藏经》第87册,第218页下。
③ 按,德清"梵位凡庸"两句所表达的正是《大般涅槃经》的这一思想。
④ 白拈禅,即白拈贼,二者皆禅林用语,可略称"白拈",用来比喻禅师接引学人时的机巧迅捷。雪窦重显撰《明觉禅师语录》卷二载:"举临济示众云:'有一无位真人,常在汝等面门出入。初心未证据者看看。'时有僧问:'如何是无位真人?'临济下禅床擒住,者僧拟议,济托开云:'无位真人是什么干屎橛?'雪峰闻云:'临济大似个白拈贼。"(《大正藏》卷四七,第676页下)雪峰,即义存禅师(822—908)。其师"德山棒"与义玄"临济喝"齐名,同为唐代南禅"以心传心,不立文字"的传法典型。

　　以上从宋代禅宗语录摭取的两则生成过程与唐传奇有关的话头公案,其实具有一定的典型性。"倩女离魂"话头的生成与士大夫(李琛虽是居士,却担任殿院即殿中侍御史之职)的参禅密切相关,它蕴含的思想层面(如真妄关系、形体关系等)相对复杂;而"柳毅传书"话头的生成则与庶民佛教(俞道婆是普通劳动者)及通俗讲唱(《莲华乐》)有关,它代表的是下层信徒的悟道路径。易言之,就唐传奇在禅林的传播而言,它们可适应不同的信仰对象,既有文化修养高的士大夫,也可以是没有多少文化可言的普通劳动者。至于颂古之作,则多为绕路说禅,主要使用遮诠法。

论寒山诗对黄庭坚的影响

黄庭坚（1045—1105）是最具宋诗特色的诗人，其诗学渊源多样，既受陶渊明、杜甫、韩愈、苏轼等大家的影响，也受王梵志、寒山等白话诗人的影响。其中，寒山诗因语言通俗、说理透彻而广被禅师征用以接引学人[1]，而黄庭坚的参禅悟道、自喻及其书法创作都与寒山诗关系密切。但目前学术界对此等问题的研究仍不充分，故在前贤时彦已有成果[2]的基础上再做些检讨。

一、禅事与书法：黄庭坚接受寒山诗的两大途径

自晚唐曹山本寂禅师（840—901）注释寒山诗之作——《对寒山子诗》流布后，禅门各派别都喜欢谈论寒山子及其诗偈，或以之参禅悟道、上堂说法，或步韵拟作，形式多样，作品层出不穷。单就教内人士而言，著名者如法灯有（910—974）《拟寒山》十首、善昭（947—1024）有《拟寒山诗》十

---

[1] 关于这方面的分析，请参张伯伟：《寒山诗与禅宗》，《禅与诗学》（增订版），人民文学出版社 2008 年版，第 282—309 页。

[2] 按，目前所见较为重要者是陈耀东的《黄庭坚论杜甫与寒山子——兼述杜诗中的佛学禅宗意蕴》（《杜甫研究学刊》2000 年第 2 期），但陈先生论述的重点在杜甫与寒山子之关系而非黄庭坚、寒山子之关系。另，曹汛《寒山诗的宋代知音——兼论寒山诗在宋代的流布和影响》（《中国典籍与文化论丛》第四辑，中华书局 1997 年版，第 121—133 页）梳理了一些黄庭坚与寒山诗的材料，虽可参考，却无具体分析。

首、守卓有（1065—1023）《拟寒山诗》四首、怀深（1077—1132）有《拟寒山诗》一百四十八首、法忠（1084—1149）有《补寒山诗》三百首等；士大夫阶层，当时大诗人如王安石（1021—1086）、苏轼（1036—1101）亦有拟作。黄庭坚受时代风气的浸染，对寒山诗同样十分喜爱。不过，他的接受途径不太一样，主要表现为禅事与书法。

　　黄庭坚是被灯录列入宋代临济宗黄龙派法嗣的著名文士，他是黄龙派创立者慧南（1002—1069）的法孙。其师晦堂祖心（1025—1100）为慧南嫡传，慧南示寂后，祖心则继席住持黄龙山达十二年之久。南宋临济宗杨岐派僧人释晓莹于绍兴二十五年（1155）所撰《罗湖野录》卷上云：

　　　　太史黄公鲁直，元祐间丁家艰，馆黄龙山。从晦堂和尚游，而与死心新老、灵源清老，尤笃方外契。晦堂因语次，举孔子谓弟子"以我为隐乎？吾无隐乎尔。吾无行而不与二三子者，是丘也"，于是请公诠释，而至于再，晦堂不然其说。公怒形于色，沉默久之。时当暑退凉生，秋香满院，晦堂乃曰："闻木犀香乎？"公曰："闻。"晦堂曰："吾无隐乎尔。"公欣然领解。①

黄庭坚母亲李氏夫人元祐六年（1091）六月病逝于京城开封，秋，始护母丧归分宁。至元祐八年（1093）九月，居丧期满。释觉岸（1286—？）元至正十四年（1354）编成的《释氏稽古略》卷四，则把黄庭坚师事晦堂和尚的时间定在元祐六年。②事实上，黄庭坚护丧到达分宁的时间是在元祐七年正月八日③，故笔者以为诗人参晦堂而得悟当在元祐七、八年之间。

　　祖琇隆兴二年（1164）撰出的《隆兴佛教编年通论》（简称《隆兴编年通论》、《编年通论》、《通论》）卷二〇又载：

　　　　昔宝觉心禅师尝命太史山谷道人和寒山子诗，山谷诺之，及淹旬不

---

① 《大藏新纂卍续藏经》第 83 册，第 376 页上—中。
② 参《大正藏》卷四九，第 877 页中。
③ 按，黄山谷《与德举宣义》云："别来日欲作书，以近乡里，处处宾客来吊祭，略无暇日。以正月八日到家，亲宾至今未间。"参（宋）黄庭坚著，郑永晓整理：《黄庭坚全集辑校编年》，江西人民出版社 2011 年版，第 663 页。

得一辞。后见宝觉,因谓"更读书作诗十年,或可比陶渊明;若寒山子者,虽再世亦莫能及"。宝觉以谓知言。山谷吾宋少陵也,所言如此。大凡圣贤造意,深妙玄远,自非达识洞照亦莫能辨。尝深味其句语,正如天浆甘露自然淳至,决非世间济以盐梅者所能仿佛也。近世妄庸辈,或增其数而秽杂之,呜呼惜哉! [1]

"宝觉心禅师"即晦堂祖心,"宝觉禅师"是他示寂后的谥号。祖心命黄庭坚和寒山诗,至少表明前者对寒山诗特别看重;而黄庭坚的谦逊之言,说明寒山诗妙境实难企及。祖琇把黄庭坚比宋代杜甫,旨在表达他对时人随便拟作寒山诗这一现象的强烈不满和批评。

有趣的是,《宝觉祖心禅师语录》就载有晦堂和尚以寒山诗上堂说法之事,如:

> 举寒山道"我闻释迦佛,不知在何方。思量得去处,不离我道场"。师曰:"是什么思量,释迦老子在甚处? 试定当看。"[2]

又如:

> 举寒山道"欲得安身处,寒山可长保。微风吹幽松,近听声愈好。下有斑白人,喃喃读黄老。十年归不得,忘却来时道"。僧问:"作么生是来时道?"师指香炉曰:"看,寒山来也,见么?"僧曰:"好个香炉。"师曰:"惭愧。"师又问:"是尔,适来从什么处来?"僧曰:"寮中来。"师曰:"从寮中来底,如今是记得,是忘却?"僧曰:"只是自己,更说什么记忘?"师曰:"将谓失却,元来却在。"[3]

其中,前者所举寒山诗属于寒山诗集以外的佚诗,而山谷同门灵源惟清禅师(?—1117)对它亦有引用,南宋释师明集《续古尊宿语录》卷一《灵源清禅师语》载:

---

[1] 《大藏新纂卍续藏经》第75册,第209页中。
[2] 《大藏新纂卍续藏经》第69册,第221页上。
[3] 《大藏新纂卍续藏经》第69册,第222页上—中。

四月八，举寒山子道"常闻释迦佛，未知在何方。思量得去处，不离我道场"。寒山恁么道，作么生说个思量底道理？若以有心思，有心属妄想，即堕增益谤；若以无心思，无心属断灭，即堕减损谤；若以不有不无思，即堕相违谤；若以亦有亦无思，即堕戏论谤。离此四谤，合作么生体会？会得则释迦老子时时降诞，不待云门打杀，自然天下太平。其或未然，殿上烧香齐合掌，更将恶水蓦头浇。①

虽然惟清所引寒山诗与其师晦堂所引在文字上略有差别（见引文之加着重号部分），但诗意并无太大区别。"四月八"，是著名的佛诞节，此日上堂说法，惟清竟然要求僧众对佛教创始人释迦牟尼的思（纪念）应离四句分别法（四句分别，是指用肯定、否定、复肯定、复否定等四句来分别诸法的思维方法），如此才能契悟本心，见性成佛。易言之，无论晦堂师徒，都喜爱用寒山诗参禅悟道，提撕学人。

南宋雷庵正受（1146—1208）嘉泰四年（1204）编成的《嘉泰普灯录》卷六又载漳州保福本权禅师：

临漳人也，性质直而勇于道，乃于晦堂举拳处彻证根源，机辩捷出。山谷黄太史初有所入，问晦堂："此中谁可与语？"堂曰："漳州权，师方督役开田。"山谷同晦堂往致问曰："直岁还知露柱生儿么？"曰："是男是女？"谷拟议，师挥之。堂谓曰："不得无礼。"师曰："这木头，不打更待何时？"谷大笑。后归里，陆沈山寺。郭功甫倅漳过山谷，谷力称彼有权道者，深得晦堂之道，公宜见之。郭抵郡访寻，人无识者，后得之，命住保福。

上堂，举寒山偈曰"吾心似秋月，碧潭清皎洁。无物堪比伦，教我如何说"，老僧即不然："吾心似灯笼，点火内外红。有物堪比伦，来朝日出东。"传者以为笑，黄龙死心见之，叹曰："权兄提唱若此，诚不负先师所付嘱也。"②

① 《大藏新纂卍续藏经》第68册，第364页中。
② 《大藏新纂卍续藏经》第79册，第326页下—327页上。

本权亦山谷同门。山谷悟入后,其师祖心竟然让二人相互印证。黄庭坚对本权同样尊崇,当他回到漳州后,恰逢自己的好友——当时著名诗人郭功甫(即郭祥正,1035—1113)要赴任漳州,故极力荐之,郭氏终得延请其住持保福院。而本权上堂说法,虽反用寒山诗意,却得到了另一同门悟新死心禅师(1043—1114)的高度称赏。由此推断,寒山诗是晦堂及其门下参禅悟道中的一剂妙药良方。

惠洪(1071—1128)大观元年(1107)撰出的《林间录》卷上又谓:

> 山谷禅师每曰:"世以相貌观人之福,是大不然。福本无象,何以观之? 惟视其人量之浅深耳。"又曰:"观人之寿夭,必视其用心。夫动入欺诳者,岂长世之人乎? 寒山子曰'语直无背面'、'心真无罪福',盖心语相应,为人之常然者。而前圣贵之,有以见世道交丧,甚矣!"[①]

从黄龙派法系言,惠洪、山谷都是慧南法孙,因为前者之师真净克文(1025—1102)和晦堂祖心辈分相同。其中,山谷所引"语直无背面"一句,还被他书写后用赠瀍耸上座。[②] 而"心真无罪福"一句,摘自寒山"我见凡愚人,多畜资财谷。……狂风不动树,心真无罪福。寄语兀兀人,叮咛再三读"。[③]

除了在禅事活动中接受寒山诗外,作为当时四大书家之一的黄庭坚,还在书法创作中使用寒山诗。惠洪早就指出:"此寒山诗也,以山谷尝喜书之,故多为林下人所得。"[④] 如他书赠瀍耸上座的寒山诗中就有"我见黄河水,凡经几度清。水流如激箭,人世若浮萍。痴属根本业,爱为烦恼坑。轮回几许劫,不解了无明"、"寒山出此语,举世狂痴半。有事对面说,所以足人怨。心真语亦直,直语无背面。君看渡奈河,谁是喽啰汉"、"寄语诸仁者,仁以何为怀。归源知自性,自性即如来"。[⑤] 其中,第一首与通行本《我见黄河水》

---

① 《大藏新纂卍续藏经》第87册,第258页上。

② 据《黄庭坚松风阁诗寒山子庞居士诗》(西泠印社出版社2011年版,第21页),本句原作"直语无背面",可能惠洪记有误,或是手民乙误所致。

③ (唐)寒山著,项楚注:《寒山诗注》,中华书局2000年版,第593页。

④ (宋)释惠洪著,[日]释廓门贯彻注,张伯伟等点校:《石门文字禅》,中华书局2012年版,第1560页。

⑤ 《黄庭坚松风阁诗寒山子庞居士诗》,第15—24页。

句数相同,但文字有别,如最后一句通行本作"只为造迷盲"①;第二首与通行本《寒山出此语》相较,少了末尾两句"冥冥泉中路,被业相拘绊",且文字有异,如第二句后者作"复似颠狂汉",第五、六、七句的"语亦"、"语"、"君看",后者则作"出语"、"心"、"临死"②;第三首则摘自"寄语诸仁者,复以何为怀。达道见自性,自性即如来。天真元具足,修证转差回。弃本却逐末,只守一场獃"③的前半部分,文字上略有不同。

由于黄山谷经常书写寒山诗以赠学人,甚至后世有把它误为山谷诗者。如史季温注指出集中《杂吟》"城中蛾眉女,珂佩响珊珊。鹦鹉花间弄,琵琶月下弹。长歌三日绕,短舞万人看。未必长如此,芙蓉不耐寒":"此诗亦见《寒山子诗集》中,恐非山谷作。"④与通行本寒山诗比较,二者仅个别文字有异,如"珂"、"响"、"间"、"绕",后者作"珠"、"何"、"前"、"响"⑤,然意义无大别也。

黄庭坚元符元年(1098)至三年(1100)被贬戎州期间,作有《戏题戎州作予真》曰:"前身寒山子,后身黄鲁直。颇遭俗人恼,思欲入石壁。"⑥面对险恶的政治打击,山谷道人却能寒山子后身自喻,可见诗人对寒山子其人其诗的崇敬之情,并有以寒山子精神相激励的深刻用意。对此,惠洪《跋山谷云峰悦老语录序》颇值得注意:

> 山谷笔回三峡,不露一言;云峰舌覆大千,更无剩法。昔日龙山父子,虽被热瞒;今朝虎溪儿孙,广增冷笑。咄!寒山子道底!⑦

云峰悦老,即北宋临济宗高僧文悦(998—1062),据《禅林宝训》卷一载晦堂和尚说:

① 《寒山诗注》,中华书局 2000 年版,第 669 页。
② 同上书,第 609 页。
③ 同上书,第 615 页。
④ (宋)黄庭坚撰,(宋)任渊等注,刘尚荣点校:《黄庭坚诗集注》,中华书局 2003 年版,第1423 页。
⑤ 同①,第 47 页。
⑥ 《黄庭坚全集辑校编年》,江西人民出版社 2011 年版,第 963 页。
⑦ 《石门文字禅》,中华书局 2012 年版,第 1551 页。

> 黄龙先师昔同云峰悦和尚,夏居荆南凤林。悦好辩论,一日与衲子作喧,先师阅经自若,如不闻见。已而悦诣先师案头,瞋目责之曰:"尔在此习善知识量度耶?"先师稽首谢之,阅经如故。①

两相对照,可知惠洪所说文悦其人确实好辩,而山谷道人则有师祖慧南的遗风,大有八风不动的境界。故惠洪对黄庭坚所作《云峰悦老语录序》评价极高,认为它和寒山诗所说同臻至境。

二、典故与信仰:寒山诗影响黄庭坚的两大层面

至于寒山诗对黄庭坚的影响,可分成两大层面:一曰"技",其突出表现是用典;二曰"道",其主要表现为人生信仰,或曰人生观。

兹先论第一点。不过,需要指出的是,山谷道人以寒山诗入典并非始于元祐七、八年间参晦堂悟道以后,此前他已有不少作品化用寒山诗语汇,如元丰元年(1078)《古诗二首上苏子瞻》(其一)云:"江梅有佳实,讬根桃李场。"任渊注曰:"《寒山子诗》:昨晚何悠悠,场中可怜许。上为桃李径,下作兰荪渚。此句并摘其字。"②再如元丰七年(1084)所作《法安大师塔铭》曰:"土牛耕石,终不得稻。"③此四言句则典出寒山《默默永无言》的最后两句"土牛耕石田,未有得稻日。"④而"稻"是双关,谐音"道","得稻"比喻"得道"。

山谷道人对寒山诗语典的运用,多为正用,即诗人所表达的语义与原文基本一致。如:(1)《奉和文潜赠无咎,篇末多以见及以"既见君子,云胡不喜"为韵》(其一)曰"本心如秋月",任渊注:"《寒山子诗》:'吾心似秋月,碧潭清皎洁。'"⑤(2)《子瞻去岁春侍立,迩英、子由秋冬间相继入侍,作诗各述所怀,予亦次韵四首》(其一)曰"江沙踏破青鞋底",任渊注:"《寒山子

---

① 《大正藏》卷四八,第1020页下。
② 《黄庭坚诗集注》,中华书局2003年版,第47页。
③ 《黄庭坚全集辑校编年》,江西人民出版社2011年版,第387页。
④ 《寒山诗注》,中华书局2000年版,第183页。
⑤ 同②,第152页。

诗》曰：'浪行朱雀门，踏破麻鞋底。'"①（3）《次韵答秦少章乞酒》曰"卧起一床书"，任渊注："《寒山子诗》：'家中何所见，惟见一床书。'"②（4）《再和答为之》曰"自状一片心，碧潭浸寒月"，史容注："《寒山子诗》：'我心似秋月，碧潭清皎洁。'"③（5）《和孙公善李仲同金樱饵唱酬二首》（其一）曰"百年风吹过，忽成甘蔗滓"，史容注："《寒山子诗》：'更足三千年，还如甘蔗滓。'"④（6）《即来》曰"千里与昨日，一种并成灰"，史季温注："《寒山子诗》：'始忆八尺汉，俄成一聚尘。'"⑤（7）《和东坡送仲天贶王元直六言韵》（其五）曰"百草无情自春"，史季温注："《寒山子诗》：'黄泉无晓日，青草自知春。'"⑥当然，也偶有反用者，如《代书寄翠岩新禅师》云"八风吹不得，处处是日用"，任渊注："《寒山子诗》曰：'寒山无漏岩，其岩甚济要，八风吹不动，万古人传妙。'此反而用之。"⑦

　　而寒山诗对黄山谷人生信仰层面的影响是根本性的，对此，黄庭坚还把寒山并列为自己心目中最欣赏的两大佛教居士之一。其约作于建中靖国元年（1101）至崇宁二年（1103）离戎州至荆渚时期的《再答并简康国兄弟四首》（其二）即说："妙舌寒山一居士，净名金粟几如来。"⑧寒山的特点是"妙舌"，即诗歌内容蕴含着丰富的人生哲理，难怪山谷谪居戎州时期会在自画像上题诗自喻为"前身寒山子"；净名即维摩诘，其特点在"示疾"（病），作于建中靖国元年《病起荆江亭即事十首》（其一）则说："翰墨场中老伏波，菩提坊里病维摩。"任渊注曰："两句皆山谷自道。"⑨

　　到底寒山诗中的哪些思想因素彻底地折服了山谷道人呢？其《跋寒山诗赠王正仲》交待得十分清楚："此皆古人沃众生业火之具。余闻王正仲闭

---

① 《黄庭坚诗集注》，中华书局2003年版，第258页。
② 同上书，第279页。
③ 同上书，第967页。
④ 同上书，第1113页。
⑤ 同上书，第1436页。
⑥ 同上书，第1482页。
⑦ 同上书，第700页。
⑧ 《黄庭坚全集辑校编年》，江西人民出版社2011年版，第1192页。
⑨ 同①，第515页。

关不交朝市之士。其子铸参禅学道,不乐火宅之乐。"① 言下之意为,寒山诗是对治众生痛苦的妙方良药,极有助于世人参禅悟道。对此说法,晚明高僧达观真可(1543—1603)《紫柏尊者全集》卷一二《释毗舍浮佛偈》中给予高度认同,曰:

> 宋黄庭坚,号山谷,有贵人以绢求山谷书自所作文,山谷笑曰:"庭坚所作文乌足宝,惟寒山诗乃沃火宅清凉之具。"遂书与之。复嘱之曰:"寒山诗虽佳,然源从七佛偈流出。"故山谷凡所行乐之地,书七佛偈最多。②

考山谷《跋七佛偈》有云:

> 予往时观七佛偈于黄龙山中,闻钟声,见古人常愿手书千纸以劝道缘,而世事匆匆,此功未办。苏台刘光国欣然请施石刻之,传本何啻千纸也。
>
> 七佛所说偈,盖禅源也。浅陋者争骛于末流而不知归,故余数为丛林中书此偈。③

则知真可所说并非空穴来风,确有依据。更为重要的是,真可揭示了寒山诗的佛学渊源在于七佛偈。所谓七佛偈,也叫七佛通戒偈(即过去七佛都遵行的戒偈),据隋智者大师(538—597)《妙法莲华经玄义》卷二,其内容为:"诸恶莫作,众善奉行。自净其意,是诸佛教。"④ 后秦竺佛念译《出曜经》卷二五对它有详细的解说:

> "诸恶莫作"者,诸佛世尊教诫后人三乘道者,不以修恶而得至道,皆习于善自致道迹,是故说曰"诸恶莫作"也。"诸善奉行"者,彼修行人普修众善,唯自璎珞具足众德,见恶则避,恒修其善。所谓善者,止

---

① (宋)黄庭坚著,屠友祥校注:《山谷题跋校注》,上海远东出版社 2011 年版,第 253 页。
② 《大藏新纂卍续藏经》第 73 册,第 245 页中。
③ 同①,第 5 页。
④ 《大正藏》卷三三,第 695 页下。

观妙药,烧灭乱想,是故说曰"诸善奉行"。"自净其意"者,心为行本,招致罪根,百八重根、难解之结,缠裹其心,欲怒痴盛、憍慢悭嫉,种诸尘垢。有此病者,则心不净。行人执志,自练心意使不乱想,如是不息,便成道根,是故说曰"自净其意"也。"是诸佛教"者,如来演教禁戒不同,戒以检形,义以摄心。佛出世间,甚不可遇,犹如优昙钵花亿千万劫时时乃有,是故如来遗诫教化,圣圣相承以至今日。禁诫不可不修,惠施不可不行,吾所成佛王三千者,皆由禁诫惠施所致也,是故说曰"是诸佛教"。①

易言之,黄庭坚认为七佛偈要求修道者明辨善恶,持律谨严,而这才是参禅的正道。考诗人元丰七年(1085)三月过泗州僧伽塔时作有《发愿文》,其中透露了作者深刻的忏悔意识和立志守戒的誓愿:

> 菩萨师子王,白净法为身。……我今称扬,称性实语,以身语意,筹量观察,如实忏悔:我从昔来,因痴有爱;饮酒食肉,增长爱渴;入邪见林,不得解脱。今者对佛,发大誓愿:愿从今日尽未来世,不复淫欲;愿从今日尽未来世,不复饮酒;愿从今日尽未来世,不复食肉。设复淫欲,当堕地狱,住火坑中,经无量劫。一切众生,为淫乱故,应受苦报,我皆代受。设复饮酒,当堕地狱,饮洋铜汁,经无量劫。一切众生,为酒颠倒,应受苦报,我皆代受。设复食肉,当堕地狱,吞热铁丸,经无量劫。一切众生,为杀生故,应受苦报,我皆代受。②

据此,山谷发愿持戒的内容主要为:即不淫、不饮酒和不杀生。而事情的起因是作者年青时曾作艳词而受到云门宗僧人圆通法秀(1027—1090),其约作于元祐元年至六年(1086—1091)任职馆阁期间的《小山集序》即云:"余少时间作乐府,以使酒玩世,道人法秀独罪余'以笔墨劝淫,于我法中当下犁舌之狱'。"③《嘉泰普灯录》卷二三谓山谷听后:

---

① 《大正藏》卷四,第741页中—下。
② 《黄庭坚全集辑校编年》,江西人民出版社2011年版,第384—385页。
③ 同上书,第619—620页。

悚然悔谢,由是绝笔。惟孳孳于道,著《发愿文》,痛戒酒色,但朝粥午饭而已。往依晦堂祖心禅师,乞指径捷处。①

此把山谷道人"写艳词→忏悔发愿→问道祖心"的心路历程交待得一清二楚。事实上,自《发愿文》之后的近二十年,黄庭坚在日常生活中基本上是严守誓愿的。其《次苏子瞻和李太白浔阳紫极宫感秋诗韵追怀太白子瞻》即云:"我病二十年,大斗久不覆。"任渊注曰:"山谷作《发愿文》,戒酒肉,盖元丰甲子岁至崇宁壬午,几二十年。"又曰:"因之酌苏李,瓣肥社醅熟。"任渊注曰:"别本注云:'予少病,不能食,暂开酒肉。'故云。"②凡此表明:山谷自1085—1102年间,确实坚守了近二十年的持戒生活。但被贬戎州、宜州等地后,因南方瘴气致病,他才偶开酒肉之戒。任渊在《谢何十三送蟹》题下注曰:"山谷出峡后,以病故,颇开荤酒之戒。"③对此现象,孙海燕总结道:"虽然开了酒肉之戒,却并不说明他的信仰改变了。从《发愿文》开始,终其一生,山谷都是将自我形象定位为'在家僧'。"④其言良是。

对山谷的持戒谨身,后世教内评价颇高。明朱时恩崇祯五年(1632)辑刊之《居士分灯录》卷下即赞之曰:"黄山谷护戒如护明珠,参禅如参铁壁,事师友不啻事父兄,劝同志不啻劝子弟,现宰官身续佛慧命,若而人者庶几无愧。"⑤元贤(1578—1657)《净慈要语》卷下《戒杀生》则曰:"昔黄山谷作颂曰:'我肉众生肉,形殊体不殊。元同一种性,只是隔形躯。苦恼从他受,肥甘为我须。莫教阎老判,自揣看何如。'戒杀之意,斯颂尽之矣。"⑥清观如辑《莲修必读》则引有黄山谷《戒杀颂二首》,其中第一首与元贤所引文字大同小异,如前者"形"、"隔"后者作"名"、"别";第二首则为四句偈,曰:"劝君休杀命,背面复生瞋。吃他还吃汝,寻环作主人。"⑦不过,项楚先生认

---

① 《大藏新纂卍续藏经》第79册,第427页中。
② 《黄庭坚诗集注》,中华书局2003年版,第599页。
③ 同上书,第615页。
④ 孙海燕:《黄庭坚的〈发愿文〉与〈华严经〉》,《文学遗产》2007年第3期。
⑤ 《大藏新纂卍续藏经》第86册,第559页上—中。
⑥ 《大藏新纂卍续藏经》第61册,第826页下。
⑦ 《大藏新纂卍续藏经》第62册,第844页中—下。

为第一首原是王梵志诗:"小有异同者,传录异文耳。"① 暂且不论历史真相如何,教内人士把它归于山谷名下,至少说明它真实地反映了黄庭坚的佛教思想与情感。

南宋末志磐所撰《佛祖统纪》卷四六"绍圣三年"(1096)条又载:"黄庭坚谪居黔南,制酒绝欲,读《大藏经》凡三年。常曰:"利衰毁誉,称讥苦乐,此之八风于四仪中未尝相离,虽古之元圣大智,有立于八风之外乎? 非学道不知也。"志磐并注云:"《大般若经》云:菩萨所行于利于衰于毁于称于讥于苦于乐,平等不变。"② 此虽解决了八风不动的佛教语源,但联系前述山谷《代书寄翠岩新禅师》"八风吹不得"之任渊注,则知其近源实出于寒山诗。寒山诗所表现的荣辱不惊、任运随缘的生活态度,也是黄龙禅法特色之一,南宋净善重集《禅林宝训》卷四即载:"黄太史鲁直尝言:黄龙南禅师器量深厚,不为事物所迁,平生无矫饰。门弟子有终身不见其喜怒者。虽走使致力之辈,一以诚待之,故能不动声气而起慈明之道,非苟然也。"③ 后来真可《紫柏尊者全集》卷一五《跋黄山谷集》则说:

> 此集如水清珠,浊波万顷,投之立澄;如摩尼宝,饥寒之世得之,主病即愈。盖此老不特尊其所知、行其所知而已,且能掉臂格外作狮子吼者也。观其于宠辱关头,死生路上,跳踯自在,若夜光之珠宛转于金盘之中,影不可留;如水天荡漾于太清之内,光无定在。④

显而易见,真可评价山谷其人其诗其文的着眼点,与山谷对慧南的评价何其相似!

惠洪对于山谷的书法创作评价极高,其《跋山谷笔古德二偈》云:"觉思示山谷在华光时笔,此翁以笔墨为佛事,处处称赞般若,于教门非无力者也。"⑤ 此即指明山谷书法所具有的丰富的佛禅蕴含。其中,"笔墨"云云,

---

① (唐)王梵志著,项楚校注:《王梵志诗校注》(增订本),上海古籍出版社 2010 年版,第 628 页。
② 《大正藏》卷四九,第 418 页中。
③ 《大正藏》卷四八,第 1036 页上。
④ 《大藏新纂卍续藏经》第 73 册,第 272 页下。
⑤ 《石门文字禅》,中华书局 2012 年版,第 1558 页。

实包括诗、文、书、画等用广义"文字"符号的艺术形式,也就是"文字般若"之"文字"。文字本身虽非般若,却能阐释般若、生起般若,故称文字般若,佛教并把它作为三种般若(文字般若、观照般若、实相般若)之一。究其实质,即苏、黄所说"文字禅"。[1] 值得注意的是,前引山谷所书"我见黄河水"等寒山诗,恰在元符二年(1099)谪居戎州(今四川宜宾)时所写[2],其时诗人居于城南无等禅院旁的"任运堂",据《任运堂铭》,它得名于《腾腾和尚歌》:"今日任运腾腾,明日腾腾任运。"[3] 此歌即腾腾和尚《了元歌》,它既强调"随运任缘",更强调"烦恼即是菩提,净华生于泥粪"。[4] 而这两点,在寒山诗中也有充分体现。

清初释大奇《观涛奇禅师语录》卷六谓:"秋月从人喻,此心许孰论。寒山诗一卷,细读可招魂。"[5] 黄庭坚之所以自喻为"前身寒山子",根本原因就在于寒山的人生观引起了山谷道人的共鸣,即二人是精神、灵魂上的异代知音。

---

① 关于这方面的详细分析,可参陈志平《文字禅与北宋"诗文书画一体"——以黄庭坚的论述为中心》,《文艺研究》2012 年第 12 期。

② 参《黄庭坚全集辑校编年》,江西人民出版社 2011 年版,第 889 页。

③ 同上。

④ 《大正藏》卷五一,第 461 页中。

⑤ 《嘉兴大藏经》第 36 册,第 771 页中。

第三辑

从敦煌本宋文明《通门论》论道经文体

——兼论佛经文体和道经文体的关系

在敦煌藏经洞所出的道教文献中，P.2861+P.2256 写卷宋文明《通门论》①（简称《通门》，又称《灵宝经义疏》）极其重要。日本著名学者大渊忍尔经过仔细的考辨，从而恢复了佚失已久的陆修静（406—477）所撰的《灵宝经目》，进而从卷帙浩繁的《道藏》中找出了二十多部最早的《灵宝经》②，由此奠定了道教学界研究中古灵宝派的文献基础。

其实，《通门论》在道经文体学的研究上也具有无比重要的史料价值。学术界虽然有人注意到了这一点③，但是未能全面展开讨论。笔者的想法是以《通门论》为中心，同时旁及其他的传世文献，对道经的文体分类、来源、作用及其影响做些力所能及的梳理。

---

① 按，《通门论》全文见李德范辑《敦煌道藏》第 5 册（中华全国图书馆文献缩微复制中心 1999 年版，第 2507—2525 页）。此后引文皆出此，不赘注。

② 参［日］大渊忍尔：《论古灵宝经》，刘波译，陈鼓应主编《道家文化研究》第十三辑，生活·读书·新知三联书店 1998 年版，第 485—506 页。另，对 P.2861+P.2256 残卷的定名，王卡先生表示了怀疑（《敦煌道经校读三则》（同前，第 129 页），笔者以为在没有找到更有利的直接证据之前，大渊先生的观点尚可接受。

③ 参蒋振华：《汉魏六朝道教文学思想研究》，中南大学出版社 2006 年版，第 158—165 页。

一、三洞十二部经典分类法的确立

众所周知,道教经典的分类模式是三洞十二部经与四辅的结合。其中前者的作用(特别是十二部经的说法),若从宗教文体学的视角看,是第一次全面地整理和区分了性质、表现形式迥异的经典;而四辅说的提出,则把道经分出了等级。①

三洞十二部经之分类法的提出和定型,学术界普遍的看法是刘宋道士陆修静所为。近年来,中山大学历史系的王承文博士致力于敦煌所出古灵宝经与晋唐道教史的研究,得出了不少新见。如揭出中古道教“三洞”一词的最初出现,与东晋后期《三皇经》中的“三洞尊神”有关;古灵宝经中已有相当完整的“三洞经书”传授仪式;陆修静的十二部分类以及“三十六尊经”的思想,是早期灵宝派固有的思想等。②但是,这依然否定不了陆氏承前启后的宗师作用。

考陆修静在世的时候,做过两个道经目录:一是元嘉十四年(437)所作的《灵宝经目》,二是宋明帝泰始七年(471)奉诏所上的《三洞经书目录》。然而在后一个经目中,也含有灵宝经的目录。敦煌本宋文明《通门论》中所引陆氏《灵宝经目》,究竟是作于元嘉十四年,还是作于泰始七年呢? 敦煌学界对此是莫衷一是,未能定论,大多数学者主张这个经目属于前者,但日本学者小林正美别出心裁,主张敦煌本《灵宝经目》属于后者。③本人倾向于小林氏的说法。

P.2861+P.2256《通门论》不但保留了陆修静的《灵宝经目》,而且宋文明对陆氏以《灵宝经》为基础所作的十二部分类进行了详细的疏解(按,这部分内容全保存在 P.2256 写卷中)。

---

① 参[日]小林正美:《三洞四辅与“道教”的成立》,陈鼓应主编《道家文化研究》第十六辑,生活·读书·新知三联书店 1999 年版,第 10—21 页,特别是第 20 页。又:考虑到四辅说与道经文体学特别是道经文学的关系不甚密切,故笔者对它不予讨论。

② 王承文:《敦煌古灵宝经与晋唐道教》,中华书局 2002 年版,第 264—265 页。

③ 参[日]小林正美:《六朝道教史研究》,李庆译,四川人民出版社 2001 年版,第 130—136 页。

宋文明其人,具体的生卒年不详。但《太平御览》卷六六六中有曰:

> 宋文同,字文明,吴郡人也。梁简文时,文明以道家诸经莫不敷释,撰《灵宝经义疏》,题曰(目)谓之《通门》。又作大义,名曰《义渊》。学者宗赖,四方延请。长于著撰,讷于口辞。[①]

从中可知,《通门论》撰出的年代在 549—551 年之间。

P.2256 的主体内容,是在解释十二部经的分类依据、来源和作用。宋文明与陆修静的看法,虽大同小异,然详略有别,即宋氏详而陆氏略。为便观览,兹先把两人对十二部经的称名之异同列表如次。

陆修静之十二部经说	宋文明之十二部经说
经之本源	本　文
神　符	神　符
玉　诀	玉　诀
灵　图	灵　图
谱　录	谱　录
戒　律	诫　律
威　仪	威　仪
方　诀	方　法
众　术	众　术
记　传	记　传
玄　章	赞　颂
表　奏	表　奏

宋文明与陆修静的最大不同有二:一者对十二部经的称名略有区别。其中最重要的有两条:一是宋文明将陆修静的"经之本源"改为"本文",并明确指出"本文"自身有两个层面的意义,即"一者叙变文"和"二者论应用"。当然,总括体用的方法,是二人所共用的(按,关于"本文"与"变文",涉及到道教的语言观问题,论述详后);二是把"玄章"改称"赞颂",

---

① (北宋)李昉等撰:《太平御览》,中华书局 1960 年版,第 2975 页。

陆氏说它是"赞诵众圣之法",其定义的着眼点在内容,宋文明则从内容、形式、功用多方面进行定义,甚至还与佛教经典中的相似文体进行比较(具体论述参后文)。至于宋氏将"戒律"改名为"诫律"、把"方诀"改为"方法",基本上是同义词之替换,可以略而不论。二者在具体的解释过程中,宋文明对陆氏的个别观点有所修正。譬如两人对三元与三才关系的分析,就不尽相同。陆修静在《文统》中有云:"混元既判,分为三才,谓之三元。三元既立,五行咸具。"即三才与三元是同一之关系。但宋文明说:

> 《灵宝赤书五符真文》,出于元始之先。即此而论,则三元应非三才之三元,五行非天地之五行也。而此正应是三宝丈人之三元,三元自有五德,不容开三才,既判之三光五行也。何以言之?《九天生神章》云:天地万物,自非三元所育、九元所导,莫能生也。又曰:三炁为天地之首,九元为万物之根。故知此三元在天地未开、三才未生之前也。

可见宋氏眼中的三元与三才,定非同一关系,而是有先后、本末、源流之分。三者宋文明引证的经典更多,其中有在陆修静之后所出者,像宋氏所说的"太清道本无量法门百二十〔□〕(九)条"、"《观身大戒》三百条",即分别指齐梁之际所出的《升玄内教经》和上清派之《上清洞真智慧观身大戒文》中的戒律。[①]

陆修静对十部《灵宝经》正文所作的判别——十二部经分类法。细绎其意,在逻辑顺序上表现出三个突出的特点:一是强调"经之正文"的源、流和体、用之别。从大的方面说,第一部"经之本源"是源、是体,而其余的十一类,则都是由它所派生的,是流是用。宋文明则更进一步,把"体用"范畴运用到了对全部十二部经的解说之中,他对每一部的疏释,皆说有两种含义,其着眼点即主要在于此;二是强调体用一如。如"经之本源"中"自然天书八会之文"共有 1109 字,但属于本源、本体的只有 668 字,而它们本身又可表现为修用四科;三是强调玄圣在道经制作、流播过程中的主导作用,如

---

① 参伍成泉:《汉末魏晋南北朝道教戒律规范研究》(巴蜀书社 2006 年版,第 168、162—163 页)。又,伍成泉博士指出敦煌本《通门论》"太清道本无量法门百二十条"之"百二十"当作"百二十九"及《上清洞真智慧观身大戒文》的源头可能在灵宝派早有其雏形,二论悉是。

陆氏认为"神符"以下的十一部类中有十类都不是常人制作,而是玄圣对自然天书、天道、地道、神道等根本精神所作的阐述。① 由此可知,"经之正文"的来源有两种表现形式:一是自然天书八会之文和自然云篆之文,二是玄圣所述。与此同时,陆修静还特别注意道经的使用场合,突出了仪式、法术等技术性的内容。易言之,道经是"道"与"术"的有机统一。

陆修静以灵宝经文为基础确立了十二部经分类法之后,其分类模式对其他道派的经典分类也产生了重要的影响。如《洞真太上仓元上录》曰:

> 此十二事,备在三乘。三乘之学,各有其人伦,多受名乘,成为号。上洞为大乘,中洞为中乘,下洞为小乘。大略举之,以其事多者为称,譬如目锦,亦以其彩多者立名也。此十二事,又各有十二事:一曰自然文字,二名符策,三曰注诀,四曰图象,五曰谱录,六曰戒律,七曰威仪,八曰方法,九曰术数,十曰记传,十一曰赞颂,十二曰表奏。行十二事者,各有此十二阶。②

按,《洞真太上仓元上录》是上清派的经典,简称《仓元上录》,又名《太清内文》、《玄览宝录》、《人鸟山经》、《玉镜宝章》、《金生策文》、《威武太一扶命》。北周所编《无上秘要》卷四七"受法持斋品"引录其经时题作《洞真紫微始青道经仓元上录》。大渊忍尔先生指出其成书年代在南朝萧梁或稍后。③ 王承文博士则认为可能在刘宋时代。④ 要之,是在陆修静元嘉十四年所撰《灵宝经目》之后吧。本经的特色在于:它将修道分成三阶,即洞真、洞玄、洞神,名为三洞,亦称三乘。每乘各有经戒十二部,其名称显然是承袭陆修静的说法而稍加变异而来,即将陆氏所说的"经之本源"、"神符"、"玉诀"、"灵图"、"众术"更名为"自然文字"、"符策"、"注诀"、"图象"

---

① 按,从前后语境推断,P.2256 写卷在"第十一玄章"后,亦当有"玄圣所述"四字。但这种理解正与否,尚待发现更直接的材料方能证实。

② 《道藏》第 33 册,第 585 页上。

③ [日]大渊忍尔:《道教とその经典》,东京:创文社 1997 年版,第 36 页。又,王宗昱先生则把《洞真太上仓元上录》作为最早提及十二类的经典(参《〈道教义枢〉研究》,上海文化出版社 2001 年版,第 169 页),对此观点,本人未取。

④ 王承文:《敦煌古灵宝经与晋唐道教》,中华书局 2002 年版,第 206 页。

和"术数"。此外,《上清太上开天龙跻经》卷一亦曰:

> 言下界传经者,应化法门十二等事:一者本文,三洞宣说;二者神符,奉宣告信;三者玉诀,示无疑难;四者灵图,图写相好;五者谱录,历代授道;六者戒律,防非禁恶;七者威仪,庠序轨格;八者方法,修行节度;九者术数,隐景贵形;十者记传,传示学人;十一者赞颂,歌诵圣德;十二者章表,章请表奏。①

而这部《上清经》所说的十二等事,与陆、宋二氏所说的十二部经,差别已是微乎其微了。②

陆、宋二人的十二部经之称名,得到了后来者普遍的认同和运用。兹以宋氏说法为主,择取七种代表性的经典进行比较,列表如次(按,若同一经中有不同的命名,悉皆列出。经之顺序,大致依时代之先后):

宋文明之十二部经分类	P.2795《本际经》卷三《圣行品》	《太上洞玄灵宝十号功德因缘妙经》③	《洞玄灵宝玄门大义》④	《道门经法相承次序》⑤	孟安排《道教义枢》⑥	杜光庭《太上黄箓斋仪》卷五二⑦	谢守灏《混元圣纪》卷二⑧
本文	自然本文	本文	本文	本文	本文	自然本文	三洞本文
神符	神符	神符	神符	神符	神符	神符	神符告信
玉诀	宝诀、玉诀	宝诀	玉诀	玉诀	玉诀	宝诀	玉诀秘讳
灵图	灵图	灵图	灵图	灵图	灵图	灵图	灵图图写
谱录	谱录	谱录	谱录	谱录	谱录	谱箓	历代授道

---

① 《道藏》第33册,第731页中—下。

② 按,王宗昱先生在研究《道教义枢》之"十二部"时,认为它们晚于上清派的"十二事"(参《道教义枢研究》,上海文化出版社2001年版,第169—181页),本人对此并不赞同。

③ 《道藏》第6册,第131页中。

④ 《道藏》第24册,第734页中。又,《云笈七籤》卷六对"十二部"的论述(见《道藏》第22册,第38页上—下)全是袭取《洞玄灵宝玄门大义》之"正义第一"与"释名第二",仅是文字稍有不同。

⑤ 《道藏》第24册,第783页上。

⑥ 王宗昱:《道教义枢研究》附录《道教义枢校勘》,第314页。

⑦ 《道藏》第9册,第344页中—下。

⑧ 《道藏》第17册,第801页下。

续表

宋文明 之十二 部经 分类	P.2795 《本际经》 卷三 《圣行品》	《太上洞玄 灵宝十号 功德因缘 妙经》	《洞玄 灵宝玄门 大义》	《道门 经法相承 次序》	孟安排 《道教 义枢》	杜光庭 《太上黄 箓斋仪》 卷五二	谢守灏 《混元 圣纪》 卷二
诫律	戒律	戒律	戒律	诫律	戒律	戒律	戒律防非
威仪	威仪	威仪	威仪	威仪	威仪	威仪	威仪庠序
方法	方法	方法	方法	方法	方法	方法	方法修行
众术	术数	术数	众术	众述(术)	众术	术数	术数隐景
记传	记传	记传	记传	传记	记传	传记	记传传示
赞颂	赞颂	赞颂	赞诵	赞诵	赞颂	赞颂	赞咏歌颂
表奏	章表	章表	表奏	表奏	章表	章表	章表奏请

虽然各家所定的名称与陆、宋二氏小有区别（按，《混元圣纪》的称名虽说较为特殊，它们其实是作者谢守灏对前引《上清太上开天龙跷经》卷一有关"十二事"之经文的缩略），但他们对每一部类的理解并无本质上的差异。

二、三洞十二部经分类的文化渊源

陆修静、宋文明等人所确立的三洞十二部经的分类法，若探究其文化渊源，则相当复杂，可以说它们是中古时期外来佛教文化与本土传统文化相碰撞的产物。

（一）外来佛教文化的影响

在中古出现的诸道经中，灵宝经特别是古灵宝经所受的佛教思想之影响最多。此已为学术界所公认。如：柏夷先生的《灵宝经的来源》，即比较全面地考察了古灵宝经的"度人"思想与支（谦）译大乘佛教经典的关系[①]；神冢淑子的《灵宝经与初期江南佛教》，则进一步考察了古灵宝经的因果报

---

① Stephen R. Bokenkamp, "Sources of the Ling-pao Scriptures", In M. Strickmann ed. *Tantric and Taoist Studies in Honour of R. A. Stein*, Vol.2, pp.434-486, MCB XXI, Brussels, 1983.

应和轮回转生思想和三国时期支谦、康僧会所译佛经的关系[①],小林正美的《中国的道教》,则着重强调了古灵宝经与鸠摩罗什所传译的大乘经典的内在联系[②]。最近出版的王承文先生的博士论文《敦煌古灵宝经与晋唐道教》,在前人的基础上又有所发明[③],笔者于此也曾略加探涉[④]。特别是许里和先生的《佛教对早期道教的影响:经典证据的考察》一文,对笔者的研究启迪尤多。该文择取了东汉至6世纪间的123份道典,详细地讨论了佛教对道教影响的几种表现方式,指出道教对佛教内容借用的类型有三种:一是形式的借用(Formal Borrowing),指的是词汇和文体的吸收,此为最基本的借用;二是概念的借用(Conceptual Borrowing),指的是把佛教的某些名相(如三界等)所表现的义理加以融会;三是综合的借用(Borrowed Complexes),即对佛教的某一系列的宗教概念和实践予以部分的借用和吸收。[⑤]下面主要从两个方面分析外来佛教文化对三洞十二部经的分类法的影响。

1. 三洞和三乘

中古时期所提出的三洞学说,一般的研究者都是把它作为道教文献的一种分类方法。这当然是没有问题的。但是除此之外,"三洞"一词,有无其他的含义呢?

主要活动于武则天时期的僧人玄嶷在其护教著作《甄正论》卷上指出道教:

> 三洞之名,还拟佛经三藏。三洞者,一曰洞真,二曰洞玄,三曰洞神,此之谓三洞。洞者,洞彻明悟之义,言习此三经,明悟道理,谓之三洞。洞真者,学佛法大乘经,诠法体实相;洞玄者,说理契真;洞神者,符禁章醮之类。[⑥]

---

① [日]神冢淑子:《灵宝经と初期江南佛教——因果报应思想を中心に》,《东方宗教》1998年第91期。

② 参[日]小林正美:《中国の道教》,东京:创文社1998年版,第343—346页。

③ 参王承文:《敦煌古灵宝经与晋唐道教》,中华书局2002年版,第31—137页。

④ 参拙撰《〈弘明集〉〈广弘明集〉述论稿》,巴蜀书社2005年版,第576—615页。

⑤ Erik Zürcher, "Buddhist Influences on Early Taoism: A Survey of Scriptural Evidence", T'oung Pao, Vol.66, 1980, pp.84–147.

⑥ 《大正藏》卷五二,第561页上。

对于玄嶷此论,有人嗤之以鼻,如陈国符先生曰:"释子未尝详检道藏,辄论《三洞经》来源,以是所述率误谬不可据。"① 更多的是模棱两可:像大渊忍尔先生一方面认为道教三洞说的缘起不能说是模仿佛教"三藏"而来,同时又指出它和佛教的"三乘说"有关②;尾崎正治先生也是一方面强调"有人以佛教三藏去理解三洞是绝对错误的",但另一方面又认为"三洞说同佛教的三藏也并非毫无关系"③。然据《开元释教录》卷十、《宋高僧传》卷一七,则知玄嶷俗姓杜,幼年入道,因出类逸群,时称杜乂炼师,且被推举为洛都大恒观主。后来武则天归依佛法,玄嶷便弃道入僧,蒙诏剃度,住洛阳佛授记寺,很快升任寺都,并参与译场,协助译经。作为一个"方登极箓"、"游心《七略》,得理《三玄》,道术之流,推为纲领"④ 的道士,他对道教经典的学习和理解当十分深入。特别是他皈依佛教接触了大量的佛典之后,他对两教经典的比较性结论,当有自己的深刻认知,虽然其说法含有鲜明的倾向性,但绝非是毫无文献依据。

考佛教中的"三藏"一词,较早出现在后汉支娄迦谶译《佛说阿阇世王经》卷下,曰:"何谓三藏? 声闻藏,辟支佛藏,菩萨藏。声闻藏者,从他人闻故。所以者何? 闻其音故。辟支佛藏者,缘十二因缘故,以因缘尽而致是。菩萨藏者,入无央数法,而自然逮成佛。"⑤ 另外,本经还有同本异译者,如西晋竺法护译《文殊支利普超三昧经》,该经卷中《三藏品第七》有云:

> 菩萨有斯三箧要藏,何谓三? 一曰声闻,二曰缘觉,三曰菩萨藏。声闻藏者,承他音响而得解脱。缘觉藏者,晓了缘起十二所因,分别报应因起所尽。菩萨藏者,综理无量诸法正谊,自分别觉。又族姓子! 其声闻

① 陈国符:《道藏源流考》,中华书局1963年版,第2页。
② Ofuchi Ninji, "*The Formation of the Taoist Cannon, Facets of Taoism*", in Holmes Welch and Anna Seidel, eds., Facets of Taoism: Esaays in Chinese Religion. New Haven: Yale University Press, 1979, pp.260-261.
③ [日]福井康顺等监修:《道教》第一卷,朱越利等译,上海古籍出版社1990年版,第66、69页。
④ (北宋)赞宁撰,范祥雍点校:《宋高僧传》,中华书局1987年版,第414页。
⑤ 《大正藏》卷一五,第398页上。又,据陈明《梵汉本〈阿阇世王经〉初探》(《新疆师范大学学报》2003年第4期),可知《阿阇世王经》确实早已传入中土。所以,经中有关"三藏"的教义之说,亦定然同时输入。

乘,无有三藏。其缘觉者,亦无斯藏。诸所说法,菩萨究练三藏秘要,因菩萨法而生三藏。声闻、缘觉、无上正真道,故曰三藏。菩萨说法,劝化众生,令处三乘,声闻、缘觉、无上正觉,是故菩萨名曰三藏。有斯三藏,无余藏学。何谓为三?声闻学,缘觉学,菩萨学。何谓声闻学?但能照己身行之相。缘觉学者,是谓中学。行大悲者,谓菩萨学。①

于此,竺法护还用了"藏"之梵文(pitaka)的原义,箧者,藏也。在印度,pitaka 的本义是指盛放东西的箱子、笼子、篮子等器皿。古印度没有纸张,主要把经文刻、写在贝多罗树叶上来保存或传播,由此形成了所谓的贝叶经。因为僧侣常常把贝叶经放在箱子或笼子(即箧藏)中,所以"藏"也就渐渐变成佛典的计量单位乃至代称。然综合前引两种译经,则知它们所说的"三藏",实是指对声闻、缘觉、菩萨等三乘人所说的教法,可以分别命名为声闻藏、缘觉藏、菩萨藏。而且,在具体的宗教实践中,它们尚有高下之分,即菩萨藏的境界最高,缘觉、声闻次之。

本来,"三藏"一词,如果从佛典内容特色的角度理解,是指经藏、律藏和论藏。但是,从教义的深浅和劝化对象的不同,正如前引《阿阇世王经》诸译本所彰显的那样,它又可以作为"三乘"(trīni-yānāni)的同义词。而"三乘"一词,早在两晋的译经中已频繁出现。如竺法护译《正法华经》卷一《善权品第二》即曰:

> 设如来说众生瑕秽,一劫不竟。今吾兴,出于五浊世:一曰尘劳,二曰凶暴,三曰邪见,四曰寿命短,五曰劫秽浊。为此之党,本德浅薄、悭贪多垢故,以善权,现三乘教,劝化声闻及缘觉者。若说佛乘,终不听受,不入不解。无谓如来法有声闻及缘觉道,深远诸难。若比丘比丘尼已得罗汉,自已达足,而不肯受无上正真道教,定为诽谤于佛乘矣。虽有是意,佛平等训,然后至于般泥洹时。诸甚慢者,乃知之耳。②

东晋鸠摩罗什译《大智度论》卷四一则曰:"复次,般若波罗蜜中种种因缘

---

① 《大正藏》卷一五,第418页上。
② 《大正藏》卷九,第69页下。

说空解脱门义,如经中说:若离空解脱门无道无涅槃,以是故三乘人皆应学般若。复次,舍利弗自说因缘,于般若波罗蜜中广说三乘相,是中三乘人应学成。"① 而中土僧人在修行实践中,对三乘观念也有自己的理解。如慧远(334—416)法师的《念佛三昧诗集序》有语曰:"于是洗心法堂,整襟清向,夜分忘寝,夙宵惟勤。庶夫贞诣之功,以通三乘之志。"② 特别是刘宋陆澄所编《法论》第六帙《教门集》中载有多篇探讨"三乘"的论文,如支道林(314—366)的《辨三乘论》,慧远法师的《无三乘统略》,竺法汰(320—387)的《问释道安三乘并书》、《问三乘一乘》(什答),王稚远的《问得三乘》(什师答)。③ 可见即使在东晋佛教的内部,有关三乘的次第、三乘和一乘的关系等问题,也是时人所关心的问题。当然,这和《法华经》所倡"会三归一"、"开权显实"的教法、教义之传播密切相关。

陆修静作为道教三洞学说的集大成者,其所处的时代、地域,皆受到佛教文化的极大浸染。据《三洞珠囊》卷二《敕追召道士品》引马枢《道学传》卷七曰:

> 陆修静,字元德,吴兴东迁人也。隐庐山瀑布山修道,宋明帝思弘道教,广求名德,悦先生之风,遣招引。太始三年三月,乃诏江州刺史王景宗以礼敦劝,发遣下都,先生辞之以疾。频奉诏,帝未能致,弥增钦伫。中使相望,其在必至。先生乃曰:"主上聪明,远览至不肖,猥见采拾,仰惟洪眷俯深,惭惕老子尚委王官以辅周室,仙公替金锡佐吴朝得道,高真犹且屈己,余亦何人,宁可独善乎?"即命弟子陈飘之出都也。初至九江,九江王问道佛得失同异。先生答:"在佛为留秦,在道为玉皇,斯亦殊途一致耳。"王公称善。至都,敕主书计林子宣旨,令住后堂。先生不乐,权住骠骑航扈客子精舍,劳问相望,朝野欣属。天子乃命司徒建安王、尚书令袁粲设广谦之礼,置招贤座,盛延朝彦,广集时英,会于庄严佛寺。时玄言之士飞辩河注,硕学沙门抗论锋出,掎角立释,竞相诘难。先

---

① 《大正藏》卷二五,第363页下。
② 《大正藏》卷五二,第351页下。
③ (梁)释僧祐撰,苏晋仁、萧炼子点校:《出三藏记集》,中华书局1995年版,第435页。

生标理约辞,解纷挫锐,王公嗟扑,遐迩悦服。坐毕,奏议于人主,旬日间又请会于华林延贤之馆,帝亲临幸,王公毕集。先生鹿巾谒帝而升,天子萧然增敬,躬自问道,咨求宗极。先生标阐玄门,敷释流统,并诣希微,莫非妙范,帝心悦焉。王公又问:"都不闻道家说二(三)世。"先生答:"经云'吾不知谁之子,象帝之先,居然有中,既已有先,居然有后。既有先后,居然有中。'庄子云'方生方死',此并明三世,但言约理玄,世未能悟耳。"①

于此,有三点引起了我们的特别注意:一是陆修静修道于庐山,而庐山在晋宋之际乃中国南方的佛教中心之一,前揭慧远法师即驻锡于此。二是九江王问佛道同异时,陆氏的回答颇为有趣。其所说的"留秦",即是过去七佛之第四佛(梵文 Krakucchandha-buddha)之音译拘留秦、俱留秦、鸠留秦佛的略称。②此佛之译名,佛陀跋陀罗(359—429)之后,多音译为"拘留孙佛"。③三是陆氏引老、庄之语来解释佛教的三世观念,虽有狡辩的嫌疑,却进一步表明他对佛典的了解很不一般,应当说相当深入。由此,我们推断陆氏在整理道典时,确实有条件援引、融汇佛教的三乘(三藏)观念。正如有的学者在分析陆修静的新道教思想时所说的那样,虽然"陆修静没有采用'判教'的概念,但是实际上使用了判教的方法",其"总括三洞,为世宗师","就是通过教相判释将上清、灵宝和三皇等各派整合成统一的新道教,自己则成为新道教的领袖"。④这种方法,和《法华经》所倡导的会三归一十分相似。

此外,在陆修静所编的《灵宝经目》中,收录了两部重要的古灵宝经——《太上洞玄灵宝仙公请问本行因缘众圣难经》和《太极左仙公请问

---

① 《道藏》第25册,第305页下—306页上。又,钟国发先生指出《道学传》中所说的江州刺史王景宗当为王景文之误(《陶弘景评传》附《陆修静评传》,南京大学出版社2005年版,第561页),是。

② 音译作"拘留秦"者,如东吴支谦译《佛说老女人经》(《大正藏》卷一四,第912页中)、西晋竺法护译《普曜经》卷五之《迦林龙品》(《大正藏》卷三,第514页中)。作"俱留秦"者,如刘宋沮渠京声(?—464)译《佛说末罗王经》(《大正藏》卷一四,第791页下);作"鸠留秦"者,像南本《大般涅槃经》卷二一(《大正藏》卷一二,第694页上)。

③ 参佛陀跋陀罗译《观佛三昧海经》卷一〇《念七佛品》(《大正藏》卷一五,第693页中)。

④ 钟国发:《陶弘景评传》附《陆修静评传》,南京大学出版社2005年版,第568、576页。

经下》,在今存《道藏》中它们分别题名为《太上洞玄灵宝本行因缘经》、《太上洞玄灵宝本行宿缘经》,经中明确提出了小乘和大乘之分。如前者载有太极左仙公对地仙道士 33 人之语曰:

> 子辈前世学道受经,少作善功,唯欲度身,不念度人,唯自求道,不念人得道。不信大经弘远之辞,不务斋戒,不尊三洞法师,好乐小乘,故得地仙之道。然亦出处由意,去来自在,长生不死,但未得超凌三界,游乎十方。①

后经则曰:

> 昔正一真人学道时,受灵宝斋。道成后,谓此斋尊重,乃撰《灵宝五称文》。中出斋法,为《旨教经》,大同小异,亦次本经斋法也。太乙斋法,于此大斋,玄之玄矣,教初学小乘之阶级耳。宗三洞玄经,谓之大乘之士,先度人,后度身,坐起卧息,常慈心一切。②

由此可知古灵宝经也是从教义之深浅、境界之大小、救度对象之不同等方面来判别教派的高下。其中,三洞经书是大乘,三洞经书之外的则为小乘。易言之,古灵宝经虽然借鉴了佛教的"三乘"观念,但实际上只引进了"大乘"和"小乘",这与后来上清派将"三洞经书"本身分为大乘(洞真)、中乘(灵宝)和小乘(洞神)的做法有着很大的不同。前引玄嶷的言论,反映的正是上清派的三乘观。

2.十二部经和十二分教

陆修静等人对道教"十二部经"的命名,显然借鉴了佛经翻译中的"十二分教",并且同样具有文体分类的功能和作用。③

考汉译佛经的文体分类,主要有两种说法:一曰九分教,二曰十二分教。

---

① 《道藏》第 24 册,第 671 页中。
② 同上书,第 667 页中—下。
③ 关于这方面的研究,可参看姜伯勤《道释相激:道教在敦煌》(《敦煌艺术宗教与礼乐文明》中国社会科学出版社 1996 年版,第 266—320 页,特别是第 293—294 页)以及拙撰《变文讲唱与华梵宗教艺术》(上海三联书店 2002 年版,第 18—19 页)。

但最流行的还是后者,而且传入的时间相当早。如支谦所译《七知经》曰:"诸比丘! 何谓知法? 谓能解十二部经。一曰文,二曰歌,三曰说,四曰颂,五曰譬喻,六曰本起纪,七曰事解,八曰生傅(传),九曰广博,十曰自然,十一曰行,十二曰章句。"①此处是为意译。僧伽提婆于苻秦建元年间(365—385)译出的《增一阿含经》卷三三则谓:"比丘知法,所谓契经、祇夜、偈、因缘、譬喻、本末、广演、方等、未曾有、广普、授决、生经。若有比丘不知法者,不知十二部经,此非比丘也。"②此则音译、意译混用。鸠摩罗什在《成实论》卷一《十二部经品第八》中则音译为:"一修多罗,二祇夜,三和伽罗那,四伽陀,五忧陀那,六尼陀那,七阿波陀那,八伊帝曰多伽,九阇陀伽,十鞞佛略,十一阿浮多达磨,十二忧波提舍。"③而中土士人,也常常用十二部经指代一切佛法,如东晋郗超(336—377)所撰《奉法要》开篇即曰:"三自归者,归佛、归十二部经、归比丘僧。过去见在当来三世十方佛! 三世十方经法! 三世十方僧!"④

由于陆修静对十二部经的含义没有展开充分的讨论,故我们拟以宋文明的具体解说为基础,深入探讨一下那些和佛教关系较为密切的文体。

其一,宋文明论"变文"时所谈及的"顺形梵书",显然是含有统合佛教经典的用意。其谓"条例支流,为六十四种,播于三十六天、十方众域也",指的是印度所使用的64种文字及其书写形态。如西晋竺法护译《普曜经》卷三《现书品第七》中即详列了其名目,曰:梵书、佉留书、佛迦罗书、安佉书、曼佉书、安求书、大秦书、护众书、取书、半书、久与书、疾坚书、陀比罗书、夷狄塞书、施与书、康居书、最上书、陀罗书、佉沙书、秦书、匈奴书、中间字书、维耆多书、富沙富书、天书、龙书鬼书、捷沓和书、真陀罗书、摩休勒书、阿须伦书、迦留罗书、鹿轮书、言善书、天腹书、风书、降伏书、北方天下书、拘那尼天下书、东方天下书、举书、下书、要书、坚固书、陀阿书、得昼书、厌举书、无与书、转数书、转眼书、闭句书、上书、次近书、乃至书、度亲书、中御书、悉灭

① 《大正藏》卷一,第810页上。
② 《大正藏》卷二,第728页下。
③ 《大正藏》卷三二,第244页下。
④ 《大正藏》卷五二,第86页上。

音书、电世界书、驰又书、善寂地书、观空书、一切药书、善受书、摄取书、皆响书。①（按，其中的"秦书"是指汉语言文字，这与历史显然不合，佛典的用意在于显示佛祖的全知全能。）僧祐《出三藏记集》亦曰："仰寻先觉所说，有六十四书，鹿轮转眼，笔制区分，龙鬼八部，字体殊式。唯梵及佉楼为世胜文，故天竺诸国谓之天书。西方写经，虽同祖梵文，然三十六国，往往有异。譬诸中土，犹篆籀之变体乎？案：苍颉古文，沿世代变，古移为籀，籀迁至篆，篆改成隶，其转易多矣。"② 于此，僧祐透露了两个重要的信息：一者六十四书说乃是随着佛典汉译传入中土的；二者僧祐所理解的六十四书，其实是一种类似于汉地篆、籀等形式的书写方法，是字体学的概念。更为重要的是宋文明论变文有六（天书、地书、古文、大篆、小篆、隶书）时，其思路甚至所用文字皆和僧祐的说法颇为相同。只是出发点不一样，宋氏是把佛教纳入了道教的思想体系，而僧祐则是用格义的方法，以中国固有的概念和印度佛教进行比附。当然，若深究起来，则两人都直接利用了东汉许慎《说文解字·叙》中的材料。③

其二，宋文明对于道教诫（戒）律的解说，打上了佛教戒律的深刻印记。如"诫名体者，诫，界也，外也。善恶之心于此为断，为其界域，故言界也。能消诸法，解除众结，故曰外也"，其中的"众结"是从佛典中借用的名词。结者，梵文作 bandhana，也译作"结使"④，意为烦恼。即诸有情众生由于烦恼系缚，不能出离生死苦海。结之种类，诸经说法不一，如《中阿含经》卷三三举出悭、贪二结，《光赞般若经》卷二列出贪身、狐疑、毁戒三结，《增一阿含经》卷二〇又列出欲结、嗔结、痴结、利养结等四种结，《杂阿含经》卷一八则有九结（爱、恚、慢、无明、见、取、疑、嫉、悭）之说。西晋竺法护译《贤劫经》卷一曰："何谓菩萨常备道心？断除非法，奉告等业，消除众结。"⑤ 什译

① 《大正藏》卷三，第498页中。
② 《出三藏记集》，中华书局1995年版，第13页。
③ 按，有关宋文明《通门论》和许慎《说文解字叙》的关系，王承文《敦煌古灵宝经与晋唐道教》（第743—744页）已有讨论，可看。
④ 如《大智度论》卷一曰："一切众生为结使病所烦恼，无始生死已来，无人能治此病者。"（《大正藏》卷二五，第58页下）
⑤ 《大正藏》卷一四，第1页下。

《维摩诘所说经》则曰："稽首住于不共法,稽首一切大导师,稽首能断众结缚,稽首已到于彼岸。"① 由此可知,菩萨修行的目的即在于断灭诸种烦恼,然后才可进入涅槃的境界。

宋文明又说："戒法有二:一者止,心口为誓,从今日始能断众恶,恶于此止,故曰止也;二者行,从今日始,至于道场,常行善行,广为善业。于此常行,故曰行也。止行之戒,有详有略。"他对戒法止、行之二分,则与鸠摩罗什译《大智度论》卷一三中的观点颇显一致,后者有云:"尸罗秦言性善,好行善道,不自放逸,是名尸罗。"② 尸罗,是梵文梵语 sīla 的音译。其动词语根 sīl 有履行之义,转成名词后,则含有行为、习惯、性格、道德、虔敬等诸多义项。在大乘六度中,它属于持戒(戒行)。什译"好行善道",即相当于宋文明所说的"行",而"不自放逸"相当于宋文明所说的"止"。另外,在题为后汉安世高所译的《阿难问事佛吉凶经》中,也有类似的说法,如:"魔世比丘四数之中,但念他恶,不自止恶,嫉贤妒善,更相沮坏;不念行善,强梁嫉贤,既不能为,复毁败人。断绝道意,令不得行。贪欲务俗,多求利业,积财自丧,厚财贱道,死堕恶趣大泥犁中、饿鬼、畜生,未当有此。"③ 只不过,本经是从反面点出了不持戒的严重后果。

其三,宋文明在为"记传"文体追溯其根源时有语曰:"此记则有进(讲)述过去之事,亦有豫记未来之事也。"于此一方面把佛教的三世观念加以糅合,另一方面则用"记传"一体至少涵盖了佛经中的本生、本事和授记等三种文体。本生者,讲述的是佛陀前世的各种修行故事,此在汉译佛经中极其常见,重要的有《六度集经》、《生经》等。本事者,指的是本生经以外的经典中所记载的佛陀及其弟子的前生故事。授记,也作授决、受记、记别、记、预记等,本来是指分析教说,或者用问答体进行解说教理的说法方式,后来专指有关佛弟子未来世证果等事的证言或预言。南本《大般涅槃经》卷一四即云:"何等名为授记经? 如有经律,如来说时为诸天人授佛记别:汝阿

---

① 《大正藏》卷一四,第 538 页上。
② 《大正藏》卷二五,第 153 页中。
③ 同①,第 755 页中—下。

逸多,未来有王名曰蠰佉,当于是世而成佛道,号曰弥勒,是名授记经。"① 此处所述,即是对未来佛弥勒的预言。北魏凉州沙门慧觉等人所译《贤愚经》卷一二《师质子摩头罗世质品》则说摩头罗瑟质:"求索出家,父母恋惜,不肯放之。儿复殷懃白其父母:若必违遮,不从我愿,当取命终,不能处俗。父母议言:昔日世尊,已豫记之,云当出家。今若固留,或能取死,就当听之。"② 此则是佛为一般弟子的授记之事。

宋文明对"记传"的解释还有一处特别重要,曰:"述阶次,此次千流万品,不可悉论。略言大乘,数有三:上品曰圣,中品曰真,下品曰仙也。圣复有三,真品复有三,仙品复有三,合为九品。九品又各有三,合为二十七品也。虽有二十七品为其大纲,至于分致,职僚无数,各随品类推之也。其小乘下仙及功满三百无过失者……意谓此是福田家义,若功德一千者,田力强,故身自得仙;田力弱者,方便滋长,故下及子孙,方获其利也。"其中,对于大乘、小乘品第的区分,前面已揭示出它们和佛教的关联,故不赘言。而"福田"之喻,其实也是出自佛教方面的经典。如西晋法立、法炬共译《佛说诸德福田经》曰:"佛告天帝:众僧之中有五净德,名曰福田,供之得福,进可成佛。何谓为五?一者发心离俗,怀佩道故;二者毁其形好,应法服故;三者永割亲爱,无适莫故;四者委弃躯命,遵众善故;五者志求大乘,欲度人故。以此五德,名曰福田,为良为美,为无早丧,供之得福,难为喻矣。"③ 福田的种类,诸经说法不一:如《大智度论》卷一二列出怜悯、恭敬二福田,北凉昙无谶译《优婆塞戒经》卷三《供养三宝品》则举出了报恩、功德、贫穷三种福田,北魏般若流支译《正法念处经》卷六一又举出母、父、如来、说法法师四种福田,鸠摩罗什译《梵网经》卷下则有诸佛、圣人、师僧、父母、病人等八种福田说。诸如此类,皆是把皈依三宝、孝敬父母、布施等行为比作良田,如果在上面撒播善行的种子,将来就一定能结出福德的果实。当然,宋文明在吸收佛教福田说的同时,依然保留了道教传统的承负观念。究其用意,同样旨在劝世教化,让人行善积德。更为重要的是,今存敦煌遗书 S.1438《宋文明道德义渊》

① 《大正藏》卷一二,第 693 页下。
② 《大正藏》卷四,第 430 页上。
③ 《大正藏》卷一六,第 777 页上。

（拟）①中提出了福田七义说，曰：

> （前略）
>
> 1.前科既明，自然道性为德之源，率性立功则
>
> 2.福田滋长，故次明福田也。福田义有七
>
> 3.重：
>
> 4.第一序本文；
>
> 5.第二称名义；
>
> 6.第三明身业；
>
> 7.第四述口业；
>
> 8.第五分心业；
>
> 9.第六例三一；
>
> 10.第七论种子。

其中，三业的观念，亦出于佛教。

其四，宋文明论述"赞颂"时说："赞颂有二义：一者序名状（义），二者论变通。序名义者，赞以表事，颂以歌德也，亦得［□］（名）偈，偈者解也，有四解也，此赞或四［□］（言），或言五（五言），或七言也。"本来在佛经文体中，"偈"有广义狭义之分。广义之偈，它包括前述十二分教中的伽陀和祇夜，两者虽是偈颂之体，但含义不同：在偈前没有长行（散文），直接用韵文记录的教说，叫伽陀（又称为孤起偈）；偈前有散文，并用韵文重复散文之义者，则叫祇夜（重颂）。狭义的偈，专指伽他（又音译伽陀、偈陀、偈他等）。当然，经中也有把祇夜等同于偈的说法，如《成实论》卷一《十二部经品》曰：

> 修多罗者，直说语言。祇夜者，以偈颂修多罗，或佛自说，或弟子说。
> 问曰：何故以偈颂修多罗？答曰：欲令义理坚固，如以绳贯华，次第坚固。
> 又欲严饰言辞，令人喜乐，如以散华或持贯华以为庄严。又义入偈中，则

---

① 此拟题最早由卢国龙先生考定，后来王卡《敦煌道教文献研究——综述·目录·索引》（中国社会科学出版社 2004 年版，第 177 页）承之，可从。

要略易解,或有众生乐直言者,有乐偈说。又先直说法,后以偈颂,则义明了,令信坚固。又义入偈中,则次第相著,易可赞说,是故说偈。……第二部说祇夜,祇夜名偈。偈有二种:一名伽陀,二名路伽。路伽有二种:一顺烦恼,二不顺烦恼。不顺烦恼者,祇夜中说,是名伽陀。除二种偈,余非偈。①

宋文明把偈理解为"颂",则是中土佛教内部比较流行的观点。如东晋慧远在《阿毗昙心序》中明确指出《阿毗昙心》:"凡二百五十偈,以为要解,号之曰心。其颂声也,拟向天乐,若云籥之自发,仪形群品,触物有寄。"② 甚至在佛经翻译中,偈和颂字也常连用。如法炬共法立译《法句譬喻经》卷一《无常品》曰:"尔时世尊以偈颂曰:所行非常,谓兴衰法。夫生辄死,此灭为乐。譬如陶家,埏埴作器,一切要坏,人命亦然。"③ 此即为四言偈。竺法护译《生经》卷三《佛说国王五人经》则说:"其智慧者,嗟叹智慧天下第一,以偈颂曰:智慧最第一,能决众狐疑。分别难解义,和解久怨结。"④ 此即是五言偈。什译《维摩诘所说经》卷一《佛国品》复曰:"长者宝积,即于佛前以偈颂曰:目净修广如青莲,心净已度诸禅定。久积净业称无量,导众以寂故稽首。"⑤ 此则为七言偈。从这些所引偈颂看,四言、五言、七言确是汉译佛典偈颂中最常见的句式,宋文明的观察也是相当细致的。本来,宋文明所要归纳的是道经的偈颂体例,但他能比较出佛、道二经在偈颂方面的共同点,由此可知他对佛经文体的了解还是相当深入的。

另外,需要指出的是,佛经文体长行(散文)、偈颂相应的观念,也被古灵宝经所吸收。如《太上洞玄灵宝三元玉京玄都大献经》(敦煌本 S.3081 题作《太上洞玄灵宝中元玉京玄都大献经》)即曰:

天尊以次而说偈言:天尊以其向来问答次序重申其意,详而说之,其名曰偈。偈

---

① 《大正藏》卷三二,第 244 页下—245 页上。
② 《出三藏记集》,中华书局 1995 年版,第 378 页。
③ 《大正藏》卷四,第 575 页下。
④ 《大正藏》卷三,第 87 页中。
⑤ 《大正藏》卷一四,第 537 页下。

者,赞颂之别名也。重明其义,故易之曰偈。

　　篡杀于君父,杀害无辜人。死受金鎚打,铁杖不去身。此即偈之文也。前文中"篡杀"在后,今偈则"篡杀"在前者,但君父之重,自古为先,三千之条无杀,故于偈中而为称首,此重明上长行中"杀君父"义。①

　　于此,夹注显然是直接把道经之偈比附成佛经中的祇夜之偈来理解。因为,祇夜才是重申长行之意。

（二）本土文化的渊源

　　宋文明《通门论》所展现的十二部经分类法,除了受到佛教文化的影响外,更直接的文化渊源则在本土固有文化。对此,笔者拟谈两大层面的问题。

　　1. 古灵宝经"天文"的来源及其语言观

　　有关古灵宝经,特别是敦煌本宋文明《通门论》与灵宝"天文"的来源,王承文博士作过精彩的研究。② 另外,葛兆光先生用比较的方法对佛、道两教的语言观进行过深入的分析。③ 现综合两人的观点,略述《通门论》之"天文"观、语言观在道教文体分类中的重要作用。

　　P.2861+P.2256宋文明《通门论》保留了陆修静所作的《灵宝经目》,著录了一批东晋末年在江南地区产生的灵宝派经典,它们被称为古灵宝经。其中,古灵宝经中的《元始五老赤书玉篇真文天书经》中的《灵宝赤书五篇真文》、《太上灵宝诸天内音自然玉字》中的《大梵隐语自然天书》、《太上灵宝五符序》中的《皇人太上真一经诸天名》等篇目,采用了神秘的书写形式,即灵宝"天文"。王承文博士指出:古灵宝经对于这些"天文"是极度神化,它们被看成是"道"的本体和表现形式,它既是宇宙万化之源,又是道教所有经教特别是"三洞群书"的本源。灵宝"天文"是灵宝经教义的核心,也是理解中古道教的整合以及统一性经教体系的关键性要素。④

---

　　① 《道藏》第6册,第270页上。

　　② 王承文:《敦煌古灵宝经与晋唐道教》,中华书局2002年版,第740—789页。

　　③ 葛兆光:《"不立文字"与"神授天书":佛教与道教的语言传统及其对中国古典诗歌的影响》,《中国宗教与文学论集》,清华大学出版社1998年版,第42—63页。

　　④ 王承文:《敦煌古灵宝经与晋唐道教》,中华书局2002年版,第740—741页。

《通门论》原文有云:

（前略）

120. 本文一条有二义:一者叙变文,二者论应用。变

121. 文有六:一者阴阳之分,有三元八会之炁,以

122. 成飞天之书。又有八龙云篆明光之章也。

123. 此三元八会,通诵之文者,分也,理也。析二仪,

124. 故曰分也;理通万物,故曰理也。《谥法》:经纬

125. 天地曰文。此经之出,二仪以分,万物斯理,经

126. 纬天地曰文也。《真迹》,紫微夫人说。今三元八

127. 会之［口］（书）,太极高真所由也。云篆明光之章,今所

128. 见神灵符（符）书之字是也。陆先生《文统》略云:混

129. 元既判,分为三才,谓之三元。三元既立,五行咸

130. 具,三五合和,谓之八会,为书之先。次则八龙

131. 云篆明光之章,自然凝飞玄之炁,结炁成

132. 文,字方一丈,笔于未天之中。二仪持之以开,

133. 三景持之以明,百神持之以化,品物资之以

134. 生。案《真迹》,紫微夫人说,三元八会,建文章,祖

135. 八龙云篆,是其根宗所起,有书而始。先生

136. 既明八会为先、八龙为次者,既在未天之中,

137. 先者何容,方在既判之后。赤书,又云《灵宝

138. 赤书五符（符）真文》,出于元始之先。即此而论,则

139. 三元应非三才之三元,五行非天地之五行也。

140. 而此正应是三宝丈人之三三元元（三元,三元）自有五德,

141. 不容开三才,既判三天光五行也。何以言之?

142.《九天生神章》云:天地万物,自非三元所育、九

143. 元所导,莫能生也。又曰:三炁为天地之首,九

144. 元为万物之根。故知此三元在天地未开、三

145. 才未生之前也。篆者,撰集云书,谓之云篆

146.也。此三元八会之文、八龙云篆之章,皆是天

147.书。三元八会,则《五篇》方文、《内音》八字例是也。

148.二者演八会为龙凤之文,谓之地书。书者,舒

149.也。舒布情状,故曰舒也。此下皆玄圣所述,以写

150.天文。三者轩辕之世,苍颉傍(仿)龙凤之势,采鸟

151.迹之文,为古文,即为古体也。四者周时史藉(籀),变

152.古文为大篆。五者秦时程邈,变大篆为小篆。

153.六者秦后肝阳,变小篆为隶书。此为六也。就

154.第二中,又省堂篆一明光之章,为顺形梵书,

155.条例支流,为六十四种,播于三十六天、十方

156.众域也。今经书相传,皆以隶字解天书,相

157.杂而行也。二者论应用:第一部本文八会

158.之文,凡一千一百九字,其六百六十八字是三

159.才之元根,生天立地,开化人神,万品之所由,故

160.云天道、地道、人道、神道。此之神也,修用此法,

161.凡有四条:一者主名(召)九天上帝校神仙图录、

162.求仙致之真法;二者主名(召)天宿星官,正天分

163.度、保国宁民之道;三者校制丰都六天之炁;

164.四者敕令水帝,制名(召)龙鸟也。其二百五十六

165.字,论诸天度数期会,大圣真仙名讳位号,

166.所治官府城台处所,神仙变化,升堂品次,众

167.魔种类、人鬼生死、轮转因缘。其六十三字是五

168.方元精名号,服御求仙练形,白日腾空之法。

169.余一百二十二字,阙无音解也。第二部神符

170.一条,即云篆明光之流也。二重明义:一者叙

171.其力(功)用,一切万有莫不以精炁为用也,故二

172.仪既判,三景以别,皆以精炁守其中,万物

173.莫不有精炁者也。神者,以变通不测以为言。

174.符(符)者,扶也,合也。文以分理,符(符)以合契,言天文

175. 合契以扶救于物也。何以救物由其精炁？若

176. 悬在于天，故以精炁救物，布之简默。亦以精

177. 为用，以道之精炁会物之精炁，物之精炁有

178. 耶有正、有伪有真。伪既服真，耶不干正，故以

179. 此云篆之文六十五条为神真之信，名（召）会群

180. 灵，制御生死，保持劫运，安镇五方也；二者异

181. 同：天文发于始青之天，而色无定方，文势曲

182. 折，不可寻详。元始于是命太真仰写天文，置

183. 方位，区别苻（符）书，总括图象。苻（符）者逐取云炁，

184. 星辰之口（炁）。书者，分析音句之旨。图者昼（书）取云

185. 变之情。此其异也。至于苻（符）中有书，参以图象，

186. 书中有图，形声并用，故有八体六文，更相显

187. 发。六文者：一曰象形，日月是也；二曰指事，上下是

188. 也；三曰形声，江河是也；四曰会意，武信是也；

189. 五曰转注，考老是也；六曰假借，合长是也。八

190. 体者：一曰天书，八会是也；二曰神书，云篆是

191. 也；三曰地书，龙凤之象；四曰内书，龟龙鱼鸟

192. 所吐；五曰外书，鳞甲毛羽所载；六曰鬼书，杂

193. 体微昧；七曰中夏书，摹范云篆；八曰戎夷，

194. 类于昆虫。此六文八体，或今字同古，或古书

195. 同今。苻（符）采交加，共成一法，合为一用，此其同。

196. 问曰：苻（符）何以往往有今字？答：洞经中苻（符），今字

197. 与古字不变者，因而用之。犹如古文《尚书》中有

198. 与今字同者也。

由此可知，灵宝"天文"也叫"本文"、"天书"、"真文"或"三元八会之文"，它是道教主尊元始天尊命太真仰写而出，代表的是天地之理（即宇宙之法则）。考其写出方式，则和《周易·系辞》的说法如出一辙，后者曰："古者庖牺氏之王天下也，仰则观象于天，俯则观法于地，观鸟兽之文，与地之宜，

近取诸身,远取诸物,于是始作八卦,以通神明之德,以类万物之情。"① 易言之,只是换了一下写出主体、写出对象的名称而已。

宋文明对"天文"来源与演变过程(即变文)的解释(如八体、六文等),王承文博士指出它直接依据了汉代的有关材料,如东汉许慎《说文解字·叙》论汉字起源和演变及相关纬书。② 而道教之所以能把文字神秘化,主要原因是汉字的象形性及其书写方式的多样性。特别是象形文字本身,容易产生象征性、暗示性及解释的多样性。道教提出的"神授天书"说,用意则在确立经典的权威性。③

文字作为语言的物质载体,其终极指向是理(思想的意义)。这种传统在中土文化中可谓是根深蒂固,如梁代高僧释僧祐在《胡汉译经文字音义同异记》中即说:

> 夫神理无声,因言辞以写意;言辞无迹,缘文字以图音。故字为言蹄,言为理筌,音义合符,不可偏失。是以文字应用,弥纶宇宙,虽迹系翰墨,而理契乎神。昔造书之主凡有三人:长名曰梵,其书右行;次曰佉楼,其书左行;少者苍颉,其书下行。梵及佉楼居于天竺,黄史苍颉在于中夏。梵佉取法于净天,苍颉因华于鸟迹。文画诚异,传理则同矣。④

本来,古印度传统语言观中更重视声音的作用,大乘佛教兴起之后,"不立文字"的观点更为流行。但是僧祐对印度语言、文字的解释,显然带有中土文化的深刻印记。

既然灵宝"天文"具有极度的神圣性和权威性,那么从逻辑角度我们便可推出这样的结论:即由"经之本文"所派生出的其他道经类别,虽然在书写形式上发生了变异,但其本质并未随之改变。换而言之,所有十二部经都是道教主尊意志的体现,是宇宙之道的文本表现。

---

① (清)阮元校刻:《十三经注疏》,上海古籍出版社1997年版,第86页。
② 王承文:《敦煌古灵宝经与晋唐道教》,中华书局2002年版,第743—745页。
③ 参葛兆光:《中国宗教与文学论集》,清华大学出版社1998年版,第44—49页。
④ 《出三藏记集》,中华书局1995年版,第12页。

2.十二部经中的本土文化特色

在道教十二部经中,大多数文体的得名和本土文化的关系更为密切。兹择要略析如下:

其一,宋文明在解释"神符"之含义时,所引例证中的"八体"和"六文",除了前面所说的文字学之依据外,还与中国书法的起源说有关。对此,学界已有不少人加以关注。① 其实,古人早就指出了这一点,像崔瑗《草书体》即谓:"书体之兴,始自颉皇,写彼鸟迹,以定文章。"蔡邕《篆书体》则曰:"因鸟遗迹,皇颉循圣作则,制斯文,体有六。"② 考葛洪《抱朴子内篇》"诸符"条中所载之《自来符》、《金光符》、《太玄符》、《通天符》、《五精符》等近六十种大符,而小符"不可俱记",然而都是"通于神明"、"神明所授"。③ 宋文明对"神符"性质的理解与此基本一致。

其二,陆修静和宋文明对"玉诀"的定义,其内涵基本相同,皆指对玉书八会的解释性文书。不过,宋文明特别强调了它和传经盟授威仪之间的关系,意思是说玉诀之用必须和相应的道教行仪相结合。又宋氏所谓"诀者决也",实际上用的是同义互训方法。如李善注《文选》鲍照《东门行》之"将去复还诀"曰:"诀与决同。"④ 杨伯峻先生则指出《列子》卷八《说符篇》中"卫人有善术者,临死,以决喻其子"中的"决"字,《道藏》白文本、林希逸本、世德堂本、吉府本并作"诀",并谓诀,法也。⑤ 可见玉诀之"诀",则指要诀与法则。如果结合道教经、诀传授的规则,则应指秘诀。另据孟安排《道教义枢》曰:"第三玉诀者,如河上公释柱下之文。玉诀,解金书之例是也。玉名无染,诀语不疑。谓决定了知,更无疑染。"⑥ 由此可知,玉诀类道经,其实是类似于河上公对《道德经》的注释或疏义,而注疏体正是

---

① 参齐凤山:《道教的"神符"和书法艺术》(《中国道教》2004 年第 2 期)、黄勇:《道教文字观与书法艺术》(《中国道教》2004 年第 6 期)、任宗权:《道教章表符印文化研究》(宗教文化出版社 2006 年版,第 211—220 页)等。

② (唐)徐坚等:《初学记》,中华书局 2004 年版,第 507 页。

③ 王明:《抱朴子内篇校释》,中华书局 1985 年版,第 335 页。

④ (梁)萧统编,李善注:《文选》,上海古籍出版社 1986 年版,第 1323 页。

⑤ 杨伯峻:《列子集释》,中华书局 1979 年版,第 268 页。

⑥ 王宗昱:《道教义枢研究》附录《道教义枢校勘》,上海文化出版社 2001 年版,第 314 页。

两汉阐释经学最重要的文体。易言之,玉诀对玉书八会的解释,就像河上公的老子注一样,具有无上的权威性。

其三,"灵图"类道经是指用图像对经之"本文"进行解释,常常呈现出复合型文体的特征,往往是文字(或文学)和图画的有机组合。如《汉书·艺文志》中就载有:《楚兵法》七篇图四卷,《孙轸》五篇图二卷,《王孙》十六篇图五卷,《魏公子》二十一篇图十卷,《黄帝》十六篇图三卷,《风后》十三篇图二卷,《鹖冶子》一篇图一卷,《鬼容区》三篇图一卷,《别成子望军气》六篇图三卷,《鲍子兵法》十篇图一卷,《五子胥》十篇图一卷。[①]虽然这些图文结合的具体形式到底如何我们已不得而知,但是王逸《楚辞章句·天问序》载屈原放逐,彷徨山川时"见楚有先王之庙及公卿祠堂,图画天地山川神灵,琦玮谲诡,及古圣贤怪物行事。周流罢倦,休息其下,仰见图画,因书其壁,呵而问之,以泄愤懑,舒泻愁思"[②],却给我们极大的启示。孙作云先生《楚辞〈天问〉与楚宗庙壁画》即指出:《天问》所写的先王庙就是春秋末年、楚昭王十二年(前504)从郢(今湖北荆州)迁往都(今湖北宜城县东南)所建筑的楚宗庙。《天问》中所问的重要事项,一定见于这座宗庙的壁画。《天问》是根据壁画而作的。[③]细绎王逸序,可知《天问》原是楚国宗庙壁画上的题画诗,其原初形态应是图文合一。宋文明举例时提到的"八景"、"人鸟",则分别指《太上洞玄二十四生图三部八景自然神真箓仪》、《灵宝五符人鸟经》(《道藏》则题作《洞玄灵宝二十四生图经》、《玄览人鸟山经图》),它们也用到了图(箓)、文合一。[④]

其四,宋文明指出"谱录"一条有二义:"一者序谱录之体,谱者记其源之所出。……二者述谱录之用……录之用者,条牒名录,以付学人,令其镇存思敬。"孟安排的解释与此大同小异,曰:"谱录者,如《生神》所述三君,《本行》之陈五帝,其例是也。谱,绪也;录,记也。谓绪记圣人,以为教法。

---

① 参(汉)班固:《汉书》,中华书局1962年版,第1758—1761页。

② 《文渊阁四库全书》第1062册,台北:商务印书馆1986年版,第25页。

③ 孙作云:《楚辞〈天问〉与楚宗庙壁画》,河南省考古学会编《楚文化研究论文集》,中州书画社1983年版,第1—9页。又收入氏著《天问研究》,中华书局1989年版,第52—60页。

④ 按,著名汉学家梅维恒先生在研究中国的看图讲故事起源时,搜集了大量域外的材料(参王邦维、荣新江、钱文忠译:《绘画与表演》,北京燕山出版社2000年版),极具参考价值。

亦是绪其元起,使物录持也。"① 综合起来看,谱录指的是纪录高真上圣应化事迹、功德名位等内容的道典。谱录的出现,和魏晋南北朝十分兴盛的谱牒之学不无关联。如刘孝标注《世说新语》"方正第五"之诸葛恢事时,引用了《庾氏谱》、《羊氏谱》、《诸葛氏谱》、《谢氏谱》②,注"贤媛第十九"之周浚事时,又引用了《周氏谱》③。《隋书·经籍志二》中则载有当时所存隋代以前的谱系类著作 41 部 360 卷,重要的如宋衷《世本》、王俭《百家集谱》、王僧孺《百家谱》。谱的作用在于"第其门阀"与"纪其所承"④。与世俗之谱牒不同的是,道经中的谱录的记载主体从人换成了仙与真。宋文明举例时说的《生神章》之"三宝君",指的是《太上洞玄灵宝自然至真九天生神章》(《道藏》本作《洞玄灵宝自然九天生神章经》),是经开篇即提到了天宝君、灵宝君和神宝君的来历、功德名位。

其五,宋文明论"威仪"一条有二义:"一者序名数,二者论功德。名数者:威者,畏也;仪者,宜也。……随事制宜,故曰宜也。有法有式,故曰戒也。……二论功德者,有六法:一者金录(箓)斋……"对此,《道教义枢》的解释更为简洁精确,曰:"第七威仪者,如斋法典式,请经轨仪之例是也。威是严嶷可畏,仪是轨式所宜。亦是曲从物宜,而为威制也。"⑤ 可见,"威仪"就是指斋醮科仪一类的经籍。然考"威仪"一词,最早是指人庄严的容貌举止,如《诗经·邶风·柏舟》曰:"威仪棣棣,不可选也。"⑥《左传·襄公三十一年》则曰:"有威而可畏,谓之威;有仪而可象,谓之仪。君有君之威仪,其臣畏而爱之,则而象之,故能有其国家,令闻长世。臣有臣之威仪,其下畏而爱之,故能守其官职,保族宜家。"⑦ 后来又指儒家礼仪的细节或规范,如《礼记·中庸》即有"礼仪三百,威仪三千"⑧之说。很显然,宋氏对"威仪"名

---

① 王宗昱:《道教义枢研究》附录《道教义枢校勘》,上海文化出版社 2001 年版,第 314 页。
② 参余嘉锡笺疏:《世说新语笺疏》,上海古籍出版社 1993 年版,第 306—307 页。
③ 同上书,第 688 页。
④ 参(唐)魏徵撰:《隋书》,中华书局 1973 年版,第 988—990 页。
⑤ 同①。
⑥ 《十三经注疏》,上海古籍出版社 1997 年版,第 297 页。
⑦ 同上书,第 2016 页。
⑧ 同上书,第 1633 页。

数的解释,部分地吸收了儒家经典的说法。[①]但他有一点和孟安排不同,那就是宋文明似乎把戒也作为威仪的一部分,虽然他前面也专门讨论了"诫律"一条的含义。

其六,宋文明论述的"方法"一条,实际上同于陆修静所说的"方诀",但他给出的解释性文字远远多于后者(参 P.2861+P.2256 写卷之 275—290行)。而且,后人对"方法"的理解并不尽一致,如《太上洞玄灵宝十号功德因缘妙经》曰:"方法者,众圣著述丹药秘要、神草灵芝、柔金水玉修养之道。"[②]孟安排则曰:"方法者,如存三守一,制魄拘魂之例是也。方是方所,法者节度。明修行治身,有方所节度也。"[③]结合宋文明举例时说到的神药、灵芝以及九种"变易"等,则知他所说的"方法",主要指的是阐述修仙养性之方法的道书,如医方、药方、胎息、存思等。诸如此类,皆是中土传统文化中源远流长的东西。特别是医书一类,秦汉时期已经相当发达,像 1973 年在长沙马王堆三号汉墓中就发现了 14 种,其中不少即与方仙道有关。[④]而道教在创立过程中,借医弘教成了一种必不可少的手段,如东汉顺、桓之时的张陵所创的五斗米道、灵帝时张角的太平道悉如此。而在历代高道中,擅长医道的更是为数也不少,著名者如东晋葛洪(撰有《金匮玉函方》、《肘后备急方》)、南朝陶弘景(撰有《本草经集注》、《效验方》、《药总诀》、《养生经》)等。即便在灵宝派内部,也有丰富的医学思想。[⑤]

其七,宋文明对"众术"的解释,亦比陆修静详细(参 P.2861+P.2256 写卷之 291—313 行),且分成两大层面:冥通和变化。前者主要有思神存真、心斋坐忘、步虚空飞、吸飡五元、导引三光;后者则有白日升天、尸解、灭度。

---

① 于此,需要指出的是,佛经翻译中也用到了"威仪"一词,如僧祐《出三藏记集》卷四就载有两种失译人名的《大比丘威仪经》各 2 卷(第 125 页),唐般剌密帝译《楞严经》卷五则曰:"三千威仪,八万微细,性业遮业,悉皆清净,身心寂灭成阿罗汉。"(《大正藏》卷一九,第 127 页上)"威仪"也罢,"三千威仪"也罢,皆出于儒家经典。若就僧尼日常生活所守戒律而言,又有四威仪之说,刘宋求那跋摩译《菩萨善戒经》卷五即曰:"威仪苦者,名身四威仪:一者行,二者住,三者坐,四者卧。"(《大正藏》卷三〇,第 986 页上)但在佛教律学中,一般认为戒重而威仪轻。

② 《道藏》第 6 册,第 131 页下。

③ 王宗昱:《道教义枢研究》附录《道教义枢校勘》,上海文化出版社 2001 年版,第 314—315 页。

④ 参盖建民:《道教医学》,宗教文化出版社 2001 年版,第 27—29 页。

⑤ 同上书,第 78—84 页。

而孟安排的解释是:"众术者,如变丹炼石,化形隐景之例是也。众,多也;术,道也。修炼多途,为入真初道也。"① 可知,孟安排眼中的"众术"类经典,其范围比宋文明更广,除了法术之外,还包括了外丹类道书。

其八,宋文明对"记传"的解释,除了前面揭示的融汇了佛教三世、福田等观念外,更直接的依据是中国悠久的史传文学传统。早在先秦时代,中土就出现了《春秋》、《左传》、《国语》等史书,两汉则有司马迁《史记》、班固《汉书》等巨著问世,至南北朝,史学已成为传统学术的重镇之一。据《宋书》卷九三《雷次宗传》载,元嘉十五年(438)所立国子学中,史学和儒学、玄学、文学并称为"四学"②。与宋文明同时代的刘勰在《文心雕龙》中,则专门讨论了"史传"文体,如其所说"传者,转也;转受经旨,以授于后"、"纪纲之号,亦宏称也"③,则和宋文明所说"传者转也,转相继续也"、"记者纪也,纪纲其事,令不绝也"(见 P.2861+P.2256 写卷第 317、第 315 行)的行文方式基本一致。所异者在于:宋文明所讲的传主是仙真,而刘勰所讲多为儒家圣人或重要的历史人物。

其九,宋文明所说"赞颂",其实指的是歌颂神灵类的道经。不过,宋氏的分析,颇具特色:一方面他着眼于赞颂的"创制"主体,分成本文赞颂和玄圣赞颂:前者(如《九天生神章》)的写出形式是自然本文(天文),它们代表的是三洞飞玄之炁。后者则由诸仙真、圣人咏出。另一方面,对于赞颂的句式,如四言、五言、七言,则将之比附成四时四象、五行五德、七元七曜,充分表达了天人合一的理念。另外,刘勰《文心雕龙》也专门论述了"赞颂"文体。宋文明所言"赞以表事,颂以歌德"简直就是对刘氏"赞者,明也,助也。……及益赞于禹,伊陟赞于巫咸,并飏言以明事,嗟叹以助辞也"、"颂者,容也,所以美盛德而述形容也"④ 的高度概括。

其十,宋文明所说的"表奏",指的是斋醮时的上章和奏请。他的解释分为两个层面:一者事,二者心。事者指的是斋醮的具体场合,心者指的是参

---

① 王宗昱:《道教义枢研究》附录《道教义枢校勘》,上海文化出版社 2001 年版,第 315 页。

② 参(梁)沈约撰:《宋书》,中华书局 1974 年版,第 2293—2294 页。

③ (梁)刘勰著,范文澜注:《文心雕龙注》,人民文学出版社 1958 年版,第 284 页。

④ 同上书,第 158、156 页。

与者应对所礼拜的神灵怀有十分的虔诚、恭敬之心,唯有如此,才能实现人神相会,体道成仙。宋氏所说的"表奏",在刘勰《文心雕龙》中则被分开讨论("表"属刘氏之"章表"篇,"奏"则在"奏启"篇。其实,刘勰对"章表"、"奏启"的解释有时相当混乱,头绪不是很清晰)。但仔细比较,两人对"表"、"奏"的理解基本相同:如宋氏之"表者,明也,奏也,各明至心而凑会真境,故曰奏表也",就接近于刘氏所说的"章者,明也"、"原夫章表之为用也,所以对扬王庭,昭明心曲"。[①]此外,道经的"表奏"与世俗生活的"章表"、"启奏"一样,是卑(贱)者向尊(贵)者所进,表明的是等级之分。

三、余论

陆修静、宋文明的十二部经,一般认为是基于灵宝经而做出的分类。其后,则贯通于三洞四辅。如《洞玄灵宝玄门大义》"正义第一"即曰:"夫十二部经者,盖是通三乘之妙典,贯七部之鸿规。"[②]七部者,三洞四辅也。可惜的是,今存文献中尚未发现太清、太平、太玄、正一等四辅和十二部经具体相配的材料。而三洞与十二部相配,则称为三十六部经。[③]

前文所言陆修静、宋文明对十二部经的分类,虽然运用了"总括体用"的基本方法,但两人具体的解释并不完全一样,故给后来者的理解带来了一定程度的困惑。有鉴于此,《洞玄灵宝玄门太义》对十二部的内容和主旨,

---

① 《文心雕龙注》,人民文学出版社 1958 年版,第 406、408 页。

② 《道藏》第 24 册,第 734 页中。

③ 如北宋张君房编《云笈七籤》卷三"道教三洞宗元"条有归纳性的说法云:"其三洞者,谓洞真洞玄洞神是也。天宝君说十二部经为洞真教主,灵宝君说十二部经为洞玄教主,神宝君说十二部经为洞神教主,故三洞合成三十六部尊经。第一洞真为大乘,第二洞玄为中乘,第三洞神为小乘。从三洞总成七部者,洞真、洞玄、洞神,太玄、太平、太清为辅经,太玄辅洞真,太平辅洞玄,太清辅洞神,三辅合成三十六部。正一盟威通贯,总成七部,故曰三洞尊文七部玄教。又从七部泛开三十六部,其三十六部者:第一本文,第二神符,第三玉诀,第四灵图,第五谱录,第六戒律,第七威仪,第八方法,第九众术,第十传记,第十一赞诵,第十二表奏。右三洞各十二部,合成三十六部。"(《道藏》第 22 册,第 13 页中)由此可知,"三十六"部可指代一切道经。但是,在唐宋时期,"三十六部"又可以指三十六部具体的经典(参陈国符:《道藏劄记·三十六部异说》,《道藏源流考》,中华书局 1963 年版,第 252—257 页)。

从"释名"、"出体"、"明同异"、"明次第"、"详释"等五个方面作出了新的检讨。如王宗昱先生特别指出:释名部分主要讨论十二部名目的涵义,也兼及内容。有的条目(如戒律、方法、赞颂等)从宋文明的十二义中摘引了文句,其余的则是保存或综述了前人的材料,但就整个综述而言仍有浓重的灵宝色彩。"出体"一节则将十二部再分为三种类型,所立标准是"文"与"理"。① 尤其是"出体"部分,极有助于我们讨论十二部经的文体特征。为便于分析,兹先迻录其文如下:

> 十二部经,通皆以文为体。名味往寻,自有全以文为名者,自有全以诠理为名者,自有文、理合为名者。有四部但以文名,别体即是本文、神偈符颂(神符、偈颂)、灵图等也。按此四名无的明义,但以文为其体。灵图乃不是文,既言象相类,亦从文摄。次有四部全以诠理之名,别体即是威仪、谱录、记传、表奏等也。威仪是容上(止)之法,谱录是祖系之源,记传序其功名,表奏启其心迹,故皆就理事工能为体也。次有四部通以文、理之名,别体即是戒律、玉诀、方法、众术等也。戒律则通心与教。戒是心善,亦通戒敕。律是言语铨量,亦通心之秉直也。玉诀即道事理,解玉诀文之理事。方也(众术)诣事处法,该文理。术通经术,故为文。众智数,故为理也。②

于此有两点值得注意:一是作者对于"文"的理解有广义和狭义之分。广义的文是十二部经的载体,既是道教义理的本源或来源,同时也是其表现形式。狭义的文,则仅指本文和神符(按,二者在形式上并无本质的区别,都是天文大字,是特殊的符),故而作者排除了灵图。但是若从灵图是象,是本文(自然天文)的表现这一点出发,灵图仍然可以归属到狭义之文的行列。至于偈颂,也列入狭义之"文",它当指宋文明所说的"本文赞颂",而非"玄圣赞颂"。另外,狭义的文,特别是本文,又是广义之文的本体,故作者在"释名"中有云:"十二部内,唯本文有通相、别相。以十二部皆是文字,为得理之

---

① 参王宗昱:《道教义枢研究》,上海文化出版社 2001 年版,第 192—193 页。
② 《道藏》第 24 册,第 735 页上—中。

本,［通名为本文。］本文犹是经之异名,十二［部］既通名为经,是通相本文也。"① 二是文、理标准的确定,其实只是对陆、宋二氏"体用"说的变通而已,其中的"文"相当于后者所说的"体","理"则相当于"事"。如此一来,便改变了陆、宋二氏十二部经皆为"总括体用"的观点。按照《洞玄灵宝玄门大义》的分类:表现体的是狭义之文的四类,即本文、神符、偈颂和灵图,表现用的是威仪、谱录、记传和表奏(当然,威仪、表奏归于此没有什么不妥,因为二者是道教行仪,即具体的法事活动。但把记传和谱录归为此类,区别的界限就变模糊了),而体用合一也是四类,即戒律、玉诀、方法和众术。

此外,《洞玄灵宝玄门大义》在对十二部的具体解释时,还吸收了一些佛教的思维观念。如:

释名时所用的"通相、别相",显然和佛经所讲的"总相、别相"含义相同。考什译《大智度论》卷三一有云:

> 自相空者,一切法有二种相。总相、别相,是二相空,故名为相空。问曰:"何等是总相? 何等是别相? "答曰:"总相者,如无常等;别相者,诸法虽皆无常,而各有别相。如地为坚相,火为热相。"②

北凉昙无谶译《优婆塞戒经》卷一《三菩提品第五》则曰:

> 法性二种:一者总相,二者别相。声闻之人总相知,故不名为佛;辟支佛人同知总相,不从闻,故名辟支佛,不名为佛;如来世尊,总相别相,一切觉了,不依闻思,无师独悟,从修而得,故名为佛。③

总相指的是整体和本质,别相指的是个别和现象。如"无常"、"无我"等相通于所有诸法,是为总相。但是,具体到每一事物,它都有自己的属性以区别其他的事物,像水之湿性、火之热性等。

另外,"明同异"时则云:"体同异者有四句:一者异,二者同,三者亦同

---

① 《道藏》第 24 册,第 735 页上。又,其中"［ ］"号内的文字,据《云笈七籤》卷六补(参《道藏》第 22 册,第 38 页下)。

② 《大正藏》卷二五,第 293 页上。

③ 《大正藏》卷二四,第 1038 页中。

亦异,四者非同非异异句者。"①此"四句"模式,亦借自佛典。"四句",指的是两个关系项在作逻辑组合时所构成的四种形式,可以图示为:A 是 B,A 非 B,亦是 A 亦非 B,亦非 A 亦非 B。如什译《中论》卷三有偈曰:"一切实非实,亦实亦非实,非实非非实,是名诸佛法。"②卷四又曰:"寂灭相中无,常无常等四。寂灭相中无,边无边等四。"对于后一偈,青目之注说得相当清楚,曰:

> 诸法实相,如是微妙寂灭。但因过去世起四种邪见:世间有常、世间无常、世间常无常、世间非常非无常,寂灭中尽无。何以故? 诸法实相,毕竟清净不可取,空尚不受,何况有四种见! 四种见皆因受生,诸法实相无所因受;四种见皆以自见为贵,他见为贱。诸法实相,无有此彼,是故说寂灭中无四种见。如因过去世有四种见,因未来世有四种见亦如是:世间有边、世间无边、世间有边无边、世间非有边非无边。③

当然,按照刘宋求那跋陀罗译《楞伽阿跋多罗宝经》卷四之"若非有非无,则出于四句。四句者,是世间言说;若出四句者,则不堕四句。不堕,故智者所取,一切如来句义,亦如是"④ 的要求,佛教对"四句"中的任何一句都不能执着。

综合前述各家对道教十二部经的定义和解释,我们可以归纳出道经文体的四大特征:一者道教所说之"文",是广义的文,它可用不同的书写形式,甚至是图和符的形式,它强调了文字的神圣性及文字和思想之间的同一关系。二者道经文体间有本末体用之别,即"本文"是其他各部之本根。三者,诸文体的言说方式、创制主体有别,本文和神符(尤其是本文)乃是自然之炁化出,非人力所成,其余十部则是玄圣所述。四者陆、宋之后对多数文体(本文、神符除外)的理解往往不尽相同,似有与时俱进的特点。特别是随着佛、道思想的交涉,道教对某些文体(如戒律、记传、赞颂等)的例释,还融会了一些大乘佛教的思想观念。诸如此类,皆与佛经文体的有较大的区别。

---

① 《道藏》第 24 册,第 735 页中。
② 《大正藏》卷三〇,第 24 页上。
③ 同上书,第 30 页下。
④ 《大正藏》卷一六,第 505 页下。

　　道教对十二部经的文体观念的阐发,还对中国文学批评史产生了一定的影响。兹以刘勰《文心雕龙》为例进行一些简单的比较。①

　　首先,刘勰在《文心雕龙·原道第一》②中指出:最根本的"文"是天文,它所表现的是"自然之道"。这和陆、宋二氏考察十二部经时的方法相同,后者亦溯源到天文(本文)。易言之,刘勰与陆、宋二氏皆认为"道"(刘氏称"自然之道",陆氏称"天道、地道、神道")是诸种文体得以产生的本源和依据。

　　其次,刘勰在分析文学(体)特色时,十分重视"变"的作用。如《通变第二十九》曰:"夫设文之体有常,变文之数无方。"③《时序第四十五》又曰:"时运交移,质文代变"、"文变染乎世情,兴废系乎时序。"④ 而宋文明在阐述"本文"之含义时,讲到其表现形式时,亦提出了"变文"说。虽然宋氏着眼点在于文字(广义)的书写形态,但同样强调了"变"对道经诸文体重要作用。

　　第三,刘勰在追溯诸种文体的渊源流变时,突出强调了儒家圣人与"文"的关系,《原道第一》即说:"道沿圣以垂文,圣因文而明道。"《征圣第二》又说:"夫作者曰圣,述者曰明,陶铸性情,功在上哲,夫子文章,可得而闻,则圣人之情见乎文辞矣。"⑤ 也就是说,刘勰认为圣人是道和文之间的中介,没有圣人体道作文,就没有儒家经典的生成和流播,进而就没有各种文学和文体的出现。此种思路,和陆修静也相同,后者指出"第三玉诀"至"第十二表奏"等十类道经,皆是玄圣所述,体现的也是"经之本源"(本文、道)。两者相异处在于:刘氏心目中的"道"是儒家之道,"圣"是儒家之圣,而陆氏则换成了道教的"道"和"圣"。

　　第四,刘勰《文心雕龙》重视探讨各体文学(文体)的特点,周振甫先

---

　　① 按,关于《文心雕龙》与道教思想的关系,已引起了学人的关注,如杨清之先生有《道教生命哲学与刘勰的养气说》(《海南师范学院学报》2006年第1期),王更生先生有《刘勰〈文心雕龙〉"养气论"与道教》(《文史哲》2006年第9期)。另外,蒋振华先生在《汉魏六朝道教文学思想研究》(中南大学出版社2006年版)中也有探讨。

　　② 《文心雕龙注》,人民文学出版社1958年版,第1—3页。

　　③ 同上书,第519页。

　　④ 同上书,第671、675页。

　　⑤ 同上书,第15页。

生指出《明诗》、《乐府》、《诠赋》、《颂赞》、《祝盟》、《铭箴》、《诔碑》、《哀吊》、《杂文》、《谐隐》、《史传》、《诸子》、《论说》、《诏策》、《檄移》、《封禅》、《章表》、《奏启》、《议对》、《书记》讲的都是文体论。①《序志第五十》云"原始以表末,释名以章义,选文以定篇,敷理以举统"②,四句话讲了四层意思:一是讨论各文体的产生、流变,二是论述各文体的名称意义,三是举出各文体的代表性篇目,四是阐述各文体的写作要求。这种分析模式和宋文明的区别十二部经之方式大体相同。如后者论每一部类的道经时,都分成两个方面:一者讲名数时,多述不同类别道经的来源和涵义;二者说"应用"时,则多论不同部类道经的流变和表现形态,同时常以具体的道经为例,进而说明不同部类道经的特点。但是,宋氏对道经的创作要求,则未有说明,因为是"神授天书"。对神如何创制道经,世俗之人能提要求么?

第五,刘勰讨论的文体,大多都落实于用的层面,不少属于应用性文体。而陆、宋二氏的道经分体,同样注意到了戒律、威仪、表奏等实用类经典的重要性。

对于刘勰的文学(体)思想,以往的研究更强调儒家经典所起的作用。其实,他对道家道教并非一无所知,反而是有比较深入的了解。如他在《灭惑论》中有云:

> 道家立法,厥品有三:上标老子,次述神仙,下袭张陵,太上为宗。寻柱史嘉遁,实惟大贤,著书论道,贵在无为,理归静一,化本虚柔。然而三世不纪,慧业靡闻,斯乃导俗之良书,非出世之妙经也。若乃神仙小道,名为五通,福极生天,体尽飞腾,神通而未免有漏,寿远而不能无终。功非饵药,德沿业修,于是愚狡方士,伪托遂滋。张陵米贼,述纪升天;葛玄野竖,著传仙公。愚斯惑矣,智可罔欤? 今祖述李叟,则教失如彼,宪章神仙,则体劣如此。上中为妙,犹不足算,况效陵、鲁,醮事章符,设教五斗,欲拯三界,以蚊负山,庸讵胜乎? 标名大道,而教甚于俗;举号太上,而法穷下愚。何故知耶? 贪寿忌夭,含识所同,故肉芝石华,谲以翻腾;

---

① 周振甫:《文心雕龙今译》,中华书局 1986 年版,第 52 页。
② 《文心雕龙注》,人民文学出版社 1958 年版,第 727 页。

好色触情,世所莫异,故黄书御女,诳称地仙。肌革盈虚,群生共爱,故宝惜涕唾,以灌灵根;避灾苦病,民之恒患,故斩缚魑魅,以快愚情;凭威恃武,俗之旧风,故吏兵钩骑,以动浅心。至于消灾淫术,厌胜奸方,理秽辞辱,非可笔传。事合泯庶,故比屋归宗。是以张角、李弘毒流汉季;卢悚、孙恩乱盈晋末。余波所被,寔蕃有徒。爵非通侯,而轻立民户;瑞无虎竹,而滥求租税。糜费产业,蛊惑士女。运屯则蝎国;世平则蠹民。伤政萌乱,岂与佛同?①

虽然刘勰分别道家、道教的目的在于贬低道家,批判反对道教,但从其行文看,他对道教史实是十分清楚的,对不同派别(如天师道、灵宝派、上清派等)的道教经典也相当熟悉。②所以,他在建立文论体系时,极可能受到道教十二部分类法的潜在影响。何况道经的这一文体分类本身,和佛教十二部经也有关系呢。

最后,我们要讲一下十二部经在道藏编撰(或编目)时的重要意义。它常和三洞相配,构成三十六部体系。如今存明白云霁所编《道藏目录详注》四卷,它实际上是明《正统道藏》和《万历续道藏》的总目提要。其中前三卷注释的分别是洞真部、洞玄部、洞神部,而每一部又细分为十二部。③

原载《普门学报》2008年第1期
收入本稿时略有修改

---

① 《大正藏》卷五二,第51页中一下。

② 按,据道宣《续高僧传》卷二〇载,著名禅师牛头宗的创立者释法融(594—657)曾进学于丹阳南牛头山的佛窟寺。该寺有"七藏经画:一佛经,二道书,三佛经史,四俗经史,五医方图符",这些书籍是"宋初刘司空造寺……写之永镇山寺,相传守护"(《大正藏》卷五〇,第604页中),可知南朝时期的寺院藏书中也有道教经典,因此博学的刘勰是有机会亲读道书的。况且,当时佛道论争激烈,为了知己知彼,参加论战的僧人也有必要了解一点道经。

③ 参《道藏》第36册,第760—819页。

有关唱导问题的再检讨
——以道纪《金藏论》为中心

梁代高僧释慧皎（497—554）所撰《高僧传》，把始于汉明帝永平十年（67）终于梁天监十八年（519）之历代僧人事迹，别为十科，曰译经、义解、神异、习禅、明律、遗身、诵经、兴福、经师和唱导。"唱导"和"经师"科一样，同居末位，然慧皎认为二者"应机悟俗，实有偏功"①，故各立一科予以彰扬。不过，到了唐人释道宣（596—667）《续高僧传》卷三十，则把二者归并为一类，叫"杂科声德篇"，北宋释赞宁（919—1001）《宋高僧传》一脉承之。由于慧皎、道宣等人关于唱导之记载详略不一，而且所涉及历史时段不同，故各人呈现出的唱导风貌也不完全一样。

从现代学术史言，唱导研究的重镇主要在日本与中国。日本的研究，不但参与的著名学者多（如折口信夫、筑土铃宽、泽田瑞穗、永井义宽、川口久雄等）、持续时间长、前后未曾中断，而且还结合其民族文学传统，进而形成了自己的研究特色，那就是"主要从民俗学、日本国文学出发，以唱导为关键词来研究敦煌讲唱文学与中国佛教文学"②。而国内的研究，则始于20世

---

① （梁）释慧皎撰，汤用彤校注：《高僧传》，中华书局1992年版，第525页。
② 荒见泰史、桂弘：《日本中国佛教文学研究叙述》，《武汉大学学报》（人文科学版）2012年第6期。

纪上半叶胡适、向达、孙楷第等人对白话文学、敦煌俗文学的关注,并且多从唱导对俗讲、变文的影响来讨论唱导的性质。[①] 此种视角,新时期以来亦为大多数学者所袭用,且在资料运用上多有拓展。[②] 但无论中、日,学人们谈及唱导文学性质的总体认识时,都多视其为释家故事讲唱的弘法形式之一。不过,最近有人对此发表了鲜明的反对意见,如鲁立智博士就认为唱导自始至终只有表白一义,它注重的是文辞而非情节。[③] 中土佛教唱导史果作如是说吗?[④] 兹结合传统史料及新发现北齐释道纪《金藏论》尤其后者辨正如下。

一、《金藏论》: 宣唱事缘类的唱导底本

《金藏论》的发现,日本学者荒见泰史居功尤伟。2003—2005 年他在浙江大学古籍研究所师从张涌泉教授从事博士后研究工作时,利用缩微胶卷调查敦煌文学资料,偶然发现中国国家图书馆藏拟题为《法苑珠林》的写卷 B.8407(鸟 16 号,新编号为 BD.7316),实同于日本所传兴福寺藏《众经要集金藏论》写本。[⑤] 嗣后,有多位日本学者跟进研究,成果斐然。[⑥] 可以确定

---

① 具体可参胡适:《白话文学史》第十章 "佛教的翻译文学(下)"(上海古籍出版社 1999 年版,第 126—131 页)、向达:《唐代俗讲考》(《唐代长安与西域文明》,河北教育出版社 2001 年版,第 286—327 页)、孙楷第:《唐代俗讲轨范与其本之体裁》(《沧州集》,中华书局 2009 年版,第 1—43 页)等。

② 如姜伯勤:《变文的南方源头与敦煌的唱导法匠》(饶宗颐主编《华学》第一辑,中山大学出版社 1995 年版,第 149—163 页)、拙撰:《变文与唱导关系之检讨》(《敦煌研究》1999 年第 4 期)、郑阿财:《试论敦煌 "唱导文学" 与 "俗讲文学" 之名义》(《敦煌吐鲁番研究》第十三卷,上海古籍出版社 2013 年版,第 29—46 页)等。

③ 参鲁立智:《"唱导" 辨章》,《宗教学研究》2012 年第 1 期。

④ 按,道教也有唱导,其与释家相比,有同有异。详情可参拙撰《敦煌道教文学研究》(巴蜀书社 2009 年版,第 111—138 页)。

⑤ 参荒见泰史《敦煌文学与日本说话文学——新发现北京本〈众经要集金藏论〉的价值》,载陈允吉主编《佛经文学研究论集》(复旦大学出版社 2004 年版)第 607—624 页。又见荒见氏《敦煌讲唱文学写本研究》(中华书局 2010 年版)第 117—148 页,后者对 B.8407 有详细的录文。笔者于此参考的是后一种版本。

⑥ 按,最新成果可参宫井里佳、本井牧子编著《金藏论:本文と研究》(京都:临川书店 2011 年版)。相关书评可参佐藤裕亮《宫井里佳、本井牧子编著〈金藏论:本文と研究〉》,《明大アジア史论集》(16 号),第 53—62 页,2012 年 3 月。

的是,日本写本之祖本即源自北齐道纪的《金藏论》。① 而敦煌写本中,除了荒见氏提及的 B.8407、S.4654、P.3426 及德国吐鲁番藏 T Ⅱ y38 外,后来宫井里佳又增加了 BD.3686(为 86 号),俄藏 Д x .00977,北大 D.156,S.3962,S.779 等 5 件。②

道纪之生平行事,详见于道宣撰《续高僧传》卷三〇《高齐邺下沙门释道纪传》(后文简称《道纪传》)。为了更好了分疏相关问题,兹详引原文如下:

> 释道纪,未详氏族。高齐之初,盛弘讲说。然以《成实》见知,门学业成,分部结众,纪用欣然,以教习之功成遗业也。天保年中秋初立讲,纪引众首,出邺城南。彼旧门人,又引众入,正于闉侧,欸尔相值。纪曰:"卿从何来,殊无礼也。如何师范,辄抗拒耶?既不倾屈,理宜下道。"彼曰:"法鼓竞鸣,利建斯在,声荣之望,师资焉有?"纪不答,自为下道,出于城外。回首告其属曰:"吾讲《成实》,积三十载,开悟匠导,望有功夫,解本拟行,斯遗诫也。今解而不行,还如根本不解矣!徒失前功,终无后利,往不可追,来犹可及。请并返京,吾当别计。"乃退掩房户,广读经论,为彼士俗而行开化,故其撰集名为《金藏论》也。一帙七卷,以类相从,寺塔幡灯之由,经像归戒之本,具罗一化,大启福门。论成之后,与同行七人出邺郊东七里而顿,周匝七里,士女通集,为讲斯论,七日一遍。往必荷担,不耻微行。经书塔像为一头,老母扫帚为一头,齐佛境内,有塔斯扫。每语人曰:"经不云乎'扫僧地如阎浮,不如佛地一掌者,由智田胜也。亲供母者,以福与登地菩萨齐也。'"故其孝性淳深,为之缝补,衣着食饮,大小便利,必身经理,不许人兼。有或助者,纪曰:"吾母也,非他之母。形骸之累,并吾身也。有身必苦,何得以苦劳人,所以身为苦先,幸勿相助。"因斯以励道俗,从者众矣。又复劝人奉持八戒,行法社

---

① 按,有关《金藏论》日本所传诸本之题名变化,请参宫井里佳:《〈金藏论〉:书名をめぐる一考察》,《埼玉工业大学人间社会学部纪要》第五号,第 1—11 页,2007 年 3 月。

② 参宫井里佳:《敦煌诸写本による〈金藏论〉卷五、六の解明》(《印度学佛教学研究》第 55 卷第 1 号,第 68 页,2006 年 12 月),但王惠民先生认为 S.779 不是《金藏论》(参氏论《敦煌文献中的〈金藏论〉写本》,网址:http://www.dha.ac.cn/02B8/index.htm)。

斋,不许屠杀。所期既了,又转至前,还依上事,周历行化。数年之间,绕邺林郊奉其教者十室而九。有同侣者,故往候曰:"比行化俗,何如道耶?"纪曰:"彼讲可追,今则无悔。既往不咎,知复何言。"后遭周氏吞并,玄教同废。呼嗟俗壤,每崇斯业,及开法始,更广其门,故彼论初云邪见者是也。所以世传何隐论师造《金藏论》,终惟纪也,故改名云。然其所出,抄略正文,深可依准。后不测其终。①

后世僧传对道纪的记载,无一例外都源出于此,虽说它们内容上多有压缩,文字上稍有改变②,突出重点也略有不同③,但都异口同声地记录了道纪作《金藏论》而化俗之事。

《金藏论》撰出之后,在唐五代及北宋时期的流播还比较广,除了前述敦煌、吐鲁番写本和日本的多种传抄本外,中土传世佛教文献中也间有引用。不过,称名有所变化,或简称《金藏》,或改作《金藏经》。④ 而且到了北宋,《金藏论》分卷也有变化,即不再是北齐时代的七卷本。释有严(1021—1101)笺《法华经文句记笺难》"有口失缘"条说"昔以口错失误证他事,今招误报。尝捡《金藏经》,才及九卷,尚未见缘"⑤,据此则知有严所见《金

---

① 《大正藏》卷五〇,第 701 页上—中。

② 如元末临济宗高僧释昙噩(1285—1373)《新修科分六学僧传》卷一七"齐道纪"条(载《大藏新纂卍续藏经》第 77 册,河北省佛教协会, 2006 年,第 215 页下—216 页上)开头即谓道纪"姓何氏",此实承宣"世传何隐论师"之句而来,但属误读,因为前者明确指出道纪是"未详氏族"。

③ 如晚明高僧袾宏(1535—1615)辑《缁门崇行录》"母必亲供"条(《大藏新纂卍续藏经》第 87 册,第 357 页下)、清初释续法(1641—1728 年)述《四十二章经疏钞》卷三(《大藏新纂卍续藏经》第 37 册,第 707 页中—下)则重点摘录了有关道纪孝养其母之事迹。

④ 如初唐窥基(632—682)《妙法莲华经玄赞》卷四曰"《发菩提心经》云'音乐女色不以施人,乱众生故',此供养佛,故不相违,如《金藏》中音乐供养事"(《大正藏》卷三四,第 727 页中),而中唐栖复集《法华经玄赞要集》卷二〇指出"言'如《金藏》中'者,意言如《金藏论》中许有音乐供养等事"(《大藏新纂卍续藏经》第 34 册,第 650 页上),则知《金藏》、《金藏论》一也。称《金藏经》者则有中唐湛然(711—782)《法华文句记》卷二(参《大正藏》卷三四,第 177 页下),行满《涅槃经私记》(参《大藏新纂卍续藏经》第 37 册,第 11 页下),五代义楚《释氏六帖》卷一"见似灰人"、"首财入塔"、"师资成佛"条(参蓝吉富主编:《大藏经补编》第 13 册,台北:华宇出版社 1986 年版,第 9 页),北宋智圆(976—1022)述《涅槃经三德指挥》卷二(参《大藏新纂卍续藏经》第 37 册,第 335 页中),释从义(1042—1091)撰《法华经三大部补注》卷五(参《大藏新纂卍续藏经》第 28 册,第 212 页中)等。

⑤ 《大藏新纂卍续藏经》第 29 册,第 497 页下。

藏经》至少不少于九卷。

至于道纪以"金藏"命名之依据,宫井里佳谓之与北凉昙无谶译《大般涅槃经》的"真金藏"比喻密切相关①,因为是经《大般涅槃经》卷七《如来性品第四之四》有云:

> 善男子,我今普示一切众生所有佛性,为诸烦恼之所覆蔽。如彼贫人有真金藏不能得见,如来今日普示众生诸觉宝藏,所谓佛性,而诸众生见是事已,心生欢喜,归仰如来。善方便者,即是如来。贫女人者,即是一切无量众生。真金藏者,即佛性也。②

"真金藏"可喻一切众生本生之佛性,道纪用"金藏"二字来命名自己精心撰作的论著,确有弘法方面的深远含义,即通过讲说《金藏论》使有情众生祛除烦恼,归依佛法,虔心修行,进而超登佛地。其实,汉译佛典中"金藏"之喻较为常见,如西晋竺法护译《生经》卷四《佛说毒草经》载树神中毒之后:

> 因化人形,住于路侧,待之已到即语其人:"吾有金藏,当以相赐,愿掘毒树,穷索其根。"其人闻得重金藏宝,即言"唯诺",便前掘之,尽其根原。树神喜悦,寻与金藏,其人取去,家居致富。树神欢然,得离毒难,众树长安,花果茂盛,不虑毒患,诸罪皆散。
>
> 佛言:"丛树者,谓三界。树神者,谓发意菩萨也。……得赐藏者,谓道法藏,菩萨大士展转相助成,犹万川流合于大海。"③

此"金藏"则比喻大乘佛教的菩萨行,菩萨们用他们所领悟的佛法来济苦救世。而道纪之举,自然也含有此种寓意在内。

我们更感兴趣的是道纪撰集《金藏论》的过程及其用途。

《道纪传》说"天保中"时,道纪已讲《成实论》"积三十年"。"天

---

① 参宫井里佳:《〈金藏论〉:书名をめぐる一考察》,《埼玉工业大学人间社会学部纪要》第五号,第7—8页,2007年3月。

② 《大正藏》卷一二,第407页中。

③ 《大正藏》卷三,第95页下。

保"是北齐开国皇帝文宣帝高洋（529—559）的年号,前后共十年（550—
559）,既言"中",则大概在天保五、六年左右（554—555）,逆推30年,则
道纪始讲《成实论》约在524—525年间。相传《成实论》由诃梨跋摩造,
姚秦鸠摩罗什（344—413）于弘始十四年（412）译出。它作为论部经典,
虽然名相繁复,义理深邃,却在中古时期极具影响,研习人数众多且名家辈
出,如北朝有僧嵩（生卒年不详）、僧渊（414—481）、昙度（?—489）等
著名的成论师,南朝则在萧梁时代出现了智藏（458—522）、僧旻（467—
527）、法云（467—529）等三大法师。他们的传衍派系,还被后人称为成实
宗。其中,道纪在北方派系中还占有一席之地。不过,由于天保中与其旧门
人的一次争执,他毅然决然地放弃了《成实论》这一类纯义理性的释家讲
经,转而进行面对世俗大众的弘法讲演,为此还撰集了七卷本的《金藏论》。
并且以身作则,带头践行《金藏论》所宣扬的佛家精神,如孝养之道。北大
D.156写卷中就有属于卷六的《孝养缘第廿二》,它开头部分的文字,是征引
佛教经论来概述该缘父母恩重必报之主旨:

> 《父母恩难报经》说:右肩负父,左肩持母,迳（经）历千年,便利背
> 上,犹不能报父母之恩。《杂心论》偈说:父母若病人,及与说法师,近佛
> 诸菩萨,施者得大果。①

其后则辑录了《鹦鹉孝养盲父母得成佛缘》（出《杂宝藏经》,略要）、《须
阇提太子身肉供养父母得成佛缘》（出《报恩经》,略要）、《慈童女孝养得
现报缘》（出《杂宝藏经》,略要）等三则佛经中的孝养故事。②"略要"二
字,表明道纪撰集《金藏论》时,并非一一照录原经,而是有所删减,或者说
是摘引。但择取的经典,毫无例外都是叙事类作品。道纪不但对世俗大众宣
讲其撰集的文本,而且时时处处亲身供养老母,其言行一致的表现,无疑会扩

---

① 按,道纪所引经文,有的与传世文本相比,文字略有区别,盖其有所删减也。如今本《父母
恩难报经》作:"右肩负父,左肩负母,经历千年,正使便利背上,然无有怨心于父母,此子犹不足报父
母恩。"（《大正藏》卷一六,第779页上）另,所引五言偈则见于刘宋僧伽跋摩等译《杂阿毗昙心论》
卷八（参《大正藏》卷二八第932页下）。

② 按,据日本兴福寺本,《金藏论》卷六尚有一则故事《失恩者得现报缘》,盖北大D.156未
抄完之故也。又,由此可知,道纪撷取佛典例证时,兼顾正反两方面。

大其宣教的影响力。

《道纪传》说《金藏论》的撰集原则是"以类相从",则知其性质为佛教类书。今人陈士强先生即把它和萧子良(460—494)《三宝集》、释僧旻《众经要钞》、萧纲(503—551)《法宝联璧》等一齐列入佛典"经论纂要"中的"综合性钞集"类。① 传中又说其内容是"寺塔幡灯之由,经像归戒之本,具罗一化",而今存敦煌写卷中,如 BD.3686、B.8407 正有《塔缘第十五》、《像缘第十六》、《香花缘第十七》、《灯缘第十八》(以上属卷五)、《幡盖缘第十九》(此属卷六),《释氏六帖》卷四"持戒为王"条、"持戒坐禅"条所引《金藏经》②,从字面推断,应出于原书之戒缘部之类。可见道纪确以塔、像、香花、灯、幡等佛事活动之常见物像及三归五戒 ③ 等仪轨为分类依据,眉目清晰,条理井然。

今存中土传世文献中,亦有征引《金藏论》所辑缘起故事者。如北宋释从义撰《法华经三大部补注》卷五注"有《口失缘》,出《金藏经》"句时,说:

> 《金藏经》者,昔宇文邕残酷释氏时,有言论师采集众经要义,流布于世,号为《金藏》。此之一缘,本出《杂宝藏经》。经云:昔罽宾国有离越罗汉,在山坐禅。有人失牛,乃寻其迹,来至其所。尔时离越煮草欲染,其草忽然变为牛肉,所持钵盂变为牛头,牛主见已,捉送诣王。王付狱中,经十二年,恒为狱监食马除粪。离越弟子得罗汉者,寻师不见,业缘将毕,后乃见在罽宾狱中。于是诣王,问言:我师在狱。王寻宣,令离越出狱,涌身在空,作十八变。王见是事,求哀悔过。王即问云:以何业缘在此狱中? 离越答言:我于往昔,亦曾失牛,寻迹到山,见辟支佛独处坐禅,即便诬谤,经一日夜,以是因缘堕落三途,余殃未尽,今成罗汉,

① 参陈士强:《佛典精解》,上海古籍出版社 1992 年版,第 734—735 页。

② 蓝吉富主编:《大藏经补编》第 13 册,第 77、78 页。又,同书卷二二"长幡在顶"条引《金藏经》(同前,第 463—464 页),据其内容,当同于《金藏论》传世本卷六《幡盖缘》之第一条"波多迦过去造幡悬塔上得报缘"。

③ 按,《道纪传》所说的"归戒",其实就是"三归五戒"的简称,例见东晋帛尸梨蜜多罗译《佛说灌顶经》卷三(参《大正藏》卷二一,第 503 页中—504 页中)。

犹被诽谤。①

据此,可知《金藏论》中当有一缘叫做"口失缘"。而其例证,仍然是佛经故事的摘引(但文字方面稍有改动)。它摘自《杂宝藏经》卷二《离越被谤缘》②,文字则比原经少了83字(约1/3。按,原经278字,此处仅有195字)。而经文内容的压缩,笔者以为似出道纪之手,而非从义所为。易言之,"经云"之后的文字,可能是从义照录道纪之原文。

《道纪传》又说道纪撰集《金藏论》的宗旨是"大启福门",即借之宣扬善有善报、恶有恶报的因果报应思想。如上引《口失缘》中,即使已证成阿罗汉的离越比丘,也逃脱不了宿业之报,更何况普通信众呢?再如北宋释允堪(?—1061)述、日本释慧光合《净心诫观法发真钞》卷三曰:

> 《金藏经》云:一切有情,归依三宝,以清净信心造一念善,佛悉知之,经无量劫亦不忘失,亦不杂乱。如人以一滴水寄大海中,佛悉知之,不错不乱,意颇同也。③

而这种对善恶报应观的强调,恰与慧皎《高僧传·唱导》之"论曰"所载东晋慧远(334—416)改革唱导时"先明三世因果"④的措施完全一致。虽然《续高僧传》卷三〇未明确道纪之举到底是经师科还是唱导科,但五代释义楚于后晋开运二年(945)至后周显德元年(954)撰成的《释氏六帖》卷一二"化导人天部第二十三""道纪《金藏》"条则把道纪事迹明确归为"唱导",曰:

> 高齐之初,大弘《成实》,后事唱导,广读经论,集《金藏》行焉。

---

① 《大藏新纂卍续藏经》第28册,第212页中。又,丁福保《佛学大辞典》《金藏经》条的解释,主要出于此段引文(即"此之一缘"之前的文字),且增加了"《义疏六帖》中往往引之,今不传"的说明(上海书店出版社1991年版,第1345页下)。而据新发现的《金藏论》,此条目应该有所修正了。

② 参《大正藏》卷四,第457页中。

③ 《大藏新纂卍续藏经》第59册,第565页中。

④ 《高僧传》,中华书局1992年版,第521页。

后自讲之,七日一遍。兼养老母,扫塔为业,劝人持八戒。①

据此,道纪不但积极从事唱导这一面向世俗大众的弘法活动,而且《金藏论》就是唱导时所依据之底本,其故事多摘引自《杂宝藏经》、《报恩经》等叙事类佛典,宣唱事缘乃是其最大特色,岂能说唱导自始至终只有表白一义?另外,道纪放弃讲《成实论》的专长,改事面对世俗大众的唱导,此表明唱导之性质、内容悉与纯粹讲说佛经义理的讲经迥然有别。②

二、唱导：中印之别与广义、狭义之分③

有人之所以对唱导理解存在以偏概全的疏误,是因为未能准确理解唱导在不同的历史阶段其含义有所变化,即它存在中印之别,有广义、狭义之分。

历史上首先对佛教唱导史进行全面清理的是释慧皎,其《高僧传》卷一三《唱导》有"论曰"云：

> 唱导者,盖以宣唱法理,开导众心也。昔佛法初传,于时齐集,止宣唱佛名,依文致礼。至中宵疲极,事资启悟,乃别请宿德,升座说法。或杂序因缘,或旁引譬喻。其后庐山释慧远,道业贞华,风才秀发。每至斋集,辄自升高座,躬为导首。先明三世因果,却辩一斋大意,后代传授,遂成永则。故道照、昙颖等十有余人,并骈次相师,各擅名当世。
>
> 夫唱导所贵,其事四焉:谓声辩才博。非声则无以警众,非辩则无以适时,非才则言无可采,非博则语无依据。至若响韵钟鼓,则四众惊心,声之为用也。辞吐后发,适会无差,辩之为用也。绮制雕华,文藻横逸,才之为用也。商榷经论,采摄书史,博之为用也。若能善兹四事,而

① 蓝吉富主编,《大藏经补编》第13册,第275页。
② 按,《释氏六帖》题为"齐州开元寺讲《俱舍论》赐紫明教大师义楚集",可见义楚本人即是讲经名家(《宋高僧》卷七谓其"俱舍一宗,造微臻极。遂传讲圆晖《疏》十许遍",见范祥雍点校本,中华书局1987年版,第160页),因此,他对讲经、唱导之别自是了然于胸,不至于产生误判吧。
③ 按,关于这一点,拙撰《变文与唱导关系之检讨》(《敦煌研究》1999年第4期)已有所揭示,但不明确。此部分即以前文基础,重新撰出,代表了笔者最新的思考。不当之处,请读者不吝赐教。

适以人时。①

慧皎于此,讲了六层意思:

一者开头一句着重从功能论来定义唱导。而这种说法也有经典依据,如西晋竺法护译《佛说无垢贤女经》曰:"佛告女菩萨无垢贤女:汝于胞胎,为众生作唱导;如来等正觉,亦于五道为一切众生作唱导。"②题为东晋帛尸梨蜜多罗译《佛说灌顶经》卷十一则说普广菩萨十二事之中:"八者合集众人,为作唱导,普得信心。"③易言之,唱导的接受对象确实是尚未悟道的普通民众。

二者参照义净大师(635—713)对印度唱导的记载,可知中土初期(慧远之前)"宣唱佛名,依文致礼"之唱导形式源出天竺。义净《南海寄归内法传》卷四"赞咏之礼"载印度那烂陀寺之唱导法是:

> 差一能唱导师,每至晡西,巡行礼赞。净人童子持杂香华,引前而去。院院悉过,殿殿皆礼。每礼拜时,高声赞叹,三颂五颂,响皆遍彻。迄乎日暮,方始言周。此唱导师,恒受寺家别料供养。或独对香台,则只坐而心赞。或翔临于梵宇,则众跪而高阐。然后十指布地,叩头三礼,斯乃西方承藉礼敬之仪。……且如礼佛之时,云叹佛相好者,即合直声长赞,或十颂二十颂,即其法也。又如来等偈,元是赞佛,良以音韵稍长,意义难显。或可因斋静夜,大众凄然,令一能者,诵《一百五十赞》及《四百赞》,并余别赞,斯成佳也。④

据此,则知印度佛教唱导是继承印度固有的礼敬之仪而来,其性质是巡行礼赞,作用在赞唱导引,相当于今天各种礼仪活动中的司仪。而慧远之前的唱导,与印度佛教唱导亦有相同之处——如都可以赞佛功德,引导礼拜动作之

---

① 《高僧传》,中华书局1992年版,第521页。

② 《大正藏》卷一四,第914页中。

③ 《大正藏》卷二一,第532页上。

④ (唐)义净原著,王邦维校注:《〈南海寄归内法传〉校注》,中华书局1995年版,第177页。又,义净所说《一百五十赞》及《四百赞》都是摩咥里制吒所作,关于其传播情况,可参陈明《摩咥里制吒及其〈一百五十赞佛颂〉的传译》(《国外文学》2002年第2期)、《〈四百赞〉:丝绸之路被湮没的佛教赞歌》(《南亚研究》2003年第1期)。

类。对此,北宋赞宁《大宋僧史略》卷中"行香唱导"条也深表赞同:

> 唱导者,始则西域,上座凡赴请,咒愿曰"二足常安,四足亦安,一切
> 时中皆吉祥"等,以悦可檀越之心也。舍利弗多辩才,曾作上座,赞导颇
> 佳,白衣大欢喜,此为表白之椎轮也。……又西域凡觐国王,必有赞德之
> 仪。法流东夏,其任尤重,如见大官谒王者,须一明练者通暄凉,序情意,
> 赞风化,此亦唱导之事也。齐竟陵王有导文,梁僧祐著《齐主赞叹缘记》
> 及诸色咒愿文,陈隋世高僧真观,深善斯道,有《道文集》焉。从唐至
> 今,此法盛行于代也。①

赞宁在此,既区分了东土、印度(西方)唱导之不同,又列举了萧齐至陈、隋
之间唱导名家及其有代表性的作品;同时还指明了一个事实:即中土唱导的
施行确实受过西方唱导的影响,因为唐宋时期的表白即源于西方的唱导。

三者唱导是中土佛教大众化的弘法方式之一,早在东晋慧远之前就已流
行。它除了用宣唱佛名、依文致礼一类的表白之外,还可以请高僧大德升座
说法。说法之时,可以讲因缘譬喻之类的佛经故事,而这类故事因情节生动
富有文学性,故最吸引人。

四者慧远对唱导的改革,首先在于他使唱导程式化,确立了首席唱导师
即导首制度,给后世唱导树立了法则。而导首之说,同样有佛典依据②,西晋
竺法护译《普曜经》卷一即说菩萨(即释迦牟尼)"虽在尘劳,皆来归命,为
众导首"③。什译《妙法莲华经》卷五则说:

> 是菩萨众中有四导师:一名上行,二名无边行,三名净行,四名安立
> 行。是四菩萨,于其众中最为上首唱导之师,在大众前,各共合掌,观释
> 迦牟尼佛而问讯言:"世尊! 少病、少恼,安乐行不? 所应度者,受教易

---

① 《大正藏》第 54 册,第 242 页上—中。又,"道文"即"导文"。因为"唱导"也写作"唱
道",如敦煌文书之 P.3330《唱道文一本》、P.3334《声闻唱道文》、S.5660va《菩萨唱导文》、S.6417c
《自恣唱道文》,考其内容,实大同小异。

② 释赞宁即发现了这一点,其《宋高僧传》卷三〇"论曰"有云:"昔梁《传》中立篇第十曰
《唱导》也,盖取诸经中'此诸菩萨皆唱导之首'之义也。"(中华书局 1987 年版,第 756—757 页)
惜其未详引具体的经典出处。

③ 《大正藏》卷三,第 484 页上。

不？不令世尊生疲劳耶？"

尔时四大菩萨而说偈言：

世尊安乐，少病少恼，教化众生，行无疲倦？

又诸众生，受化易不？不令世尊，生疲劳耶？①

其实，"导首"与"上首唱导之师"，其义一也。尤其《法华经》所载四位上首导师所说四言体偈颂，按照前揭义净的记载，它就是导师的唱导文本，并且用诗歌体。②此外，既然慧远"躬为导首"，则知唱导时担任导师者必有多人，但首席唱导师只有一人。若回过头来审视《道纪传》，说道纪出外唱导总是同行七人（加上道纪自己，共为八人），则知道纪在这个团体中就是导首。换言之，慧远创立的导首制度，甚至连北齐也在遵照执行。其影响之深远，可见一斑。

其次，"先明三世因果，却辩一斋大意"一句，则指慧远确立了三世因果是佛教唱导的思想宗旨。此点，其后的唱导师亦多遵从，如释道照（388—453）为宋武帝唱导就是："初夜略叙百年迅速，迁灭俄顷。苦乐参差，必由因召。"③若再结合慧远讲经时常有引用中土俗书使惑者晓然的举措④，想来他在唱导之时也不会例外。事实上，东晋以后的唱导师也就这样做的。如祇洹寺释道照是"少善尺牍，兼博经史。十八出家，止京师祇洹寺。披览群典，以宣唱为业"⑤，瓦官寺释慧璩是"读览经论，涉猎书史。众技多闲，而尤善唱导。出语成章，动辞制作，临时采博，馨无不妙"⑥。无论"兼博经史"或"涉猎书史"，都是在说唱导师的"不废俗书"之举。

五者唱导举行的场合在大众斋集时，即它多与特定的斋会相联系。例如南齐瓦官寺释慧重（412—487）"每率众斋会，常自为唱导"⑦。而道纪唱导，

---

① 《大正藏》卷九，第40页上。

② 按，佛经偈颂，从本质讲是音乐文学，且具有仪式性的特点。详细分析可参拙撰《汉译佛典文体及影响研究》（上海古籍出版社2010年版，第146—172页）。

③ 《高僧传》，中华书局1992年版，第510页。

④ 《高僧传》卷六慧远本传说远讲经时："乃引《庄子》义为连类，于是使惑者晓然，是后安公特听慧远不废俗书。"（中华书局1992年版，第212页）

⑤ 同③，第510页。

⑥ 同③，第512页。

⑦ 同③，第516页。

据其本传,则与法社斋密切相关。所谓法社,是:

> 为在家之佛教徒所组成之信仰团体,其性质类似义邑。始于东晋庐
> 山慧远所创之白莲社,其组织成员,在南方以贵族、知识阶级为主,北方
> 则以平民为中心。又如北齐之道纪,于乡间极力呼吁禁屠,结成强调持
> 戒之法社。①

据宋明帝敕中书侍郎陆澄(425—494)撰《法论》目录,中有东晋慧远法师之《法社节度序》②,后世一般把此法社等同于白莲社,但社中斋会有无唱导,史书阙载,故暂不讨论。而南北朝以来,法社建立的经典依据,多是题为西晋竺法护译之疑伪经《法社经》,如僧祐撰有《法社建功德邑记》,其注云:"出《法社经》"③。其经虽佚,但传世文献中偶有引用,如盛唐来华学僧新罗释太贤撰《本愿药师经古迹》卷下曰:

> 《法社经》云"贫者一灯亦得成故"。各置七灯者,迈师云:像前
> 一座造七轮灯,形如车轮,一一像座前各置一轮灯,一一轮上各安七
> 盏灯。④

细绎其意,是说《法社经》对于贫者置灯供养的要求是一灯也可,但一般情况是七灯供养。而道纪《金藏论》中辑有"灯缘"故事,又十分重视数字"七",显然与《法社经》有关。⑤而《金藏论》七卷,七日讲完,疑每天法社斋上唱导时道纪只宣讲其中的一卷。而每卷又包括不同的事缘,每一事缘辑录的小故事多寡不一(如卷五包括四种缘:"塔缘"、"像缘"、"香花缘"、"灯缘"各有九、五、五、四个小故事),即使讲完整卷之全部事缘故事,其实

---

① 慈怡主编:《佛光大辞典》,高雄:佛光出版社1988年版,第3362页上。
② (梁)僧祐撰,苏晋仁、萧炼子点校:《出三藏记集》,中华书局1995年版,第437页。
③ 同上书,第479页。
④ 《大正藏》第38册,第262页上。
⑤ 按,杂密经典也十分重视数字"七",如《佛说灌顶经》卷十二(即晋译本《药师经》)所述药师如来信仰即如此(参《大正藏》卷二一,第535页中)。而药师信仰早在皇兴二年(468)就流行于北魏(参敦研三四三《皇兴二年康那造幡发愿文》),故道纪之举,也受到《药师经》的深刻影响。

时间花费也不是很长。

再者,《道纪传》既谓其劝谕大众行八戒,则知法社斋又与八关斋关系密切。而慧皎《唱导》"论曰"亦以"八关斋"为例来说明唱导之情形:

> 至如八关初夕,旋绕行周,烟盖停氛,灯惟靖耀。四众专心,又指缄默。尔时导师则擎炉慷慨,含吐抑扬,辩出不穷,言应无尽。①

"八关",即八关斋。既然慧皎特别强调了唱导之时有"烟"、"灯"之事,则知参加唱导法事活动者尚有"香火"一类礼仪性的职事人员。道纪宣教集团之所以有八人,除了他自己作为导首外,定然也包括这一类在斋会上配合他唱导的职事人员。

六者总结了"声辩才博"是唱导活动的四准则。而唱导之"声",一方面指导师的表白(此即狭义的唱导),另一方面也涵盖了呗赞与转读。日本学者泽田瑞穗早就指出,转读与呗赞是唱导文学生成的基础②,其言良是。

参与唱导法事者虽有香火、梵呗和经师等人,但最重要的还是导师。因为唱导所贵四事中的后三项——辩、才、博,均是针对导师而言的,尤其是要求导师能有随机应变的临场技巧。慧皎《唱导》"论曰"即云:

> 如为出家五众,则须切语无常,苦陈忏悔。若为君王长者,则须兼引俗典,绮综成辞。若为悠悠凡庶,则须指事造形,直谈闻见。若为山民野处,则须近局言辞,陈斥罪目。凡此变态,与事而兴,可谓知时知众,又能善说。③

易言之,导师在不同的场合,面对不同的听众,唱导的内容也迥然有别。如对出家五众(比丘、比丘尼、式叉摩那、沙弥、沙弥尼),可宣唱佛教的根本义理——如"诸行无常"、"诸法无我"、"涅槃寂静"等,而且还应结合忏悔一类的佛教仪轨;对世俗统治者,则可从他们熟知的俗典入手,采用较为典雅的语言,用格义法来解说相关事缘;对普通百姓而言,则要求用他们亲眼所见、亲耳所闻的事例来说服他们相信佛教的无量功德;而山野百姓,因其多以

---

① 《高僧传》,中华书局 1992 年版,第 521 页。
② 参泽田瑞穗:《支那佛教唱导文学の生成》,《智山学报》新 13 卷,1939 年。
③ 同①。

渔猎为生,按照佛教一般的说教,他们是在造恶业,有违前述八关斋戒中"不杀生"之戒条,故唱导时就应用严厉的语辞,当面指出他们将要承受的罪报,使其能早日弃恶扬善。

有趣的是,佛教唱导史上还真有声、辩、才、博俱佳的唱导师。如《南史》卷四八《陆慧晓传》载:

> 时有王斌者,不知何许人。著《四声论》行于时。斌初为道人,博涉经籍,雅有才辩,善属文,能唱导而不修容仪。……后还俗,以诗乐自乐,人莫能名之。①

王斌能著《四声论》,表明他佛教音声法事十分精熟,加上"辩"、"才"、"博",唱导所贵四项准则在他身上,可谓一应俱全。虽说他后来还俗了,却以"能唱导"而入正史,说明他在佛教唱导史上的地位是其他很多人所不能相比的。

据慧皎记载,导师唱导时也可使用相对固定的文本,即唱导文(简称导文)。《高僧传·唱导》"论曰"总结说:"若夫综习未广,谙究不长,既无临时捷辩,必应遵用旧本,然才非已出,制自他成。"②既言"旧本",当是祖师授习代代相传而来。此种状况,隋唐时期依然如故,道宣《续高僧传》卷三〇《隋京师日严道场释慧常传》即说"梵导赞叙,各重家风"③。"梵"者,梵呗也;"导"者,唱导也。也就是说,此时不但唱导有师承之别,连梵呗也一样了。

以上所述,主要是对慧皎《高僧传》"唱导"科的历史性分析(东晋—梁)。而在佛教唱导史上,除了东晋慧远的改革外,后来还有一次重要的改革。《续高僧传》卷三〇《隋苏州栖霞寺释法韵传》载释法韵(570—604):

> 追慕朋从,偏工席上,骚索远度,罕得其节。诵诸碑志及古导文百有余卷,并王僧孺等诸贤所撰。至于导达,善能引用。④

---

① (唐)李延寿撰:《南史》,中华书局 1975 年版,第 1197 页。
② 《高僧传》,中华书局 1992 年版,第 522 页。
③ 《大正藏》卷五〇,第 740 页下。
④ 同上书,第 703 页下。

据此,法韵唱导也是多用旧本,即用王僧孺等人撰出的唱导文。既然梁陈时期的唱导文至隋代已被称作"古导文",那么,当时应该有了新式"唱导文"或唱导法问世。对此,《续高僧传》卷二《隋东都上林园翻经馆沙门释彦琮传》指出:

> 大定元年正月,沙门昙延等同举奏度,方蒙落发,时年二十有五。至其年二月十三日,高祖受禅,改号开皇。即位讲筵,四时相续,长安道俗,咸拜其尘。因即通会佛理,邪正沾濡,沐道者万计。又与陆彦师、薛道衡、刘善经、孙万寿等一代文宗著《内典文会集》。又为诸沙门撰《唱导法》,皆改正旧体,繁简相半,即现传习祖而行之。①

释彦琮(557—610)是隋代最著名的学僧与翻译家之一,他学识渊博,曾撰《众经目录》。开皇元年(581)隋文帝刚即位便委以讲筵之任,他讲经释论,名标当世。其所撰《唱导法》,至唐仍"祖而行之",这说明他对唱导的第二次改革取得了极大的成功,已成为隋唐两代的通则。而其改革的特点在"繁简相半",大概是简化了唱导程式。但到底哪些方面被简化了,因史料缺乏,笔者不便妄作推断。②

至此,我们可结合相关史料对中(晋—隋之时)、印唱导之异同做一归纳,如表所示:

区别项 \ 类别	中土唱导	印度(西方)唱导	备注
主持人	唱导师(导师),特别首席唱导师(导首)	唱导师(导师),亦有导首之说③	同
参与者(法事人员)	香火,经师,梵呗,维那④	净人童子	异
作用	宣唱法理,开导众心;赞佛	巡行礼赞(赞叹佛德,咒愿施主之类)	同中有异

① 《大正藏》卷五〇,第436页下。
② 按,最近有人依据敦煌文献中的唱导文试图还原六朝以来的唱导仪式,可备一说。参陈烁:《敦煌遗书的"唱导"仪式与唱导文之关系探微》,《甘肃社会科学》2012年第4期。
③ 按,前引《妙法莲华经》卷五所载"上首唱导之师",实即"导首"。
④ 考虑到唱导多与斋会相联系,故而当有维那来维持斋会秩序。

续表

类别 区别项	中土唱导	印度（西方）唱导	备　注
经济目的	可得财施，以兴福业^①等	劝施财物以作供养	基本相同
可配合行仪	忏悔，劝请，随喜，回向，发愿^②等	礼敬，咒愿^③等	同中有异
使用文本	导文，可用旧本，但多要求导师临场制作	经中赞颂或已有之佛赞，多为他作	同中有异
导文文体	散文偈颂合一	以偈颂为主	同中有异
表演方式	散文用表白，偈赞多吟唱	以赞唱为主	同中有异
表演场合	斋会，荐亡法会^④等	受斋时	基本相同
对导师之要求	声辩才博	最重声，且可用心赞^⑤	同中有异
唱导文学的主体	叙事文学	赞颂诗	异

　　至于隋唐时代的唱导，周叔迦先生爬梳梁、唐、宋三《高僧传》唱导史料之后，指出它已是经导合流，并且推测原因为"俗讲兴而唱导衰废"^⑥。此话不

---

　　① 《高僧传》卷十三《齐齐隆寺释法镜传》载法镜唱导是"不拘贵贱，有请必行，无避寒暑。财不蓄私，常兴福业"（中华书局1992年版，第520页）。

　　② 《高僧传》卷一三《宋灵昧寺释昙宗传》载昙宗"尝为孝武唱导，行菩萨五法礼竟，帝乃笑谓宗曰：'朕有何罪，而为忏悔？'宗曰：'昔虞舜至圣，犹云予违尔弼。汤武亦云万姓有罪，在予一人。圣王引咎，盖以轨世。陛下德万往代，齐圣虞殷，履道思冲，宁得独异。'帝大悦"（中华书局1992年版，第513页）。这里"菩萨五法"，即指《菩萨五法忏悔文》所说的五悔法——忏悔、劝请、随喜、回向、发愿五行仪。

　　③ 咒愿，也叫祝愿，在印度一般是指比丘在接受斋食时，根据施主意愿，用简单语句（多为偈语）进行祈愿之仪式。其性质与汉地佛教界在法事圆满之后所作的回向基本相同。咒愿中使用的文句，称做咒愿文。如东晋佛陀跋陀罗与法显译《摩诃僧祇律》卷三四《明威仪法》中即列举为亡人施福、为生子设福、入新舍设供、为估客旅行设福、为娶妇而施及为出家人布施等各类咒愿文。其中，为亡人施福之咒愿文是："一切众生类，有命皆归死，随彼善恶行，自受其果报，行恶入地狱，为善者生天，若能修行道，漏尽得泥洹。"（《大正藏》卷二二，第500页中）前引《大宋僧史略》卷中"二足常安，四足亦安，一切时中皆吉祥"，则是赴请时的咒愿文。

　　④ 如《高僧传》卷一三提到释昙宗为宋孝武帝殷淑仪三七会而唱导事（参中华书局1992年版，第513页）。

　　⑤ 心赞，即心念，也就是不出声的赞唱。它相当于唐金刚智译《金刚顶瑜伽中略出念诵经》卷四所说四种赞咏法（音声念诵、金刚念诵、三摩地念诵、真实念诵）中的第三种，原经指出："三摩地念诵，心念是也。"（《大正藏》卷一八，第248页上）

　　⑥ 参周叔迦：《漫谈变文的起源》，《现代佛学》1954年第2期。

全对,因为作为表白类的唱导一直在各种法会上施行,而唐宋时期文献中此类记载甚多,甚至在晚唐五代还出现了专门的表白科与表白法师。① 而此类导师,按照赞宁《大宋僧史略》卷中"国师"条之注,实源出于中古时期"唱导科"中的唱导之师(按,源、流关系虽然密切,但源并不等同于流)。其注云:

> 导师之名而含二义,若《法华经》中商人白导师言,此即引路指迷也;若唱导之师,此即表白也。故宋衡阳王镇江陵,因斋会无有导师,请昙光为导;及明帝设会,见光唱导称善,敕三衣瓶钵焉。②

而今存唱导文,无论《广弘明集》卷一五所载简文帝萧纲的《唱导文》,还是敦煌文献中的各类唱导文,大多确实属于表白类的疏文,此即误认为唱导自始至终只有表白一义的原因所在。然而道纪《金藏论》的发现,为我们提供了事缘类唱导的文本实证,因此,从一定程度讲,周叔迦先生"俗讲兴而唱导衰废"的论断,又自有其合理的一面。因为隋末唐初俗讲生成之后③,唱导宣唱事缘部分的内容(或曰叙事功能)主要由俗讲(或故事类变文)继承了。

综上所述,我们可以得出如下结论。

唱导有广义、狭义之分:其中隋代以前为广义用法,它是指佛教流行的弘法形式之一,常与斋会相结合,主要以讲、唱方式来宣说佛理,慧皎所论即属于此④;隋唐两宋,则为狭义用法,义为表白,赞宁等人所论属于此类。而狭义唱导,只是广义唱导(法会活动)中的有机组成部分之一,它可以溯源至印度(西域)之唱导。易言之,印度佛教的唱导传入中土之后,几经改革,已经发生了较大变易,特别在晋—隋之间。

本文 2013 年 8 月 19 日宣读于北京
"中国敦煌吐鲁番学会成立三十周年国际学术研讨会"

---

① 具体例证可参前引孙楷第、姜伯勤二先生之宏文,此不复赘举。
② 《大正藏》卷五四,第 244 页下。
③ 关于俗讲的生成年代,参拙撰《几个有关"俗讲"问题的再检讨》,《敦煌学辑刊》2012年第 1 期。
④ 参蓝吉富主编:《中华佛教百科全书》,台南:中华佛教百科文献基金会 1994 年印行,第3785 页右栏。又,是书虽未明说是广义,但它以慧皎所论来定义"唱导",笔者以为所取实为广义说。

变文变相关系论
——以变相的创作和用途为中心

　　有关变相与变文的关系问题，一直为变文研究者所重视。日本学者长泽规矩也在定义变文时首倡图文说，他认为："变文据说原来是指曼荼罗的铭文。"[①] 后来，该国学者如那波利贞、梅津次郎、金冈照光等皆从变文与变相之关系来定义变文。[②] 我国学者杨公骥先生则十分明确地说："佛寺中的变相或变大多是具有故事性的图画，'变文'是解说'变'（图画）中故事的说明文，是'图画'的'传'、'赞'，是因'变'（图画）而得名；'变文'意为'图文'。"[③] 美国学者 Victor H. Mair（梅维恒）则进一步指出只有变相图相配合的释家讲唱才是变文。[④] 凡此种种，似在表明变相与变文是同一之关系。然而我们若从变相的创作方法、用途及其在变文讲唱的具体运用来考察，结论则有很大的不同。

---

　　① 　参周绍良、白化文编：《敦煌变文论文录》，上海古籍出版社 1982 年版，第 162 页。

　　② 　参那波利贞：《俗讲と变文》，《佛教史学》1950 年第 1 期；梅津次郎：《变と变文》，《国华》1995 年第 760 号，第 193—194 页；金冈照光：《变·变相·变文札记》，《东洋大学文学部纪要》第 30 集《佛教学科·中国哲学文学科篇 II》第 1—33 页，1977 年 3 月。

　　③ 　杨公骥：《杨公骥文集》，东北师范大学出版社 1998 年版，第 415 页。

　　④ 　Victor H. Mair, "*T'ang Transformation Texts: A Study of the Buddhist contribution to the rise of vernacular fiction and drama in China*", Cambridge, Massachusetts: Harvard University Council on East Asian Studies，1989，p.99.

一、变相的创作

在讨论这一问题之前,有必要先交待变相的分类。从内容言,它包括两大类:一是非情节性的人物画,二是有情节的故事画。前者常称为"变像"(有时与"变"、"变相"通用),它主要有各种佛祖像、菩萨像、明王像、罗汉像、天尊像及由此组合而成的曼荼罗①;后者有佛本生图,说法图、菩萨本行本事图及其他经变图,它们是敷演佛经内容而成,多用几幅连续的画面表现故事与情节,故称佛经变相,简称经变或变。② 上述分类,若用图表示,则为:

$$
变相(变)\begin{cases} 变像(非情节性的人物画) \\ \\ 经变(情节性的故事画) \end{cases}
$$

兹按此分类,先说变像的创作方法。

唐人清昼《画救苦观世普菩萨赞》序云:"乃于玉胜殿内,按经图变。只于壁上,观示现之门,不舍毫端,礼分身之国。"③ 于此,清昼揭示了变像的创作是按经图变,即严格按照经文的规定来制作变像。《图像卷》第五谓般若菩萨之画法时引《陀罗尼集经》云:"通身白色,面有三眼,师子座上结跏趺坐。两臂作屈,左臂屈肘侧左胸上,仰五指半展,掌中画作经函。右手垂著右膝上,五指舒展。左安梵天,右安帝释。菩萨光上两相,皆画作须陀会天。坐下画作香炉,左右画八神王并十六善神也。具如经文。"④ 这里不但交待了绘制般若菩萨的具体内容,若坐姿,若手印,若侍从,若供养,而且进一步指出所有诸神的变相皆是"具如经文"制作而成。

---

① 唐菩提流志译《五佛顶三昧陀罗尼经》中提到"变像"之画法,实指曼荼罗的制作(参《大正藏》卷一九,第 373 页下)。同人译《不空罥索神变真言经》卷二二又云"曼拏罗中种种变相"(《大正藏》卷二〇,第 347 页上),这里的"变相"也指曼荼罗。

② 参见《佛光大辞典》第 6 册第 5558 页、第 7 册第 6917 页,书目文献出版社 1989 年影印本。经变、变相简称变的例子在隋唐五代极多,如杜甫《观薛稷少保书画壁》诗:"又挥《西方变》,发地扶屋椽。"仇兆鳌注曰:"《西方变》,言所画西方诸佛变相。"

③ (清)董浩等编:《全唐文》,上海古籍出版社 1990 年版,第 4236 页。

④ 《大正藏·图像部》卷三,第 22 页下—23 页上。

敦煌遗书 P.3916 号则详细地描述了七俱胝佛母的绘法：

> 取不截白叠（氎）清净者择去人发，画师受八戒斋。不用胶和色，用新椀盛彩色而用画之。其像作黄白色，种种庄严其身。腰著白衣，衣上有花。又身著轻罗绰袖天衣，以绶带系要（腰），朝霞络身。其手椀（腕）以白螺为钏，七宝庄严。一手上著指环，都十八臂。面有三目。上二手作说法相，右第二手施无畏，第三手把剑，第四手把数珠，第五手把微若布罗迦（唐言满果，此间无，西国有），第六手把钩，第七手把越（钺）斧，第八手把跋析啰，第九手把宝鬘。左第二手把如意宝幢，第三手把莲花，第四手把澡灌（罐），第五手把索茅，第六手把轮，第七手把螺，第八手把贤瓶，第九手把般若波罗蜜经夹。菩萨下作水池，池中安莲花，难陀、拔陀二龙王共收（守）莲花茎。于莲花上安准提菩萨，其像周围安光明火焰。其像作怜悯眼看，行者在下坐，手执香炉，面向上看菩萨。于菩萨上画二净居天，手捧花作供养势，像法如是。

七俱胝佛母，又称准提菩萨、准提观音，他是胎藏曼荼罗第二佛母院七尊中之一。上引 P.3916 号经文对它的制作方法、内容、材料都做了极其严格的规定，可见依经图变绝非虚言。

至若佛祖释迦牟尼的画法，晋译《观佛三昧海经》卷一叙观佛三十二相时有所交待云："自有众生乐观如来掌文间成如自在天宫，其掌平正，人天无类，当于掌中生千辐相，于十方面开摩尼光，于其轮下有十种画，一一画如自在天眼，清白分明"[1]，此即提示了佛陀掌纹之画法。该经又谓如来髭相是"诸髭毛端开敷三光，紫绀红色。如是光明，直从口边旋颈上照，围绕圆光作三种画，其画分明，色中上者，一一画间生一宝珠"[2]，此即指出了释迦髭相之绘法。唐译《大毗卢遮那成佛神变加持经》卷一亦谓："东方初门中，画释迦牟尼，围绕紫金色，具三十二相，被服袈裟衣，坐白莲花台。"[3] 由斯可见，绘制佛陀相，主要表现的是他的三十二相。所谓三十二相，是指佛有三十二种美

---

① 《大正藏》卷一五，第 648 页中。
② 同上书，第 657 页上。
③ 《大正藏》卷一八，第 7 页中—下。

好的相状,《大智度论》卷八八即说:"一者足下安平立平如奁底;二者足下千辐辋轮,轮相具足;三者手足指长,胜于余人……三十一者眉间白毫相,软白如兜罗绵;三十二者顶髻肉成。是三十二相,佛身成就。"[1] 与此同时,佛还有八十种随形好,真是美轮美奂,妙不可言。

次说经变的创作。经变因其内容繁杂,故事情节丰富,所以常需要用连续的几幅画面来表现。于此,汉泽佛典中也有所提示,北魏吉迦夜、昙曜共译《付法藏因缘传》卷一有云:

> （雨舍）令阿阇世王坐斯池中,而复更以鲜净白氎图画如来本行之像。所谓菩萨从兜率天化乘白象降神母胎。父名白净母曰摩耶,处胎满足,十月而生。未生至地,帝释奉接,难陀龙王及拔难陀吐水而浴。摩尼跋陀大鬼神王执持宝盖,随后侍立。地神化华,以承其足。四方各行,满足七步。至于天庙,令诸天像悉起奉迎。阿私陀仙抱持占相,既占相已,生大悲苦,自伤当终不睹佛兴……舍至树下,六年苦行,便知是苦,不能得道。尔时复到阿利跋提河中洗浴。
>
> 尔时有二牧牛女人,欲祀神故,以千头牛撰取其乳,饮五百头,如是展转,乃至一牛,即取其乳,煮用作糜,涌高九尺,不弃一滴……于是女人便奉菩萨,即为纳受而用食之。然后方诣菩提树下,破魔波旬,成最正觉。于波罗捺为五比丘初转法轮,乃至诣于拘尸那城力士生地入般涅槃。如是等像悉皆图画。[2]

此处所说,乃是佛传画的内容,即所谓"八相成道",它包括降兜率相、托胎相、降生相、出家相、降魔相、成道相、说法相、涅槃相。这种佛传画正是中土最常见的。还有另一种绘法与此大同小异,无"降魔"而加"住胎"一相,亦称八相成道。据丁明夷先生考定,克孜尔第110窟的佛传壁画即绘有此八项之内容。[3]

南传佛教的佛传图,只绘有释迦诞生、降魔、初转法轮和涅槃等四相图,

---

① 《大正藏》卷二五,第681页上。
② 《大正藏》卷五〇,第299页中—下。
③ 参丁明夷:《克孜尔第110窟的佛传壁画》,《敦煌研究》1983年创刊号。

也叫四大事,此在《法显传》及《洛阳伽蓝记》中均有记载。但无论八相、四相,所依据的都是有关叙述佛陀本行事迹的经典,它们主要是《修行本起经》、《太子瑞应本起经》、《普曜经》、《佛本行集经》、《佛本行经》、《过去现在因果经》、《方广大庄严经》等等,不一而足。此种佛本行变相见于文献记载的,在唐代两京长安和洛阳,大云寺有杨契丹画《本行经变》,菩提寺、化度寺有董谔、杨廷光、杨仙乔画《本行经变》,圣慈寺有程逊画《本行经变》,宝刹寺有杨契丹绘《涅槃变相》,永泰寺有郑法士绘《灭度变相》,光宅寺有尉迟画《降魔变》等①,林林总总,举不胜举。

除了佛本行经变外,还有绘佛本生的经变。此在印度所建的山奇(又译桑奇 sāñchi)大塔上,即绘有"睒子本生"、"猴王本生"、"独角仙人(ṛshi)"等本生故事。②这些故事大都见于康僧会译《六度集经》,宣扬的是佛教的六种方便——布施、持戒、忍辱、精进、禅定、智慧。这种本生经变在早期佛画中亦很常见,如克孜尔石窟就有《象王施牙》、《猕猴舍身救人》、《兔王梵身供养梵志》等壁画。在敦煌,这种本生画则举目皆是,如第 275 窟有《毗楞竭梨王本生》、《快目王施眼本生》、《月光王施头本生》、第 257 窟有《九色鹿本生》、第 254 窟有《萨埵太子舍身饲虎本生》、《尸毗王割肉贸鸽本生》、第 428 窟有《须大拏太子本生》,第 299 窟有《睒子本生》,其内容极其丰富。

与此同时,根据各种盛行的大乘经典所绘制的经变画也十分流行,裴孝源《贞观公私画史》即载有董伯仁所绘的《弥勒变相》,展子虔的《法华变相》③,顾名思义,它们是分别据《弥勒经》、《法华经》创作而成。张彦远《历代名画记》卷三又有如下记载:兴唐寺塔院内西壁有吴道玄画《金刚经变》,荐福寺有《维摩诘本行变》,千福寺有吴画《弥勒下生变》;懿德寺有《华严变》,光宅寺有《西方变》,大云寺有《净土经变》,昭成寺有《净土变》、《药师变》。④可见名目繁多,甚为时人所重视。

---

① 参(唐)张彦远著,范祥雍点校:《历代名画记》,人民美术出版社 1964 年版,第 49—71 页。
② 常任侠:《印度与东南亚美术发展史》,上海人民美术出版社 1980 年版,第 15 页。
③ 《文渊阁四库全书》第 812 册,台北:商务印书馆 1986 年影印本,第 26 页。
④ 同①。

变相的具体制作,带有极强的宗教色彩,仪式较为繁琐。日人净然撰《行林钞·画像品第七》云:"先须画像,择取吉祥善好月好时日,于晨朝起首画像。好月者,正、二、三、四、五、八、十二月等。好时日者,日月蚀时,或地动时,或鬼宿合日,或白月十五日、二十三日等。即唤画师,先沐浴了,与三昧耶戒,便与三昧耶灌顶,每出入常须洗浴换衣,亦不得还贾。"①《陀罗尼集经》卷二又谓:

> 当作阿弥陀佛像。其作像法,先以香水泥地作坛,唤一二三好巧画师,日日洒浴,与其画师受八关戒。咒师身亦日日洒浴,作印护身,亦与画师作印护身。咒师画师,两俱不得犯戒破斋,不吃五辛酒肉之物。作坛,中央著帐,四方著饮食果子,种种音乐供养阿弥陀佛。其画师著白净衣服,用种种彩色,以熏陆安悉等香汁和之,不得用皮胶。咒师坐于坛外,面向西,画师面向东。咒师前著一香炉,烧种种香,及散诸华,夜即然灯。咒师作阿弥陀佛身印,诵陀罗尼咒。②

据此,画师画制变相,一定要先受戒,受佛身印,并且不能违戒破斋。另外,还要选择吉祥时日,不是随时随地都可行事。画像之始,应举行种种仪式以示庆贺,以表庄严,场面壮观,想必亦为释家重要法事之一,不能游戏视之。

变相制作中,其画像顺序亦有讲究。金刚智译《金刚顶瑜伽中略出念诵经》卷三云:

> 十六大菩萨,第一画弥勒,其次不空见。次画一切能舍恶趣。复画乐摧一切黑暗忧恼。次画香象,复画勇猛。次画虚空藏,次画智藏,次画无量光,次月光,次贤护……及画所有不退转者,诸有趣者乃至诸轮转有路。③

这是以弥勒为主尊的变相画,最重要的是弥勒佛,故先画之,然后又按主次尊卑画诸菩萨,诸有趣之类。

变相制作之工序,要求亦严。敦煌第 216 窟题记有云:"粉之绘之,再涂

---

① 《大正藏》卷七六,第 78 页上。
② 《大正藏》卷一八,第 800 页中。
③ 同上书,第 241 页上。

再腠,或饰或装,复雕复错。"① 其过程有起草、上色、反复修改及最后定稿,力求做到尽善尽美。

综上所述,变相的创作具有多方面的要求,从程序言,必须遵守宗教仪轨,丝毫来不得半点马虎,真是严格依经图变。但从变相所绘制的内容看,是否按经图变则不尽然。大概非故事性的变像及曼荼罗基本上遵循这一原则,因为其内容较单纯执行起来较方便。而经变画则可根据需要作灵活处理,因为不可能把经文的每一细节都用画面的形式表现出来,所以只能截取最典型的场景来表达经文的主要内容。如前文所述佛传图之"八相变"、"四相变"及其他经变画均如此。另外,画家绘制经变画,还可有自己的即兴创造,如敦煌第146窟的《天请问经变》壁画中的忉利天宫及帝释天形象便是经文中所没有的内容。②《弥勒下生变》则把唐代世俗生活中的婚礼场景挪用过来。凡此种种,皆表明变相与佛经原典之关系并不完全统一。若笼统言之,说变相是变佛经为图像也未尝不可。

二、变相之用

至若变相之用,征诸史籍,大致有以下几种。

(一)与抄经一样,用于追亡祈福

中古以降,抄经写经以求福报蔚为风气。敦煌遗书 P.2055《佛说盂兰盆经》题记云:"六月十一日是百日斋,写此经一卷为亡家母马氏追福,愿神游净土,莫落亡途。"同卷《佛母经》题记又云:"为亡过家母写此经一卷,年周追福,愿托影好处,勿落三途之哉(灾)。佛弟子马氏一心供养。"这是写经以追念亡灵。P.2056《阿毗昙毗婆沙卷第五十二》题记则说:"龙朔二年七月十五日右卫将军鄂国公尉迟宝琳与僧道奕及鄠县有缘知识等敬于云际山寺洁净写一切尊经,以此胜因上资皇帝、皇后、七代父母及一切法界苍生,庶

---

① 敦煌研究院编:《敦煌莫高窟供养人题记》,文物出版社 1986 年版,第 98 页。
② 参李刈:《敦煌壁画中的〈天请问经变相〉》,《敦煌研究》1991 年第 1 期。

法船鼓拽,无溺于爱流;慧炬扬晖,靡幽于永夜。释担情尘之累,咸升正觉之道。此经即于云际上寺常住供养。"这是为生者祈福的写经。

变相之用,亦如佛经。阿斯塔那29号墓出土文书《唐咸亨三年(公元672年)新妇为阿公录在生功德疏》曰:

(前略)

15. 一　复于安西悲田寺讲堂南壁□□□众人出八十

16. 疋帛练画维摩、文殊等菩萨变一捕(铺)。又

17. 发心为□□□阿公修造愿知。

……

75. 开相起咸亨三年四月十五日,遣家人祀德

76. 向冢间堀底作佛,至其月十八日,计成佛

77. 一万二千五百卌佛。日作佛二百六十,元元廿佛。

78. 于后更向堀门里北畔新塔厅上佛堂中

79. 东壁上,泥素(塑)弥勒上生变,并菩萨、侍者、

80. 天神等一捕,亦请记录。

……

86. 《法华经》一部,《大般若经》一袟十卷。作更于生绢画两

87. 捕释迦牟尼变,并侍者诸天。[1]

由此分析,唐初西域之地即以变相作为供养来超度亡灵,变相的内容相当丰富,既有佛陀、菩萨之变像,又有弥勒上生之经变。

饶宗颐先生编《唐宋墓志》也载有天宝十四载(754)正月卅日的《供养人碑记》,碑中亦含有一幅变相图。饶先生谓:"此碑图占四分之三,文占四分之一,分刻左右上角,右为韵语一段:夫人韩兮贞女,忆故夫兮羁侣,立浮图兮长□,□生死兮齐举。天宝十四载正月三十日立。弟韩贞王赞,女二娘□□二姑。左段为佛经,中列供养人名字二人,残损不可读。左方为'罗侯

---

① 　唐长孺主编:《吐鲁番出土文书》(叁),文物出版社1996年版,第334—339页。

罗□弟子韩八娘一心供养。'"① 这里的变相与佛经的作用相同,同时作为荐亡追福之物。另外,从碑记中的人名韩二娘、八娘推测,这是一户普通的百姓人家。可知变相作供养,在当时已成为一种风气。

敦煌第 192 窟保存的龙兴寺沙门明立所撰《发愿功德赞文并序》又云:

> 乃于莫高岩窟龛内塑《阿弥陀佛像》一铺七事。于北壁画《药师变相》一铺,又画《天请问经变相》一铺。又于南壁上画《西方阿弥陀□变相》一铺,又画《弥勒佛变相》一铺。又于西壁上内龛□……文殊普贤各一躯并士从。……佛……十种好,随形若似。又背恶回社为斋,每年三长以……是供奉献三宝。又年岁至正月十五日□七……分就窟燃灯,年年供养不绝,此功德先奉为当今皇帝御宇,金镜常悬,国祚永隆! 又愿我河西节度使万户侯□司空张公,命同劫至,寿等像□。……支罗眷属,永辞灾障! ②

这里虽然说到洞窟变相有多方面的作用,但最为重要者是为生者祈福(包括当世皇帝、河西节度使及普通百姓等),同时也有荐亡之用。

(二)观想之用

唐善导《观念阿弥陀佛相海三昧功德法门》云:"又若有人,依《观经》等画造《净土庄严变》,日月想观宝地者,现生念念除灭八十九亿劫生死之罪。又依经画变,想观宝树宝池宝楼庄严者,现生除灭无量亿阿僧祇劫生死之罪。"③ 观想念佛是释家修行方式之一,它通过观看佛的变相来想象佛国土的种种庄严从而导入正悟之途,在净土宗中极为流行。善导本人光大净土宗时,就与此有关。史载他"少出家,时见《西方变相》,叹曰:'何当托质莲台,栖神净土!'"④

---

① 饶宗颐编:《唐宋墓志》,香港:香港中文大学出版社 1981 年版,第 71 页。
② 敦煌研究院编:《敦煌莫高窟供养人题记》,文物出版社 1986 年版,第 85 页。
③ 《大正藏》卷四七,第 25 页上。
④ 《大正藏》卷五一,第 105 页中。

（三）瞻仰礼拜之用 [①]

无论是洞窟壁画，还是佛寺变相，都可供人瞻仰礼拜。如《酉阳杂俎·续集》卷六载慈恩寺的法力上人："时常执炉寻诸屋壁，有变相处，辄献虔祝，年无虚月。" [②] 这里说的是出家人对于变相的虔诚礼拜。《益州名画录》卷上则说：

> 辛澄者，不知何许人也。建中元年大圣慈寺南畔创立僧伽和尚堂，请澄画焉。才欲援笔，有一胡人云："仆有泗州真本。"一见奇特，遂依样描写。及诸变相，未毕，蜀城士女瞻仰仪容者侧足，将香灯供养者如驱。 [③]

这里叙述的是普通民众对变相的瞻仰。当然，辛澄绘画技艺的高超，也是吸引信众趋之若鹜的关键因素之一。故道宣《续高僧传》卷二九"论"中说到佛教东传后的情况是："建寺以宅僧尼，显福门之出俗；图绘以开依信，知化主之神工。" [④] 所谓"图绘"，自然包括变相在内。易言之，信众通过瞻礼变相会生起崇拜之心，从而皈依佛教。

（四）醒世之用

变相在宣扬传布佛教教义时，常能用直观的方式警醒世人。《往生西方瑞应传》云："后周朝静霭禅师在俗时，入寺见《地狱变相》，谓同辈曰：'审业如之，谁免斯苦？'遂白母出家。" [⑤] 因果报应观在中土最深入民心，故梵宇之壁大都绘有《地狱变相》，它通过描绘各种恐怖的地狱场景使人相信善恶之报毫厘不爽。于此，《唐朝名画录》云吴道玄所绘景云寺《地狱变相》："时京都屠沽渔罟之辈见之而惧罪改业者，往往有之，率皆修善，所画并为后代之规式也。" [⑥] 足见其震撼人心之强。

---

① 于向东：《敦煌变相与变文研究》（甘肃教育出版社 2009 年版，第 49—50 页）曾提及此点，可参看。

② （唐）段成式撰，方南生点校：《酉阳杂俎》，中华书局 1981 年版，第 263 页。

③ （宋）黄休复撰，秦岭云校点：《益州名画录》，《寺塔记·益州名画录·元代画塑记》合刊本，人民美术出版社 2004 年版，第 11 页。

④ 《大正藏》卷五〇，第 699 页上。

⑤ 《大正藏》卷五一，第 104 页下。

⑥ 《文渊阁四库全书》第 812 册，第 384 页。

（五）辅助变文讲唱

有关这种记载，不胜枚举，如房翰《大唐扬州大都督府六合县冶山祇洹寺碑》云："真仪灭已，图像俨然，可以导利迷途，可以发明觉路者矣。……今上座怀亮、寺主惠勖、都师德本、道裕、元逸、惠瑳等，扬柁净域，鼓栧法流，发四谛之良音，辩百非之妙旨……虽佛在虚空，固难闻见，而人瞻影像，或易凭依。"① 李华《衢州龙兴寺故律师体公碑》也说："建讲堂、门楼、厨库、房宇，画诸佛刹，凿放生池，闻者敬，观者信，听者悟。"② 敦煌遗书 P.2044《闻南山讲》则谓："于是张翠幕，列画图，扣洪钟，奏清梵。"③ 由斯可知，变文讲唱确实常有图画相助而行。这一方面是利用变相的直观性来吸引观众（听众），此诚如欧洲教皇格利哥利（Gregory, the Great Pope）所说："绘画对于文盲犹如书籍之对于能读会写的人。"④ 对于大多数文化水平不高或者根本就没有机会接受教育的悠悠凡庶而言，绘画艺术更有助于他们形象地理解宗教教义。中外于此皆然；另一方面，变相在变文讲唱中，能在关键的情节及内容重要之处给听众（观众）以提示，便于他们及时了解讲唱的进程。吉师老《看蜀女转〈昭君变〉》谓："翠眉颦处楚边月，画卷开时塞外云"，所谓"画卷开时塞外云"就是说讲唱《王昭君变文》之时，每述及昭君出塞这一情节，便把相关的图画展现在观众面前。

三、变相与变文之配合

变文讲唱中常用变相，这是不争的事实。但两者如何配合，这倒值得探讨。

以前的研究者认为变相只用于俗讲转变中，这其实是一种误会。前揭 P.2044《闻南山讲》引文讲到"列图画"之举，可见变相也用于僧家讲经文中。现存敦煌卷子 P.2003《佛说十王经一卷》、P.2010《妙法莲华经观世音

---

① 《全唐文》，上海古籍出版社 1990 年版，第 1581—1582 页。
② 同上书，第 1430 页。
③ 黄征、吴伟：《敦煌愿文集》，岳麓书社 1995 年版，第 149 页。
④ 唐纳德·雷诺兹、罗斯玛丽·兰伯特、苏珊·伍德福特：《剑桥艺术史》第三册，钱乘旦、罗通秀译，中国青年出版社 1994 年版，第 349 页。

普门品》、P.2013《佛说灌顶拔除过罪生死得度经》、P.3074《人兽鸟身迦楼罗天像及观王药药上二菩萨经文》等皆图文并茂,疑其为讲经之用。兹举P.2003 为例,以见其要。

P.2003《佛说十王经一卷》前题为"《谨启讽阎罗王预修生七(斋)往生净土经》,誓劝有缘以五会启经入赞念阿弥陀佛",题下有注云:"成都府大圣慈寺沙门藏川述"。可见此卷是藏川和尚讲说《佛说十王经》的记录,听讲对象是五会念佛之法会上的净土信众。其中的变相插图亦当藏川法师或在他组织下请人绘制而成。该卷共有图 14 幅,题前一幅总绘佛陀说法场面,述的是经之缘起部分(序品),与藏川的赞文"如来临般涅槃时,广召天龙及地祇,因为琰魔王授记,乃传生七预修记"相符。述经主体部分则有 13 幅变相,呈左图右文之制,每幅画的内容皆与经文相契合,特别是后面的 11 幅把亡灵出入十大阎王——秦广王、初江王、宋帝王、五官王、阎罗王、变成王、太山玉、平正王、都市王、五道转轮王的经过一一绘出。其形象与世俗生活中的王者相类,具有较浓的生活气息。其中图 2 所绘穿黑衣、黑帽、骑黑马、执黑幡的人物形象与经文所说"我等诸王皆当发使乘黑马,把黑幡,著黑衣,检亡人家造何功德"之内容完全相符。再如图 3 述第二七日过初江王,人物中有头戴冠冕的,正坐审判桌前查阅亡人生前所造业簿者为初江王。手持铁叉的催行鬼则站在奈河岸边,正监督亡人渡河。另一牛头狱卒却用棍棒接引亡灵。因此这幅变相与所述讲经文"二七亡人渡奈河,千群万队涉江波。引路牛头肩挟棒,催行鬼卒手擎叉"亦吻合。可知藏川法师讲《佛说十王经一卷》时,变相变文相辅相成,效果定然不差。

其实,这种图文配合用以讲经的方法,其祖祢确确实实在印度。义净译《根本说一切有部毗奈耶杂事》卷三八有云:

> 尔时世尊才涅槃后,大地震动,流星昼现,诸方炽然,于虚空中诸天击鼓。时具寿大迦摄波在王舍城羯兰铎迦他竹林园中……即依次第而为陈说,仁今疾可诣一园中,于妙堂殿如法图画佛本因缘。菩萨昔在睹史天宫将欲下生,观其五事,欲界天子三净母身,作象子形,托生母腹。既诞之后,逾城出家,苦行六年,坐金刚座,菩提树下成等正觉,次至婆罗

疲斯国为五苾刍三转十二行四谛法轮。次于室罗伐城为人天众现大神
通,次住三十三天为母摩耶广宣法要。宝阶三道,下赡部洲,于僧羯奢城
人天渴仰,于诸方国在处化生,利益既周,将趣圆寂,遂至拘尸那城婆罗
双树,北首而卧,入大涅槃。如来一代所有化迹,既图画已。次作八函与
人量等,置于堂侧。前七函内满置生酥,第八函中安牛头旃檀香水。若
因驾出,可白王言:"暂迁神驾,躬诣芳园,所观其图画。"时王见已,问行
雨言:"此述何事?"彼即次第为王陈说,一如图画,始从睹史降身母胎,
终至双林北首而卧。①

行雨为其大王所说之经,乃是有关佛陀的本行因缘,其用图画相助而成,生动
细致,令人信服。

在南传佛教中,亦有图画变相配合讲唱之例。《法显传》载师子国事云:
"佛齿常以三月中出之。未出十日,王庄校大象,使一辩说人,著王衣服,骑象
上,击鼓唱言:'菩萨从三阿僧祇劫,苦行不惜身命,以国、妻、子及挑眼与人,
割肉贸鸽,截头布施,投身饲虎,不恡脑髓,如是种种苦行,为众生故。成佛在
世四十五年,说法教化,令不安者安,不度者度,众生缘尽,乃般泥洹。泥洹已
来一千四百九十七年,世间眼灭,众生长悲。却后十日,佛齿当出至无畏山
精舍。国内道俗欲殖福者,各各平治道路,严饰巷陌,办众花香、供养之具!'
如是唱已,王便夹道两边,作菩萨五百身已来种种变现,或作须大拏,或作睒
变,或作象王,或作鹿、马,如是形像,皆彩画庄校,状若生人。"② 由此可见,在
庆贺佛齿巡行的法会期间,其主要内容是使一辩说人宣唱佛之本生故事,此
种本生故事又以图画形式绘出,图文结合,宣教效果极佳。

至若配合俗讲变文的变相,则更常见,B.8347《八相变》中有云:

况说欲界,有其六天:第一四天王天,第二忉利天,第三须夜摩天,第
四兜率陀天,第五乐变化天,第六他化自在天。如是六天之内,近上则玄
极太寂,近下则闹动烦喧。中者兜率陀天,不寂不闹,所以前佛后佛总补

① 《大正藏》卷二四,第399页中—下。
② (东晋)沙门释法显撰,章巽校注:《法显传校注》,中华书局2008年版,第130—131页。

在依（于）此官。今我如来世尊，亦当是处。（此是上生兜率相。已上总管，自下降质相。）①

讲唱法师特意标明前文所讲的是如来上生兜率天的变相，据有关佛经记载，世尊为菩萨时曾居于兜率天之内院，所谓上生兜率相便指此事。为了引起听（观）众的注意，讲唱法师又特意提醒下文所说的是"降质相"，即如来下生为太子事。由此看来，变相与变文之配合，真是天衣无缝。

讲唱民间故事的变文有的也配以图画。《汉将王陵变》中说："从此一铺，便是变初"，这显然亦在提醒观众下文所讲的内容与变相中哪一部分相对应。《孟姜女变文》也有图相配，P.5019 号的插图即可拟为《孟姜女变相》。该图共绘两人，有的学者指出"实为孟姜女一人的两个动作，身负竹筐，脚著长靴，顶盘云髻，往返于断壁残垣之间，正与 P.5039 '更有数个骷髅，无人搬运'及'角束夫骨，自将背负'之语相合"②。此论洵是。而著名的《王昭君变文》，从前引吉师老之诗看，也是配有图画的。

变相图在变文讲唱中相当于情节单元，如 P.4524《降魔变文画卷并文》中描绘舍利弗与六师斗法，共有六个回合，与之相应配有六幅变相。如第一回合是"金刚智杵破邪山"，第二回合是"师子降水牛"，第三回合是"六牙象破七宝池"，第四回合是"金翅鸟破毒龙"，第五四合是"毗沙门破黄头鬼"，第六回合是"巨风破双树"。舍利弗与六师的变现遵循物物相克的规律，可表如下：

讲唱中法师先用散文介绍故事之进展，再用诗颂重复一遍刚才散文所述的内容，如说第二回合的争斗：

---

① 黄征、张涌泉：《敦煌变文校注》，中华书局 1997 年版，第 507 页。
② 同上书，第 62 页。

六师见宝山摧倒,愤气冲天,更发瞋心,重奏王曰:"然我神通变现,无有尽期,一般虽则不如,再现保知取胜。"劳度叉忽于众里化出一头水牛。其牛乃莹角冲天,四蹄似龙泉之剑,垂斛(胡)曳地,双眸犹日月之明,喊吼一声,雷惊电吼,四众嗟叹,咸言外道得强。

舍利弗虽见此牛,神情宛然不动,忽然化出师子,勇锐难当。其师子乃口如溪壑,身类雪山,眼似流星,牙如霜剑,奋迅哮吼,直入场中。水牛见之,亡魂跪地。师子乃先慑(折)项骨,后拗脊根,未容咀嚼,形骸粉碎。帝王惊叹,官庶忙然。六师乃悚惧恐惶。太子乃不胜庆快处若为:

六师忿怒在王前,化出水牛甚可怜。

直入场中惊四众,磨角掘地喊连天。

外道齐声皆唱好,我法乃遣国人传。

舍利(弗)座上不惊忙,都缘智惠(慧)甚难量。

整理衣服安心意,化出威稜师子王。

哮吼两眼如星电,纤牙峻爪利如霜。

意气英雄而振尾,向前直拟水牛伤。

慑(折)锉登时消化了,并骨咀嚼尽消亡。

两度佛家皆得胜,外道意极计无方。

值得注意的是法师讲说介绍故事情节时多标出"某某处",这即是提示听众,要注意变相所绘的与之相应的内容,亦即最为精彩的部分。变相因受形式的限制,不可能把每一个场景,每一个动作细节都描绘出来,而是抓住最动人的瞬间。此处所说狮、牛之战,所绘的便是师子扑水牛并奋力撕咬的细节(而法师所讲唱的其他动作与细节则不见于变相,当是他合理补充出来的)。

变相辅助变文讲唱时,一般都用某些特定的提示词,如"且看 × 处,若为陈说",或"当 ×× 时,有何言语"之类。它们所起的作用,除了表明此处有变相相配合外,更重要的是划分故事的情节单元,使变文讲唱层次分明。

有"×× 处"为标记的变文有《汉将王陵变》、《大目乾连冥间救母变文》、《频婆娑罗王后宫彩女功德意供养塔生天因缘变》、《伍子胥变文》、《李陵变文》、《王昭君变文》、《张议潮变文》、《张惟深变文》。兹先举《汉将王陵变》为例。该卷尾题作《汉八年楚灭汉兴王陵变》一铺",据此可知该变文是配有变相图的,讲唱时便照图而行。该故事讲楚汉相争时,汉将王陵偕灌婴夜半偷劫楚军大营,楚将钟离末设计捉取王陵母亲为人质,以此要挟王陵来降。可陵母忠贞不二,大义凛然,不为所动而自刎身亡。该变文共出现四个"××处",皆在故事讲唱的关捩处,起着提纲挈领的作用:"二将辞王,便往斫营处"一节是交待故事的开端,谓王陵、灌婴二将准备夜劫楚营;"二将斫营处,谨为陈说"一节则讲二将偷营一举成功,此为故事的发展;"说其本情处,若为陈说"一节是故事的高潮,述陵母被执为人质;"祭礼处若为陈说"则是故事的结局,交待陵母身死受到汉王的祭奠。由斯观之,文中的四个"处"字,与故事的发生发展紧密相连,它们所展现的就是四幅最为生动的变相画面,抓住的是故事发展中四个最吸引人的场景。

再看《大目乾连冥间救母变文》这一较完整的讲唱故事。关于这个故事,现存有多个抄卷,其中 S.2614 原题为《大目乾连冥间救母变文并图一卷并序》,可见该变文亦有变相与之配合。该变文有十八个"××处",可以说表示的都是情节单元,胪列如次:"且看目连深山坐禅处",这一段是述故事的缘起,目连因为父母双亡而出家修行,证得阿罗汉果后便想报恩而寻觅双亲亡灵。"目连向前问其事由之处"、"王问目连事由之处"、"目连问其事由处"、"至五道将军坐所,问阿娘消息处"、"目连闻语,便向诸地狱寻觅阿娘之处"、"支支节节皆零落处"、"逢守道罗刹问处",此七"处"是故事的发展,叙目连在地狱寻找其母青提夫人的经过。"白言世尊处"、"和尚化为灰尘处"、"亦得亡魂胆战处"、"母子相见处"、"言'好住来,罪身一寸肠娇子'处"等五"处"是故事的进一步发展,讲述目连承佛威力得入阿鼻地狱,见到其母之经过。"(目连)腾空往至世尊之处"、"如来领八部龙天,前后围绕,放光动地,救地狱之苦处"二节是故事的转折部分,谓世尊愿救地狱之苦。"长者见目连非时乞食,盘问逗留之处"、"看与母饭处"二节是故事的高潮部分,述目连的孝心孝行,一心救度已成饿鬼的青提夫人。"阎浮世界不堪停,生死本来无往处"一节,则属故事的结尾,讲目连设盂兰盆斋,终于把母亲接到了西方极乐世界。由此可知"处"字的作用十分明显,它表示的空间概念与变相图中的空间概念含义相同,甚至是将视觉艺术(变相)的用语挪借到听觉艺术（变文讲唱）中,变相与变文讲唱配合时,其主要内容基本上可一一对应。这点从敦煌壁画的榜题中可得到印证。

据梅维恒先生1981年调查敦煌第76窟,他发现绘有佛本行的图画有题识（榜题）如下:"熙连河澡浴处,太子六年苦行处,太子雪山落发处,教化昆季五人处,太子夜半逾城（无'处',案,据前题识当有'处'字）。"① 此每一"处"字即代表变相中的一幅画面或一个场景,由此推断,变相题识中的"处"字与变文讲唱中的"处"字,其用一也,都为故事情节单元的标志。后来《大唐三藏取经诗话》的回目中也有以"××处"作小标题的,如"行程遇猴行者处第二"、"入鬼子母国处第九"。② 此"处"之用法,当是承袭变相、变文而来。

另外,变文讲唱还有用"当（于）……时"作为提示语的,如《八相变》、《破魔变》、《金刚丑女因缘》、《目连变文》等。"时"字的用法与"处"字相当。兹举北8437号《八相变》为例以见其端绪。该卷开首说:"今我如来世尊,亦当是处。"下小字注云"此是上生兜率相,已上总管,自下降质相。"据此该变文讲唱中定有变相相配合。经检录,法师讲唱中共用了十六处"于此之时"、"当此之时"、"当尔之时"一类的提示词,依次揭示了如来降质、右胁降生,九龙吐水,大臣献疑,文殊进谏,仙人占相,城南验身,南门游观,途遇老人,忧愁生、老、病、死四苦,启请出家,和尚点化,雪山学道等十六个情节单元。这十六个情节全部属于"八相成道"的内容。

"时"在敦煌壁画中亦作情节单元的标志。如在第10窟东壁有十一幅故事画,每一幅的题名都以"时"字结尾,若第一幅榜题为"须达长者辞佛（将）向舍卫国（造）精舍,佛（告）舍利弗共（须达）建告（造）精舍,辞佛之时"③ 此即表示须达长者告别释迦牟尼与舍利弗前往舍卫国建造精舍的情形。在第98窟"劳度差斗圣变相"中则有这样的榜题:"外道劳度差变作大树,问舍利弗其叶数其根深浅时";"舍利弗答叶数讫,化作大蛇拔树时";"风神镇（震）怒放风吹劳度差时";"外道被风吹急遮面时。"④ 其中"时"

---

① Victor H. Mair, *"T'ang Transformation Texts: A Study of the Buddhist Contribution to the Rise of Vernacular Fiction and Drama in China*,"p.74.

② 李时人、蔡镜浩校注:《大唐三藏取经诗话校注》,中华书局1997年版,第2、24页。

③ 周绍良、白化文编:《敦煌变文论文录》,上海古籍出版社1982年版,第343页。

④ 同上书,第357页。

字毫无疑问表现的是劳度差与舍利弗争斗的场景。于此，S.4527《舍利弗与外道劳度差斗法俗文》（拟）中亦有如下标题：

> 风吹幄帐绳断，外道却欲系时
>
> 风吹幄帐欲倒，外道将梯想时
>
> 外道诸女严丽装饰拟共惑舍利弗时
>
> 大外道劳度差共舍利弗斗神力时……

可见"时"字在变相与变文中的作用是一致的，提示的都是最精彩的场景与内容。再如谢稚柳先生《敦煌艺术叙录》载：第九窟佛传图（右壁中）画内题字"睒子将盲父母……作草屋，采甘果供养父母时"[1]，此所表现的为睒子本生的一个场景。其实，"时"、"尔时"（梵文 atha）用于交待故事发展过程的用法，在内典中十分常见，如刘宋求那跋陀罗译《杂阿含经》中就多次用到"时"字，其卷二一之 570 品中用了七个"时"字[2]，交待了质多罗长者问法的前后经过。东晋瞿昙僧伽提婆译《增一阿含经》中则多次用"尔时"来表述事件的发展变化，如卷四四"十不善品"第四十八之三就用了近三十个"尔时"来叙述弥勒下生的前因后果。[3] 更有趣的是竺佛念译《菩萨璎珞经》卷一一《譬喻品第三十二》叙述"师子王和木雀"之故事时，用了三个"尔时"，分别介绍了世尊叙故事之由来、木雀偈答师子王、师子王忘恩受惩罚三个情节单元。[4] 变文讲唱及变相榜题中用"时"字作提示语，当是源于汉译佛经。[5]

变文讲唱中"处"、"时"等词语的提示作用，它表明了讲唱者运用的是全知全能的叙事方式，因而观（听）众是他们俯视的对象。讲唱中他们有

---

[1] 谢稚柳：《敦煌艺术叙录》，上海古籍出版社 1996 年版，第 431 页。又，在中土文献中，"时"字用于佛教造像之榜题，出现时间较早，如东魏武定元年（543）的《道俗等九十人造像铭》有云"太子得道送刀于太子时"，"定光佛入国□□菩萨花时"，"摩耶夫人生太子，太子九龙吐水洗想时"，"随太子乞马时"等（陆增祥《八琼室金石补正》，文物出版社 1985 年版，第 114 页）。

[2] 参《大正藏》卷二，第 151 页上—中。

[3] 同上书，第 787 页下—789 页下。

[4] 参《大正藏》卷一六，第 98 页上—中。

[5] （隋）慧远《无量寿经义疏》卷上有云"佛将说经，先托时、处"（《大正藏》卷三七，第 92 页上），由此可见，变文讲唱及变像榜题用"时"与"处"作提示语，皆有内典依据。

时径直要求听讲者该如何如何按其指示行事。如《降魔变文》中有云:"且看直诉如来,若为陈说。"《李陵变文》中则云:"看李陵共单于火中战处",此一"看"字非同小可,它一方面联系了变相与变文是如何配合而讲唱,另一方面也沟通了讲唱者与听众(观众)共同关注的焦点——变文与变相中最为精彩的情节单元。所以,有时听讲经便说成"看讲经",刘禹锡《送慧则法师归上都因呈广宣上人》便谓"昨日东林看讲时,都人象马踏琉璃"[①]。承袭此种用法,宋元说书者就把听讲故事者称为看官了。

不过,谈到这里还有个问题需要澄清。因为有学者把变文之变定义为故事,所以认为故事文才是变文,故事画才是变相[②],而且进一步推断讲唱中出现了前述两类提示词的才是变文。质言之,变相与变文配合时,都是建立在故事与情节之上的。这其实是一种不够全面的看法,虽然俗讲类变文讲唱中确实如此,但讲经文却不尽然。如前述 P.2003 号《佛说十王经一卷》的变相,既有故事画,也有人物画,可见非故事类的变相也可配合讲唱。再如俄罗斯藏符卢格编 110 号遗书《维摩诘讲经文》中云:"看看欲出离王城,未审拟于何处?"又云:"何以如此? 缘是世尊无量劫中无分毫违背有情,方感如此(云云)。"诸如此类的设问之用,莫不是法师在提醒听(观)众听讲之同时要注意变相所绘图景与所说经文之内容。其与故事文中"××处"、"××时"之作用同也。

另外,还要说的是变相和变文不能画等号。有学者认为变文讲唱必须有变相相配合,否则就不算变文。[③]这其实也犯了以偏概全的错误。毋庸否认,现存敦煌卷子中确有一部分讲经变文和俗讲转变配有变相,但也有未用变相的。因此,变相在变文讲唱中仅为辅助手段,而非唯一手段。

四、变相变文之关系

在全面分析了变相的生成及衍变规律,特别是它配合变文讲唱的具体过

---

① 《全唐诗》,上海古籍出版社 1986 年版,第 896 页。

② 周绍良:《唐代变文及其它》(上),《文史知识》1985 年第 12 期。

③ Victor H. Mair, "*T'ang Transformation Texts: A Study of the Buddhist Contribution to the Rise of Vernacular Fiction and Drama in China*", p.99.

程后,现在便可就两者的关系做一概括。

首先,变相与变文都是释家宣教的艺术形式,它们都具有二元化的倾向,即在恪守有关宗教仪轨的同时,又遵循艺术本身的规律。两者的创作主要依据释家经典,变相是通过处理空间关系而表现形象的视觉艺术,后者则为更多地诉诸听觉的时间艺术。变相的制作和变文的讲唱都在特定的场合①,画师与法师都得受戒,以示宗教法事(会)的庄严与肃穆。

其次,两者都遵循由宗教向世俗衍化的规律。初期的变相创作及讲经变文均较严格地按经教之要求来进行,前者的方法是"按经图变",后者常是"经传变文"或"变文易体"。②但是随着三教合流的出现,两者都彻底世俗化了。变相也可以描绘世俗生活的图景,变文则由讲经文发展成俗讲与转变,甚至社会现实生活、民间传说及历史故事也成了其宣唱的素材。

复次,变相与变文的生成年代(就佛教上两个术语的出现而言)都在东晋③,而极盛均在唐代,消歇约在南宋。④

以上三点,是变相与变文相同处,但它们也有各自的特点,主要是变相的用途较变文广,它既可追亡祈福,也可用于观想入悟。变相常见于寺宇石窟,变文讲唱则在变场与讲院⑤,可见两者的生成空间并不完全相同。而且,两

----

① 关于变文的讲唱程式,可参向达《唐代俗讲考》、孙楷第《唐代俗讲轨范与其本之体裁》,载《敦煌变文论文录》上册,上海古籍出版社 1982 年版,第 41—128 页。

② "经传变文"见于《弘明集·正诬论》,含义参拙文《变文生成年代新论》,《社会科学研究》1998 年第 5 期;"变文易体"出于吉藏《中观论疏》,其含义参姜伯勤《变文的南方源头与敦煌的唱导法匠》,《敦煌艺术宗教与礼乐文明》,中国社会科学出版社 1996 年版,第 395—422 页。

③ 关于变文生成年代是东晋,参前引拙撰《变文生成年代新论》。至若变相的生成年代,《法显传》里有"睒变"说,即绘制睒子本生的变相,据此可知也在东晋。

④ 有关变文消亡年代约在南宋的分析,可参周飞《变文绝迹考》(《人文杂志》1997 年第 4 期)、袁书会《也谈变文的消亡》(《敦煌研究》2001 年第 2 期)等。而变相的绘制,到北宋以后的画谱中已少有记载,如《宣和画谱》卷四"道释四"中所列宋代佛画名家仅有"孙梦卿、孙知微"等十来人(参《丛书集成初编》第 1652 册,中华书局 1985 年版,第 117—144 页),其成就远远不如唐代。故而推断变相艺术的消歇年代亦大约在南宋。不过,正如佛教讲经文至清依存一样,佛教变相的绘制在清亦存,如纪昀《阅微草堂笔记》卷一九就载有热河碧霞元君庙"塑地狱变相"之事(巴蜀书社 1997 年版,第 452 页)。

⑤ (唐)薛昭蕴《幻影传》"李秀才"条云:"虞部郎中陆绍,元中中常谒表兄于定水寺。邻院僧偕李秀才来,寺僧诋为不逞之徒。曰:'望酒旗,玩变场者,岂有佳者乎?'"P.2305 号写卷云:"早求生,速抛此,莫厌闻经频些子……劝即此日申间劝,且乞时时过讲院。"据此可知,变文演出之场所常在变场与讲院。

者受各自艺术形式的限制,自有殊胜和不足之处。变相为视觉艺术,变文讲唱为时间艺术,两者本不相涉。但是释家讲唱者巧妙地把它们配合在一起,才出现"××处"、"××时"之类的特殊用语。也正是由于两者的结合,才使变文讲唱在唐五代家喻户晓,成为释家最通俗、最有效的艺术。

原载《敦煌研究》2000 年第 3 期

《中国古代近代文学研究》2001 年第 3 期转载

收入本稿时略有修改

佛教音乐"契"之含义及相关问题探析

　　在佛教文献的研究中,最让人困惑不解的莫过于大量的音乐术语了。主要原因在于:天竺的音乐理论体系与中土有异,故而译师们如何用最贴切的汉语语汇来传达其在印度音乐中的固有含义便成了极为棘手的问题。就拿敦煌遗书中的那些音声符号来说吧,比如"平"、"侧"、"断"等,虽然也用于中国传统的音乐术语中,但它们在佛教讲唱中的确切含义是什么,其与本土用法有何区别,至今也无人说得清楚。之所以会遭遇如此尴尬的学术困境,窃以为最根本的问题在于对相关佛教音乐文献缺乏系统的整理与研究。[①] 于此,本文择取佛教音乐中最常见的术语"契"作为个案来分析,试图在较为全面地梳理相关文献的基础上厘清其真实的含义,以求为佛教音乐的文献学研究提供一点参考意见。不当之处,敬祈海内外方家多多諟正。

----

　　① 　幸运的是不少学者早就充分地意识到了这一问题,并着手这方面的研究工作。如 20 世纪 50 年代就有杨荫浏、查阜西等对北京智化寺的音乐进行过采访、记录与整理,80 年代以后则出现了大量的记录与研究汉传、藏传佛教音乐文献的论著。不过,这些论著多数是从现今仍在传唱的音乐作品入手来梳理相关佛教音乐的发展,而较少关注佛教音乐中的华梵异同。最近王昆吾、何剑平二先生主要从汉文大藏经中辑出了相关音乐文献汇成专集《汉文佛经中的音乐史料》(巴蜀书社 2002 年版),于佛教音乐文献学之研究颇有助益。加之王先生此前的多篇专论,如《佛教呗赞音乐与敦煌讲唱辞中"平"、"侧"、"断"诸曲符号》(载《中国早期艺术与宗教》,东方出版中心 1998 年版,第 402—428 页)、《原始佛教的音乐及其在中国的影响》(《中国社会科学》1999 年第 2 期)等,悉表明他已经注意到了华梵佛教音乐之比较研究的重要性。本文写作,正是受到其启发而进行的个案研究。

一

对于"契"在佛教音乐中的含义,学术界的研究大致可分为两个阶段:第一阶段是20世纪30至50年代,一些敦煌学的研究者在探讨变文讲唱时,对于"契"之含义纷纷发表了自己的看法,如关德栋先生在《〈读唐代俗讲考〉商榷》一文指出:"所谓一'契',实是指一个'歌赞'而已。"① 向达先生在《补说唐代俗讲二三事——兼答周一良、关德栋两先生》一文中则怀疑:"'契'字乃是翻译梵音,或者即是 Gāthā(拼法据 Monier-Williams《梵文字典》)一字的对音也未可知。"② 周一良先生《关于〈俗讲考〉再说几句话》则在向达先生的基础上进一步确认"'契'是指乐曲上的单位"。③ 尔后向达先生据之进而推测"契是指乐调而言"。④ 对此,周叔迦先生在《漫谈变文的起源》里大表赞同,谓"一契便是一个曲调"。⑤ 由此可见,当时的研究者最后达成了一个共识,那就是认为"契"是指佛教音乐中的特定曲调。至于是哪种特定曲调,则语焉不详。第二阶段是改革开放后至今,随着思想禁锢的解除,佛教音乐的研究渐渐成了艺术工作者关注的焦点领域之一,期间有不少大陆学者对"契"的含义重新进行了探究,如田青先生在《佛教音乐的华化》中推测:"'契'的意思,很可能是曲谱","'契'为乐谱,而且是'声曲折'一类的曲线谱"。⑥ 赵益先生在《梵呗三释》中则给"契"下了个定义,是指"佛教梵呗的专称,取其声文相契之意"。⑦ 另外,台湾释道昱亦在《经导对中国佛教礼忏的影响——以梁〈高僧传〉为中心的探讨》一文中指出:"契是指讽咏经典偈颂的一节、一科或一段。"⑧ 统观前贤时彦的

---

① 周绍良、白化文编:《敦煌变文论文录》,上海古籍出版社1982年版,第167页。

② 同上书,第175页。

③ 同上书,第180页。

④ 按,向达先生的这个推测是以"附记"的形式放在周一良先生的《关于〈俗讲考〉再说几句话》之后,文见《敦煌变文论文录》第182—184页,特别是182页。

⑤ 同①,第250页。

⑥ 田青先生论文原载《世界宗教研究》1985年第3期第1—20页(特别参考第4页),后又收入论文集《净土天音:田青音乐学研究文集》(山东文艺出版社2002年版)第1—47页。

⑦ 文载《中国典籍与文化》1997年第4期第91—94页,特别参考92页。

⑧ 文载《圆光佛学报》1999年第3期第73—100页,特别参考第83页。

研究,都自有其一定的合理性。不过,若以之来解释相关的佛教文献,则皆不尽完全吻合,故本人重释之如次。

<h1 style="text-align:center">二</h1>

中国本土文献中,较早用"契"字来表示音乐性质的语料有:一者陆机《演连珠》之三六曰:"鼙鼓疏击,以节繁弦之契。"[①] 二者卢谌《赠刘琨》之三曰:"孰云匪谐,如乐之契。"[②] 三者唐人徐坚所编《初学记》卷一六引晋孙该《琵琶赋》曰:"曲终歌阕,乱以众契"。[③]《汉语大词典》并以前两则语料给出了"契"的义项之一是:"指声乐和合、和谐。"[④] 但"契"的这种用法在汉译佛典中尚未发现具体的语料,易言之,表示"声乐和合、和谐"之性质的"契",没有用于佛典翻译的音乐术语中。所以,我们认为是中土僧众把本土表示"声乐和合、和谐"的名词"契"用作表示佛教呗赞音乐的量词。试看以下两组史料:

1. 僧祐《出三藏记集》卷一三载三国东吴的支谦是:"既善华戎之语,乃收集众本,译为汉言。从黄武元年至建兴中,所出《维摩诘》、《大般泥洹》、《法句》、《瑞应本起》等二十七经,曲得圣义,辞旨文雅。又依《无量寿》、《中本起经》,制赞菩萨连句梵呗三契,注《了本生死经》,皆行于世。"[⑤] 同卷又谓尸梨蜜(按,即慧皎《高僧传》之帛尸梨蜜多罗)曾经"对坐作胡呗三契,梵响凌云"。[⑥]

2. 慧皎《高僧传》卷一三载南齐安乐寺释僧辩"传《古维摩》一契,

① (梁)萧统编,(唐)李善注:《文选》,上海古籍出版社 1986 年版,第 2395 页。

② 同上书,第 1180 页。

③ (唐)徐坚等:《初学记》,中华书局 1962 年版,第 392 页。

④ 罗竹风主编:《汉语大词典》第二册,汉语大词典出版社 1988 年版,第 1532 页。不过,《汉语大词典》谓第二条语料出自《文选·刘琨〈重赠卢谌〉》,并引吕向注曰:"契,合也。谁谓不能如乐声之和合也。"是知词典编撰者的引文不是源于李善注本,今考逯钦立先生辑《先秦汉魏晋南北朝诗》,此引文见于卢谌《赠刘琨诗》(中华书局 1983 年版,第 881 页),同于李善《文选》注本。

⑤ (梁)僧祐撰,苏晋仁、萧炼子点校:《出三藏记集》,中华书局 1995 年版,第 517 页。

⑥ 同上书,第 522 页。

《瑞应七言偈》一契,最是命家之作。"① 同卷又说:"康僧会所造《泥洹》梵呗,于今尚传,即《敬谒》一契,文出双卷《泥洹》,故曰《泥洹呗》也。……籥公所造六言,即《大慈哀愍》一契,于今时有作者是。"②

对于上举"契"的用法,其作量词应无疑义。那么,问题至此就产生了,即汉译佛典中用以表示佛教呗赞音乐的是什么呢?

在佛典中,无论是九分教还是十二分教,与音乐关系密切的悉仅有修多罗(梵文 sūtra,长行)、祇夜(梵文 geya,重颂或应颂)与伽陀(梵文 gāthā,孤起颂或讽颂)三种。所谓长行,指的是佛经中的散文部分,而祇夜与伽陀则为经中的韵文部分,其中祇夜紧紧依附于长行,因其内容与长行相重复,故称"重颂"或"应颂",而伽陀的内容则与长行所述部分不重复,是独立的,故称"孤起"。对于长行而言,其音乐表现形式常常是吟诵;而祇夜与伽陀则属呗赞音乐,且就文辞言是为颂体,往往用以表达对佛与菩萨的赞美歌颂等。

考汉译佛典中,对于祇夜与伽陀的翻译,还常用一个统称,那就是"偈"(也叫偈颂)。③ 偈之含义,从广义言,就是包括伽陀与祇夜,如鸠摩罗什译《大智度论》卷三三曰:"一切偈名祇夜,六句三句五句,句多少不定,亦名祇夜,亦名伽陀。"④ 偈之狭义,则单指伽陀(gāthā,也音译为伽他、偈陀、偈他)。⑤ 偈(偈颂)在佛典中,既是韵文的载体,又是音乐的载体,是诗与乐的高度统一。于此,从祇夜与伽陀二者的梵文原意也可窥得一斑,如祇夜的梵文geya 之本意是"可以唱出来的",它是从有"歌颂"之意的动词词根 gai 的被动分词转化而成的名词,伽陀的梵文 gāthā,亦是由 gai 变化而成的名词。⑥ 此外,佛典中亦有大量关于偈与音乐关系的记载,兹举三例以见其端要。

---

① (梁)释慧皎撰,汤用彤校注:《高僧传》,中华书局 1992 年版,第 503 页。

② 同上书,第 509 页。

③ 按,在佛经中,偈的含义与分类是个十分复杂的问题,如《中观论疏》卷一谓偈则有通别二种:通偈指的是不论长行(散文)、偈颂,凡经文之文字数至 32 字者,称之为首卢伽陀,是为胡人数经之法;别偈则指必以四句而文义具备者,即不问三言、四言、五言、六言、七言之句式,此称结句伽陀。

④ 《大正藏》卷二五,第 307 页上。

⑤ 如慧琳《一切经音义》卷二七"偈"条下即曰:"偈,梵云伽陀,此云颂美,歌也。"(《大正藏》卷五四,第 483 页下)

⑥ Sir Monier Monier-Willians: *A Sanskrit-English Dictionary*,p.363,p.352,Motilal Banarsidass Publishers,PVT. LTD. Delhi,1990.

东晋瞿昙僧伽提婆译《增一阿含经》卷六"利养品第十三"记尊者须菩提身得苦患,释提桓因遣波遮旬前往问疾,波遮旬"便调琉璃之琴,前至须菩提所,便以此偈叹须菩提",后接五言偈颂二十句。须菩提闻声而起,复叹波遮旬曰:"善哉波旬,汝今音与琴合,琴与音合,而无有异,然琴音不离歌音,歌音不离琴音,二事共合,乃成妙声。"① 据此,波遮旬所出之偈实为歌词。西晋竺法护译《佛说须真天子经》卷九则谓:"尔时文殊师利便为天子歌颂偈言。"② 后接五言偈共 168 句,此五言偈显然也是用于歌唱的。日本所传《门叶记》又十分明确地要求:"伽陀,无音乐者不可用之。"③ 凡此种种,皆说明佛经偈颂的主体是属于音乐文学性质的。

中土音乐文献中的"契"(如前揭孙该《琵琶赋》之"曲终歌阕,乱以众契"),实亦有音乐与文辞相契合的意蕴。更为重要的是,俞敏先生在其大著《后汉三国梵汉对音谱》中指出了"gāthā"中的"gāth"就是"偈"的对音④,而"契"之读音"qi"与"偈"(ji)相近,意亦与之相似,职是之故,中土僧众在描述呗赞音乐之性质时未择用译师们所用的"偈",反而选用了本土固有的术语"契"。⑤ 究其成因,首先在于"偈"在文辞上有一大特点,那就是常常四句成颂⑥,而佛教呗赞之"契"则不尽然。虽说早期的呗赞歌

---

① 《大正藏》卷二,第 575 页下。

② 《大正藏》卷一五,第 109 页下。

③ 《大正藏·图像部》卷一二,第 51 页中。

④ 参《俞敏语言学论文集》,商务印书馆 1999 年版,第 53 页。孙尚勇博士在《佛经偈颂的翻译体例及相关问题》(《宗教学研究》2005 年第 1 期)则认为"偈"字对应的梵语是 geya,而不是 gāthā。2005 年 8 月 23 日本人在四川大学中国俗文化研究所召开的"中国民间信仰国际学术研讨会"宣读本文后,承山东大学历史语言研究所谭世保教授见告,粤语"偈"的读音与 geya、gāthā 的语根 gai 的读音相同。易言之,偈对应的梵语应包括 gāthā 与 geya。

⑤ 按,关于用"偈"来表述"呗赞"的初期译经,较早的有后汉安世高译《佛说尸迦罗越六方礼经》之"佛说呗偈",呗者呗赞也。其偈为:"鸡鸣当早起,披衣来下床。澡漱令心净,两手奉花香……"(参《大正藏》卷一,第 251 页下—252 页中)偈为五言体,共八十句。另外,宋人赞宁于《大宋僧史略》卷二论述"赞呗之由"时(参《大正藏》卷五四,第 242 页中)及法云《翻译名义集》卷四"呗匿"条下(《大正藏》卷五四,第 1123 页下)皆讲到《十诵律》载有沙门亿耳以"三契声"赞呗事。然考后秦弗若多罗译《十诵律》卷二五,佛陀虽然赞叹亿耳比丘是"善赞法","能以阿槃地语声赞诵,了了清净尽易解"(参《大正藏》卷二三,第 181 页中),却根本没有说到"三契声"一事,可知"契"字是不用作佛教呗赞之翻译术语的。这就进一步印证了该字首先是中土人士用它来表达呗赞音乐性的观点。

⑥ 关于这方面的论述,详见李小荣、吴海勇:《佛经偈颂与中古绝句的得名》,文载陈允吉师主编《佛经文学研究论集》,复旦大学出版社 2004 年版,第 348—359 页。

词,如《出三藏记集》记载的支谦之"菩萨连句梵呗三契",《高僧传》中所提及的释僧辩所传之"《古维摩》一契,《瑞应七言偈》一契"等已经失传,我们就不能知其详情。但是慧皎所说的"籥公所造六言,即《大慈哀愍》一契,于今时有作者"①之"大慈哀愍一契",我们认为就是唐人道世所撰《诸经要集》卷四"呗赞部"之"叹德缘第三"中所引的"大慈哀愍群生,为荫盖冥盲者,开无目使视睎,化未闻以道明。处世界如虚空,犹莲花不着水,心清净超于彼,稽首礼无上尊。"②因为此呗赞无论从形式(六言)还是从内容(开篇即有"大慈哀愍")看,皆符合慧皎的记载。从上揭引文可知,"大慈哀愍"一契是八句,而非四句。另外,早期的道教经典中也常常提到"三契"或"三契颂",从其文辞看,一契也不是四句成颂,此亦可作为旁证。如约出于南北朝的道教古灵宝经之一的《洞玄灵宝丹水飞术运度小劫妙经》中记载了《高上真人罗天颂三契》,其中第一契是"六度生梵迹,至真出玄虚。………德合超然去,尘俗缅飘因"共二十四句,第二契是"郁郁空洞乡,岩岩天宝台。……躯精浊损次,朝礼高上师"共十四句,第三契是"玄洞空中去,虚虚豁无响。……超度众根难,流霞登濛陇",亦为十四句。③再如《上清诸真章颂》中载有《上清步虚三契颂》,其中第一颂是"元始洞空无,三炁积上门……"共二十八句,第二颂是"太平反空无,奉翼后圣君……"共三十二句,第三颂是"洞阙运天网,王气转三微……"共二十四句。④易言之,"契"在歌词句数上的要求与偈不太一样。宋法云《翻译名义集》卷四引《音义》曰:"契之一字,犹言一节一科也。"⑤既谓"一节"与"一科",当然就不一定仅有四句颂辞。

三

在中土佛教音乐文献的记载里,与"契"这一量词连用的数字最常见的

---

① 慧皎:《高僧传》,中华书局1992年版,第509页。又,籥公即支昙籥,本为月支人,晋孝武初止建初寺,以转读与呗赞名于世。

② 《大正藏》卷五四,第32页下。

③ 《道藏》第5册,第858页上—中。

④ 《道藏》第11册,第146页上—中。

⑤ 同②,第1123页下。

是"三","三契"似乎成了一个固定的说法。这方面的材料,除了前揭支谦"菩萨连句梵呗三契"、尸梨蜜"胡呗三契"外,还有不少,兹举两例于此,如《法苑珠林》卷三九引《西国寺图》曰:"行至佛所,礼三拜竟,围绕三匝,呗赞三契。"① 慧琳《一切经音义》卷二七"歌呗"条下曰:"梵云婆师,此云赞叹。……此乃西域三契声,如室路拏所作是也。"② 而与"三契"连用的则是"七声",二者又构成一个固定术语"三契七声",如:唐人道宣撰《大唐内典录》卷二载支谦"又依《无量寿经》及《中本起》,制菩萨连句梵呗三契七声,于今江淮间尚行。"③ 窥基法师《妙法莲华经玄赞》卷二则谓陈思王曹植所制梵呗:"今俗中谓之渔梵,冥合西域三契七声。"④ 所谓"三契七声",在《高僧传》中则作"三位七声"⑤,有人据此指出:"三位"与"三契",乃异名同实。⑥ 另外,七声也作"七啭",道宣《续高僧传》卷二三即载有周武之世,武帝曾"七夕同僧不眠,为僧赞呗并诸法事,经声七啭,莫不清靡"。⑦

窥基法师所谓西域之"三契"与"七声",其音乐性究竟如何? 有人经过比较后得出了这样的结论,即"三契"与印度古乐中的三调乌达塔(udātta,高声调)、阿鲁达塔(anu-dātta,低声调)、斯瓦里塔(svarita,混合声调,即高声调与低声调组成的混合音调)有关,而"七声"则和印度音乐中的七个音级(yama)有关,它们最早见于《婆摩吠陀》(Samaveda)的辅助经文《那罗迪式叉论》(Naradisiksha)中,其称名是具六(Shadja,略称 Sa,也叫第一音)、神仙曲(Rishabha,略称 Ri,也叫第二音)、持地调(Gandhara,略称 Ga,也叫第三音)、中令(Madhyama,略称 Ma,即第四音)、等五(Pañchama,略称 Pa,即第五音)、明意(Dhaivata,略称 Dha,即第六音)、近闻(Nisada,略称 Ni,即第七音)。⑧ 其三调与七声,还可以互相配合使用。日本学者武田丰四郎指出:"三种声调,是应用于唱歌(giti)的调子,现在所举

① 《大正藏》卷五三,第593页上。
② 《大正藏》卷五四,第485页中。
③ 《大正藏》卷五五,第230页上。
④ 《大正藏》卷三四,第727页中。
⑤ 《高僧传》,中华书局1992年版,第508页。
⑥ 参拙撰《变文讲唱与华梵宗教艺术》,上海三联书店2002年版,第189页。
⑦ 《大正藏》卷五〇,第626页中。
⑧ 同⑥,第186—191页。

的七种音调,是调正器乐历时(tala)的调子,然而在声乐和器乐之间,有密切的关系,所以近闻和持地调,对配于高声调,神仙曲和明意,对配于非高声调,其余三音调,对配于混合声调。"[1] 不过,武田氏所说的可能只是吠陀时期三调与七声的配合情况。而到史诗时期情况似发生了变化,如《罗摩衍那》(Rāmayana)有云:"在诵读和歌唱中,这部书声调悠扬,具有三调七音符,配上笛子可歌唱"[2],其《后篇》又说"琵琶乐声极甜美,升调、降调曾细论,放开喉咙唱美音,歌唱下去莫担心"[3]。据此推断,则似三调可以和七声任意组合。假如是说成立的话,则可以解释以下三个问题。

一者支谦译《撰集百缘经》卷二之《乾闼婆作乐赞佛缘》谓佛在舍卫国祇树给孤独园时,城中有五百乾闼婆善巧弹琴、作乐歌舞,供养如来。其中"北方有乾闼婆善巧弹琴,作乐歌舞,故从彼来,涉历诸士,经十六大国,弹一弦琴能令出于七种音声,声有二十一解。"又谓佛自身亦化作乾闼婆王,带领天乐神般遮尸弃:"其数七千,各各手执琉璃之琴",亦是弹一弦琴"能令出于七种音声,声有二十一解。"[4] 译文中的乾闼婆(Gandharva)、般遮尸弃(Pañcasikin)皆是天乐神,他们能弹出七音声。此七音声,即是前文所列的Sa、ri、ga、ma、pa、dha、ni,它们类似于中国的七声,即羽、变宫、宫、商、角、变徵、徵,饶宗颐先生由此指出:"印度七声说,东汉末年一定通过僧徒传入中土。"[5] 此七声若全部配于三调,则共有二十一种组合形式,这极可能就是译经所谓的声有二十一解之原意所在。

二者慧皎《高僧传》"经师篇"之"论"谓:"始有魏思王曹植,深爱声律,属意经音。既通般遮之瑞响,又感鱼山之神制。于是删制《瑞应本起》,以为学者之宗。传声则三千有余,在契则四十有二。"[6] 其中的《瑞应本起》,指的是支谦所译的《太子瑞应本起经》,而般庶指的是佛教中的乐神般遮尸

---

[1] [日]武田丰四郎:《印度古代文化》,杨炼译,商务印书馆1936年版,第100页。
[2] 季羡林译:《罗摩衍那》第1册,人民文学出版社1980年版,第33页。
[3] 季羡林译:《罗摩衍那》第5册,人民文学出版社1984年版,第507页。
[4] 《大正藏》卷四,第211页中。
[5] 饶宗颐:《从〈经呗导师集〉第一种〈帝释(天)乐人般遮琴歌呗〉联想到的若干问题》,《东方文化》1996年10月创刊号,第57页。
[6] 《高僧传》,中华书局1992年版,第507页。

弃（Pañcasikin）。考支译是经卷下有般遮弹琴而歌的记载，其辞曰："听我歌十力，弃盖寂定禅。光彻照七天，德香踰栴檀。……一切皆愿乐，欲听受无厌。当开无死法，垂化于无穷"①共四十句，按照四句成颂的规则，可析成偈颂十首。而曹植据之以作的歌词，定然不会是照搬这四十句，而应当是把它们加以敷演与扩充才可能达到"传声则三千有余"的规模（当然，可能有所夸大）。若从音乐属性加以归类，则仅有四十二契。为什么是四十二契呢？我颇疑心是三调与七声配合之后有二十一种呗赞之音调类别（即前文所讲的二十一解），而此二十一种类别分别以男声和女声出之，则可得到四十二契之数目了。考印度声明论音声，如《瑜伽师地论》卷一五所说有"男、女、非男非女声相差别"②，而在呗赞音乐中所用的一般只有男声与女声，因为非男非女声常常是菩萨与佛的表现。唐实叉难陀译《地藏菩萨本愿经》中即谓："若有善男子、善女人，能对菩萨像前，作诸伎乐，及歌咏赞叹。"③其中所说的歌咏赞叹，实际上就是梵呗。又，东晋法显西行求法时曾至传说中的帝释天将天乐神般遮弹琴乐佛处，他的记载是"山头有石室，石室南向，佛坐其中。……帝释以四十二事问，佛一一以指画石，画迹故在"④。帝释天以四十二事问佛，而般遮尸弃则以四十二契呗赞叹佛，这种说法与佛经的形式常常是用长行来叙事或议论，用偈颂来抒情、说理或重复长行之内容也相符吧。

三者到了唐人的记述，曹植所制四十二契呗赞，只剩下了六契。如唐道宣《集古今佛道论衡》卷甲曰："陈思王曹植……深感神理，弥悟法应，乃慕其声节，写为梵呗，撰文制音，传为后式。梵声光显，始于此焉。其所传呗凡六契，见梁释僧祐《法苑集》。"⑤然《出三藏记集》卷一二所载《法苑集》卷六《经呗导师集》中只是说"陈思王感渔山梵声制呗记第八"⑥，其间并没有具列"六契"的内容。当然也有道宣见过现今失传的僧祐《法苑集》之可能，而

---

① 《大正藏》卷三，第480页上—中。
② 《大正藏》卷三〇，第361页上。
③ 《大正藏》卷一三，第782页下。
④ 《大正藏》卷五一，第862页下。
⑤ 《大正藏》卷五二，第365页下。又，道世《法苑珠林》卷三六亦有相同的记载，只是少了"见梁僧祐《法苑集》"的说法（参《大正藏》卷五三，第576页上）。
⑥ 《出三藏记集》，中华书局1995年版，第485页。

僧祐确实只载录了六契梵呗。然这种说法则与慧皎《高僧传》中的四十二契说相矛盾,何以如此? 假如僧祐与慧皎的记载都无误,那极可能是他们对于契的含义理解不一,即慧皎的四十二契说是总括三位七声与男女二声而得出的结论,而僧祐的六契说或者只是就"三位"与男、女二声而得到的梵呗音调类别,或者就是四十二个总类中的六个小类而已。易言之,"契"在表示梵呗之音乐性时,也存在广义与狭义之别。广义之"契",表示的是梵呗的最基本分类,类似于印度吠陀时期的诵经三调,也就是慧皎"三位七声"中的"三位"之义。宋人法云《翻译名义集》卷四引《道安法师集》曰:"契,梵音。"① 大概就是说契者,梵呗也,可能就是广义的用法。狭义的"契"则指"三位"与男女二声、或七声的组合,所以才有"六契"与"四十二契"之别。

四

前面所述"契"与"三契"之类,说的是其在呗赞音乐中的含义。然而在佛经转读中我们也常常遇到"三契"、"三契经"之类的说法,如:南齐之太子舍人王琰所撰《冥祥记》载宋代沙门智达曾诵《法华经》,"三契而止"②。慧皎《高僧传》卷一三谓晋京师祇洹寺释法等曾于宋大将军东府设斋时"披卷三契",使大将军"扼腕神服",又谓东安严公发讲时,法等"作三契经竟",严徐动麈尾赞之曰:"如此读经,亦不减发讲。"③《广弘明集》卷二八则载有梁简文帝之《八关斋制序》,其中有云:"谨条八关斋制如左:睡眠筹至不觉,罚礼二十拜,擎香炉听经三契一;……出过三契经不还,罚礼十拜三;……擎香炉听经三契,白黑维那更相纠察,若有阿隐,罚礼二十拜七。"④ 敦煌遗书 P.3177a《大乘布萨文》中又记维那打静唱言:"某法师为大众设三契。"这里的"三契"或"三契经"之"契",考其含义,大致可作两种解释:一者指的是转读三段或三节经文,这时的"三契(经)"则和"三

---

① 《大正藏》卷五四,第1123页下。

② 鲁迅:《古小说钩沉》,齐鲁书社1997年版,第336页。

③ 《高僧传》,中华书局1992年版,第499页。

④ 《大正藏》卷五二,第324页下。

启经"方式相同。"三启经"本来指的是《佛说无常经》,由唐代义净大师译出。据《南海寄归内法传》卷四可知,在印度常"令一经师,升师子座,读诵少经……所诵之经,多诵《三启》,乃是尊者马鸣之所集置。初可十颂许,取经意而赞叹三尊。次述正经,是佛亲说。赞诵既了,更陈十馀诵论,回向发愿,节段三开,故云三启"①。准此可知,马鸣菩萨实际上是制定了转读经文仪式时的三个步骤(三启),即赞叹、诵经与回向发愿。在每一过程中,皆可转读一段(节)经文。用此来解释梁简文帝对八关斋之"听经三契",便可涣然冰释了。而且现代有些经忏师,在为亡者或信众诵经时为节省时间之故,也可以只选每部经的初、中、后数页诵之,这种方法,释道昱认为也许就是渊源于这种"转读"仪式。② 二者指的是转读佛经三遍,如北宋灵芝元照所撰《四分律行事钞资持记》(简称《资持记》,是对唐人道宣所著《四分律行事钞》的注释之书)卷一五即曰:"次礼佛三契,契犹遍也。今则多称赞佛偈,随所能者三遍说之。"③ 于此,在中古以降的道教行仪中,也经常讲到"三契",如唐朱法满《要修科仪戒律抄》卷一六中即要求礼忏之前"梵诵三契",礼忏之后"三礼竟,乃三契"④。敦煌遗书 P.2337《三洞奉道科诫仪范》亦曰:"诵三契,如朝文中"。诸如此类的"三契",亦可释之为诵读经文(或赞颂)"三遍"。此亦可作为一旁证也。当然,"三遍"与"三段"、"三节"之间并非毫无联系,因为每次(遍)所转经文往往只是一段或一节,同时三次所转经文既可以是不同的节段,也可以是同一的内容。

综上所述,"契"在佛教音乐文献中的含义,应根据其使用场合的具体情况作具体的分析,才能得出合乎历史的解释。研究佛教音乐,难也就难在能否正确区分其术语的使用场合。

原载《中国俗文化研究》第四辑,巴蜀书社 2006 年版

收入本稿时略有改动

---

① (唐)义净原著,王邦维校注:《〈南海寄归内法传〉校注》,中华书局 1995 年版,第 175 页。
② 《圆光佛学报》1999 年第 3 期。
③ 《大正藏》卷四〇,第 408 页下。
④ 《道藏》第 6 册,第 998 页上一下。

第四辑

疑伪经与中国古代文学关系之检讨

在历代经录中,一般把翻译的佛典称为"经"(真经),将来历不明、真伪难辨者称作"疑经",而非译经妄称为译经者叫做"伪经"。[①] 历来正统的佛教信徒,大多主张禁绝疑伪经。[②] 然在印度佛教中国化的过程中,疑伪经大量涌现,它们在中国佛教史上尤其是庶民佛教信仰中具有无比巨大的作用和深远的影响。特别是敦煌佛教文献之疑伪经被发现后[③],极大地拓展了该课题的研究广度。

统观近百年来的疑伪经研究,张淼博士指出它具有三个突出的特点:一者多关注对后世影响较大的经典,如《高王观世音经》、《天地八阳神咒经》之类;二是对单部疑伪经的研究较多,而对这类经典的整体研究尚存在欠缺;三是多使用文献学的方法,较少使用思想、文化方面的探讨,同时也缺乏比较

---

① 其实在印度佛教史上,也有伪造佛说经典之事,如玄奘译《瑜伽师地论》卷九九曰:"诸以如来所说法教相似文句,于诸经中安置伪经,于诸律中安置伪律,如是名为像似正法。"(《大正藏》卷三〇,第872页下)另外,在佛教文化的传播中,即使是疑伪经,也有被翻译成其他语言的情况,如汉译藏之类(参许得存:《藏译佛典中的疑伪经》,载《佛学研究》2000年卷,第214—219页)。

② 中土此例甚多,于此各从律师、禅师著作中举出一例:前者如元照(1048—1116)撰《四分律行事钞资持记》卷二:"又有疑经,谓真伪难明;复有伪经,浅近可别者,犹恐愚者虽见经文意,谓时隙土异,传文至此。焉知佛说,故特遮之。"(《大正藏》卷四〇,第260页下)后者如明末真哲(1614—?)《古雪哲禅师语录》卷一一:"受戒之后,当朔望诵戒,及学大乘经典,不得为檀越诵《血盆》《三官》等伪经,傥有不遵者,即九师及同坛上中下座,皆得鸣鼓而攻,追其衣钵。"(《嘉兴大藏经》第28册,第358页下)

③ 按,这些经典主要收录于《大正藏》卷八五"疑似部"。

研究。① 方广锠先生则概括说:"自 20 世纪下半叶,特别是 21 世纪以来,疑伪经研究已经成为国际佛教的一大热点",这一时期的研究具有两大贡献:"第一是进一步认识到佛教疑伪经与中国传统文化,特别是道教、民间巫道的密切关系。第二是对某部或某类疑伪经的研究有所推进。""不足是从全局看,还缺乏对疑伪经的总体把握。"② 应该说,二人对疑伪经研究史的归纳是相当到位的。

如果我们把张、方二人的归纳总结之语,迻用于评述疑伪经与中国古代文学之关系的研究现状,也大体可行。在这一领域,同样可以说,国内外学人最为关注的是少数几部在中国文学史上具有重要影响的疑伪经,比如《父母恩重经》、《盂兰盆经》、《十王经》、《地藏菩萨本愿经》、《楞严经》及有关观音信仰的疑伪经等 ③,而宏观观照与总体把握依然欠缺。本文撰作目的,就是想弥补这一缺憾。但因学力有所不逮,错误与疏漏在所难免,谨请方家不吝赐正。④

---

① 参张淼:《百年佛教疑伪经研究略述——以经录为中心的考察》,《敦煌学辑刊》2008 年第 1 期。

② 方广锠:《中国佛教疑伪经综录·序言》,载曹凌编著《中国佛教疑伪经综录》,上海古籍出版社 2011 年版。

③ 按,相关研究的代表性成果主要有郑阿财《敦煌孝道文学研究》(台北:石门图书公司 1982 年版),[美] 太史文:《幽灵的节日:中国中世纪的信仰与生活》(侯旭东译,浙江人民出版社 1999 年版),萧登福《道佛十王地狱说》(台北:新文丰出版股份有限公司 1996 年版),[法] 王杜丹 (Françoise Wang-Toutain)《五至十三世纪中国的地藏信仰》(Le boddisattva Ksitigarbha en Chine du Vᵉ au XIII siècle, Paris, 1998)、[美] 智如 (Zhiru)《一个救度菩萨的形成——中国中古的地藏菩萨》(The Making of a Savior Boddhisattva: Dizang in Medieval China, Honolulu, 2007),尹富《中国地藏信仰研究》(巴蜀书社 2010 年版),周裕锴《诗中有画:六根互用与出位之思——略论〈楞严经〉对宋人审美观念的影响》(《四川大学学报》2005 年第 4 期),[英] Glen Dudbridge(杜德桥)《妙善传说:观音菩萨缘起考》(The Legend of Miaoshan, Oxford University Press, 2004)、[美] 于君方 (Chün-Fang Yü)《观音:菩萨中国化的演变》(Kuan-yin: the Chinese Transformation of Avalokitesvara, New York, 2001)、周秋良《观音故事与观音信仰研究——以俗文为中心》(广东高等教育出版社 2009 年版) 等。

④ 按,本文暂不对佛教疑经、伪经概念的历史演变进行爬梳,只用其普通义。另外,经之真、伪,也仅非依据历代经录所载而定。如《银蹄金角犊子经》(又名《孝顺子应变破恶业修行经》、《孝顺子修行成佛经》),《众经目录》卷四、《大周刊定众经目录》卷一五、《开元释教录》卷一八等悉认为伪,然方广锠先生考证,指出它实际上是印度佛教密教初期根据印度的民间故事改写的佛本生故事,属于翻译典籍 (参氏论《关于〈佛说孝顺子修行成佛经〉的若干资料》,《方广锠敦煌遗书散论》,上海古籍出版社 2010 年版,第 286 页)。而历代所传玄奘大师翻译的《心经》,近来研究者则有斥其为伪者,参 (美) 那体慧 (Jan Nattier)《〈心经〉:一部中国的伪经?》(The Heart sūtra: A Chinese Apocryphal Text? Journal of the International Association of Buddhist Studies, pp.153–223)、纪赟《〈心经〉疑伪问题再研究》(《福严佛学研究》2012 年第 7 期)。

一、从文学史言，疑伪经本身就是
古代宗教文学不可分割的组成部分之一

中国的古代文学史著作，历来对佛教文学作品不够重视，所给篇幅也不是太多，更不用说其中的疑伪经了。但从笔者的阅藏体会看，疑伪经本身就是古代宗教文学创作中不可分割的一部分，它们在文学发展史上具有举足轻重的作用。之所以说它们是文学创作，因为与其所模仿、借鉴的译经（真经）相比，创新点在在处处，多所体现，而新撰型的表现尤为突出（例详后文）。

从经文结构言，传世的完整的疑伪经，大多数与译经一样具有序分、正宗分、流通分。一般说来，序分叙述经典产生的时间、地点及说法原由与主要听授者之类。正宗分，论述一经之宗旨，它是经文的核心所在。流通分，则突出受持经文的利益功德，并劝信众广为流传。而三分经文的做法，自古以来，都归于东晋道安法师名下。① 其目的，正如明憨山老人释德清（1546—1623）于万历戊戌（1598）孟夏佛成道日作《观楞伽记略科题辞》所云："科以分经，从古制也。……盖经经各有纲宗，科乃提纲挈要，使观者得其要领。"② 而具有三分结构，且在中国佛教文化史上占有一席之地者，除了前述《父母恩重经》、《盂兰盆经》、《十王经》、《地藏菩萨本愿经》、《楞严经》之外，尚有《像法决疑经》、《观世音三昧经》、《最胜妙定经》、《敬福经》、《斋法清净经》、《咒魅经》、《救护众生恶疾经》、《善恶因果经》、《法王经》、《佛为心王菩萨说头陀经》、《十往生阿弥陀佛国经》、《净土盂兰盆经》、《要行舍身经》、《禅门经》等。当然，与译经一样，疑伪经中也存有一些不具备三分经文结构者，如《高王观世音经》、《天公经》、《续命经》、《如来成道经》、《三厨经》等。③ 有趣的是，疑伪经多无所谓的译者，但撰作时为了证明经典

---

① 有趣的是，历史上最早对佛典真伪进行辨别者，亦是道安。僧祐《出三藏记集》卷五《新集疑经伪撰杂录》谓："昔安法师摘出伪经二十六部。"（苏晋仁、萧炼子点校本，中华书局1995年版，第224页）而相关问题的讨论，可参李素洁《道安疑伪经判别标准研究》（上海师范大学2007年硕士学位论文）。

② 《大藏新纂卍续藏经》第73册，河北省佛教协会，2006年，第690页上。

③ 需要指出的是：同一类型的疑伪经，其经文结构有的具备三分科文，有的则无，如大、小本《延寿经》就如此（参曹凌编著：《中国佛教疑伪经综录》，上海古籍出版社2011年版，第377、379页）。此表明同型疑伪经的撰作、流播过程都是动态而多变的，当是因应不同信众、不同场合而做的调整。

真实、可靠,亦有标明译师、强调经出梵本者,如《开元释教录》卷十八载三阶教僧师利于景龙三年(709)伪造《瑜伽法镜经》二卷,并作序文曰:"三藏菩提流志三藏宝思惟等于崇福寺同译。"而智升为了求证此事,故"曾以此事亲问流志三藏",而流志的回答是:"吾边元无梵夹,不曾翻译此经。"① 再如敦煌写本 S.2673《佛说三厨经》,则题为"西国婆罗门达多罗及阇那崛多等奉诏译",显然是抄写者的拉大旗作虎皮之举。

无论疑伪经是何种结构,相对于译经而言,它们都是一种再创作。而这种创作,并非空穴来风,多有经典依据。其制作方法多样,简言之,分两大类型:一曰抄经,二曰新撰。

而抄经多为节抄,主要方式有二:一者从同一部大经逐录相关经文,如东晋慧远(334—416)的《大智论抄》二十卷(一名《要论》),就是从鸠摩罗什所译一百卷本中节录而成。二者从不同译经中汇抄经文,如僧祐(445—518)指出"《法苑经》一百八十九卷"是"撮撰群经,以类相从"② 而成。对抄经的价值,总体而言是负面的,道安(312—385)《道行般若经序》即谓:"抄经删削,所害必多。"③ 但是,由于抄出者身份之异,所抄经典的历史定位也大相径庭。如前述慧远《大智论抄》就被认可,等同于真经,且被后世诵读或引用④;而南齐竟陵王萧子良(460—494,居士)主持抄出的多部抄经(如《抄未曾有因缘》、《抄贫女为国王夫人经》等),在《大唐内典录》卷十,被收录于《疑伪经论录》,在《开元释教录》卷一八,则被编入《伪妄乱真录》,总之,是完全纳入了疑伪经的行列。⑤

既然是抄经,正如道安所言,对原经必有删削之举,而如何删削,就可表现出抄经者独到的宗教思想观,甚至是宗教文学观。比如萧子良齐永明七

① 《大正藏》卷五五,第 672 页下。

② 《出三藏记集》,中华书局 1995 年版,第 221 页。又,关于僧祐对疑伪经与抄经认识之研究,可参冈部和雄《僧祐の疑伪经观と抄经观》,Journal of Buddhist studies 2,第 63—74 页,1971 年 12 月。

③ 《大正藏》卷八,第 452 页中。

④ 如《续高僧传》卷一六谓法懔所诵经有《法华》、《维摩》及《大论钞》(《大正藏》卷五〇,第 556 页下),此《大论钞》即《大智度论钞》。而(唐)释大觉撰《四分律行事钞批》卷一三、卷一四、(宋)释惟显编《律宗新学名句》卷三,则有引用。凡此,表明慧远之作,唐宋时期仍然行于世。

⑤ 关于萧子良抄经的意义与后世影响,参藤谷昌纪:《萧子良の抄经·著作の性格について》(《印度学佛教学研究》第 56 卷第 1 号,第 211—218 页,2007 年 12 月)。

年（489）十二月请定林上寺释僧柔、小庄严寺释慧次等人于普弘寺抄出的《抄成实论》九卷，其实用于上林寺的讲经。据周颙《序》，是论原文自"自《发聚》之初首，至《道聚》之末章"，共有二百零二品，易使读者"义溺于邪门"，故"刊文在约，降为九卷。删繁采要，取效本根。"① 易言之，删繁就简的目的，是为了讲经的需要。因此，抄撮之后的《成实论》，对原经内容而言，它显然是一个新的经本了。

新撰疑伪经，最常见者是依据某一主题，采撷多种译经（或以某部经为主，再依傍其他的译经），或模仿其结构，或吸收其语言，重新撰集而成，相对于其所参考、借鉴的原经而言，它是一种新的创作。如《像法决疑经》，它以佛说《大般涅槃经》后在跋提河边沙罗双树间的说法为背景 ②，其主体内容围绕佛陀和常施菩萨的对话而展开：前半部分借佛陀之言，描述了佛灭千年后佛法衰颓的惨象；后半部分则提出了应对的方法，主张信众应修布施大悲行。该经流露出在南北朝末期开始盛行的强烈的末法思想，对后来三阶教思想的产生，起了先导之用。其中的主人物常施菩萨，在传世文献中，只见于疑伪经，除了本经外，还有两部疑伪经：一曰《大通方广忏悔灭罪庄严成佛经》，二曰《示所犯者瑜伽法镜经》（即后文所说《瑜伽法镜经》）。名之为"常施"，当是对应经中的布施主旨。再如题为"京安国寺大德安法师译"的敦煌本《佛母经》（又名《大般涅槃经佛母品》、《大般涅槃经佛为摩耶夫人说偈品经》），据李际宁先生考察，它其实是以《摩诃摩耶经》为主，兼采《佛入涅槃密迹金刚力士哀恋经》、北本《大般涅槃经》等而成的疑伪经，它融合了佛教世界观与中国的孝道报恩思想。③ 今存写卷可分成四个系统，但各自之间的文字差异较大，此表明，诸本撰作并非出于一人之手，而是因应不同需要而产生的。其中，最具特色、内容最丰富的是 P.2055 写卷，它多出了大迦叶自鸡足山赶赴佛陀涅槃处礼佛足的文字。个人以为，从文学手法言，

---

① 《出三藏记集》，中华书局 1995 年版，第 406 页。

② 按，此背景借自昙无谶译《大般涅槃经》卷一《寿命品》之开篇（参《大正藏》卷一二，第 365 页下）。正如此，故智颛《法华文句》卷九把它作《涅槃经》的结经，说："《像法决疑经》，结成《涅槃》。"（《大正藏》卷三四，第 128 页上）

③ 李际宁：《敦煌疑伪经典〈佛母经〉考察》，《北京图书馆馆刊》1996 年第 4 期。

当是与佛母形象相映衬,他代表弟子们对佛陀的怀念。而该卷塑造的佛母形象,最为生动感人,如谓其知悉佛祖涅槃后的情形是:

尔时摩耶夫人闻此语已,浑搥自扑,如太山崩。闷绝躃地,由如死人。有一天女,名曰普光,将水洒面,良久乃苏。……尔时摩耶夫人手持此物,作如是言:"我子在时,恒持此物。分身教化,和同人天。今舍我入般涅槃。此物无主,去也!"便即散发,绕棺三匝。唤言:"悉达!悉达!汝是我子,我是汝母。汝昔在王宫,始生七日,我便命终。姨母波阇,长养年岁。逾城出家,三十成道,覆护众生。今舍我入般涅槃,不留半句章偈。悉达!痛哉!苦哉!"

其间,无论人物动作、语言、心理之描写,都堪称声情并茂,算得上是绝妙的文学作品了。

当然,新撰的疑伪经也可以直接迻录译经文字,比如偈颂的使用。前述《佛母经》(B.6629写卷)之《无常偈》曰:"诸行无常,是生灭法。生灭灭已,寂灭为乐。"它实摘自东晋法显译《大般涅槃经》卷三。[①] 更有趣的是,依据译经撰出的伪经,又可成为其他伪经的蓝本,从而形成"伪经的伪经"。如《开元释教录》卷一八指出《瑜伽法镜经》:

即旧伪录中《像法决疑经》前文增加二品,共成一经。初云《佛临涅槃为阿难说法住灭品》,此品乃取奘法师所译《佛临涅槃记法住经》,改换增减,置之于首。次是《地藏菩萨赞叹法身观行品》,后是《常施菩萨所问品》,此品即是旧经。据其文势,次第不相联贯。景龙元年,三阶僧师利伪造。[②]

据此可知,师利伪撰《瑜伽法镜经》的基础是《像法决疑经》(《常施菩萨所问品》即是此经的改写本,内容基本一致,文字略有区别)。而新增二品中,有取自玄奘译经者(按,今存《瑜伽法镜经》中此品佚失,不便比较),另一

① 《大正藏》卷一,第204页下。

② 《大正藏》卷五五,第672页下。

品内容,则可能是取自早于不空(705—774)《百千颂大集经地藏菩萨请问法身赞》的异译本。①

此种"伪经的伪经",并不少见,如敦煌所出题为藏川撰述之《十王经》,就是依据以 S.3147 为代表的伪经《阎罗王授记经》而撰出的,而《十王经》又是另一伪经《地藏十王经》的主体。② 从文学创作角度言,《地藏十王经》是二次改编本。而前述《佛母经》有四个系统,则知其至少经历过三次的文学改编(或曰创作)。

此外,疑伪经又有因应突出社会现实问题而撰作者,如敦煌所出《新菩萨经》、《劝善经》,是唐五代时期民众疾病恐慌心理的反映③;从文学样式言,则可归为传帖、告疏④。还有的则改自道教经典,是佛、道思想融合的体现(例见下文)。

总之,无论疑伪经的撰作是以何种方式完成的,我们都可以视之为文学作品,进而纳入古代宗教文学史的范畴之中,唯有如此,才可彰显其应有的学术价值。

二、从思想史言,疑伪经是印度佛教中国化最直接的文本体现

印度佛教中国化的关捩在于思想领域(当然,礼仪也是极其重要的层面之一,但礼仪直接服务并表现思想),特别是和本土儒、道思想的调和,无论般若学、涅槃学等学派的兴起,还是本土佛教宗派的产生,甚至最终的三教合一,无不与思想史的演进息息相关。

(一)疑伪经最能体现佛教中国化的核心思想——孝道

众所周知,佛教提倡出家修行,要求僧尼落发与不婚,此与《孝经·开宗

---

① 参曹凌编著:《中国佛教疑伪经综录》,上海古籍出版社 2011 年版,第 454 页。

② 参拙著《汉译佛典文体及其影响研究》,上海古籍出版社 2010 年版,第 530—534 页。

③ 于赓哲:《〈新菩萨经〉、〈劝善经〉背后的疾病恐慌——试论唐五代主要疾病种类》,《南开学报》2006 年第 5 期。

④ 参圆空:《〈新菩萨经〉、〈劝善经〉、〈救诸众生苦难〉校录及其流传背景之探讨》,《敦煌研究》1992 年第 1 期。

明义章》"身体发肤,受之父母,不敢毁伤,孝之始也"①、《孟子·离娄上》"不孝有三,无后为大"②的孝道思想显然相悖,故中古以降,佛教常在这一点上受到儒、道两家的猛烈攻击。面对困局,释家一方面在佛典传译时有意加入一些孝道的说教,意在表明印度佛教中也有此思想观念。如《那先比丘经》说:"人于今世好布施,孝于父母,于当来世当得其福。"③日本学者中村元先生经比对,发现这段文字巴利文原文不存在,大概是译者所加。④另一方面,则制作宣扬孝道思想的疑伪经,其中,报父母恩主题者影响最大,单《父母恩重经》就有四个系统的传本,它们广布于中华大地及日、韩等地的古代写经之中。⑤而佛的著名弟子,如目连、观音,甚至于释迦牟尼本人,也成了家喻户晓的孝子形象。

若追究这种文学现象的成因,自然与孝道在中土社会生活中的巨大影响密切相关,因为无论僧俗,其幼时接受的经典教育中,《孝经》是必不可少者。在此,仅举《续高僧传》为例,如卷六载释慧约(452—535)"七岁便求入学,即诵《孝经》《论语》"⑥,卷九谓释灵裕(518—608)"年登六岁,……至于《孝经》《论语》,才读文词,兼明注解"⑦,卷一三记释道岳(568—638)"家世儒学,专门守业,九岁读《诗》《易》《孝经》,聪敏强识,卓异伦伍"⑧。而释家注疏佛典时,亦极力统合中印文化中的孝道因子,隋智颉(538—597)说,灌顶(561—632)记《菩萨戒义疏》即云:

> 一标所结名,即是木叉;二能成胜因,谓孝事等。《宝藏经》云:"孝事父母,天主帝释在汝家中。又能行孝,大梵尊天在汝家中。又能尽孝,释迦文佛在汝家中。"睒摩菩萨亲服患愈,慈心童子火轮速灭,即其灵应。《尔雅》云:"善事父母为孝,孝即顺也。"太史叔明用顺释孝,《孝经钩命决》云:"孝字训究竟,是了悉,始终色养也。亦可训度,度是仪

① （清）阮元校阅:《十三经注疏》,上海古籍出版社1997年版,第2545页中。
② 同上书,第2723页中。
③ 《大正藏》卷三二,第711页中。
④ 中村元:《儒教思想对佛典汉译带来的影响》,《世界宗教研究》1982年第2期。
⑤ 参曹凌编著:《中国佛教疑伪经综录》,上海古籍出版社2011年版,第359—367页。
⑥ 《大正藏》卷五〇,第468页中。
⑦ 同上书,第495页中。
⑧ 同上书,第527页上。

法,温清合仪也。"①

木叉,是"波罗提木叉"之略,指僧尼应持守的戒条。智者大师于此,实际上是在解释《梵网经》经文:"尔时释迦牟尼佛,初坐菩提树下,成无上觉。初结菩萨波罗提木叉,孝顺父母、师、僧、三宝,孝顺至道之法,孝名为戒,亦名制止。"②既然孝都纳入了律学范畴,则它必然会起到规范僧人行为的作用。睒摩菩萨,即佛经中最著名的孝子——佛陀的前世之一——睒子,他后来还成为二十四孝之一。慈心童子,即慈童女,亦为佛本生,事见《杂宝藏经》卷四《慈童女缘》,经文主旨是:"于父母所,少作不善,获大苦报;少作供养,得福无量。"③故事旨在通过慈童女孝与不孝的业报对比,从而劝诫世人应尽心孝养父母。

孝道被教内外共尊／遵,其实,从人伦角度就很好理解。日本净土宗初祖源空(1133—1212)《黑谷上人语灯录》卷二云:

> 凡在家出家人,皆有父母,必当务孝养。在家孝养,出《论语》《孝经》等;出家考养,如经论广说之:如释尊担父王金棺,目连得通度亡母等,此即出家孝养也。……凡孝养之法,虽有内外,而共赞至道之法,称至德要道,最足以为往生业也。④

由此可见,无论出家与否,社会人伦对父母的普遍情感要求都是孝。此外,源空还特别强调,行孝是所有修行者(包括在家者)往生西方净土的前提和最佳选择。⑤

(二)疑伪经更契合信众,尤其是庶民阶层的现实需求

从存世作品看,相比译经,绝大多数的疑伪经篇幅都很短小,根本没有像六百卷那样的《大般若经》、一百二十卷那样的《大宝积经》。而且,也不讨

---

① 《大正藏》卷四〇,第 570 页下。
② 《大正藏》卷二四,第 1004 页上。
③ 《大正藏》卷四,第 451 页下。
④ 《大正藏》卷八三,第 120 页下
⑤ 按,源空此观点,其实是承中土而来,比如中唐高僧法照(746—838)《净土五会念佛略法事仪赞》卷下《父母恩重赞文》曰:"努力须行孝,孝行立身名。皇天将左助,诸天亦赞之。……劝修三福业,净土目前明。"(《大正藏》卷四七,第 490 页上)尤可注意者,法照是赞乃据《父母恩重经》敷演而成。而净土法门,又是中国佛教的典型代表之一,在庶民阶层影响至深至巨。

论艰深的佛理,而以信仰性、可操作性强著称。而古代的庶民阶层,相较于士大夫阶层而言,接受文化教育的程度显然要低很多(赵宋以前尤甚),所以,这种性质的疑伪经,更适合他们持诵,用于指导宗教修行也相对方便。经典的伪撰者,正是抓住了这些特点,大力迎合信众的现实需求与迫切愿望,构建了一大批简单易行的经本。如前述《新菩萨经》、《劝善经》,仅二三百字,倡导众面对疾病恐慌时,只要念佛(如"大小每日念一百口阿弥陀佛"之类)、写经("写一本,免一身;写二本,免一门;写三本,免一村"云云),就可以祛灾禳祸。

又如 P.2340《佛说救护身命经济人疾病苦厄》(首题如是,尾题作"《救护身命经》一卷"。按,是经又简称《救护身命经》、《护身命经》、《护身经》等),乃敦煌三界寺道真所持诵。笔者以为,经首"济人疾病苦厄"六字,极可能是经卷持有人道真所加,意在概述经之主旨、功用,笔者对照经文内容①,果然十分契合。有意思的是,俄藏 Дx.11679 写经题记曰:"咸亨元年(670)四月三日,清信女佛弟子初千金,为身久在床枕,无处依托,今敬造《救护身经》,愿得除愈,离障解脱,受持读诵。"经文的实用性,真是不言而喻!因为生老病死,是每个人都要面对的啊!

再如北敦 14427《天公经》,全文约三百字,却无比自重身价:"此经虽小,多有威神,亦胜《法华》,亦胜《涅槃》。""谁能抄此经者,手上螺文成;谁能看此经,眼中重光生;谁能听此经,历劫大聪明。""日读七遍,除罪一千万万劫,得成佛道。"细究全经,仅在突出宣说、读诵受持本经灭罪启福的功德,一点也看不出它义胜《法华》、《涅槃》的地方何在?因为它根本就不需要宣畅会三归一或阐提成佛的高深佛理。

而且,大多数疑伪经,都不约而同地提倡易行道的净土法门,如前举诸经,或要求称名念佛,或授记将来往生时的瑞相,或融汇了对极乐美景的描述。这也是疑伪经广为流传的原因之一。

(三)疑伪经多有融摄道教思想者

佛教中国化的完成,其最重要的标志是禅宗(特别是南宗)的诞生。而

---

① 参《大正藏》卷八五,第 1325 页上—1326 页上。

禅宗与老、庄思想密不可分之关系,学术界研讨已多,故不赘述。此仅就疑伪经之融摄道教长生思想及相关法术者,略举两例。

毋庸讳言,趋乐避苦、恋生怕死是人之常情。如《益算经》(又名《七千佛神符经》、《益算神符经》、《七千佛神符益算经》等),就是以《太上老君说长生益算妙经》、《太上老君说益算神符妙经》为蓝本而撰制的①,尤以前者为甚,甚至其十五个道符的名称(见 S.2708 写卷)都和道经大同小异。其他,如六甲将军、北斗星信仰之类,无不和道教有着千丝万缕的联系,而其终极目的,就是为了"过灾度难,延年益寿,受符以后,寿命延长……愿受一百二十岁"。再如敦煌写本中有三个不同体系的《佛说三厨经》,它们实际上是改自《老子说五厨经》,并吸收了道教行厨、辟谷、服气等修仙方法。②

疑伪经佛道同尊之举,正反映了庶民阶层的信仰特点,即它并不严格区分二教界线,而是以实用为主,易行就好。对此,有僧人也深以为是,《续高僧传》卷十六载释昙相(? —582)称赞李顺兴"胎龙多欲强练,游行俗仙,助佛扬化"③,可谓一语中的,点出了问题的关键,即借助道教仙术,可使佛教传播更广更快,吸引更多的信众。

三、从欣赏趣味言,疑伪经塑造的
人物形象更符合中土民众的审美心理

如果把数量庞大的汉译佛典都视为文学作品,则它们成功地塑造了一大批色彩斑斓、性格鲜明的文学形象,从而构成了世界文学史上最具活力的宗教人物之画廊。单就本生经而言,佛陀的形象就千差万别,让人眼花缭乱,更

---

① 关于本经与道典关系的比较,可参增尾伸一郎:《日本古代の咒符木简,墨书土器と疑伪经典——〈佛说七千神符经〉もしくは〈佛说益算经〉の受容》(《东洋の思想と宗教》第 13 号,第 78—104 页,1996 年 3 月)、萧登福:《道教术仪与密教典籍》第陆编第壹条(台北:新文丰出版股份有限公司 1994 年版)等。

② 有关《三厨经》,前贤时俊研讨较多,最新成果,可参曹凌:《〈三厨经〉研究——以佛道交涉为中心》(《文史》2011 年第 1 期)。

③ 《大正藏》卷五〇,第 558 页下。

遑论佛弟子及当时印度社会各阶层的人物了。而与译经相比,疑伪经所塑造的文学形象,则主要集中在少数几个人身上,大家耳熟能详者是目连、观音、地藏（或十王）、普贤等。易言之,菩萨远比佛祖更受世人的爱戴。

前文已言,孝道是疑伪经产生的最重要的思想基础。疑伪经塑造的文学人物虽少,其主体却多是孝道精神的践行者,最著名的莫过于目连和妙善公主（千手观音化身之一）了。

本来,南传佛教济度饿鬼母亲者是舍利弗①,在中国则变成了目连。这种变化的根源在于,舍利弗虽称智慧第一,而上天入地的救母方式乃是神通,故神通第一的目连取代舍利弗而成为故事的主角,自然更具合理性。有趣的是,唐代疑伪经为目连构建了一个中国化的家庭背景。如华严五祖宗密（780—841）《盂兰盆经疏》卷下疏解"佛言汝母罪根深结"经文时,云:

> 有经中说:定光佛时目连名罗卜,母字青提。罗卜欲行,嘱其母曰:"若有客来,娘当具膳。"去后客至,母乃不供,仍更诈为设食之筵。儿归,问曰:"昨日客来,若为备拟?"母曰:"汝岂不见设食处耶?"从尔已来五百生中,悭悭相续,故云"罪根深结"。②

宗密对于所引之经,并未交待具体的名称,原因是此经来源不明,性属疑伪经。③但此经影响实在太大了,连敦煌本《大目乾连冥间救母变文》前半部分的内容,也多是承它而敷演开来。④不过,后者"青提",偶有作"清提"

---

① 参释印顺:《初期大乘佛教之起源与开展》,中华书局 2011 年版,第 355 页。

② 《大正藏》卷三九,第 509 页下。

③ 按,宗密之师华严四祖澄观（738—839）对伪经的态度,则相当决绝,其《大方广佛华严经随疏演义钞》卷五〇对《探玄记》引《像法决疑经》之经文,明确指出:"此是伪经,故疏不引。"（《大正藏》卷三六,第 392 页上一中）

④ 按,业师陈允吉先生在《〈目连变〉故事基型的素材结构与生成时代之推考》（载《佛教与中国文学论稿》,上海古籍出版社 2010 年版,第 157—182 页）中对目连小名罗卜的原由有精彩的考证,指出它源自梁武帝天监十七年（518）敕扶南国沙门僧伽婆罗所译《文殊师利问经》,此论洵是。不过,先生谓宗密疏解"佛言汝母罪根深结"的文字几乎全部从《目连变文》而来,似证据不足。窃以为,宗密疏所引"经"与《目连变》所述,更可能依据的是同一部疑伪经。此外,《文殊师利问经》在佛教史上并不出名,它所说的信息,更多是通过其他的著名经疏而广为世人所知,如隋智顗《妙法莲华经文句》:"大目揵连,姓也,翻赞诵。《文殊问经》翻莱茯根。"（《大正藏》卷三〇,第 13 页中）唐窥基《阿弥陀经疏》引《文殊问经》云:"大目揵连,此云萝茯根,其父好噉,因物为名。"（《大正藏》卷三七,第 315 页下）"莱茯根"、"萝茯根",与"罗卜",其义一也。

者,民间讲唱文学,字词的使用,同音替代现象相当普遍,故不能说谁对谁错。[①] 目连之母入地狱,本在说明因果报应、自作自受;然目连救母之举,正如宋人释日新《盂兰盆疏钞余义》所言"青提乳哺目连,如赵盾济食灵辄,皆恩之实事"、"目连得神通度脱青提,如灵辄为甲士扶赵盾轮,皆报之实事"。[②] 中外报恩故事的相提并论,并都归结为"实事",正体现了中土传统文化有恩必报的思想理念。到了元明后的戏剧,目连的整个家庭都彻底中国化了,他自己叫傅罗卜,父母则叫傅相(湘)、刘青提(或刘四贞)。

当然,目连形象之所以深入人心,除了他的救母孝行外,还得益于中古以降广为流行的盂兰盆法会。对此,宋人有两首诗说得好:一是韩淲(1159—1214)《寄乙上人》曰:"盂兰盆会日,元自目犍连。摄化应无量,追修亦有缘。"[③] 二是林同《目连会》云:"能将身入地,拔取母生天。岁岁盂兰会,今犹说目连。"[④] "摄化"也罢,"岁岁"也好,无非说明目连已成为一种特殊的文化符号,具有穿越时空的精神感召力。

至于印度的观音,本为男性形象,但传入中土之后,却变成了人见人爱的女性菩萨[⑤],具有母性的慈爱和无私奉献的精神。其中,妙善公主的故事最感动人。它早在北宋就较为流行,主要有两大类型:一是蒋之奇(1031—1104)所传《香山大悲成道传》,说妙善公主虽贵为妙庄严王的三公主,但因立志出家修行,故被父王嫌弃。后来,父王患上迦摩罗恶疾,需要无嗔人手目作药饵,而妙善不计前嫌,主动献上以报父母生育之恩。此事内典多有转录,如南宋祖琇撰于隆兴二年(1164)所撰《隆兴佛教编年通论》卷十三、宋宗镜述,明觉连重集《销释金刚经科仪会要注解》卷一等,仅是文字上略有不同。从蒋氏《传》原文多用"尔时"句式及相关内容推断,其祖本是一

[①] 又,后世亦有作"清提"者,如明行海说《大方禅师语录》卷一云:"目连至孝的证果,富相造福的升天,清提有头无尾,隋在泥底,不落因果,不昧因果。"(《嘉兴大藏经》第36册,第827页下)

[②] 《大藏新纂卍续藏经》第21册,第569页中。

[③] 北京大学古文献研究所编:《全宋诗》第52册,北京大学出版社1998年版,第32557页。

[④] 《全宋诗》第65册,第40634页。

[⑤] 参[法]石泰安:《观音,从男神变女神一例》,耿昇译,载《法国汉学》第二辑,清华大学出版社1999年版,第86—192页。

部模仿《法华》等经而撰出的疑伪经。① 二是张耒（1054—1114）《书〈香山传〉后》所记,文中称妙善为楚庄王的女儿,把一个佛教菩萨的出身附会到中国历史上某个真实的国王身上,这只能是民间的思维。② 而后来的方志,则把这种传说当作信史加以记录,《正德汝州志》卷六"大悲菩萨"条就如此,曰:"楚庄王之季女也,名妙善。母夫人方妊之夕,梦吞明月。及将诞育,六种震动,异香满宫。光照内外,国人骇异,谓宫中有火。……劝戒多谈因果、无常、幻妄,宫中号为佛心。后入香山,葺宇修行,草衣木食,人莫知之,三年成道。"③ 此处所说妙善降生时的种种瑞相,显系仿袭佛陀降生传说而来。不过,当时前一版本的影响更大,张守得悉蒋氏《传》后,作有《余旧供观音,比得蒋颖叔所传〈香山成道因缘〉,叹仰灵异,因为赞于后》,曰:

> 大哉观世音,愿力不思议。化身千百亿,于一刹那顷。香山大因缘,愍念苦海众。慈悲示修证,欲同到彼岸。受辱不退转,是乃忍辱仙。抉眼断两手,不啻弃涕唾。欻然千手眼,照用无边际。……我今仰灵踪,欢喜发洪愿。今生未丧世,誓愿永归依。更与见闻者,同登无上法。④

此一方面呼应了蒋氏关于妙善是千手观音（大悲观音）化身的观点,同时也表明自己虔诚的归依情感。后来刘克庄（1187—1268）《挽章孺人》则说:"此女安知非妙善,夫人亦恐是摩耶。遥知兜率迎归去,天乐泠泠夹路花。"⑤ 所用典故,旨在赞扬章孺人的伟大母性与善行,预言其必有好报,定将往生兜率净土。

而地藏与普贤菩萨,其文学形象,则分别与《地藏菩萨本愿经》、《占察善恶业报经》,《普贤菩萨说证明经》等疑伪经关系密切,且更注重地狱的拯救功能。限于篇幅,这里我就不展开了。

---

① 按,比蒋之奇时代稍晚的朱弁（1085—1144）《曲洧旧闻》卷六《蒋颖叔〈大悲传〉》核以《楞严》、《大悲观音》等经后指出:"考古德翻经所传者,绝不相合。"言下之意,妙善传说的生成,并非出于译经,而是伪作。

② 参周秋良:《观音本生故事戏论疏》,中国戏剧出版社 2008 年版,第 10 页。

③ 《天一阁藏明代方志选刊》第 66 册《汝州志》卷六,上海古籍书店 1963 年影印本,第 23 页。

④ 《全宋诗》第 28 册,北京大学出版社 1998 年版,第 18009 页。

⑤ 《全宋诗》第 58 册,北京大学出版社 1998 年版,第 36626 页。

四、从影响言，疑伪经既为后世作家提供了
大量的文学创作素材，进而形成固定的母题；
同时，又促进了某些佛教法会仪式的形成与流播

疑伪经的受众主体是庶民阶层和普通百姓，故从影响层面言，多表现在通俗文学之创作。于此，单就敦煌佛教文学言，便有大量鲜活的例证，其间，不少创作素材都源于疑伪经，进而还形成了一些固定的母题，泽被后世。除了前述《目连变文》之目连救母故事（宋元以后多表现为戏剧样式）外，重要者俯拾皆是，兹再补充两例如下：

1. 父母十恩德

所谓父母十恩德，具体指：第一怀担守护恩，第二临产受苦恩，第三生子忘忧恩，第四咽苦吐甘恩，第五乳哺养育恩，第六回干就湿恩，第七洗濯不净恩，第八为造恶业恩，第九远行忆念恩，第十究竟怜愍恩。表现这一母题的作品，除了《父母恩重经讲经文》（P.2418、B.8672）外，尚有《十恩德赞》（S.5591 等）、《父母恩重赞》（S.2204 等）、《孝顺乐赞》（P.2483）等，据业师张涌泉先生考察，它们都是源于 P.3919 写卷中的第一种《佛说父母恩重经》。[①] 此经在教内外文艺创作中都有充分的表现，如敦煌与大足石刻中的《父母恩重经变相》，元王子成集《礼念弥陀道场忏法》卷六 [②]，甚至于道教也有所借鉴，制作了《太上老君说报父母恩重经》[③] 等。十恩德之所以广为流传，经久不衰，在于它描写了人们日常生活中共同的经验感受，因为父母对儿女的关爱无微不至，无处不有。

2. 地狱十王

此母题出于题为唐人藏川所述的《十王经》，从而构成了一个固定的文学形象组合，又称十殿阎王，具体包括秦广王、初（楚）江王、宋帝王、五官

---

① 参张涌泉师《以父母十恩德为主题的佛教文学艺术作品探源》，《旧学新知》，浙江大学出版社 1999 年版，第 316—332 页。又，曹凌结合前贤时俊的研究成果，将传世《父母恩重经》分成四种类型（《中国佛教疑伪经综录》，上海古籍出版社 2011 年版，第 358—366 页），后世文艺作品受第三型影响最多。

② 参《大藏新纂卍续藏经》第 74 册，第 103 页上。

③ 《道藏》第 11 册，文物出版社、上海书店、天津古籍出版社 1988 年版，第 470 页下—473 页上。

王、阎罗王、变成王、太山王、平等王、都市王和五道转轮王。他们在地狱（或曰冥府）的功能，是为了裁断亡者的罪业轻重。亡者死后的初七日，乃至七七日、百日、一周年、三周年，将被依次追至各王面前，由其判定亡灵的轮回之处。南宋末天台僧人志磐撰《佛祖统纪》卷三三在"十王供"中，对阎罗、五官、平等、泰山、初江、秦广等六王的出处有所考证，并谓欧阳修也曾梦见十王。[①] 今人萧登福先生则对道佛两教地狱十王的形象演变史有比较充分的文献梳理[②]，可参看。诸王在后世文学作品中，可以独立出现[③]，而出现频率最高的当属阎罗王。此外，不少历史人物，因其铁面无私，亦被称作"阎罗××"，最著者莫过于"阎罗包老"——包拯（999—1062）了。[④] 后世有关包公的小说戏剧，叙述其审判奸佞小人时，常有其装扮阎罗王的情节，若穷其原委，亦有《十王经》的影响在呢。

疑伪经的撰作，还促进了某些佛教法会仪式的形成与流播，除《盂兰盆经》之于盂兰盆会（目连会）、《楞严经》之于楞严会等世人熟知的以外，还有不少重要者，比如：

《大通方广忏悔灭罪庄严成佛经》：

该经又称《大通方广庄严成佛经》、《大通方广经》、《方广灭罪成佛经》、《大方广经》、《方广经》等，共三卷。依其制作的忏文主要有陈文帝的《大通方广忏文》[⑤] 及 S.4494（1）的同题忏文（拟）。从广义上讲，本经属佛名类经典，主要在于宣扬与佛名信仰相结合的忏法（方广忏）。此忏仪后来流传到日本，并成为佛名会的基础，可见影响之远。[⑥]

《要行舍身经》：

该经也叫《菩萨要行舍身经》、《舍身经》。敦煌遗书中目前共发现29

---

① 参《大正藏》卷四九，第 322 页上—中。

② 萧登福：《道佛十王地狱说》，台北：新文丰出版股份有限公司 1996 年版。

③ 不过需要指出的是，在美术作品中，十王形象依然是整体出现，参［德］雷德候：《万物：中国艺术中的模件化和规模化生产》，张总等译，生活·读书·新知三联书店 2005 年版，第 221—247 页。

④ 刘克庄《挽汪守宗博二首》（其一）云："应似柳侯驱疠鬼，又疑包老作阎罗。"（《全宋诗》第 58 册，第 36639 页），则知该传说在两宋早已播于众口了。

⑤ 载《广弘明集》卷二八，见《大正藏》卷五二，第 333 页下。

⑥ 参［日］阿纯章：《奉请三宝の由来——智顗以前に中国で行われた忏悔法を中心に》，《印度学佛教研究》第 56 卷第 1 号，第 191—196 页，2007 年 12 月。

号写卷,其中 S.2624 有写经题记云:"清信弟子史苟仁,为七世父母、所生父母、前后死亡写。开元十七年(729)六月十五日记。"经文内容主要在说舍身法(人死后施散尸体的仪式)及其功德(在龙华初会中得到解脱),则知史苟仁抄经当有荐亡之用意。敦煌文献中还抄有多种《舍身愿文》(或作《佛说舍身愿文》、《尸陀林发愿文》,见 S.1060、S.2044、S.4318b、S.6577b 等),智升《开元释教录》卷十八谓《要行舍身经》后附录有《舍身愿文》①,可见愿文的创作依据就是《舍身经》。

疑伪经的影响虽然主要发生在俗文学层面,但自中唐以后,喜爱俗文学的士大夫也日渐增多,他们的创作,亦有涉及此类经典者,如白居易(772—846)就是典型之一。其《与济法师书》中就两次征有伪经《法王经》经文②,并与《维摩》、《法华》、《金刚》等五经进行比较,且谓诸经"皆济上人常所讲读者",则知《法王经》在当时僧俗二界中都有相当的影响。《和梦游春诗一百韵》则谓:"《法句》与《心王》,期君日三复。"句下并有自注云:"微之常以《法句》及《心王头陀经》相示,故申言以卒其志也。"③《心王头陀经》(又称《头陀经》),即伪经《佛为心王菩萨说头陀经》④,元稹(779—831)、白乐天同为中唐通俗诗歌的代表人物,如此好读伪经,亦从一个侧面反映出时代的风气与特点。

最后,应该说明的是,中土固有的文学作品,特别是道家与道教经典,它们对疑伪经的撰作也有相当的影响。对此,萧登福先生的相关大著中已有所论列⑤,就不用我多置余喙了。

原载《哈尔滨工业大学学报》2012 年第 6 期
《高等学校文科学术文摘》2013 年第 1 期转摘
《中国古代近代文学研究》2013 年第 2 期转载

---

① 参《大正藏》卷五五,第 672 页中。
② 参谢思炜校注:《白居易文集校注》,中华书局 2011 年版,第 351 页。
③ 谢思炜校注:《白居易诗集校注》,中华书局 2006 年版,第 1133 页。
④ 按,首发此覆者是陈寅恪先生,参《敦煌本〈心王投陀经〉及〈法句经〉跋尾》,《金明馆丛稿初编》,生活·读书·新知三联书店 2001 年版,第 201—202 页。
⑤ 参萧登福:《道家道教影响下的佛教经籍》,台北:新文丰出版股份有限公司 1995 年版。

汉译佛典叙事类文体的特色及影响

汉译佛典十二部经中,属于叙事类的主要有本事、本生、因缘、譬喻、未曾有和授记六大类。① 它们叙事时虽各有特色,但在主题、人物、情节、故事类型等方面也有不少相同点。兹在学界已有成果的基础上,重点谈三个方面,并兼及其对中国古典叙事文学的影响。

一、叙事伦理：因果报应

叙事伦理的概念,最早是在西方叙事学的背景下提出的②,最近十几年来,它在我国现当代文学及文艺理论研究领域颇为盛行。③ 其实,中国古代社会本身就十分注重伦理,特别传统儒家学说,更是标举道德与伦理的重要

---

① 关于这六类佛典的文体性质及其对中国古代文学的影响,拙撰《汉译佛典文体及其影响研究》(上海古籍出版社 2010 年版)已有专题检讨,于此仅从叙事文学的角度对它们进行整体介绍。

② Wayne Clayson Booth, *The Company We Keep: An Ethics of Fiction*, University of California Press, 1988;Adam Zachary Newton: *Narritive Ethics*, Harvard University Press, 1995.

③ 有关这方面的学术史简介,可参焦晓燕:《叙事伦理批评研究》(山东师范大学 2010 年硕士学位论文)、谢有顺:《中国小说叙事伦理的现代转向》(复旦大学 2010 年博士学位论文)、张军府:《现代中国知识分子题材小说叙事伦理研究》(山东师范大学 2011 年博士学位论文)等。

性。此外,道教同样重视伦理在修仙成道中的作用。① 而佛教传入中国后,其伦理观中最具特色且影响最大者为因果报应说。②

就汉译佛典之因果报应观而言,它具有鲜明的印度色彩:

一者是善恶与业报轮回说紧密相连,净染业力决定有情众生的轮回果报。从伦理价值判断言,净业即善业,染业即恶业,而善恶之业在因果律的作用下形成善有善报、恶有恶报的报应观。

业,梵文 karma,意思是行为或造作。佛教一般把它分成三种,即身业(kāya-karma)、口业(vāk-karma)、意业(manas-karma)。③ 身业是指通过身体动作而发生的行为,口业是由口部发生的言说,意业是指意识的种种构思及想象。这三种业都可以分别作为原因而生起结果。易言之,由身、口、意三者而来的行为都可以招致后来或善或恶的果报。《增一阿含经》卷五一即载有世尊所说之偈:

> 心为法本,心尊心使,心之念恶,即行即施,于彼受苦,轮轹于辙。
>
> 心为法本,心尊心使,中心念善,即行即为,受其善报,如影随形。④

所谓"念恶"、"念善"是指行为动机,"即行"、"即施"、"即为"指行为实施过程,二者的结合必然导致苦(恶)、善之报。

有情众生所造之业,又可以产生业力,业力是一种相续流,源源不断,前后相续。《根本说一切有部毗奈耶》卷四十六即云:"不思议业力,虽远必相牵。果报成熟时,求避终难脱。"⑤ 八十《华严经》卷三八则有一个形象的比

---

① 如(东晋)葛洪《抱朴子内篇·对俗》云:"欲求仙者,要当以忠孝和顺仁信为本。若德行不修,而但务方术,皆不得长生也。"(王明:《抱朴子内篇校释》增订本,中华书局 1985 年版,第 53 页)

② 关于这方面的分析,请参拙撰《〈弘明集〉〈广弘明集〉述论稿》,巴蜀书社 2005 年版,第 384—402 页。又,佛教伦理的整体情况,可参 Damien Keown, *Buddhist Ethics: A Very Short Introduction* (Oxford University Press, 2005.)、[英]哈玛拉瓦·萨达提沙:《佛教伦理学》(姚治华、王晓红译,上海译文出版社 2007 年版);而中国佛教伦理的情况,则可参看王月清:《中国佛教伦理研究》(南京大学出版社 1999 年版)、业露华:《中国佛教伦理思想》(上海社会科学院出版社 2000 年版)、董群:《禅宗伦理》(浙江人民出版社 2000 年版)等。

③ 如《中阿含经》卷三二《优婆离经》云:"云何为三? 身业、口业及意业也。"(《大正藏》卷一,第 628 页下)

④ 《大正藏》卷二,第 827 页中。

⑤ 《大正藏》卷二三,第 879 页上。

喻,叫业田:"业为田,爱水润,无明暗覆,识为种子。"① 意谓造业定能生苦乐之果报,犹如田能长谷物。佛教不但将业分门别类,报亦如之,分成三类:即现报,依现在业于当下所得之报;生报,因前生或今生之业受于今生或次生之果报;后报,由作业之生隔二生(含二生)以后所受的果报。②

佛教又认为,有情众生因业力未灭,故在六趣中轮回。六趣又称六道,指地狱、饿鬼、畜生、阿修罗、人、天。③ 前三者称为三恶趣,是由过去恶业感召所得之苦报。后三者称为三善趣,是由过去世修习不同的善行而招致的快乐果报。众生之所以轮回不止,是因为无明。《杂阿含经》卷一二即云:"诸业爱无明,因积他世因。"④ 而任何有情众生,若被无明所覆,被三毒——贪、瞋、痴所系缚,便会生出种种与烦恼相连结的行为,这就形成佛教所讲的有漏业(能生善恶之报的业)。由于惑业牵引,有情众生便在三界(欲界、色界、无色界)六道(或五道)中生死流转而不能解脱,此即轮回。因为轮回是基于有情众生造业感果而流转不息,所以叫做业报轮回。《过去现在因果经》卷三即云:"贪欲、瞋恚及以愚痴,皆悉缘我根本而生。又此三毒,是诸苦因,犹如种子能生于芽,众生以是轮回三有。"⑤

此外,佛教所讲善恶报应,它是不受时空限制的。曹魏康僧铠译《无量寿经》卷下即云:"天地之间,五道分明,恢廓窈冥,浩浩茫茫,善恶报应,祸福相承。"⑥

二者善恶报应的主体、承受者都是造业者自身,这就是通常所说的自作

---

① 《大正藏》卷一〇,第 202 页下。

② 关于三报的出处,如东晋僧伽提婆译《阿毗昙心论》卷一曰:"若业现法报,次受于生报,后报亦复然,余则说不定。"(《大正藏》卷二八,第 814 页中)其所谓现法报,即现报。现报、生报、后报又可以叫做现世、中世和后世报,竺佛念《王子法益坏目因缘经序》即谓:"原夫善恶之运契,犹形影之相顾,受对明验,凡三差焉,现世、中世、后世。"(梁僧祐撰,苏晋仁、萧炼子点校:《出三藏记集》,中华书局 1995 年版,第 278 页)

③ 按,汉译佛典讲业报轮回,既有六趣说,也有五趣说,后者如西晋竺法护译《普曜经》卷六(参《大正藏》卷三,第 522 页上一中)。但在中土流行的主要是五趣说,(东晋)郗超《奉法要》中即说:"三界之内,凡有五道:一曰天,二曰人,三曰畜生,四曰饿鬼,五曰地狱。"(《大正藏》卷五二,第 86 页下)

④ 《大正藏》卷二,第 88 页中。

⑤ 《大正藏》卷三,第 644 页中。

⑥ 《大正藏》卷一二,第 277 页上。

自受。而自作自受是佛教报应说的根本特点,这早在失译人名之《般泥洹经》中就已得到确认,其卷一有云:"父作不善,子不代受;子作不善,父亦不受。善自获福,恶自受殃。"[1]元魏瞿昙般若流支译《正法念处经》卷七又云:"非异人作恶,非人受苦报,自业自得果,众生皆如是。"[2]该经卷十七则明确地说:"自作自受不为他,若他所作非己报。"[3]

总之,印度佛教的因果报应观,就业力的性质言,与中土传统的报应观形成鲜明的对比:一种是自力,一种是他力;一种是内力,一种是外力。[4]

而汉译佛典叙事文体所及诸故事,就其伦理叙事言,因果报应说的运用无疑是最为突出的。且不说诸广律所载的各种业报因缘故事,单就佛本生故事而言,佛之所以会历劫修行,以各种不同的形象出现(或鹿或象,或鸽子、鹦鹉,等等,不一而足),主要原因之一就在于佛的前世尚未超越因果报应律。尤可注意的是后汉康孟详所译《兴起行经》(又称《十缘经》、《严诫宿缘经》),它与一般本生故事重在叙述释迦佛前生修习善业、舍己为人的光辉事迹迥异其趣,而是罗列释尊前生所造的十宗恶业,旨在强调释尊现世所受诸种祸患恶报,皆源于过去所造恶业之余殃。如《佛说地婆达兜掷石缘经第七》中佛陀对舍利弗说:

> 我尔时贪财、害弟,以是罪故,无数千岁在地狱中烧煮,为铁山所塠。尔时残缘,今虽得阿惟三佛,故不能免此宿对。[5]

此即交待了现在佛为什么还会受到地婆达兜(即提婆达多)迫害的原由。既然连佛都逃脱不了因果报应,更何况普通人呢!

二、叙事风格:详赡、重复与夸诞

古代中土汉文叙事文学的主体,无缝是小说和戏剧,但小说这一文体到

① 《大正藏》卷一,第181页中。
② 《大正藏》卷一七,第36页中。
③ 同上书,第98页下。
④ 参王月清:《中国佛教伦理研究》,南京大学出版社1999年版,第36页。
⑤ 《大正藏》卷四,第170页中。

唐代才成熟^①，戏剧文体的成熟则晚至宋元，故此前尤其是唐以前叙事文学的主流是史传（即使小说戏剧兴起后，它们仍然与史传有着千丝万缕的联系）。而对于史传之叙事风格，无论刘勰《文心雕龙·史传》还是刘知几《史通》，所倡导的都是崇实和尚简。^②特别是《史通》的理论建构，更具系统性。刘知几甚至把简的重要性推崇到了无以复加的地步，说："夫国史之美者，以叙事为工，而叙事之工者，以简要为主。简之时义大矣哉！"浦起龙释云："本章言叙事尚简也。"^③

而汉译佛典诸叙事类经典，与同时的中土叙事文学作品相比，在繁简问题上简直是天壤悬隔。《牟子理惑论》中即谓诘难者：

> 问曰：夫事莫过于诚，说莫过于实。老子除华饰之辞，崇质朴之语；佛经说不指其事，徒广取譬喻，譬喻非道之要。……虽辞多语博，犹玉屑一车，不以为宝矣。^④

此即揭示了佛典叙事风格恰与中土作品形成鲜明对比：一辞多语博（即叙事详实），常不指其事（即说不经之事），一语言质朴，叙事以诚实为旨归。后来范晔所云佛经"好大不经，奇谲无已，虽邹衍谈天之辩，庄周蜗角之论，尚未足以概其万一"^⑤，同样是用对比法来揭橥佛经叙事的夸诞性与想象之奇特，远非中土作品可比，即便是最具浪漫色彩的邹衍谈天之说与庄子的寓言故事。

---

① 何满子、李时人二先生即指出："7 世纪出现的唐人小说，是中国也是世界最早的具有现代小说艺术规模的短篇小说。……比西方出现于 14 世纪的散文体小说早六七百年。"（《古代短篇小说名作评注》，上海古籍出版社 2000 年版，第 3 页）

② 关于这方面的详细讨论，请参董乃斌主编《中国文学叙事传统研究》第二章"古文论与文学叙事传统（一）——刘勰〈文心雕龙〉的叙事观"、第三章"古文论与文学叙事传统（二）——刘知几〈史通〉的叙事观"，中华书局 2012 年版。

③ （唐）刘知几撰，（清）浦起龙释：《史通通释》，上海古籍出版社 1978 年版，第 168 页。

④ 《大正藏》卷五二，第 4 页中。

⑤ （南朝宋）范晔撰，（唐）李贤注：《后汉书》，中华书局 1965 年版，第 2932 页。

（一）详赡与重复

所谓详赡,于此是指叙事内容的详实和周密[1],尤为重视运用各种细节描写,诸如场景、语言、行动、心理、肖像等细节。如竺法护译《生经》卷四《佛说菩萨曾为鳖王经》云:

> 昔者菩萨,曾为鳖王,生长大海,教化诸类,子民群众,皆修仁德。王自奉正,行四等心——慈、悲、喜、护,愍于众生,如母抱育爱于赤子,游行海中,劝化不逮,皆欲使安,衣食充备,不令饥寒。其海深长,边际难限,而悉周至,靡不更历,以化危厄,使众罪索。于时鳖王,出海于外,在边卧息,积有日月,其背坚燥,犹如陆地高燥之土。贾人远来,见之高好,因止其上,破薪燃火,炊作饮食,系其牛马,庄物积载,车乘众诸,皆着其上。鳖王见之,被火焚烧,焚炙其背,车马人从,咸止其上,困不可言。欲趣入水,畏害众贾,为堕不仁,违失道意,适欲强忍,痛不可言。便设权计:"入海浅水,自渍其身,除伏火毒,不危众贾,两使无违。"果如意念,辄设方计。众贾恐怖,谓海水涨:"湖(潮)水卒至,吾等定死。悲哀呼嗟!归命诸天释梵四王日月神明,愿以威德,唯见救济。"鳖王见然,心益愍之,因报贾人:"慎莫恐怖,吾被火焚,故舍入水,欲令痛息,今当相安,终不相危。"众贾闻之,自以欣庆,知有活望,俱时发声,言"南无佛!"鳖兴大慈,还负众贾,移在岸边,众人得脱,靡不欢喜。遥拜鳖王,而叹其德,尊为桥梁,多所过度,行为大舟,载越三界,设得佛道,当复救脱生死之厄。鳖王报曰:"善哉!善哉!当如来言,各自别去。"
>
> 佛言:"时鳖王者,我身是也;五百贾人,五百弟子舍利弗等是。"追识宿命,为弟子说,咸令修德。[2]

在此故事的叙述中,就包括:(1)场景细节,如谓"其海深长"、"其背坚

———————

① 又,有时这种详赡的叙述竟然到了啰嗦的地步。钱锺书先生曾比较佛经《舅甥经》与古希腊史书及欧洲同型故事后,就说过"佛说故事的本领最差,拉扯得最啰嗦,最使人读来厌倦乏味"(参《一节历史掌故、一个宗教寓言、一篇小说》,《七缀集》,生活·读书·新知三联书店 2002 年版,第 164—183 页,特别是第 178 页)。此外,佛经之详赡叙事,往往与虚构相联系。

② 《大正藏》卷三,第 96 页上一中。

燥……"（2）语言细节最为明显，即人物对话，但对话也符合不同的人物个性，鳖王之语展示了菩萨的慈悲精神，众贾之语则描绘出他们落水时对死亡的恐惧以及得救后的欢呼雀跃之情；（3）心理细节，诸如鳖王被火烧时欲入水自救但又担心众贾受害的两难之情，众贾得救后的拜谢之情及崇拜心理等；（4）动作细节则最为丰富，恕不一一点出。

说到肖像细节，大家比较熟悉的是佛经中常说的三十二相与八十种好。不过，笔者于此征引圣坚译《太子须达拏经》对鸠留国贫穷婆罗门的描写：

> 婆罗门有十二丑：身体黑如漆，面上三䫏，鼻正匾虒，两目复青，面皱唇哆，语言謇吃，大腹凸臒，脚复缭戾，头复颔秃，状类似鬼。[1]

面对这位奇丑无比、令人作呕的婆罗门，须达拏太子竟然舍得把一双儿女布施给他作奴婢，经文意在反衬太子修行态度之坚决。

至于重复，这里主要指一部佛经在叙事时，相同或相近的故事类型反复出现在同一主人物身上。当然，有时主人公的身份、活动时空并不完全相同，会发生变异（此在本事、本生、本生因缘等经尤为明显），进而贯通过去、现在与未来，此方与他界。钱锺书先生曾以《生经》之《舅甥经》为例，指出其特点：

> 《舅甥经》是宗教寓言，更有责任点清宗旨，以便教化芸芸众生："佛告诸比丘：'欲知尔时甥者，则吾身是。'"原来它和全书里其他《经》一样，寓意不过是宿世轮回。整部《生经》使我们想起一个戏班子，今天扮演张生、莺莺、孙飞虎、郑恒，明天扮演宝玉、黛玉、薛蟠、贾环，实际上换汤不换药，老是那几名生、旦、净、丑。……今生和前生间的因果，似乎只是命运的必然，并非道理的当然。[2]

此虽未列举重复叙事之具体事例，却较好地总结了这一现象产生的根本原因，即它与宣教目的密切相关。为了让读者更好地了解重复叙事，兹以义净

---

① 《大正藏》卷三，第 421 页中。
② 钱锺书：《七缀集》，生活·读书·新知三联书店 2002 年版，第 178 页。

译《根本说一切有部毗奈耶破僧事》第35、36则故事为例（俱见卷一五）^①略作说明。这两则故事，都是讲"樵夫与熊本生"，总体上看，它们是同多于异，可说是同型故事的小变异。其主要相同点及同中之异有：

其一，所述故事的主体内容都是说贫穷樵夫遇险后被好心的熊所救，然樵夫忘恩负义，最后出卖了熊。

其二，故事中的主要人物有二：贫樵夫对应于今世的提婆达多，熊则为佛陀的前世。

其三，贫樵夫生活的地点相同，都在婆罗疤斯。但第一则故事中樵夫遇险的具体地点是石窟，第二则换成了大树。

其四，在两则故事中，熊都主动地站出来救助受困的樵夫，但具体的施救方法稍有区别：第一则故事中的熊，在连雨七日之时送给了樵夫果实以活其命；第二则中熊是把樵夫救到树上，才使樵夫脱离虎口。

其五，故事的结局相同，即贫樵夫都受到了惩罚。但所受惩罚的程度却有区别：在第一则故事里，贫樵夫由于受猎师的引诱才出卖熊，当猎师射杀熊之后，他想伸出双手来拿熊肉，但双手与熊肉都突然消失得无影无踪；在第二则故事里，因为是樵夫自己把熊从树上推下而摔死了熊，所以受到的惩罚就重得多，最后竟然成了疯癫之人。

此外，像本事经经常强调前世事件与现世事件在过程、寓意方面的相同，此即展示了本事经的最大特点——相应。^②"相应"，说白了，也就是同型故事的重复使用。而在"授记"，如刘宋求那跋陀罗译《过去现在因果经》卷一所说善慧仙人的五个梦，作用在于预叙，暗示善慧将来成佛之事，并且五梦内容前后出现了三次，从使用频度看，可归为"重复预叙"^③，此亦属重复叙事。

（二）夸诞

关于佛经叙事的夸诞之风，晚清小说批评家狄平子有过精彩论述，其《论文学上小说之位置》曰：

---

① 《大正藏》卷二四，第177页上—178页中。
② 参拙撰《汉译佛典文体及其影响研究》，上海古籍出版社2010年版，第197页。
③ 同上书，第522—523页。

佛经说法,每一陈设,每一结集,动辄瑰玮连犿,绵亘数卷。言大,则必极之须弥、铁围、五大部洲、三千小千中千大千世界。言小,心极之芥子、牛尘、羊尘、兔尘、微尘。言数,必极之恒河沙数、阿僧祇、无量数、不可思议、不可识、不可极。既畅以正文,复伸以颂偈,此衍十语为千百语之说也。二者皆文章之极轨也。然在传世之文,则与其繁也,毋宁其简;在觉世之文,则与简也,毋宁其繁。同一义也,而纵说之,横说之,推波而助澜之,穷其形焉,尽其神焉,则有令读者目骇神夺,魂醉魄迷,历历然,沉沉然,与之相引,与之相移者矣,是则小说之能事也。①

这里一方面联系小说写法谈佛经描写、叙事的夸诞,暗含中国古典小说对佛经有继承、借鉴之关系;另一方面则指出佛经叙事作为宗教叙事的准则是宁繁毋简,而小说叙事恰恰与此极为相契。

佛典中夸诞的场景描写比比皆是。如北本《大般涅槃经》卷一《寿命品》叙佛二月十五日临般涅槃时:

以佛神力出大音声,其声遍满乃至有顶,随其类音普告众生:"今日如来应正遍知,怜愍众生,覆护众生,等视众生,如罗睺罗,为作归依屋舍室宅。大觉世尊,将欲涅槃,一切众生若有所疑,今悉可问,为最后问。"尔时世尊,于晨朝时从其面门放种种光,其明杂色,青、黄、赤、白、颇梨、马瑙光,遍照此三千大千佛之世界,乃至十方,亦复如是。其中所有六趣众生遇斯光者,罪垢烦恼,一切消除。是诸众生,见闻是已,心大忧愁,同时举声悲啼号哭:"呜呼慈父,痛哉苦哉!"举手拍头,搥胸叫唤。其中或有身体战栗,涕泣哽咽。尔时,大地诸山大海皆悉震动。时诸众生,共相谓言:"且各裁抑,莫大愁苦。当疾往诣拘尸那城力士生处,至如来所,头面礼敬,劝请如来莫般涅槃。"②

虽说教内人士可从本末、感应、济六道、净六根等方面对此段经文加以阐

① 舒芜、陈迩冬、周绍良、王利器编选:《近代文论选》上册,人民文学出版社1999年版,第235页。
② 《大正藏》卷一二,第365页下。

释①,但经中所述佛的声音与光明的神奇表现,以及大地大海的震动,无疑是超现实的,充满了极度的夸张,倒是对众生身体战栗之类的动作、表情描写,更符合现实生活之常识。

再如,佛经常有各种神通叙事②,无论神足通、天眼通、天耳通、他心通、宿命通或漏尽通,就叙事文学言,夸张是最基本的手法。如北宋施护等译《顶生王因缘经》卷六曰:

> 尔时,帝释天主即起是念:"善住象王所应乘御。"时善住象王知天主念,譬如壮士屈伸臂顷,于赡部洲所居处隐诣三十三天;乃现三十二头,其一一头各有六牙,一一牙上有七七池沼,一一池沼有七七莲花,一一花中有七七台,一一台中有七七楼阁,一一楼阁中有七七守卫者,一一守卫者有七七天女,一一天女有七七侍女,一一侍女鸣七七天鼓,而象王所有最胜头相帝释御之。其三十二天,于所化头如次安处,余诸天众随应而住。象王行时,迅犹风转,天子天女皆悉不能瞻其前后。③

其中,"善住象王知天主念",属他心通;而后象王的诸种变化,则属神足通。对照玄奘译《阿毗达磨大毗婆沙论》卷一四一所说神足通有三种神用——运身、胜解和意势,则知象王之举为胜解神用,盖"胜解神用者,谓于远作近解,由此力故,或住此洲手扪日月,或屈伸臂顷至色究竟天"④;若按东晋僧伽提婆译《三法度论》卷一所列神足通之三种如意足,则善住象王之举体现了其中的两种,即游空自在和变化自在,盖二者特征分别是"履水蹈虚,能彻入地,石壁皆过,扪摸日月"、"现人象马车,山林城郭皆能化现"⑤。

---

① 参(隋)灌顶撰、(唐)湛然再治《涅槃经会疏》卷一,《大藏新纂卍续藏经》第36册,第321页中—323页上。

② 具体情况,请参丁敏:《汉译佛典神通故事叙事研究》,台北:法鼓文化事业股份有限公司2007年版。

③ 《大正藏》卷三,第404页下。

④ 《大正藏》卷二七,第725页中。

⑤ 《大正藏》卷二五,第20页上。

三、故事结构：集锦式与葡萄藤式

汉译佛典叙事类经典文体，从故事的组织结构言，主要有两种表现形式：一曰集锦式，二曰葡萄藤式。

（一）集锦式

所谓集锦式，这本是鲁迅评价《儒林外史》时的经典说法，谓吴敬梓：

> 使彼世相，如在目前，惟全书无主干，仅驱使各种人物，行列而来，事与其来俱起，亦与其去俱讫，虽云长篇，颇同短制；但如集诸碎锦，合为帖子，虽非巨幅，而时见珍异，因亦娱心，使人刮目矣。①

后来，学界继承鲁迅之说，把类似于《儒林外史》结构的小说称为"集锦式"小说。② 而梁启超《翻译文学与佛典》指出大乘佛教史上的马鸣菩萨实一大文学家：

> 其《大乘庄严论》，则真是"儒林外史式"之一部小说，其原料皆采自《四阿含》，而经彼点缀之后，能令读者肉飞神动。③

梁任公所说《大乘庄严论》，实即传为马鸣造、鸠摩罗什译之《大庄严论经》（梵文 Sūtrālamkāra-śāstra，又作《大庄严经论》、《大庄严论》、《大庄严经》）。是经主要搜集佛本生及诸种善恶因缘、譬喻等九十章故事而成，以供求道者研习。梁任公凭借敏锐的文学史眼光，从中印文学比较的角度，发现《大庄严论经》与《儒林外史》在故事结构上的惊人一致。不过，前者译出于后秦，比《儒林外史》问世早一千多年，要说影响之源，当在前者。

---

① 鲁迅：《中国小说史略》，东方出版社 1996 年版，第 176 页。
② 参陈平原：《中国现代小说的起点——清末民初小说研究》，北京大学出版社 2005 年版，第 137 页。又，最近张蕾女史鉴于"集锦式"小说的称呼易使人误以为被集的文字都是好的，否则不能以"锦"来形容，故改称受《儒林外史》结构影响的小说为"故事集缀"型（参《"故事集缀"型章回小说研究》，北京大学出版社 2012 年版，第 3—4 页），亦可。
③ 梁启超：《佛学研究十八篇》，上海古籍出版社 2001 年版，第 200 页。

众所周知，印度早期佛典是以"结集"的形式出现的。所谓结集（saṃgīti），意即合诵、会诵，即集合诸僧诵出佛陀遗教，然后加以审订、编次之集会，也叫集法、集法藏、经典结集、结经。如第一结集（五百结集）的情况是这样的：佛灭之年，在阿阇世王保护下，五百阿罗汉会聚于摩揭陀国王舍城郊外之七叶窟，以摩诃迦叶为上首而举行。其中，先由多闻第一的阿难升高座宣述佛语，并以"如是我闻，一时佛在×ו"的形式诵出，后由憍陈如等诸长老确认系佛所说。此次结集，据《五分律》卷三〇、《摩诃僧祇律》卷三二等记载，阿难诵出的是经（法藏），优婆离诵出的是律（毗尼藏）。而"经"、"律"二藏组织结构之总体特点，多可可用鲁迅所说"集锦式"来概括，此在叙事类经典的表现更为突出。除了梁任公所说的《大庄严论经》外，兹再举两例如下：

1. 东吴康僧会译《六度集经》

是经收录了多种本生故事，且与其他本生经的杂然列举不同，它是依据六波罗蜜——布施、戒（持戒）、忍辱、精进、禅（禅定）、明（智慧）来分类。易言之，是把性质、主题相同的本生故事集缀在一起。如前三卷共二十六则本生故事的主题是表现"布施"，其他第四卷一五则故事、第五卷十三则故事、第六卷十九则故事、第七、八卷各九则故事，则分别表现"持戒"、"忍辱"、"精进"、"禅定"和"明"（智慧）。更值得注意的是，经文开头有总序曰：

> 闻如是：一时佛在王舍国鹞山中，时与五百应仪、菩萨千人共坐。中有菩萨名阿泥察，佛说经道，常静心侧听，寂然无念，意定在经。众佑知之，为说菩萨六度无极难逮高行，疾得为佛。何谓为六？一曰布施，二曰持戒，三曰忍辱，四曰精进，五曰禅定，六曰明度无极高行。①

此序旨在交待全部六度故事，都是针对菩萨阿泥察而宣授的，而宣授者的说法地点，一直在王舍城鹞山，只是各不同性质的本生故事并非同时说出而已。

《六度集经》对每一主题的故事，又有六篇分序再加介绍，如"布施度"

---

① 《大正藏》卷三，第1页上。

之序说：

> 布施度无极者，厥则云何？慈育人物，悲愍群邪；喜贤成度，护济众生。跨天踰地，润弘河海。布施众生，饥者食之，渴者饮之；寒衣热凉，疾济以药；车马舟舆，众宝名珍，妻子国土，索即惠之。犹太子须大拏，布施贫乏，若亲育子，父王屏逐，愍而不怨。①

此即把二十六则故事的布施表现，用简明语言加以概述，还特别点明须大拏本生（第十四则，见卷二）在同类故事中最具代表性。而且二十六则布施类故事中，竟然有二十三则是以"菩萨兹惠度无极，行布施如是"而结束。此显然是集撰者的语气（而不是佛陀讲述本生故事时的原话，否则有王婆卖瓜自卖自夸的嫌疑），表明了集撰者对佛陀过去以布施度修行的高度赞颂。其他"度"类此，不赘。

2. 北魏吉迦夜、昙曜译《杂宝藏经》

是经原作十三卷，译出于北魏延兴二年（472）②，是以佛陀及其弟子为中心人物的佛教故事集，全经包括一二一则事缘，内容涉及佛传、本生、因缘、譬喻以及少数印度民间故事。有学者指出："由经中载有迦腻色迦王之事迹，可推知本经应系在迦腻色迦王之后所集录成书者"，且"与《贤愚经》、《大庄严论经》等大致为同类型的著作"。③ 既然与《大庄严论经》的编撰性质相同，则知其叙事时故事结构亦为"集锦式"。

当然，"集锦式"的汉译佛典之叙事作品，有严格按不同主题来编撰者，如前揭《六度集经》；有的则没有严格的主题分类，如《杂宝藏经》④。而且，后一种情况更为常见。

---

① 《大正藏》卷三，第 1 页上。

② 《出三藏记集》，中华书局 1995 年版，第 62 页。又，《开元释教录》卷六谓《杂宝藏经》八卷（《大正藏》卷五五，第 540 页上），而今通行本为十卷。

③ 蓝吉富主编：《中华佛教百科全书》第 9 册，台南：中华佛教百科文献基金会 1994 年版，第 5826 页左栏。

④ 虽然不少学人对《杂宝藏经》的主题进行过分类研究（参梁丽玲：《〈杂宝藏经〉及其故事研究》，台北：法鼓文化事业股份有限公司 1998 年版，第 73—107 页），其实要把不同的主题分类落实到具体的卷次，尚有许多困难。

（二）葡萄藤式 ①

所谓葡萄藤式，是指在大故事中套有小故事、小故事中套有更小故事的叙事结构。② 这种结构模式，溯其本源，当出于印度传统的叙事文学，季羡林先生《印度文学在中国》一文指出：

> 印度古代著名的史诗《摩诃婆罗多》的结构就属于这种类型。作为骨干的主要故事是难敌王（Duryodhana）和坚阵王（Yuddhiṣṭhira）的斗争，里面穿插了很多的独立的小故事。巴利文《佛本生经》是以佛的前生为骨架，把几百个流行民间的故事汇集起来，成了这一部大书。流行遍全世界的《五卷书》也是以一个老师教皇太子的故事为骨干，每一卷又以一个故事为骨干，叠床架屋，把许多民间故事收集在一起，凑成了一部书。③

今存汉译佛典叙事类作品中，具有此类结构者同样不少，尤其在广律中，如唐义净译《根本说一切有部毗奈耶药事》卷一三、一四之"善财与悦意"故事就如此，它以善财与悦意的爱情故事为主干，其间套用了许多小故事，甚至小故事中还容纳了更小的故事单元。又如《摩诃僧祇律》卷三二所载"龙女与商人"之戒缘故事④，主干故事叙述了一位牧牛商人出家的经过，其中容纳了商人救龙女、龙女报恩以及二龙因守护龙女失职而被系等多个小故事。再如《根本说一切有部毗奈耶》卷十六所载"浣盆"故事⑤，其主干是一个本生故事（其中，佛的前世是月子婆罗门，佛弟子阐陀比丘的前世是浣盆），

---

① 关于汉译佛典叙事文学的这一结构特点，已有人做过介绍，参孙鸿亮：《佛经叙事文学与唐代小说研究》（人民出版社 2008 年版，第 251—252 页）、何秋瑛《东汉三国汉译佛经叙事研究》（西南大学 2006 年硕士学位论文）。

② 参糜文开：《印度文学欣赏》，台北：三民书局 1970 年版，第 10—17 页。

③ 季羡林：《比较文学与民间文学》，北京大学出版社 1991 年版，第 106—107 页。不过，季先生说《六度集经》、《生经》、《贤愚经》等也属于这一结构类型，我们不能完全赞同。因为从总体看，它们都是集锦式，只有个别如其中的《须大拏本生》之类，才属于葡萄藤式。

④ 《大正藏》卷二二，第 488 页下—489 页中。又，唐传奇《柳毅传》即深受律中这一故事的影响，参霍世休：《唐代传奇文与印度故事》，载北京大学比较文学研究所编《中国比较文学研究资料（1919—1949）》，北京大学出版社 1989 年版，第 343—344 页

⑤ 《大正藏》卷二三，第 708 页中—710 页下。

中间除了叙述浣盆出生、成长、出外求学、娶妇等系列小故事外,还穿插了浣盆之兄月光既帮助出身卑微的浣盆(因浣盆之母是婢女,而月光之母是婆罗门种),又帮助浣盆之妇(因其受到浣盆的虐待)的故事。

以上两种结构模式,大体上说,集锦式多用于整部佛经,葡萄藤式则多用于某组经中的小经或其中的某个故事。比如西晋竺法护译《生经》的总体结构是集锦式[①],但前述钱锺书先生所分析过的卷二之《舅甥经》却属葡萄藤式。再如义净译《根本说一切有部毗奈耶破僧事》二○卷,从整体结构言,是集缀提婆达多破坏僧团组织之故事而成,然具体到每一故事的结构,则有不少是用葡萄藤式,如卷一二之"独角仙人"本生因缘。

四、影 响

前述汉译佛典叙事类文体的三大方面,对中古以降的文学创作产生了极其深远的影响。

(一)因果报应之叙事伦理对中土文学的影响

就叙事伦理言,其因果报应说东传之后,立即引起了中土人士的极大关注。袁宏《后汉纪》卷一○载:汉明帝永平求法之后,世人"以为人死精神不灭,生死所行善恶皆有报应","王公大人观死生报应之际,莫不矍然自失"。[②]嗣后,无论帝王贵族还是普通民众,多对善恶报应、三世轮回之说深信不疑。东晋王谧(360—407)即说:

> 夫神道设教,诚难以言辨,意以为大设灵奇,示以报应,此最影响之实理,佛教之根要。今若谓三世为虚诞,罪福为畏惧,则释迦之所明,殆将无寄矣。[③]

---

① 又,《生经》卷五最后一经《佛说譬喻经第五十五》是集八种事缘而成(内含八个独立的小故事),故其结构为集锦式。

② 袁宏:《后汉纪》,见张烈点校《两汉纪》(下),中华书局 2002 年版,第 187 页。

③ (梁)僧祐撰:《弘明集》卷一二,《大正藏》卷五二,第 81 页下。

三世者,过去、现在、未来也;罪福者,报应之说也。实理者,真实无妄之理也;根要者,根本之宗旨也。王谧言下之意是,若没有因果报应论,佛教的真实理论和根本要旨就成了空谈,释迦牟尼的说教也就成为无源之水、无本之木。易言之,因果报应说是佛教理论得以建立的基石。对此,近现代不少著名的佛学研究者都予以高度的重视,梁任公 1925 年 7 月 10 日《致孩子们》的家书即云"佛教说的'业'和'报'",是"宇宙间唯一真理",而且强调说:"我笃信佛教,就在此点,七千卷《大藏经》也只说明这点道理。"①

佛教因果报应之叙事伦理在中土叙事文学的影响,最重要的表现有两点:一在题材,二在叙事逻辑。关于前者,学术界已有比较深入的研究,如佛教灵验记、地狱游魂、三世转生等 ②,故不复举出具体的例证。至于后者,笔者归纳为两大点:一是善恶之报,毫厘不爽,二是冤家宜解不宜结。而第一点又可细分为恶有恶报、善有善报。③

最近,有人在研究中国现代小说时提出,叙事伦理其实也是一种生存伦理。④ 若把此结论移用于汉译佛典叙事文学,也很契合,因为无论佛祖历劫修行,还是芸芸众生沉沦苦海,都源于业报轮回。易言之,只要修道者未能证入涅槃之境,其生存法则永远都是善有善报、恶有恶报。

（二）叙事风格对中土文学的影响

就详赡、重复、夸诞之佛经叙事风格言,它们通过唱导、俗讲变文等中介⑤,进而对中土叙事文学产生重要的影响。其表现主要有三:

---

① （清）梁启超:《梁启超全集》,北京出版社 1999 年版,第 6212 页。

② 按,这方面代表性的成果可参刘亚丁:《佛教灵验研究——以晋唐为中心》(巴蜀书社 2006 年版)、台静农:《佛教故实与中国小说》(《台静农文集》,安徽教育出版社 2001 年版,第 198—259 页)、孙逊:《中国古代小说与宗教》(复旦大学出版社 2000 年版)等。

③ 参拙撰《汉译佛典文体及其影响研究》,上海古籍出版社 2010 年版,第 400—409 页。

④ 谢有顺:《中国小说叙事伦理的现代转向》,复旦大学 2010 年博士学位论文。

⑤ 关于这方面的研究,可参郑振铎:《中国俗文学史》(商务印书馆 1938 年版),孙楷第:《俗讲、说话与白话小说》(作家出版社 1956 年版),〔美〕梅维恒:《唐代变文——佛教对中国白话小说及戏曲产生的贡献之研究》(杨继东、陈引驰译,中西书局 2011 年版),陈洪:《佛教与中古小说》(学林出版社 2007 年版),韩洪波:《唐代变文对明清神魔小说的影响》(河南大学 2010 年硕士学位论文)等。

1. 促进了隋唐以后传奇小说等对虚构及细节描写的重视

本来,早期小说一方面深受传统史学叙事观的影响,故多尚简,讲究文约义丰。另一方面,当时许多文人只重视纪实而轻视虚构(实际上是因为不了解和还不善于艺术虚构),进而不敢虚构、回避虚构,乃至排斥虚构,故使古代小说发展比较缓慢。[①] 至唐人传奇,情况丕变,鲁迅谓之"始有意为小说"[②],有人把它作为中国古代小说文体之独立的代表[③]。不过,唐传奇的成长与繁荣,深受佛经叙事文学的滋乳甚多,这点已基本成为学界共识,如台湾学者祝秀侠先生指出:

> 印度佛经的翻译,是促成唐代传奇长成的一种文化上的因素。传奇的结构、描写等技巧上的运用,显然是受着当时佛经故事的影响。[④]

韩国学者李东乡先生《佛教文学之影响与传奇小说》则说:

> 六朝小说与唐代小说的不同点之一,前者精陈梗概而已,后者叙述婉转,文辞华丽,在叙事描状的技巧上有悬殊的进步。这原因除了古文运动的结果以外,还有佛典翻译文体的影响。佛典中有很多部分可以看作优美的文学作品。佛典中描写叙事之技巧,叙事婉转,描写详尽,很可能给予传奇作者在叙事上一点启示。[⑤]

而"叙事婉转"、"描写详尽"云云,其实都与虚构、细节描写密切相关。而此方面比较研究的成果较多[⑥],于此,同样不再举出具体的实例。

再如,杨义先生据敦煌变文 P.2292 号《维摩诘经讲经文》今存内容推断原有讲经文当有六十卷数十万字,认为"这无疑是开了我国巨帙虚构叙事

---

① 董乃斌主编:《中国文学叙事传统研究》,中华书局 2012 年版,第 115—116 页。
② 鲁迅:《中国小说史略》,东方出版社 1996 年版,第 51 页。
③ 参董乃斌:《中国古典小说的文体独立》,中国社会科学出版社 1991 年版。
④ 祝秀侠:《唐代传奇成长的因素》,载氏著《唐代传奇研究》,台北:中华文化出版社 1957 年版,第 19—44 页。
⑤ 转引自夏广兴:《佛教与隋唐五代小说》,陕西人民出版社 2004 年版,第 387 页。
⑥ 如王昭仁:《唐代传奇与譬喻类佛典之关系研究》(台中:逢甲大学中国文学系 1999 年硕士学位论文)、林宜贤:《从唐传奇〈柳毅〉及后世相关戏曲作品看龙女故事的发展》(同前,2008 年)等。

作品的先河。……其心理描写的充分细密，为此前的小说所未见，而开日后章回、话本的先河"①。

2. 重复叙事在中土小说亦十分常用

关于这点，笔者在讨论本事经时，曾举话本、拟话本为例做过说明。② 其实，在其他类别的小说中同样常见，如有论者指出《聊斋志异》运用了反复叙事策略，它有两种表现形态：一是通过变换事件主体来叙述同一事件，二是通过变换叙事视角来叙述同一事件。③ 又有学者归纳出中国古代小说（如《三国演义》、《水浒传》等）常用"三复情节"（指同一施动人向同一对象作三次重复的动作，以取得预期效果，每一重复都是情节的层进），并谓它体现了数字"三"所特有的民族审美心理和习惯，且与"礼以三为成"的传统有关。④ 究其本质属性而言，依然在于重复叙事。有趣的是，其通俗性用语"事不过三"，正出于佛典。隋吉藏撰《法华玄论》卷五即说：

> 三周说者，欲示中道相，故若一说二说则太少，若过三说则太多。今欲示中道相，不多不少，故但三说。又《释论》云：诸佛语法，事不过三。今依佛规矩，故但三说也。⑤

"三周说"，即三周说法，又称"《法华》三周"，这是天台宗就《法华经》迹门正宗分开权显实而立的名目：即法说周（初周）、譬说周（中周）、因缘周（下周）分别对应上根（舍利弗）、中根（大迦叶、迦旃延、目犍连、须菩提）、下根（富楼那、憍陈如等）之人。《释论》，即著名的《大智度论》，在此，它成了天台的立论依据。⑥ 易言之，天台认为佛之所以三次重复说法，是因为

---

① 杨义：《中国古典小说史论》，中国社会科学出版社 1995 年版，第 184—185 页。

② 参拙撰《汉译佛典文体及其影响研究》，上海古籍出版社 2010 年版，第 207—209 页。

③ 参蒋玉斌：《〈聊斋志异〉的反复叙事策略简论》，《西南民族大学学报》（人文社科版）2004 年第 6 期。

④ 参杜贵晨：《古代数字"三"的观念与小说的"三复"情节》（《文学遗产》1997 年第 1 期）、《中国古代小说"三复情节"的流变及其美学意义》（《齐鲁学刊》1997 年第 5 期）等。

⑤ 《大正藏》卷三四，第 398 页下。

⑥ 智顗《妙法莲华经文句》卷七则谓"何故三转？诸佛语法，法至于三，为众生有三根故，《大论》及《婆沙》悉作此说"（《大正藏》卷三四，第 99 页上），《大论》即《大智度论》。看来，吉藏、智顗二人都以《大智度论》为依据，虽意思相同，但所引经文都不见于今本《智度论》，原因何在，俟考。

听授对象的根机不一。此外,汉译佛典中确有佛祖说法不过三次的记载,如《中阿含经》卷一八载佛对多闻弟子三说"无所有处道",且每次所说大同小异（即三次重复说法）。①《大般涅槃经》卷一又云:

> 尔时世尊既开如是可请之门,以语阿难,阿难默然而不觉知。世尊乃至殷勤三说,阿难茫然,犹不解悟,不请如来住寿一劫若减一劫,利益世间诸天人民。所以者何? 其为魔王所迷惑故,尔时世尊三说此语,犹见阿难心不开悟,即便默然。②

此即"诸佛语法,事不过三"的典型表现,即便面对随侍弟子阿难,佛也没有丝毫的例外。

3. 夸诞之风尤其是神通叙事促成了中土的神魔小说

神魔小说产生的思想基础虽然是三教同源③,但汉译佛典叙事作品的传入及传播,无疑是其最重要的生成背景之一,特别是其中的夸诞之风和神通叙事,在明清神魔小说中都有充分的运用,此亦成为学界共识,如陈寅恪1928年发表的《须达起精舍因缘曲跋》④早就指出敦煌变文中舍利弗降伏六师的情节出于《贤愚经》,而变文又影响到《西游记》之唐三藏车迟国斗法事,并谓孙行者猪八戒等各矜智能诸事,与舍利弗、目犍连较力事,亦不无类似之处。后来,杨义先生更明确地总结说:"变文中这种最为精彩的变身斗法场面,是足以启发中国后世神魔小说的神思的。"⑤此外,汉译佛典打破三世与三界时空观的神通叙事,则直接促成了明清神魔小说的情节设计⑥,此例不胜枚举,如孙悟空七十二变属神足通,其不受三界管辖,则为漏尽通。

① 参《大正藏》卷一,第542页下。
② 同上书,第191页中。
③ 参鲁迅:《中国小说史略》,东方出版社1996年版,第119页。
④ 陈寅恪:《金明馆丛稿二编》,生活·读书·新知三联书店2001年版,第193—196页。
⑤ 杨义:《中国古典小说史论》,中国社会科学出版社1995年版,第182页。
⑥ 这方面的较新研究,可参何政辉《明代神魔小说叙事研究》（嘉义:中正大学中国文学系2009年硕士学位论文）。

（三）叙事模式对中土文学的影响

就故事结构言，佛经叙事的两种模式在中土叙事文学中都有广泛运用。其中，集锦式者，除了前揭《儒林外史》外，它几乎成为清末民初长篇小说结构形态的表征。[①] 葡萄藤式者，著名的有现存最早的传奇小说——王度《古镜记》，它以古镜得而复失作为故事骨干，用倒叙法穿插了众多小故事，从而形成大故事套小故事的架构。其讲述层面相当复杂，包括了六个讲述者（王度、侯生、苏家豹生、小吏龙驹、度弟王勣和镜精紫珍）、三个话语层面（第一层叙述者是"王度"，是他讲述了古镜流传的整个故事；第二层叙述者则是侯生、苏家豹生、小吏龙驹和王勣；最后一层是镜精紫珍）[②] 和"镜之异迹凡十二"[③]。这一叙事结构，让笔者想起了西晋竺法护译《佛五百弟子自说本起经》[④] 的叙事结构。该经主体是叙事诗，形式上实为一出典型的歌剧。[⑤] 故事发生时间为佛在世之时，地点在阿耨达龙王所居之宫殿，具体经过是佛的二十九位弟子及佛陀本人追述各自往世因缘，并用歌偈形式陈述。细绎之下，经文亦有多个讲述者（即阿耨达龙王，大迦叶、舍利弗等弟子及佛陀，共三十一位）和三层叙事结构：第一层是阿耨达龙王，他请佛世尊及五百上首弟子[⑥] 追讲本起所造罪福；第二层是诸弟子及佛陀本人，第三层是佛自己。因为《世尊品》佛最后出场时，他一方面对五百弟子回忆自己昔世因罪殃而遭受"堕地狱甚久"、"须陀利异道，共议诬谤我"、"旃遮摩尼女，在大众会中，虚妄掩杀佛"、"调达石所抬，于是石堕落，中伤佛足指"等种种苦难之经历，另一方面又说"时游在龙王，阿耨达大池，一切所作办，踊在虚空中。

① 参陈平原：《中国现代小说的起点——清末民初小说研究》，北京大学出版社2005年版，第137页。

② 此分析参刘俐俐：《唐传奇〈古镜记〉的叙事学分析》，《兰州大学学报》（社会科学版）2009年第4期。

③ 关于《古镜记》的情节划分，学界说法不一，如孙鸿亮分成八个单元（《佛经叙事文学与唐代小说研究》，人民出版社2008年版，第252—253页）。此依李剑国先生分法，参《唐五代志怪传奇叙录》，南开大学出版社1993年版，第115—116页。

④ 《大正藏》卷四，第190页上—202页上。

⑤ 具体分析参拙撰《变文讲唱与华梵宗教艺术》，上海三联书店2002年版，第215—217页。

⑥ 按，经中正文部分属于弟子者共二十九品，每一品的主体都是一位弟子的自述。此与题目之"五百弟子"不合，可能经中列举的仅是代表而已，或者译者有所省略，俟考。

弟子众围绕,寂然有五百",则知佛对龙王及诸弟子的叙述其实都了如指掌。易言之,其他人的叙述,最后都抵达到了佛那里。而且,诸人自述都是用第一人称,带有鲜明的自传性。此外,每一角色的唱词,都包含了各自经历过的多种故事,由此形成了典型的葡萄藤式结构。再如《西游记》是以取经为中心线索把许多情节单元贯成连珠,此与什译《维摩诘所说经》中维摩示疾后佛派诸弟子前去问疾的故事结构极其相似,经中舍利弗、目连等弟子自述不堪前去问疾的原因时,他们倒叙出自身与维摩诘交往的经历(最后,只有文殊师利堪往问疾),由此形成一个接一个的情节单元①,且始终以问疾作为中心线索贯穿之。②

原载《哈尔滨工业大学学报》2013 年第 6 期
原有删节,此则恢复全貌

---

① 《大正藏》卷一四,第 539 页下—544 页中。
② 按,杨义先生《中国古典小说史论》(中国社会科学出版社 1995 年版,第 185 页)曾以敦煌本《维摩诘经讲经文》为基础来比较它与《西游记》叙事结构上的相似性。笔者受杨氏启发,直接讨论《西游记》与汉译佛典叙事结构之关系,因为《维摩经》是中古以降最受文人喜爱的佛典之一,影响甚广,而且《西游记》本身也提及过这部佛典。

论汉译佛典之“本事”与影响

在汉译佛典诸叙事文体中，相对于本生经、因缘经和譬喻经，学术界对本事经（也叫做“如是语经”）的文体学研究，基本上还处于空白的状态。[①] 究其成因，主要有二：一是汉译佛典中独立而完整的本事经极为少见；二是在大乘佛典中，本事经往往和本生经、因缘经、譬喻经等混为一体，难于区别。或者说，本生、因缘、譬喻故事中有时会涵盖本事故事，需要我们把它从中剥离出来。即便如此，本章还是想在辨析本事含义的基础上，重点谈谈其文体性质，同时兼及相关的本事经典对中土文学创作的影响。

一、含义略析

考“本事”一语，梵语是 iti-vṛttaka、iti-vrkttakam[②]，巴利文作 itivuttaka，汉语音伊帝曰多伽、伊帝目多伽、伊帝越多伽、一目多迦等。在九部经与十二经中，它都占有一席之地。不过，含义不尽相同。据后秦鸠摩罗什译《大智度论》卷三三介绍十二部经之“如是语经”说：

---

① 当然，从经典成立史的角度进行研究者，则有不少成果，重要者如［日］前田惠学：《原始佛教圣典の成立史研究》（东京：山喜房佛书林 1964 年版）、印顺：《原始佛教圣典之集成》（台北：正闻出版社 1988 年版）等。

② 参获原云来编纂：《汉译对照梵和大辞典》，台北：新文丰出版股份有限公司，第 226、622 页。

如是语经者,有二种:一者结句言"我先许说者,今已说竟";二者三藏摩诃衍外更有经名一目多迦,有人言目多迦。目多迦,名出三藏及摩诃衍,何等是? 如佛说净饭王强令出家作佛弟子者,佛选择五百人堪任得道者,将至舍婆提。所以者何? 以其未离欲。若近亲里,恐其破戒,故将至舍婆提,令舍利弗目乾连等教化之。初夜后夜专精不睡,勤修精进故得道。得道已,佛还将至本生国。一切诸佛法还本国时,与大会诸天众俱住迦毗罗婆仙人林中。此林去迦毗罗婆城五十里,是诸释游戏园。此诸释子比丘处舍婆提,时初夜后夜,专精不睡故,以夜为长。从林中来,入城乞食,觉道里长远。尔时佛知其心,有一师子来礼佛足,在一面住。佛以是三因缘故说偈:

不寐夜长,疲倦道长,愚生死长,莫知正法。

佛告比丘:汝未出家时,其心放逸多睡眠,故不觉夜长。今初夜后夜专精求道减省睡眠,故觉夜大长。此迦毗罗婆林,汝本驾乘游戏,不觉为远;今着衣持钵,步行疲极,故觉道长。是师子鞞婆尸佛时作婆罗门师,见佛说法来至佛所。尔时大众以听法故无共语者,即生恶念,发恶骂言:此诸秃辈,与畜生何异? 不别好人,不知言语。以是恶口业故,从鞞婆尸佛乃至今日九十一劫,常堕畜生中。此人尔时即应得道,以愚痴故,自作生死长久。今于佛所心清净故,当得解脱。如是等经,名为出因缘。[①]

于此,经文是用举例的方法分别解释了两种不同的"如是语经":第一种是从经文结构得名,它主要指原始圣典(九分教)中以"世尊如是说"为起语的经文,如玄奘所译《本事经》七卷,即相当于巴利文原典小部中的"如是语经";第二种则以故事的特性得名,是佛述说其弟子们在过去世中的故事,如《大智度论》所举比丘前生为狮子之经文。后者按照罗什译文还可以叫做"出因缘",这主要是大乘佛教的说法。另外,它在汉译佛典中还有其他的意译法,如《长阿含经》卷三作"相应经"[②],《四分律》卷一作"善导经"[③],

① 《大正藏》卷二五,第307页中—下。又,隋天台智者在《妙法莲华经玄义》卷六曾对本事进行释义,完全是概述本段经文而成,参《大正藏》卷三三,第753页中。
② 《大正藏》卷一,第16页下。
③ 《大正藏》卷二二,第569页中。

《增一阿含经》卷四六作"本末"①,《中阿含经》卷四五则作"此说"②,《大方等大集经》卷一六作"胜处经"③。其中,"相应"是指本事发生时间的相应性,即今生故事乃前世故事的重演;"善导"点明了本事故事在教化弟子时的作用与效果,"本末"似在强调故事因果关系上的一致性,"此说"即"如是语"之义,"胜处"则与"善导"同义。

对于两种"如是语经",我们可把第一种称为原始型,把第二种叫做发展变异型,两者之间应有继承关系。玄奘译《阿毗达磨顺正理论》卷四四有云:

> 言本事者,谓说自昔展转传来,不显说人、谈所、说事。言本生者,谓说菩萨本所行行。或依过去事,起诸言论,即由过去事言论究竟是名本事,如《曼驮多经》。若依现在事起诸言论,要由过去事言论究竟是名本生,如《逻刹私经》。④

从《顺正理论》将本事和本生的对比可知,两者虽然都在讲过去的故事,但叙述方法完全不一样,本事是由过去到现在(或曰因→果),为顺叙;本生主要由现在追溯到过去(果→因),为倒叙,这可能代表的是说一切有部的观点。事实上,汉译佛典中本事与本生的属性之别,并非如此泾渭分明(具体例证与分析,参后文)。不过,印顺法师据此所作的推断说:

> 《顺正理论》下文,虽与"本生"相对,而以"本事"为过去事。然所说"自昔展转传来,不显说人(为谁说)、谈所(在那里说)、说事(为什么事说)",与现存的《曼陀多经》并不相合,而却与《如是语》相合。从这里,得到了《如是语》与《本事》的共同特性——"自昔展转传来,不显说人、谈所、说事"。佛及弟子所说的经偈,师资授受,展转传来,不说明为谁说,何处说,为何事说,成为"如是语"型。过去久远的事,展转传来,也不明为谁说,在何处说,为何事说;记录往古的传闻,就

① 《大正藏》卷二,第794页中。
② 《大正藏》卷一,第709页中。
③ 《大正藏》卷一三,第109页下。
④ 《大正藏》卷二九,第595页上。

是"本事"。但是,"不显说人、谈所、说事",对佛弟子的信仰承受来说,是不能满足的。于是传闻的"法"——"如是语"型,终于为"如是我闻:一时,佛在某处住"(再加上同闻众或事缘)。有人、有地、有事的《阿含》部类(成为一切经的标准型),所取而代之了。传闻的"事",也与"说人、谈所、说事"相结合,而集入于《阿含》部类之中。这样,《本事》已失去"不显说人、谈所、说事"的特质。然而"本事"("如是语")的特性,终于在传承中保存下来,而为《顺正理论》主所记录。①

印顺法师的观点,主要着眼于经典的成立、发展与演变史,应当说自有其合理性。

本事经的本质属性是什么?对此问题,无论汉译佛典还是僧人注疏给出的答案都大同小异。如玄奘译《显扬圣教论》卷六曰:"本事者,谓宣说前世诸相应事,是为本事。"②同人所译《阿毗达磨大毗婆沙论》卷一二六又曰:

> 本事云何?谓诸经中宣说前际所见闻事,如说过去有大王都,名有香茅,王名善见。过去有佛,名毗钵尸,为诸弟子说如是法。过去有佛名为式企、毗湿缚、浮羯、洛迦孙、驮羯、诺迦牟尼、迦叶波,为诸弟子说如是法,如是等。③

印顺法师对此有翔实的疏解,最重要者在于他指出《大毗婆沙论》所举的"前际所见闻事"包括两大类:一是像《大毗婆沙论》举出的大善见王等印度民族的古代传说,二是过去七佛所说诸法之事。时间已由佛化时代扩展为更远的过去劫事,"本事"是除"本生"以外的过去事。④隋慧远《大乘义章》卷一则谓:"第八名为伊帝越多伽经,此名本事,宣说他人往古之事,故云本事。"⑤总之,本事的发生时间是过去,其宣说主体是佛陀、过去七佛或诸佛,故事中"事件"的承担者是诸佛弟子(包括出家与在家)。

---

① 印顺:《原始佛教圣典之集成》,台北:正闻出版社 1988 年版,第 551—552 页。
② 《大正藏》卷三一,第 509 页上。
③ 《大正藏》卷二七,第 660 页上。
④ 同①,第 555—556 页。
⑤ 《大正藏》卷四四,第 470 页上—中。

二、文体性质

在通览多种佛经疏解后,我们会发现一个极其有趣的现象,即大家在讨论"本事经"的文体性质时,都喜欢用比较的方法,特别是把它和本生做比较。除了前举事例外,我们再补充四例如次:

1.隋智颉《妙法莲华经玄义》卷一云:

> 复次一一教中,各各有十二部经,亦用悉檀起之。……或说本昔世界事,是名伊帝目多伽。或说本昔受生事,是名阇陀伽。①

2.同书卷六又说:

> 本事、本生经者:本事说他事,本生说自生。因现事以说往事,托本生以彰所表,名本事经。托本生以彰所行,名本生经也。②

3.初唐吉藏《大乘玄论》卷五云:

> 今小乘九部合为五双:初长行与偈一双……本事、本生第二,自他一双,本事说他过去世事,如《药王本事品》等,说自过去世事为本生经。③

4.中唐沙门昙旷《大乘百法明门论开宗义决》云:

> 此十二分教,义类繁多。今但略释十二名相:……八者本事,梵云伊帝曰多伽,谓除自身说于过去弟子及法,名为本事,本体即事,本世之事,持业、依主二释皆通;九者本生,梵云阇陀那,说佛自身在过去世彼彼方所行菩萨行,本体即生,本世之生,亦通持业、依主二释。④

所谓阇陀伽或阇陀那,是梵语 jātaka(巴利语同,意译"本生")的音译。本事、本生的出现时间完全一样,同为九分教之一,其后又发展为十二部经之

---

① 《大正藏》卷三三,第688页中。
② 同上书,第752页上。
③ 《大正藏》卷四五,第64页下。
④ 《大正藏》卷八五,第1073页上。

一。易言之,本事与本生具有相同的成立史与发展史,且都是佛在讲述过去已经发生了的事情。但两者的区别也是相当明显的,可列表如下:

区别项 ＼ 部类	本　事	本　生
叙述的对象	佛的弟子	佛自己（为菩萨时）
叙述方式	为他说他	为他说自
事件的完成者	佛弟子	佛自己
叙述目的	善导（劝化）赞颂	

当然,也有例外的时候,如西晋竺法护译《佛五百弟子自说本起经》,其叙述者主要为佛陀的弟子们,如大迦叶、舍利弗、摩诃目犍连（目连）、宾头卢等,佛陀只是最后的总结者（总述）。不过一般情况下,本事经的叙述者都是佛,而非弟子。另外,从前引智颛"托本生以彰所表,名本事经"之语分析,本事与本生的关系也相当密切,本事有时还可以转化为本生（即把故事中"事件"承担者由佛弟子变为佛本身）。[①] 但从今存汉译佛典看,本事与因缘的关系最为密切,特别是戒缘故事。如:

1. 东晋佛陀跋陀罗、法显共译《摩诃僧祇律》卷四云:

> 诸比丘在彼聚落安居时,入村乞食。有自称誉者乞食易得,不自称誉者极甚难得。时有一长老比丘便作是念:我何为虚妄而自赞叹得过人法以自活命? 我从今日不复虚妄而自称誉。晨朝着入聚落衣,持钵乞食。时有人问言:"长老,汝于圣果有所得不?" 是比丘便不自称誉,即时乞食,处处不得。日时欲过,饥乏羸顿。复自称誉,即有所得。有异比丘闻是长老须臾妄语,须臾实语,便白佛言:"世尊! 云何是长老比丘志弱无恒,轻躁乃尔?"
>
> 佛告诸比丘:"是长老不但今日志弱,无恒轻躁;过去世时,亦复如

---

① 如丁敏指出《中阿含经》之《长寿王本起经》从性质言,具有本事的性格,它只是一个印度古老的传说故事,但在《六度集经》卷二、失译《长寿王经》及《僧祇律》卷一三中,长寿王的故事被运用为佛陀本生的故事。参《佛教譬喻文学研究》,台北:东初出版社1996年版,第45页。

是。"诸比丘白佛言:"世尊,已曾尔耶?"

佛言如是:过去世时,非时连雨七日不止,诸放牧者七日不出。时有饿狼,饥行求食,遍历聚落。乃至七村,都无所得,便自克责:我何薄相,经历七村,都无所得?我今不如守斋而住。便还山林,自于窟穴,咒愿言:使一切众生,皆得安隐。然后摄身安坐,闭目思惟。天帝释法:至斋日月、八日、十四日、十五日,乘伊罗白龙象下,观察世间,何等众生孝顺父母,供养沙门婆罗门,布施持戒,修梵行受八戒者?时释提桓因周行观察,到彼山窟,见此狼闭目思惟。便作是念:咄哉狼兽,甚为奇特!人尚无有此心,况此狼兽而能如是?便欲试之,知其虚实。释即变身,化为一羊,在窟前住,高声命群。狼时见羊,便作是念:奇哉斋福,报应忽至。我游七村,求食不获,今暂守斋,肴膳自来。厨供已到,今但当食,食已,然后守斋。即便出穴,往趣羊所。羊见狼来,便惊奔走。狼便寻逐,羊去不住。追之既远,羊化为狗,方口耽耳,反来逐狼,急声吠之。狼见狗来,惊怖还走。狗急追之,劣乃得免。还至窟穴,便作是念:我欲食彼,反欲噉我。尔时帝释复于狼前,作跛脚羊,鸣唤而住。狼作是念:前者是狗,我饥闷眼花,谓为是羊。今所见者,此真是羊。复更谛观看,耳角毛尾,真实是羊,便出往趣,羊复惊走。奔逐垂得,复化作狗,反还逐狼,亦复如前。我欲食彼,反欲见噉。时天帝释即于狼前,化为羔子,鸣群唤母。狼便瞋言:"汝作肉段,我尚不出,况为羔子而欲见欺?"还更守斋,静心思惟。时天帝释,知狼心念还斋,犹故作羊羔于狼前住。时狼便说偈言:

若真实为羊,犹故不能出。况复作虚妄,如前恐怖我。

见我还斋已,汝复来见试。假使为肉段,犹尚不可信。

况作羊羔子,而诈唤咩咩?

于是世尊而说偈言:

若有出家人,持戒心轻躁。不能舍利养,犹如狼守斋。

尔时世尊告诸比丘:"彼时狼者,岂异人乎,即此比丘是。本为狼时,志操无恒,今虽出家,心故轻躁。"①

---

① 《大正藏》卷二二,第259页上—下。

这则戒缘故事从结构看,显然具有本事的特点。它交代了现世生活中一个老比丘志弱轻躁的性格成因。佛陀讲述成因时,追溯到了老比丘前世为狼守斋时的经历。有趣的是前世事件与现世事件的过程、寓意完全相同。易言之,老比丘今世的经历只是前世事件的重复,此即体现了本事经的最大特点——相应。而佛陀讲述故事的目的、作用都很明显,旨在以老比丘的经历作为反面典型来教化另外的比丘用斋要守时,言语要真实(具体表现在世尊最后所说的偈颂)。

2. 唐义净译《根本说一切有部毗奈耶》卷三〇曰:

> 时诸苾刍咸皆有疑,请世尊曰:"具寿阐陀求僧差作授事人时,有何因故尊者舍利子方便遮止而不听作?"佛告诸苾刍:"此舍利子,非但今日以善方便遮止阐陀,乃往古昔亦曾遮止。汝等应听:
>
> 于过去世雪山之中极深险处,有大群鸟依止而住。中有鸟王,共相统领,因遭疾病,遂致命终。时诸群鸟,既无其主,更互相欺,为不绕益。时诸群鸟共集一处,而相告曰:'我等无主,不可久存,欲觅鸟王,同为灌顶,共相领立。我于何处,当可得耶?'去斯不远有老鸺鹠,众皆议曰:'此鸟耆宿,堪可为主。我等若扶,必有弘益。去此非远有一鹦鹉,禀性聪慧,善识讥宜,我等共问扶鸺鹠为主,是事可不?'即共往诣鹦鹉之处,问言:'欲立鸺鹠为主,是事可不?'于时鹦鹉观鸺鹠面而说颂曰:
>
> '我不爱鸺鹠,以为众鸟王。不瞋面如此,瞋发欲如何。'
>
> 时诸群鸟闻此说已,不立为主,便立鹦鹉以为其主。汝诸苾刍!勿生异念。往时鹦鹉即舍利子是。老鸺鹠者即阐陀是。昔扶为王,方便遮止,今差授事,亦方便不听。又无犯者,谓最初犯人,或痴狂心乱痛恼所缠。"①

本处经文中今世事件同样是前世故事的重演,只是事件的承担者增多了,变成了两人。简图如下:

---

① 《大正藏》卷二三,第 791 页下—792 页上。

今世阐陀比丘⟷前世鸲鹆鸟

今世舍利子⟷前世鹦鹉鸟

而故事发生的原因同为方便遮止,所变换的只是事件发生的时间、场景以及人物身份与对话内容等。两个故事的内核(或曰原型)及寓意,则毫无区别。

3.《摩诃僧祇律》卷二则说:

诸比丘白佛言:"世尊!云何是浣衣者不信傍人,为彼比丘所欺耶?"佛告诸比丘:"是浣衣者,不但今世不信。过去世时,亦曾不信。"诸比丘白佛言:"世尊,已曾尔耶?"佛言如是:

过去世时,有二婆罗门往南天竺,学外道经论。学已,还其本国。当其还时,道由旷野,经放牧处,见二羝羊当道共斗羊相触法,将前而更却。时在前行者,专愚直信,语后伴言:"看是羝羊,四脚之兽,而用议让。知我婆罗门,持戒多闻,数数为我,却行开路。"后伴答言:"婆罗门,汝莫轻信,谓羊有议。此非相重,开路相避。羊斗之法,将前而更却。"在前行者,不信其语,为羊所触,实时绝倒,伤破两膝,闷绝躃地,衣服伞盖,裂坏荡尽。彼时有天,而说偈言:

衣服裂坏尽,体伤闷躃地。此患痴所招,斯由愚信故。

佛告诸比丘:"时前行婆罗门,岂异人乎?今失衣者是。时后行婆罗门者,今告异男子是。时羝羊者,取衣比丘是。失衣人先已不信为羊所困,今复不信,自致失衣。本曾不信,后行者语。今虽告诚,亦复不信。"①

这里在追溯前世因果时,则把人物增加到三人,相应的人物关系也更复杂,但主体事件在讲现世取衣比丘因过去和现在都不信他人而招致苦果。另外值得注意的是本故事寓意的直接表现是由第三方(天)而非佛陀说出来的,形式上有所创新。

---

① 《大正藏》卷二二,第242页上—中。

　　除了戒缘故事外，一般的因缘故事中也可包括本事部分。如支谦译《撰集百缘经》卷七《顶上有宝珠缘》则云：

　　佛在迦毗罗卫国尼拘陀树下。时彼城中有一长者，财宝无量，不可称计。选择族望，娉以为妇，作诸音乐而娱乐之。其妇怀妊，足满十月，生一男儿，端政殊妙，世所希有，头上自然有摩尼珠。时儿父母见其如是，因为立字，名曰宝珠。年渐长大，将诸亲友，出城游戏。至尼拘陀树下，见佛世尊三十二相、八十种好，光明普曜，如百千日。心怀欢喜，前礼佛足，却坐一面，听佛说法，心开意解，得须陀洹果。归辞父母，求索入道。父母爱念，不能违逆，将诣佛所，求索出家。佛即告言："善来比丘，须发自落，法服着身，便成沙门，精勤修习，得阿罗汉果，三明六通，具八解脱，诸天世人所见敬仰。"着衣持钵，入城乞食。时彼宝珠故在头上，城中人民怪其所以，云何比丘头上戴珠而行乞食？竞来看之。时宝珠比丘深自惭耻，还归所止，白言："世尊，我此头上有此宝珠，不能使去，今者乞食，为人蚩笑。愿佛世尊，见却此珠。"佛告比丘："汝但语珠：'我今生分已尽，更不须汝。'如是三说，珠自当去。"时宝珠比丘，受佛教敕，三遍向说，于是宝珠忽然不现。时诸比丘见是事已，前白佛言："今此宝珠比丘，宿殖何福，于其生时头戴宝珠，光逾日月？又值世尊出家得道？"尔时世尊告诸比丘："汝等谛听，吾当为汝分别解说。乃往过去九十一劫波罗奈国，有佛出世号毗婆尸，教化周讫，迁神涅槃。时彼国王名盘头末帝，收取舍利，造四宝塔，高一由旬，而供养之。时彼王子入其塔中，礼拜供养，持一摩尼宝珠系着帐头，发愿而去。缘是功德，九十一劫不堕地狱、畜生、饿鬼，天上人中，常有宝珠在其顶上，受天快乐。乃至今者，遭值于我，出家得道，故有宝珠在其顶上。"

　　佛告诸比丘："欲知彼时王子者，今此宝珠比丘是。"

　　尔时诸比丘闻佛所说，欢喜奉行。①

这则故事既然题名为"缘"，显然属于缘起（因缘）故事。叙事方法则是从

---

　　① 《大正藏》卷四，第 237 页下—238 页上。

现在回溯过去,但值得注意的是现在发生的事情和过去的事情之间有着某种惊人的对应性联系,即前后故事的连接点都是宝珠。更为重要的是佛陀最后的告白直接交代了现世的宝珠比丘就是在过去佛时持摩尼珠而供养佛舍利塔者的转生。易言之,本故事包括两大部分:第一部分是宝珠比丘的现世行迹,第二部分是盘头末帝王子的供养故事。其中第二部分,从性质上讲,就是有关宝珠比丘的本事。

　　汉译佛典中,本事与本生有时交织在一起,需要加以仔细的甄别。一般说来,如果一个故事的主体是叙述佛陀在菩萨果位时的修行事迹,即主角是佛陀自己,但同时也兼及了佛弟子的行事,这样的故事,我认为应归入本生故事。反之,若是仅以佛弟子为主体的故事,则为本事。前者如西晋竺法护译《生经》卷四《佛说水牛经》曰:

　　　　闻如是:一时佛游舍卫祇树给孤独园,与大比丘众千二百五十人俱。尔时佛告诸比丘:乃昔去世有异旷野闲居,彼时有水牛王,顿止其中,游行食草,而饮泉水。时水牛王与众眷属有所至凑,独在其前,颜貌姝好,威神巍巍,名德超异,忍辱和雅,行止安详。有一猕猴住在道边,彼见水牛之王与眷属俱,心生忿怒,兴于嫉妒,便即扬尘瓦石,以坌掷之,轻慢毁辱。水牛默然受之,不报。

　　　　过至未久,更有一部水牛之王,寻从后而来。猕猴见之,亦复骂詈,扬尘瓦石打掷。后一部众见前牛王默然不报,效之忍辱。其心和悦,安详雅步,受其毁辱,不以为恨。是等眷属,过去未久,又有一水牛犊寻从后来,随逐群牛。于是猕猴逐之骂詈,毁辱轻易。是水牛犊,怀恨不喜,见前等类忍辱不恨,亦复学效忍辱和柔。

　　　　去道不远大丛树间,时有树神游居其中,见诸水牛虽被毁辱,忍而不瞋。问水牛王:"卿等何故睹此猕猴,猥见骂詈,扬尘瓦石,而反忍辱,默声不应?此义何趣?有何等意?"又复以偈而问之曰:
　　　　卿等何以故,忍放逸猕猴,过度于凶恶,等观诸苦乐?
　　　　后来亦仁和,坐起而安详,皆能受忍辱,彼等寻过去。
　　　　诸角默挝杖,建立众堕落,又示恐惧义,默无加报者。

水牛报曰,以说偈言:

以轻毁辱我,必当加他人。彼当加报之,尔乃得抵患。

诸水牛过去未久,有诸梵志大众群辈仙人之等顺道而来。时彼猕猴亦复骂詈,毁辱轻易,扬尘瓦石,以垒掷之。诸梵志等实时捕捉,以脚蹋杀之,则便命过。于是树神即复颂曰:

罪恶不腐朽,殃熟乃遭患。罪恶已满足,诸殃不烂坏。

佛告诸比丘:欲知尔时水牛王者,即我身是。为菩萨时堕罪为水牛,为牛中王,常行忍辱,修四等心,慈悲喜护,自致得佛。其余水牛诸眷属者,诸比丘是也。水牛之犊,及诸梵志仙人者,则清信士居家学者。其猕猴众,则得害尼犍师。本末如是,具足究竟,各获所行。善恶不朽,如影随形,响之应声。①

显而易见,在这则故事中事件的承担者是水牛王,即佛的前世。而其他的人物,如佛的弟子(前身对应者是水牛王眷属)、清信士居家者(前身对应者是牛犊及梵志仙人)虽亦提及,然而后者的作用并不突出。所以,即便故事在结尾处用了"本末"(按,它是本事的另一译法)一词来交待故事的前因后果,但这改变不了它的"本生"性质。而且,从叙事的功能与目的看,本故事也重在赞颂佛陀的忍辱精神。至于劝喻,倒在其次。

后者如《贤愚经》卷二《金财因缘品》曰:

如是我闻:一时佛在舍卫国祇树给孤独园,与尊弟子千二百五十人俱。尔时城中有大长者,长者夫人生一男儿,名曰金财。其儿端政殊特,世之少双。是儿宿世,卷手而生。父母惊怪,谓之不祥。即披儿两手,观其相好,见二金钱在儿两手。父母欢喜,即便收取。取已,故处续复更生,寻更取之,复生如故。如是勤取金钱满藏,其儿手中,未曾有尽。儿年转大,即白父母,求索出家,父母不逆,即便听之。

尔时金财往至佛所,头面作礼而白佛言:"唯愿世尊,当见怜愍,听我出家,得在道次。"佛告金财:"听汝出家!"蒙佛可已。于时金财即剃

---

① 《大正藏》卷三,第93页下—94页中。

须发,身着袈裟便成沙弥。年已满足,任受大戒。即令众僧当受具足,临坛众僧次第为礼。其作礼时,两手拍地,当手拍处有二金钱。如是次第,一切为礼,随所礼处皆有金钱。受戒已竟,精勤修习,得罗汉道。

阿难白佛:"不审世尊,此金财比丘本造何福,自生已来,手把金钱?唯愿世尊,当见开示!"佛告阿难:"汝当善思,我今说之。"阿难对曰:"如是,诺当善听。"佛言:"乃往过去九十一劫时世有佛名毘婆尸,出现于世。政法教化,度脱众生不可称数。佛与众僧游行国界,时诸豪富长者子等施设饭食,供养彼佛及弟子众。尔时有一贫人乏于财货,常于野泽取薪卖之,值时取薪卖得两钱,见佛及僧受王家请,欢喜敬心。即以两钱施佛及僧,佛愍此人,即为受之。"佛告阿难:"尔时贫人,以此二钱施佛及僧,故九十一劫恒把金钱,财宝自恣,无有穷尽。尔时贫人者,金财比丘是也。正使其人未得道者,未来果报亦复无量。是故阿难,一切众生皆应精勤布施为业。"尔时阿难及众会者,闻佛所说,皆悉信解,有得须陀洹果者,斯陀含、阿那含、阿罗汉者,有发无上正真道意者,复有得住不退地者。一切众会闻佛所说,欢喜奉行。①

关于本则缘起故事,有研究者把它归为"弟子本生"②。这是把本生的外延无限地扩大了,因为它不是"佛为他说自",而是"佛为他说他",所以从叙事方式看应划为本事经。另外,从故事结构的相应性以及叙事作用在于"善导"这两点看,"金财因缘"也同于本事。虽然它和本生也有相同之处(在叙事时间上都是从现在追溯过去),但总体评断,本事的属性远远多于本生。

本事与譬喻经也有混而为一的情况,如丁敏博士指出《大毗婆沙论》之《长譬喻》(即《中阿含经》中的《长寿王本起经》)、《大譬喻》(即《长阿含经》中的《大本经》)都具有"本事"的性格,并且由此提出:譬喻经中有一类可以叫做"譬喻本事"。③

最后需要指出的是:虽然独立成篇的本事类经佛在汉译佛典中较为少

① 《大正藏》卷四,第358页中—下。
② 梁丽玲:《〈贤愚经〉研究》,台北:法鼓文化事业股份有限公司2002年版,第163页。
③ 丁敏:《佛教譬喻文学研究》,台北:东初出版社1996年版,第45—47页。

见,但它们作为其他叙事性经典的插话却大量出现,并且可以起到串联不同故事的作用。如《十诵律》卷五八云:

> 诸比丘一处有库藏,以饮食钱物着中。鼠从穴中出,偷钱物弊衣饮食,持入穴。诸比丘疑,谁偷是物去? 时有一比丘,乞食置库边。待时至当食,鼠从库中出,持食入穴。比丘见,知是鼠偷物。是比丘坏是穴,亦得鼠物,亦得自物,尽自取。诸比丘言:"汝得波罗夷罪。"是比丘言:"何以故?"诸比丘言:"汝取鼠物故。"是比丘生疑,我将无得波罗夷耶? 是事白佛,佛言:"不得波罗夷,从今日,当取自物,鼠物不应取。"一比丘在房中卧,夜鼠持食来着床下,比丘早起澡手,从净人受已,便食。诸比丘不大见是比丘乞食,手足常净洁。便问言:"长老,不见汝乞食,手足常净耶?"是比丘言:"诸长老,有鼠夜持食来,着我床下。我早起,澡手已,从净人受已食,是故我常不乞食,手足净洁。"诸比丘言:"长老,汝得波罗夷。"是比丘言:"何以故?"诸比丘言:"鼠不与汝,自取食故。"是比丘生疑,我将无得波罗夷耶? 是事白佛,佛语诸比丘:"汝莫说是比丘事,何以故? 是鼠次前世,是此比丘父,爱念子故,见便心爱,故常持食着床下,是比丘无罪。"①

在本则戒缘故事中,先后出现了两位取食鼠物的比丘。本来第一位取食之后,佛陀已明令禁止,可第二位仍然食用且不违法,原因何在? 于是佛陀交待出第二位比丘与老鼠有父子关系。易言之,佛陀在为他说他的叙事中,补充交待了第二位比丘的前世故事。

再如《中阿含经》卷四四有一部小经叫《鹦鹉经》,其中说到佛陀在舍卫国乞食于鹦鹉摩纳都提子家时,被他家里的白狗所扰。佛陀便对白狗说了几句后,白狗因此愁卧不起,鹦鹉摩纳都提子知道后立即前去质问佛陀。佛陀对答云:

> "汝至再三问我不止,摩纳,当知彼白狗者,于前世时即是汝父,名都提也。"

---

① 《大正藏》卷二三,第 431 页上一中。

鹦鹉摩纳闻是语已,倍极大恚,欲诬世尊,欲谤世尊,欲堕世尊。如是诬、谤,堕沙门瞿昙,语世尊曰:"我父都提大行布施,作大斋祠,身坏命终,正生梵天。何因何缘,乃生于此下贱狗中?"

世尊告曰:"汝父都提以此增上慢,是故生于下贱狗中。

梵志增上慢,此终六处生。鸡狗猪及豺,驴五地狱六。

鹦鹉摩纳,若汝不信我所说者,汝可还归,语白狗曰:若前世时是我父者,白狗当还在大床上。摩纳,白狗必还上床也。若前世时是我父者,白狗还于金盘中食。摩纳,白狗必当还于金盘中食也。若前世时是我父者,示我所举金、银、水精、珍宝藏处,谓我所不知。摩纳,白狗必当示汝已前所举金、银、水精、珍宝藏处,谓汝所不知。"

于是鹦鹉摩纳闻佛所说,善受持诵,绕世尊已,而还其家。语白狗曰:"若前世时是我父者,白狗当还在大床上。"白狗即还在大床上。"若前世时是我父者,白狗还于金盘中食。"白狗即还金盘中食。"若前世时是我父者,当示于我父本所举金、银、水精、珍宝藏处,谓我所不知。"白狗即从床上来下,往至前世所止宿处,以口及足掊床四脚下,鹦鹉摩纳便从彼处大得宝物。①

按,本则故事在汉译佛典中常见,失译人名今附东晋录的《兜调经》、刘宋求那跋陀罗译《佛说鹦鹉经》中皆有同型故事。三者都说到佛陀在白狗主人的不断追问下才交代白狗的前世因缘,即白狗前世虽然尊崇佛教,却因增上慢而堕入畜生道,变为畜生。于此,佛陀的插话虽然简短,其本质是讲过去发生并完成的故事,此即谓本事也。

三、影响

汉译佛典中的本事故事,在中国古代文学史上也产生了一定的影响,现以举例的方式略加说明。

---

① 《大正藏》卷一,第 704 页中—下。

（一）从叙事方法言，本事经本是专门记载佛教修道者以弟子身份在过去世所完成的某种事迹

对此方法，道教经典亦所借鉴，如《太上洞玄灵宝业报因缘经》卷九《证实品》载道君告普济之语曰：

> 昔刘黄民者，家大富有，尝作经像，礼拜烧香，屈请道士，持斋念诵而心不尽，唯觅名闻。一百中，身死化为凤凰。六十年，还化为人，家大富有，大建功德。三十年，得尸解，入青华宫中。……
>
> 李正玄者，本是猎人，行山游猎，至一山中，值道士学道，精心事之，三十年中勤苦不退。道士谓曰："子欲得长生不乎？"正玄稽首曰："鸟鼠贪生，愿赐延年，终生奉事，不敢怨息。"道士曰："子但礼此山下枯树，自当有得。"正玄即昼夜礼之，一十三年，枯树生华，非常炜烨，道士知其诚恳，授与此经。三十年中，飞行虚空。①

于此，叙事者是道教尊神太上道君，叙事对象（接受者）是普济真人，而所叙述的两个事件的承担者都是弟子（道教信徒），事情的完成时间则在过去，叙事的目的都在劝化弟子持诵经典。若把这些要素和前面所说佛教本事经进行比较，我们便可得出结论说，这两则小故事其实就是道教的本事故事。

（二）从叙事结构言，佛教本事十分强调前世故事情节在后世的相应性

这种重复式的结构对中土古典小说的影响尤其明显，特别在话本与拟话本小说上。

众所周知，话本与拟话本小说经常有两个故事组成。第一个故事叫做入话（或得胜头回），情节相对简单；第二个故事叫正话，情节更为复杂，篇幅也更长。石昌渝先生指出入话和正话的关系有四种类型：一是入话与正话故事关目相类，而故事却相异，主题也相异；二是用入话的故事来阐释正

---

① 《道藏》第6册，第123页下—124页上。

话的主题,入话与正话由某一个共同的观念沟通起来;三是入话与正话相反相成,用相反的故事做入话,达到衬托正话主题的效果;四是议论,入话没有完整的故事,旨在阐释正话的主题。^① 其中,第二种类型与佛经本事故事的关系最为密切,因为它们都讲究情节结构的相应性与主题的一致性。兹举两例如下:

1.《清平山堂话本》之《简贴和尚》^②

这则话本的"入话"叫《错封书》,其后的故事叫《错下书》。读者从题名即可发现两者的最大相同点是"错"与"书"二字,即都用故意写错书信的关键情节来展开相关叙述。此外,即便是表面看来有大异的地方,其实也可以窥出相同之处。如:

(1)故事的发生地不同,前者在长安咸阳,后者在开封枣槊巷,却同属京畿地区;

(2)故事的男主角名字不一,前者叫宇文绶,后者叫皇甫松,然而都是复姓;

(3)故事题材不同,前者主要通过男主角梦回妻子身边的情节促使宇文绶醒悟,可归入梦幻类小说,后者则是公案题材,然而夫妻的结局相同,都团圆了;

(4)夫妻团圆的方式虽然不一,然而其中起主导作用的都是男主人公;

(5)故事中错收信件的具体对象不一,然而身份相同,都是妻子;

(6)虽然《错下书》的内容远远多于《错封书》,而且人物数量大增。但人物之间仍有某种关联,如《错封书》的三位人物是丈夫、妻子和送信人,《错下书》则分别以"丈夫"、"妻子"、"送信人"为中心拓展出三个人物群:以"丈夫"为基点的人物群包括了皇甫松、钱大尹、山前行山定、简贴和尚、行者;以"妻子"为基点的人物群有妻子杨氏、丫鬟,以"送信人"为基点的人物群有茶坊人王二、卖馉饳的僧儿、姑姑等。易言之,"正话"部分只是将"入话"的故事基型复杂化而已,人物的基本关系变化不大。

---

① 石昌渝:《中国小说源流论》,生活·读书·新知三联书店 1994 年版,第 248—250 页。

② (明)洪楩编:《清平山堂话本》,上海古籍出版社 1992 年版,第 4—12 页。

2.《喻世明言》之《新桥市韩五卖春情》①

一般情况下,拟话本入话的故事只有一则,而本则拟话本较为特别,开首征引了五则历史故事(分别为周幽王宠褒姒、陈灵公私通夏姬、陈后主宠爱张丽华、隋炀帝宠萧妃、唐明皇宠杨贵妃),即入话故事用了并列式。它们虽说都比较简短,只有三言两语,基本上是概述性质,然而有一点是相通的,即主题都在讽刺好色亡国者。其后的正话,虽然故事情节更加复杂、人物关系更加多样,可主旨未变,仍在强调戒色的重要性。换言之,正话与入话的故事类型一样,教化思想也一样。

(三)从故事情节言,后世叙事文学也从佛教本事经中移植了不少东西

兹举两例如次:

1. 唐人王悬河辑《三洞珠囊》引《集仙记》云:

> 刘凝之,字志安,小名长年,南郡枝江人也。奉道精进,元嘉十四年,于精思所,忽觉额上惨痛,搔之,得宝珠九枚,即沉以清水,辉耀竟室。于时临川王镇江陵,求看宝珠,即分三枚付信也。②

按,此处叙述的刘凝之额长宝珠事,与前引《撰集百缘经》中的《顶上有宝珠缘》极其相似。另外,额珠故事在佛典中极其常见,如《大般涅槃经》卷七曰:

> 佛告迦叶:善男子,譬如王家有大力士,其人眉间有金刚珠,与余力士较力相扑,而彼力士以头抵触其额上,珠寻没肤中,都不自知是珠所在。其处有疮,即命良医欲自疗治。时有明医善知方药,即知是疮因珠入体,是珠入皮即便停住。是时良医寻问力士:卿额上珠为何所在?力士惊答:大师医王,我额上珠乃无去耶?是珠今者为何所在,将非幻化?忧愁啼哭。是时良医慰喻力士:汝今不应生大愁苦,汝因斗时宝珠入体,

---

① (明)冯梦龙编:《喻世明言》,上海古籍出版社1992年版,第40—50页。
② 《道藏》第25册,第321页下。

今在皮里,影现于外。汝曹斗时,瞋恚毒盛,珠陷入体,故不自知。是时
力士不信医,言:若在皮里,脓血不净,何缘不出?若在筋里,不应可见。
汝今云何欺诳于我?时医执镜以照其面,珠在镜中,明了显现。力士见
已,心怀惊怪,生奇特想。善男子,一切众生亦复如是,不能亲近善知识
故,虽有佛性,皆不能见,而为贪淫瞋恚愚痴之所覆蔽,故堕地狱、畜生、
饿鬼、阿修罗、旃陀罗、刹利、婆罗门、毗舍、首陀。①

这里的经文实为譬喻本事,即用譬喻的形式来叙述修道者过去世完成的事
情。它和刘凝之故事的相同点在于,宝珠都是长在额上。

2. 敦煌写卷中了发现了有关的目连变文多种,如 P.2913《目连缘起》、
S.2614《大目犍连变文》等都讲到目连入地狱救脱其母青提夫人之后,其
母青提首先变身为黑狗(或狗)之事。所以,目连只好再次向如来问计,最
终才使母亲生入忉利天宫。其中,母亲为狗的情节,和前引《中阿含经》卷
四四《鹦鹉经》以及失译人名的《兜调经》、刘宋求那跋陀罗译《佛说鹦鹉
经》的故事如出一辙,只是换了人物的性别而已,后者是说鹦鹉子的父亲前
世为狗。并且,变文与《鹦鹉经》等经一样,给出解救之法的都是佛陀如来。

原载《项楚先生欣开八秩颂寿文集》
中华书局 2012 年版

---

① 《大正藏》卷一二,第 408 页上。

后 记

我过往的研究,虽以敦煌文献、佛教文学为中心,但我一直希望在文献整理的基础上能把研究对象拓展到文学史、文化史甚至思想史领域,进而做到三个结合:一是宗教经典作品之宗教性和文学性解读的结合,二是宗教作品之文献研究和影响研究的结合,三是中外宗教比较研究和中外文化交流研究的结合。然因学殖浅薄、识见不广,故进展甚缓,所得寥寥无几。

福建师范大学文学院有着优良的学科建设传统,现拟出《六庵文库》丛书一套来纪念中国古代文学学科创始人黄寿祺先生。本人忝为古代文学教研室成员之一,理当有所奉献。这本论文自选集,大致反映了我二十年来的研究历程、研究方向和学术路径。它没有得出多少新颖见解,或许对某些研究对象、研究领域能起抛砖引玉之用。因此不揣谫陋,从以前所撰百余篇长短不一的有关宗教文献、宗教文学之单篇论文中选取十七篇,裒为一集,一则表达我对先辈的崇敬之情,一则督促自己要倍加努力地前行。

集中绝大多数论文已公开发表过(文末注明刊物出处及修改情况),新近撰写者仅有两三篇,这是需要特别说明的。此外,文中存在的错误和疏漏定然不少,但我记得南朝僧亮法师释“如法修行”时提出过三种智慧——辨闻慧、辨思慧和辨修慧(参《大般涅槃经集解》卷五一),吾尤喜辨思之慧,故请博雅君子不吝赐教,助我辨思以成新慧。

李小荣

2013 年 12 月 18 日识于福州仓山深柳堂